中国古典文学
读本丛书典藏

李梦阳诗选

张兵 冉耀斌 选注

人民文学出版社

图书在版编目(CIP)数据

李梦阳诗选/张兵,冉耀斌选注.—北京:人民文学出版社,2021
(中国古典文学读本丛书典藏)
ISBN 978-7-02-016271-0

Ⅰ.①李… Ⅱ.①张… ②冉… Ⅲ.①古典诗歌—诗集—中国—明代 Ⅳ.①I222.748

中国版本图书馆CIP数据核字(2020)第080867号

责任编辑　高宏洲
装帧设计　陶　雷
责任印制　王重艺

出版发行　人民文学出版社
社　　址　北京市朝内大街166号
邮政编码　100705

印　　刷　三河市鑫金马印装有限公司
经　　销　全国新华书店等

字　　数　295千字
开　　本　880毫米×1230毫米　1/32
印　　张　13　插页3
印　　数　1—6000
版　　次　2009年1月北京第1版
印　　次　2021年5月第1次印刷

书　　号　978-7-02-016271-0
定　　价　44.00元

如有印装质量问题,请与本社图书销售中心调换。电话:010-65233595

目 录

前言　1

射潮引　1
子夜四时歌(八首选二)　2
郭公谣　3
空城雀　4
白马篇　5
甄氏女诗　7
河之水歌　8
内教场歌　9
离愤(五首选二)　11
田园杂诗(五首选一)　13
赠刘潜　14
赠孙生　15
寺游别熊子(四首选一)　16
甲申中秋寄阳明子　17
赠郑生(三首选一)　18
赠徐祯卿　19
赠刘氏(五首选一)　21
寄康修撰海　22
忆昔行别阎侃　24
送蔡帅备真州(三首选一)　25

白雾树累累作花　26

陟峤　27

杂诗三十二首(选三)　29

从军(四首选二)　33

塞上杂诗(二首选一)　35

天马　36

酬秦子,以曩与杭子并舟别诗见示,余览词悲离,怆然婴
　　心,匪惟人事乖违,信手二十二韵,无论工拙,并寄杭子　37

少年行　39

长干行　41

纪梦　42

翟生苦节尚志人也,迩从余河之上,余嘉敬焉,
　　作诗以赠　44

晋州留别州守及束鹿令,用李白崔秋浦韵　45

赠程生之南海　46

侠客行　47

出塞曲　48

汉京篇　49

杨花篇　53

去妇词　55

荡子从军行　58

梁园歌　61

客有笑余霜发者,走笔戏之　64

戏作放歌寄别吴子　66

盐井行　70

苦寒行　71

古白杨行　71

自从行　73

弘治甲子,届我初度,追念往事,死生骨肉,怆然动怀,
　　拟杜七歌,用抒愤抱云耳(七首选一)　75

解俘行　76

土兵行　77

癸酉生日　80

豆萁行　81

苦雨篇　82

奉送大司马刘公归东山草堂歌　83

二月四日部署宴饯徐、顾二子　87

寄兵备高佥事江　90

寄内弟玉　91

秋夜徐编修宅宴别醉歌　92

东园翁歌　94

得家书寄兄歌　97

送仲副使赴陕西　98

徐子将适湖湘,余实恋恋难别,走笔长句,述一代文人
　　之盛,兼寓祝望焉耳　100

朝饮马送陈子出塞　106

送王子归鄠杜　107

送李中丞赴镇　109

雨燕醉歌　111

边马行送太仆董卿　113

送李帅之云中　115

画鱼歌　116

林良画两角鹰歌 119

石将军战场歌 122

玄明宫行 126

朱迁镇（水店回冈抱）131

朱迁镇庙 132

十二月十日 133

清明河上寓楼独酌 134

庚午除日 134

中秋南康 135

上元滕阁登宴（二首选一）136

九日薛楼会集（二首选一）138

清明曲江亭阁 138

南康元夕 139

中秋（二首选一）141

戊寅元夕 142

己卯元夕 143

庚辰清明东郭 143

己丑五日 144

明远楼春望 144

春宴（二首选一）（物与吾何异）145

丙戌十六夜月 146

古意 147

望极（二首选一）147

登临（二首选一）148

下吏 149

狱夜雷电暴雨 150

野战　151

得家书　152

拨闷覃园　153

野风　153

繁台归集　154

河上秋兴（十首选二）　155

春宴（白首闻歌异）　157

熊子河西使回　157

东园偶题　160

酬京师友人见寄作　160

送秦子　161

寄钱水部荣　162

忆何子　163

田生闻余浩然访于东郭花下酒集（二首选一）　164

送人还关中　164

毒热，在狱呈陈运使敩暨潘给事中希曾　165

康状元话武功山水　166

月夜柬张舍　167

中秋别郑生　168

送张生还金齿（二首选一）　169

秋日王子台上　169

再送郑生　170

和郑生行经凤阳　171

郑生至自泰山　172

秋过内弟漫赋二首（选一）　174

寄题高子君山别业　175

东庄冬夜别程生自邑　177

己丑八月京口逢五岳山人　178

出塞(二首选一)(峰起黄河限)　179

环县道中　180

繁台春望　181

南湖　181

浮江　182

折桂寺　183

团山登望　184

芝山望　184

赴新喻　185

郁孤台　186

与骆子游三山陂三首(选一)　187

温将军挽诗　188

咏蝉　189

咏庭中菊　190

在狱闻余师杨公诬逮获释,踊跃成咏十韵　190

赦归,冬日宴刘氏园庄十四韵　193

鄱阳湖十六韵　196

送陈宪使淮上兵备　199

陶行人宅赠　201

桂殿　202

秋怀　203

雪后朝天宫　212

晚晴郊望　213

时景　214

杪夏急雨江州 215

野园 216

雪后上方寺集 217

岁暮五首 218

春暮丁丑年作 222

无题戏效李义山体 222

为园 223

晚秋明远楼宴集 224

新年作,次喻监察韵 225

正月大雨雪遣怀 226

雨中海棠 227

艮岳篇 228

郊斋逢人日,有怀边、何二子 229

章氏芳园饯朱应登 230

访何职方孟春新居二首(选一) 232

送殷进士病免归 233

别徐子祯卿得江字 235

追旧寄徐子 236

过李氏荷亭会何子 237

答太仆储公见赠 238

病间闻何舍人梦故山有感 239

解官,亲友携酒来看 240

九日寄何舍人景明 241

冬霁,宴丘翁林亭 242

立春遇雪柬孙君二首(选一) 243

送张训导弃官为母 244

早春酬内弟玑　245

积雨,郑、左二子晚宴　246

北行,家兄与内弟玉实间行侦缓急,即如雷霆之下,
　　魂魄并褫,矧又如饥渴　247

寄答内弟玑九日繁台见忆　248

乔太卿宇宅夜别　249

别都主事穆奔丧归　250

夜别王检讨九思　251

寄孟洋谪桂林教授　252

仰头遇友夜泊感赠　254

别太华君　255

赠何君迁太仆少卿　256

柬赵训导二首(选一)　257

和毛监察秋登明远楼之作　258

限韵赠黄子　259

夏日繁台院阁赠孙兵部兼怀大复子　260

逢吉生汴上　261

郊园夏集别李沔阳　262

别熊御史出塞　263

春望柬何舍人　264

赠张含　265

题环上人精舍　266

见素林公以《咏怀六章》见寄,触事叙歌,辄成篇什,数亦
　　如之,末首专赠林公(选四)　267

河上茅斋成呈家兄　272

送蔡子赴省　273

寄赠司寇林公还山　275

奉寄邃庵相公之作　276

双溪方伯夏初见过,就饮石几,留诗次韵　277

东庄藩司诸公见过　278

夏都给勘邳潞之战,惠见忆之作,寄答四首(选二)　279

熊监察至自河西,喜而有赠　281

小至　282

戊辰生日　283

己巳守岁　284

初度怀玉山有感　285

南康元夕(发春南地北同寒)　286

乙亥元夕忆旧,柬边子卧病不会　287

丙子冬至　288

小至,喜康状元弟河路过,赍其兄书见示　289

九月七日夜集　290

元夕　290

辛巳元日　292

癸未除夕　293

无事　294

霖雨汹涌,城市簿筏而行,我庐高垲,尚苦崩塌,何况黄子住居湫隘,诗以问之　294

田居喜雨　295

独上　296

台寺夏日　297

于少保庙　298

朱迁镇(水庙飞沙白日阴)　300

吹台春日古怀　302

灵武台　303

秋望　304

潼关　305

榆林城　307

出塞（黄河白草莽萧萧）　308

武昌　309

南溪秋泛三首（选一）　311

开先寺（读书台倚鹤鸣峰）　312

快阁登眺　313

楚望望襄中形势　313

晚过禹庙之台　314

徐将军园亭　315

东华门偶述　316

采莲曲　317

艳曲（二首选一）　317

杨白花（二首选一）　318

相和歌　319

月夜吟　319

九月见花　320

闻笛　320

正月见雁　321

南康元日　321

村夜（三首选一）　322

晚烧吟　322

宿苏门　323

黄州　323

白塔寺　324

上方寺　325

钓台　326

白鹿洞　326

圣泽泉　327

回流山　327

开先寺(五首选一)(瀑布半天上)　328

吴溪　328

江行杂诗(七首选一)　329

新庄漫兴(四首选一)　330

寄徐子(二首选一)　330

赠何舍人　331

寄都主事穆　332

送人　332

赠客　333

寄黄子广东　333

送郑生　334

送王生北行(二首选一)　334

莺晓　335

船板床　335

砖枕　336

渔村夕照　337

平沙落雁　337

江天暮雪　338

柏屏　339

帝京篇十首(选一)　340

送人入蜀　341

夏口夜泊别友人　341

别李生　342

赠李沔阳(二首选一)　343

送王韬　343

赠罗氏　344

柬郑生(二首选一)　345

云中曲送人十首(选五)　346

柬双溪方伯　349

送人之南郡三首(选二)　350

春游曲(二首选一)　352

夷门十月歌　353

异景　353

浔阳歌　354

汴中元夕五首(选三)　354

诸将八首(选三)　357

忆昔六首(选一)　359

京师春日漫兴五首(选一)　361

牡丹(五首选一)　361

夷门曲(二首选一)　362

张池春日即事　362

漫兴(二首选一)(白水苍山万里身)　363

春日豫章杂诗十首(选二)　364

漫兴(二首选一)(城外清江城内湖)　365

渔父　365

东园遣兴再赋十绝句(选二)　366

东园漫兴之作　367

经行塞上二首(选一)　367

归途览咏古迹,并追忆百泉游事(八首选二)　368

登啸台(三首选一)　370

夏日阁宴　371

春暮过洪园(二首选一)　371

翠华岩　372

道逢黑豹鹰狗进贡十韵　373

七夕,边、马二宪使许过繁台别业不成,辄用七字句
　　述我志怀二十韵　375

前　言

一

　　明代诗文风尚凡数变。弘治、正德年间以李梦阳、何景明为首的"前七子"倡言复古，文宗秦、汉，诗法盛唐，在当时和后世均产生了巨大的影响。《明史·文苑传序》云："明初，文学之士承元季虞、柳、黄、吴之后，师友讲贯，学有本原。……弘、正之间，李东阳出入宋、元，溯流唐代，擅声馆阁。而李梦阳、何景明倡言复古，文自西京，诗自中唐而下，一切吐弃，操觚谈艺之士翕然宗之。明之诗文，于斯一变。迨嘉靖时，王慎中、唐顺之辈，文宗欧、曾，诗仿初唐。李攀龙、王世贞辈，文主秦、汉，诗规盛唐。王、李之持论，大率与梦阳、景明相倡和也。归有光颇后出，以司马、欧阳自命，力排李、何、王、李，而徐渭、汤显祖、袁宏道、钟惺之属，亦各争鸣一时，于是宗李、何、王、李者稍衰。"(《明史》卷二八五)《钦定四库全书总目》卷一七一《空同集提要》亦云："考明自洪武以来，运当开国，多昌明博大之音。成化以后，安享太平，多台阁雍容之制作。愈久愈弊，陈陈相因，遂至啴缓冗沓，千篇一律。梦阳振起痿痹，使天下复知有古书，不可谓之无功。"这些载述，不仅清晰地勾画出明代前中期诗文流变的具体脉络，而且对"前七子"领袖李梦阳在这场复古运动中的重要作用进行了充分肯定。至于李梦阳个人的独特贡献，《明史·李梦阳传》还评价说："梦阳才思雄鸷，卓然以复古自命。弘治时，宰相李东阳主文柄，天下翕然宗之，梦阳独讥其萎弱。倡言文必秦、汉，诗必盛唐，非是者弗道。与何景明、徐祯卿、边贡、朱应登、顾璘、陈沂、郑善夫、康海、王九思等号十才子，又与景明、祯卿、贡、海、九思、王廷相号七才子,皆卑视一世,而梦阳尤甚。"(《明史》卷二八六)李梦阳"卓然以复古自命",不但在文学上要恢复汉唐以来"格高调古"的审美品质,而且在政治上要恢复汉唐士大夫以天下为己任的凛然正气,坚决与社会黑恶势力进行不屈不挠的斗争。李梦阳以其卓越的才华、济世救民的情怀,坚韧不拔的毅力赢得了人们的普遍赞扬,成为明代知识分子中少有的道德和文章、事功与人品相统一的杰出人物之一。其生平经历大致如下:

(一)成化八年(1472)至弘治十年(1497):少年才子,乡试第一。

李梦阳(1472—1529),字献吉,原名孟阳,出生时其母梦见日堕怀中,故名梦阳,原字天赐,号空同子,庆阳(今甘肃庆阳)人。李梦阳出生在一个世代贫寒的家庭,其曾祖父入赘于河南扶沟王家。洪武初年,王家作为军户到庆阳花马池戍守,曾祖也随家前往,后来在战斗中死去。祖父被仇家陷害,死于狱中(《空同集》卷三八《族谱·大传》)。父亲李正,早年十分贫穷,大雪天还穿着单衣,婚后还要靠妻子养鸡、养猪和卖酒、卖醋补贴一部分家用。其家曾居住于庆阳府城,先祖坟茔也在庆阳府城周围。当李梦阳出生时,母子俩睡的依然是没有席子的冷榻(李梦阳《弘治甲子,届我初度,追念往事,死生骨肉,怆然动怀,拟杜〈七歌〉,用抒愤抱云耳》)。李正后来任阜平(今河北阜平县)县学训导,升任封丘(今河南封丘县)温和王府教授。李梦阳十岁时随父徙居大梁(今开封市)。这样的出身和幼年生活,使他比较容易了解政治的黑暗和民间的疾苦。李梦阳后来在诗文中所表现出来的悲天悯人的思想与忧国忧民的情怀,即与他这段凄苦的身世经历有着密切的联系。

李梦阳少年聪慧,才名早著。早年时即随父受毛诗,少长则游心六艺,工古文诗赋,梁人称为"李才子"。在父亲的督导下,他很早即习举子业,潜心研读时文,所作八股文迥出同辈之上,但第一次乡试却以失败告终。十九岁时娶大梁名宦左梦麟之女为妻,左氏母为广武郡君,属皇亲之流。左家以女妻之,主要是看中李梦阳的才华。

弘治四年(1491),李梦阳携家眷归庆阳老家,此时大学士杨一清为陕西督学宪副,见李梦阳而爱其才,延之门下,日从讲肄,学业大进。弘治五年(1492),李梦阳举陕西乡试第一,与洵阳张凤翔同榜。在此之前,李东阳曾与杨一清书云:"今年解首,将属之华州张潜乎?"杨一清回信说:"若无李、张二生,潜不后矣。"榜发之日,梦阳名居第一,李东阳既佩服又感慨,认为杨一清果然有知人之明。弘治六年(1493),梦阳中进士,观政通政司。后因连遭父母丧事,在家守制六年。居家期间,以教授生徒为业,门下从学者甚众。

(二)弘治十一年(1498)至弘治十八年(1505):步入仕途,敢批逆鳞;诗文倡和,茶陵羽翼。

弘治一朝,是明代政治最开明的时期。孝宗皇帝即位以后,较能体察民情,勤于政事,亲贤臣,远小人。任用马文升、何乔新、刘大夏、刘健、谢迁等一代名臣辅政,朝政为之一清。孝宗对这些元老相当尊重,经常一起讨论政事,倾听他们的意见。对于朝臣的直言讽谏,孝宗也颇能容纳。由于弘治君臣的励精图治,使得当时社会在经济、政治、文化等方面都呈现出兴盛景象。李梦阳在《熊士选诗序》说:

> 曩余在曹署,窃幸侍敬皇帝。是时,国家承平百三十馀年矣,治体宽裕,生养繁殖,斧斤穷于深谷,马牛遍满阡陌。即闾阎而贱视绮罗,梁肉靡烂之,可谓极治。然是时,海内无盗贼干戈之警,百官委蛇于公朝,入则振珮,出则鸣珂,进退理乱弗婴于心。盖暇则酒食会聚,讨订文史,朋讲群咏,深钩赜剖,乃咸得人肆力于弘学。于乎! 亦极矣!(《空同集》卷五二)

社会的繁荣,文化的昌盛,使当时知识分子的精神大为振奋,他们认为恢复三代之隆、汉唐之盛的机会来到了。因此,当时的知识分子对现实政治充满热情,他们积极主动地参与社会现实活动,希望能够建功立业。他们鄙视世俗之人蝇营狗苟的生活态度,为了实现理想,宁可置生死于度外。复古派的领袖人物李梦阳更是这批知识阶层的典型代表。

弘治十一年(1498),李梦阳出任户部主事,十四年(1501)奉命监三关招商,因执法严峻,请托不行,权豪势家颇为不满,遂捏造事实诬告之,李梦阳第一次被捕入狱。在狱中,他据理力辩,始终不屈。真相大白后,又官复原职。十六年(1503)奉命饷宁夏军,曾协助边帅抵御外敌。

弘治十八年(1505),孝宗皇帝下诏求谏,李梦阳感激思奋,作《上孝宗皇帝书》,其中谈到当时有"二病"、"三害"、"六渐"之弊:二病者,一曰元气之病,二曰腹心之病;三害者,一曰兵害,二曰民害,三曰庄场畿民之害;六渐者,一曰匮之渐,二曰盗之渐,三曰坏名器之渐,四曰弛法令之渐,五曰方术眩惑之渐,六曰贵戚骄恣之渐(《空同集》卷三九)。疏中详细分析了各种社会矛盾,无疑为当时社会开出了一帖对症良方。顾泾野曾说:"使弘治之疏行,则病害除而下可为民。"(《李开先全集·文集》卷十《李崆峒传》)足见此疏之价值。可是,贤明如孝宗者也将此疏留中不发。《上孝宗皇帝书》文末又对当时皇亲寿宁侯张延龄与弟鹤龄骄纵不法之事作了公开批评。张氏兄弟得知大怒,摘奏中批评张氏字以为谤讪母后,孝宗不得已下李梦阳锦衣卫狱,后来还是将其释放,并警告张延龄别再生事。事后,李梦阳于大市街骑马遇到张延龄,大骂延龄生事害民,以铁鞭梢击落张延龄两颗牙齿,张因孝宗皇帝警告过,不得不忍气吞声(《艺苑卮言》卷五)。因此李梦阳对孝宗皇帝感恩戴德,诗文中常流露出感激之情。孝宗驾崩后,李梦阳作《大行皇帝挽章》,末句云:"向来激切疏,优渥小臣知。"晚年还对孝宗念念不忘:"十年放逐同梁苑,中夜悲歌泣孝宗。"(《限韵赠黄子》)

这一时期,李梦阳的文学思想主要受茶陵派李东阳等人的影响,他的主要诗友也多是茶陵派中人。李梦阳在正德元年(1506)所作《徐子将适湖湘,余实恋恋难别,走笔长句,述一代文人之盛,兼寓祝望焉耳》中说:"我师崛起杨与李,力挽一发回千钧。"(《空同集》卷二十)肯定了李东阳是复古派的开路人。王世贞在《艺苑卮言》中认为:"长沙(李东阳)之于何、李,犹陈涉之启汉高乎。"比喻虽不甚贴切,意思却很明了。胡应麟也强调:"成化以还,诗道旁落,唐人风致,几于尽斁。独李文正才具宏通,格律严整,高步一时,兴起李、何,厥功甚伟。"(《诗薮·续编》卷一)李梦阳在《朝正倡和诗跋》中云:

> 诗倡和莫盛于弘治,盖其时古学渐兴,士彬彬乎盛矣,此一运会也。余时承乏郎署,所与倡和则扬州储静夫、赵叔鸣,无锡钱世恩、陈嘉言、秦国声,太原乔希大,宜兴杭氏兄弟,郴李贻教、何子元,慈溪杨名父,余姚王伯安,济南边庭实。其后又有丹阳殷文济,苏州都玄敬、徐昌谷,信阳何仲默。其在南都则顾华玉、朱升之其尤也。诸在翰林者,以人众不叙。(《空同集》卷五九)

储瓘、乔希大、何孟春及"诸在翰林者"大多是当时茶陵派中人物。由于当时李梦阳居京时间不长,名声也还不大,所以交游范围有限。顾璘在《重刻刘芦泉集序》中也说:"余自弘治丙辰举进士,观政户部,获与二泉邵公国贤、空同李君献吉、芦泉刘君用熙友。……时献吉名尚未盛。"(《顾璘诗文全集·凭几集续编》卷二)

(三)正德元年(1506)至正德八年(1513):疏劾权宦,任官江西;忧时伤世,诗风不变。

正当孝宗皇帝越来越熟悉政事,准备革除宿弊,肃清政治,致天下于太平时,却于弘治十八年五月去世。继承皇位的是明武宗朱厚照,这是明代历史上一位著名的荒淫无度的皇帝。他即位以后,耽于逸乐,不理朝政。宦官刘瑾、谷大用、张永等人以鹰兔狗马及鱼龙角抵之戏取媚于武宗,乘机擅权,时号"八虎"。朝臣与宦官矛盾尖锐。朝中的正直官员深为忧虑,为国家社稷的安危担心,思量斥退刘瑾等人。于是展开了与宦官的激烈斗争,复古派作家大多站在反对宦官的正义力量一边,而李梦阳的表现尤为突出。

正德元年(1505),给事中刘蒍、陶谐相继上书纠劾宦官,武宗置之不理。户部尚书韩文每退朝,与属吏论国事辄痛哭流涕。李梦阳知其意,密告之曰:"大臣与国同休戚,可言则言,徒痛何益?"于是韩文命李梦阳草疏,伺机呈之内阁大臣,众阁臣强烈要求武宗斥退众阉。可是事机不密,众阉得知消息后,连夜跪哭于武宗御榻前,促武宗皇帝改变了旨意,罢免了比较正直的秉笔太监王岳、范荣,以刘瑾掌司礼监。于是阉党得势,刘大夏、谢迁等老臣相继离开朝廷,李梦阳为作《去妇词》以致哀。紧接着朝中四十八人同日被逐,且被谤为党人,李梦阳列名其中。李开先云:"夫二张八党,势焰熏天,立能祸福人,朝士无不趋附奉承者,崆峒独能明击之、助攻之,可谓威武不屈、卓立不群者矣。昔人谓:'论人先观其立朝大节。'如苏子瞻风采凝持,非碌碌苟同世俗。若崆峒者,亦岂出苏公下哉?"(《李开先全集·文集》卷十《李崆峒传》)

刘瑾得知韩疏出于李梦阳之手,甚为恼怒,一心要杀之以泄其愤。正德三年(1508),刘瑾罗织罪名,将李梦阳从大梁抓捕,解往京城,矫诏下锦衣卫狱。当时人们都知道刘瑾必杀之无疑,因此多不敢救,形势万分危急。梦阳兄孟和与内弟左国玉间行匍匐求救于康海,海往求于刘瑾,乃得幸免于难,还归大梁。李开先《李崆峒传》云:"是时,瑾独礼敬康修撰海,但嗔不出其门,内弟左国玉遂上书求救于康,而张潜、何景明共促之往,乃投刺上谒,……对山欲脱友难,假为谀辞云:'乡尊相业,张太宰政事,李梦阳文章,谓之关中三绝,而区区不与焉!'瑾云:'此人安在?'应以'见在狱中'。瑾不之信,取狱簿观之,笑云:'乃原任户部李郎中,不记其名为梦阳。在孝庙轻薄上言,连及宦寺,正德初又代写本草,从臾韩尚书弹害吾辈,方欲杀之,以快吾心。'康又云:'乡尊能法太祖为治,梦阳能法太祖为文,杀之或失士林之望。'其家仆老姜,亦从旁申救。"(《李开先全集·文集》卷十)李梦阳始得生还。刘瑾事败,康海因受牵连而免职,后作杂剧《中山狼传》,人多以为讽刺李梦阳,其实不然。李梦阳与康海友谊深笃,康海罢官后李有赠康诗多首,二人交往一直至老。关于这一问题,学界已辨之甚明,此处不再赘述。

正德六年(1511)刘瑾伏诛,朝廷以李梦阳忠直,诏起为江西按察司提学副使。到任之后,兴复古学,整顿颓风,奖节义而正文体,并重修白鹿洞、盱江书院,聚士其中,阐明经义。又于各乡立社学以教民间俊秀,江西士子多受其惠,其功不可小觑。

李梦阳以节义自负,对不法权贵不稍宽假,致使交恶甚众。先是与布政使郑岳不睦,继又开罪于巡按御史江万实。后来朝廷有诏,允许举奏重要事件。他人只视为例行公事,无当真者,可是李梦阳却一一照实奏上,惹恼了上司,他们因此弹劾李梦阳侵官,李梦阳也弹劾他们失职。朝廷派大理寺卿燕忠往勘,又以副使郑阳、参议段敏为同勘官查明此事。上万名江西士人齐聚于衙门为李梦阳鸣冤。何景明也上书杨一清为李梦阳洗刷罪名,但李梦阳最终还是被罢官闲住。

在此期间,李梦阳等复古派作家终于和茶陵派李东阳等人分道扬镳,这并不仅因为文学主张的不同,更由于政治立场的对立。在与刘瑾集团的斗争中,复古派绝大多数成员都坚定地反对宦官专权,并因此遭受严重的迫害,他们的文学活动也受到影响。可李东阳在整个斗争中因贪恋官位与富贵而表现得软弱不堪,首鼠两端。阁议驱除阉党失败后,刘健、谢迁等相继去职,而李东阳却为首辅。刘、谢离京,李执手流泪。刘健正色道:"何用今日哭为!使当日出一语,则与我辈同去耳。"李默然无语(《明史纪事本末》卷四十三《刘瑾用事》)。李开先甚至认为就是李东阳泄密才使朝政大乱(《李开先全集·文集》卷十《李崆峒传》)。其所作所为早已招致复古派作家和许多正直官员的不满。刘瑾被诛之后,李东阳等又借清除阉党之机排除异己,与复古派之康海、王九思等结怨,致使复古派与之彻底决裂。李梦阳在《凌溪先生墓志铭》中说:"(朱应登)年二十,举进士。时顾华玉璘、刘元瑞麟、徐昌谷祯卿号'江东三才'。凌溪乃与并奋竞骋吴楚之间,……而柄文者承弊袭常,方工雕浮靡丽之词,取媚时眼,见凌溪等古文词,愈恶抑之,曰:'是卖平天冠者。'于是凡号称文学士,率不获列于清衔。"(《空同集》卷四七)此处所谓"柄文者"当指李东阳等无疑。以前李梦阳对他的批评还有所保留,至此已经放言无忌,这无疑是对茶陵派和复古派关系的最后清算。

弘治年间政治比较清明,社会经济文化得到了相当的发展,文人学士普遍抱有崇高的理想和满腔的热情。李梦阳也是这样。他的诗文除歌颂盛世之外,间有对朝政的批评和不满,那也是希望国家能够朝着他们理想中的状态发展,并没有失去信心和热情。可是正德年间,武宗荒于政事,刘瑾独揽大权,奸臣当道,贤良离职。百姓不堪贪官污吏的盘剥,加之各地灾荒不断,因此农民起义此起彼伏。封建统治者内部矛盾也日趋尖锐,先是安化王朱寘锸以讨刘瑾为名,据宁夏起兵造反;接着是宁王朱宸濠在江西起兵,一度攻到南京城下。这两次谋反虽被镇压下去,可是普通百姓深受其害,苦不堪言。李梦阳目睹朝政腐败,民不聊生的惨状,在诗文中描述了当时的社会现实,表现了对朝政的失望和内心的悲愤。诗风一变为悲壮慷慨,沉郁顿挫。

(四)正德九年(1514)至嘉靖八年(1529):北游荆襄,吹台闲居。

正德九年,李梦阳离开江西,溯江而上,到达襄阳,游览了岘山、习池等名胜古迹,并准备学庞德公作鹿门之隐,可是由于江水泛涨,形势危急,只好转回大梁。先是宁王朱宸濠在南昌创建阳春书院,梦阳曾应邀撰《阳春书院记》。正德十四年(1519),朱宸濠发动叛乱,王守仁带兵镇压。事后,梦阳因撰《阳春书院记》,被诬交结宁王,事白,作削籍处理。此前,他曾于开封之康王城筑河上草堂,此时又筑儳然台于其东,建需于堂于其南。经常和一群游侠少年纵马驰逐,游猎于繁台、晋丘之间,饮酒赋诗,悲歌慷慨,颇富豪侠之气。在此期间,他曾与何景明发生过激烈的文学论争,成为复古派的一桩公案。此事研究者论之已多,此不赘述。后来又有大臣想举荐他出仕,可是由于当权者的阻挠未果。嘉靖八年卒于大梁。去世前曾托其好友黄省曾刻其集,并在京口治病时与黄面晤,相见甚欢。

李梦阳晚年曾经用心探讨过一些自然科学和哲学问题。朱安淐《李空同先生年表》云:"(嘉靖)六年丁亥,公年五十五岁。公闵圣远言湮,异端横起,理学亡传,于是著《空同子》八篇,其旨远,其义正,该物究理,可以发明性命之源,学者宗焉。"他在《化理篇》中曾经据日食和月食的自然现象推出"月体小于日",这在当时来说真是难能可贵的探讨(《空同集》卷六五)。他在论"化权"——事物变化的关键时指出,事物的性质是由矛盾的主要方面来决定的(《空同集》卷六五《化理篇》),这也是对中国传统哲学思想的进一步深化。他还认为,任何事物都按其自身固有的规律发展,最后必然走向消亡,天地日月都有消亡的一天(《空同集》卷六六《异道篇》)。这些见解直到今天还闪耀着智慧的光芒。

二

李梦阳文学创作成就很高,在当时和后世均引起了人们的普遍赞誉。如王廷相曾说:"李子献吉以恢闳统辩之才,成沉博伟丽之文。厥思超玄,厥调寡和。游精于秦汉,割正于六朝,执符于雅谟,参变于诸子,……用成一家之言,……遂能掩蔽前贤,命令当世。"(《王氏家藏集·李空同集序》)而黄省曾也认为:"(李梦阳)古赋,《骚》《选》;乐府、古诗,汉魏,而览眺诸篇,逼类康乐。近体歌行,少陵、太白;……往匠可凌,后哲难继。明兴以来,一人而已。"(《五岳山人集·寄北郡宪副李公梦阳书》)胡应麟在《诗薮》中也说:"李献吉诗文山斗一代,其手辟秦汉盛唐之派,可谓达磨西来,独阐禅教。又如曹溪卓锡,万众皈依。"这些评价虽有过誉之嫌,但也反映了李梦阳文学创作的价值和成就。当然对李梦阳的文学创作也有批评和不满的意见,如何景明就曾批评过其江西以后之作。钱谦益因对复古派深为不满,甚至歪曲事实而诋毁之,《列朝诗集小传·李副使梦阳》云:"献吉之诗文,引据唐以前书,纰缪挂漏,不一而足。……国家当日中月满,盛极孽衰,粗材笨伯,乘运而起,雄霸词盟,流传讹种,二百年来,正始沦亡,榛芜塞路,先辈读书种子,从此断绝,岂细故哉!"攻击可谓不遗余力,甚至颠倒黑白。对于这些评价,沈德潜即表示反对,其《明诗别裁集》卷四云:"空同五言古宗法陈思、康乐,然过于雕刻,未极自然。七言古雄浑悲壮,纵横变化。七言近体开合动荡,不拘故方,准之杜陵,几于具体,故当雄视一代,邈焉寡俦。而钱受之诋其模拟剽贼,等于婴儿之学语。至谓'读书种子,从此断绝',吾不知其为何心也!"陈田《明诗纪事》丁签卷一也认为:"空同志壮才雄,目短一世,好掊击人,而受人掊击亦甚。然究一时才杰,亦不能出其右也。成、弘之间,茶陵首执文柄,海内才俊,尽归陶铸。空同出而异军特起,台阁坛坫,移于郎署。"这里将李梦阳之性格和为人归之"好掊击人",指出其性格急躁,心胸褊狭,虽显苛刻,但也道出了梦阳的性格缺陷。他认为李梦阳才华迥出众人之上,继李东阳而为文坛领袖,还是符合事实的。

李梦阳才力富赡,创作勤奋,作品众多,各体皆工。《空同集》有诗赋三十七卷,其中赋三卷三十五篇,风雅什一卷十五篇,乐府诗四卷一百五十首,五言古诗八卷三百五十八首,效杂体诗一卷四十二首,七言古诗五卷一百五十五首,五言律诗六卷五百五十七首,附排律三十一首,七言律诗五卷三百四十八首,五言绝句一卷一百四十八首,七言绝句三卷二百七十六首,附七言排律六首,杂言诗十四首,共计二千馀首。诗作数量之多,在当时作家中极为突出。在他的各体诗歌中,正如沈德潜所言,又以七言古体与七言近体最为出色。

李梦阳一生志向远大,以匡济天下为己任,所以他时刻关心朝政,同情百姓的苦难。在他的诗中,关怀现实的作品尤为重要,艺术成就也很高。如《秋怀》其六云:

> 大同宣府羽书同,莫道居庸设险功。
> 安得昔时白马将,横行早破黑山戎。
> 书生误国空谈里,禄食惊心旅病中。
> 女直外连忧不细,急将兵马备辽东。

诗人身在江湖而心系朝廷,及时提醒朝廷一定要对边患认真对待,用人得当,策略正确,才能保证国家的安全。最后他还特别表示对新近兴起的女真族(女直)的担心,而在此后的历史变迁中,也证明了作者的远见卓识。清代诗人屈复对李梦阳的政治远见深表佩服,其《论诗绝句三十四首》二七云:"先知兵马备辽东,撼树蚍蜉恐未公。俊逸终怜何大复,粗豪不羡李空同。"(《弱水集》卷十四)

由于李梦阳力主吏清政明,所以对于腐败的朝政极为不满,他在诗中对当时的朝政提出了激烈的批评。如《玄明宫行》直接揭露了刘瑾等人的奢靡无度,骄横不法,间接批评了武宗的昏庸无道。尤其是《去妇词》就写在武宗信任宦官,刘健等大臣相继去职的当时,虽然用比兴之法,含蓄沉著,但也显示出李梦阳的勇气和胆识。

正德年间,朝政腐败,世风日下,士大夫也大多不守节操,李梦阳对这种风气极为不满。他在《自从行》中说:

> 自从天倾西北头,天下之水皆东流。若言世事无颠倒,窃钩者
> 诛窃国侯。君不见奸雄恶少椎肥牛,董生著书翻见收。鸿鹄不如
> 黄雀啅,盗跖之徒笑孔丘。我今何言君且休!

对贤愚颠倒、黑白混淆,"窃钩者诛,窃国者为诸侯"的黑暗社会现实进行了辛辣的讽刺和批判。笔锋犀利,痛快淋漓。他还揭露当时权贵滥冒军功,战士有功不赏的不公平现实:"战士黄须立道傍,自言曾射左贤王。可怜孤绩无人论,赠与青袭白马郎。"(《云中曲送人十首》其九)

李梦阳自幼生长于边陲,熟悉边塞生活,他生平又以豪侠自许,因此描写边塞风光,反映边关战事,表达自己为国效力的豪情壮志,便成为他诗歌中常见的主题。这些诗歌大多意象飞动,气势雄浑,慷慨激昂,是古典诗歌中的佳作。如《从军》其二写道:

> 从军日已远,备兹途路艰。
> 驱车太行道,北度雁门关。
> 天寒雨雪冻,指堕曾冰间。
> 登高望虏境,白沙浩漫漫。
> 单于数百骑,飘飒猎西山。
> 彀我乌玉弓,赫然热肺肝。
> 安得奋长剑,一系名王还。

整首诗洋溢着爱国主义的豪情。战士们一来到苦寒的边地,就忘记了战争的艰难和辛苦,充满着必胜的信念和乐观的态度,热切希望建功立业。本诗风格豪迈,气魄非凡,具有催人奋进的力量。《出塞曲》也写了战士们保家卫国,奋勇杀敌,功成弗居的高尚情操:"奇兵左右出,长驱向云中。彭彭阵结虎,飒飒剑浮虹。一战皋兰灭,再战沙漠空。归来献天子,长揖不言功。"五古《少年行》则描写少年英雄慷慨赴国难的英雄豪气。即使在他免官闲居的时候,也不忘国家,希望有朝一日可以为

国立功,"匣剑冲星愁易泄,倚笫还向斗牛看"(七律《南康元夕》);"几欲临风抚长剑,白头还自笑书生"(《新年作,次喻监察韵》),无不流露出这种豪情和志向。

李梦阳熟悉兵法,对朝廷因用人不当导致军事失利极其不满,并提出了严肃的批评。如《诸将八首》其一云:"穆张亦是枭雄将,胶柱谈兵实可怜。力屈杀身同一地,丧师辱国在今年。"这样直书其人其事,褒贬好恶,态度鲜明,难怪会招致许多人的不满和怨恨。

梦阳诗宗法杜甫,不但有杜"致君尧舜上,再使风俗淳"的雄心壮志,而且还有少陵"穷年忧黎元,叹息肠内热"之悯念苍生的情怀。他写了许多反映下层劳动人民苦难生活的诗篇。例如《苦雨篇》记载当时洪水成灾的惨状:"波涛日陷蛙鸣起,梁园一夜满城水。屋庐半塌塌人死,可怜哭声水声里。"《寄兵备高金事江》则写气候反常,农业生产惨遭破坏致使农民铤而走险:"三月无雨干杀麦,六月雨多禾耳黑。长江浪高蛟龙斗,淘河鹦鹉啼清昼。"而当战争爆发时,他首先想到了人民流离失所的惨状。如《己巳守岁》云:

> 穷年岂办椒花颂,守岁真贪竹叶杯。
> 天下风尘难即料,夜中星斗直须回。
> 伤心蜀汉新戎马,触目中原半草莱。
> 饮罢空庭聊独立,五更春角动城哀。

还有"西国壮丁输挽尽,近边烟火至今稀"(《秋怀》其七);"壮丁战尽死,次选中男行。白日隐碛戍,尘沙惨不惊。交加白骨堆,年年青草牛"(《从军》其一)等诗句,无不体现了作者对人民悲惨生活的同情。即使没有战争,普通百姓在贪官和奸商的双重压迫下,也是度日艰难。《盐井行》写道:

> 山头井干生棘蒿,山下井塌不可淘。官司白牌促上庚,富家鬻

田典耕牛。贫家无牛典儿女,谁其使之华阳贾。华阳贾子多少年,拥金调妓高楼边。夜驰白马迎场吏,晓贯青丝还酒钱。君不见场吏乘酣气如虎,盐丁一语遭棰楚。

此诗以质朴的语言描写了盐丁在官商勾结的残酷压榨下的艰难生活,揭露了当时社会的黑暗,也客观地反映了明代中期商业的发展状况。

在江西任上,李梦阳遇到轰轰烈烈的农民起义,他用史家笔法,真实地描绘了当时官军烧杀抢掠和"土兵"横行无忌的野蛮行径,反映了当时日趋激烈的阶级矛盾。《解俘行》写押解俘虏的边军沿途滞留游乐,并敲诈勒索的情形:"朝廷日夜望俘至,雪冻俘船犹住兹。县官逃走驿官啼,要钱勒酒仍要鸡。"《土兵行》叙写被明王朝利用来镇压农民起义的少数民族士兵在豫章城里的胡作非为:"北风北来江怒涌,土兵攫人人叫呼。城外之民徙城内,尘埃不见章江途。花裙蛮奴逐妇女,白夺钗环换酒沽。"《豆萁行》写江西人民在战争压迫下的苦难生活:"当衢寡妇携儿哭,秋禾枯槁春难播。纵健征科何自出,大儿牵缰陆挽驮。"这些作品打破了"温柔敦厚"的诗教传统,对统治阶级的暴行进行了无情的揭露和鞭挞,客观上承认了农民起义的必然性。它们真实地反映了当时的社会现实,具有相当高的认识价值和艺术价值,可与杜甫的"三吏""三别"相提并论,称之为"诗史"亦不为过。何景明在《与李空同论诗书》中批评李梦阳云:"丙寅间作,叩其音,尚中金石;而江西以后之作,辞艰者意反近,意苦者辞反常,色淡黯而中理披慢,读之若摇鞞铎耳。"(《大复集》卷三二)他说李诗"读之若摇鞞铎",显然是不顾事实,有失公允。何氏之所以有如此说法,一方面由于论争时的意气用事,另一方面也因为梦阳这种诗风与其推崇的清俊响亮的格调不符。但他看到李梦阳诗风的变化确是事实,诗文随世运,"国家不幸诗家幸",李梦阳诗风的这种变化具有客观必然性。

李梦阳一生仕途坎坷,五次下狱,备受折磨。他用诗文形象地记载了自己艰难的一生,抒写种种人生感慨,也真实地反映了那个时代的社会现实。弘治十八年,他因弹劾张鹤龄下狱,作有《述愤》十七首;正德三年,他因弹劾刘瑾而再度被捕,北上途中作有《离愤》五首,表现了对黑暗现实的强烈不满和抗争,还有对世道人情的深刻感悟。如他在《下吏》中写道:

> 十年三下吏,此度更沾衣。
> 梁狱书难上,秦庭哭未归。
> 围墙花自发,锁馆燕还飞。
> 况属炎蒸积,忧来不可挥。

诗前有小序云:"弘治辛酉年坐榆河驿仓粮,乙丑年坐劾寿宁侯,正德戊辰年坐劾刘瑾等封事。"对自己忠心为国却惨遭打击深表愤慨。

李梦阳也有涉及兄弟之情的诗作,如写兄长孟和与内弟左国玉在自己落难时,为救他而奋不顾身,备受磨难,读来真切感人。其《北行,家兄与内弟玉实间行侦缓急,即如雷霆之下,魂魄并褫,矧又如饥渴》云:

> 吾兄泪眼若悬河,内弟尪羸苦更多。
> 昏黑同行草莽里,明星独傍邑城过。
> 荒山葛藟萦初蔓,空屋荆花满故柯。
> 临路断肠俱哽咽,望归携手向烟萝。

他在狱中还作了《咏狱杂物》八首,分别咏碳篓盆架、砂锅盆、船板床、砖枕、坏墩等,真实地记录了当时狱中环境之险恶和自己所受的非人待遇,非亲身经历者不能道。可与清初方苞《狱中杂记》互证。其中《船板床》写道:"船板胡在兹?而我寝其上。情知非江湖,梦寐亦风浪。"咏物抒情,浑然一体,笔触细腻,韵味悠长,是其诗中的一篇优美小品。

李梦阳一生轻财重义,古道热肠,交往广泛,朋友众多。他的交游诗情真意切,也值得我们重视。《寄康修撰海》其一云:

> 晨步城西冈,遥望终南岑。
> 荆棘高蔽天,白曜翳以阴。
> 鸡食鸾凤饥,蛾眉逸妒深。
> 葑菲遗下体,一别成飞沉。
> 出门眺四郊,莽莽悲风吟。
> 海水有可测,伤哉谁谅心?

康海因救李梦阳而被权贵诬陷为刘瑾同党免官,诗中表现了对这位挚友的无限感激和同情,而对"鸡食鸾凤饥,蛾眉逸妒深"的朝臣倾轧、小人得志也深表愤恨。这也让那些康、李交恶的传言不攻自破。还有《忆何子》表达了对何景明出使滇南的牵挂与担忧。《甲申中秋寄阳明子》抒写对王阳明高卧山林、不慕荣利的无限赞赏。李梦阳对生活艰难窘迫的朋友尤为关心,其《霖雨汹涌,城市簿筏而行,我庐高垲,尚苦崩塌,何况黄子住居湫隘,诗以问之》等诗中即表现了对朋友的无限关爱之情。

李梦阳崇拜古代的豪士侠客,喜欢他们那种意气相投、一见倾心式的交往方式:"相遇片言心便倒,腰间含笑解吴钩。"(《送人之南郡三首》其一)也向往豪侠少年骑马射猎,纵酒狎妓,挥金如土的放浪生活。《忆昔行别阎侃》云:"忆昔少年时,遨游咸阳都。邂逅尘埃里,相邀入酒垆。半酣击剑起,挟弹青门隅。"少年意气,挥斥方遒,酒酣耳热,五岳为轻,确是汉唐游侠的生活面貌。《春游曲》其一云:"骝马银鞍金市头,都门掣电落花流。扬鞭笑指胡姬肆,转拂垂杨向玉楼。"描述少年游侠遨游街市,纵饮玉楼的豪放生活。作者只用寥寥数笔,一个英武豪迈、不拘礼法的少年游侠形象便跃然纸上。风格飘逸,富有李太白诗的浪漫气息。

总的来看,李梦阳在创作实践中基本上遵循了他自己提出的理论主张,即"以我之情,述今之事,尺寸古法,罔袭其词"(《空同集》卷六二《驳何氏论文书》)。因此,他的诗作大都内容充实,感情真挚。即使那些乐府古题诗和五言杂诗,绝大部分也可以考见其本事,蕴含着诗人的真情实感,透露出作家的个性,反映了当时的时代氛围。

从诗歌艺术成就来看,李梦阳也不愧为大家。他转益多师,不但工于各种诗体,而且善于推陈出新。写景抒情,长于比兴。叙事恺切,法度谨严且富于变化。其诗风格多样,主要以雄奇豪放为主要特征。扬何抑李的同时代人薛蕙就说:"俊逸终怜何大复,粗豪不解李空同。"(《戏成五绝》其四)所谓"粗豪",也正是雄奇豪放的反面说法。如《石将军战场歌》、《林良画两角鹰歌》、《东园翁歌》等长篇歌行,不仅感情热烈奔放,滚滚滔滔,犹如长江大河,一泻千里,而且在谋篇布局上,既工整又富于变化,体现出高超的艺术技巧。胡应麟在《诗薮》中说:"献吉歌行,如龙跳天门。"这一形象化的说法,是深得李诗艺术性特征三昧的。《石将军战场歌》歌颂明代英勇抗击瓦剌族入侵的将军石亨,写得鲜活生动,有声有色,一场惊心动魄的战斗跃然纸上,呼之欲出。精彩部分如:"石家官军若雷电,天清野旷来酣战。朝廷既失紫荆关,吾民岂保清风店?牵爷负子无处逃,哭声震天风怒号。儿女床头伏鼓角,野人屋上看旌旄。将军此时挺戈出,杀敌不异草与蒿。追北归来血洗刀,白日不动苍天高。万里风尘一剑扫,父子英雄古来少。天生李晟为社稷,周之方叔今元老。单于痛哭倒马关,羯奴半死飞狐道……"雄浑奔放,纵横变化,确为李梦阳的代表之作。值得注意的是,李梦阳的诗风不是单纯的雄奇豪放,而是在雄豪之中还时而透露出飘逸的色调。如《正月大雨雪遣怀》写道:"梁园春初云不开,雪花压城滚滚来。似有驱龙朝玉阙,岂无骑鹤下瑶台。光牵五岳黄烟动,势拥三河白浪回。欲向琼楼问寒暖,袁安今已卧蒿莱。"写得光怪陆离,奇幻莫测,引人入胜。颈联"光牵五岳黄烟动,势拥三河白浪回",又以力挽千钧之势,表现了一种廓大的境界,气势恢宏,神气飞扬,深得李白诗歌的精髓。

清人沈德潜曾说李梦阳诗"追逐少陵",明确指出了梦阳的诗风渊源。李梦阳除了与杜甫一样关心现实,热爱祖国及人民之外,还深得杜诗沉郁顿挫之致。因此他的诗歌大多雄豪中伴随着沉郁的风致。深受沈德潜夸赞的《送李中丞赴镇》,固然给人以沉郁的印象,而被王世贞赞誉为雄浑流利的七律《秋望》,也不无抑郁苍凉之气。沉郁苍凉不亚于杜甫的,要算正德十五年(1520)元宵节写的七律《元夕》诗了:

千年烂漫鳌山地,少小看灯忽二毛。
兵后忍闻新乐曲,月前真愧旧宫袍。
南州楼阁烟花起,北极风云嶂塞高。
怅望碧天聊独立,夜阑车马尚滔滔。

李梦阳还有不少作品从字句到神气都酷肖杜诗。如:"独虞四海干戈满,生别悲伤见面稀。"(《得家书寄兄歌》)"芙蓉断绝秋江冷,环珮凄凉夜月孤。"(《秋怀》其三)"并吞割据千年事,愁见岷峨有战旗。"(《送张训导弃官为母》)"万方多难意,谁达圣明知?"(《己丑五日》)这些作品,尽管模拟、化用老杜诗句的痕迹非常明显,但归根结底还是李梦阳所处时代以及诗人自己思想感情的真实反映。

除体现出雄豪沉郁的特点之外,李梦阳也写过一些清新明丽或富于幽默感的诗篇。例如《圣泽泉》云:"嘈嘈鸣山泉,日日喷悲壑。日照一匹练,空中万珠落。"与李白《望庐山瀑布》有异曲同工之妙。还有《莺晓》:"睍睆梦中迷,流莺碧树西。起来红日照,已度别枝啼。"与唐金昌绪《春怨》相比,别有一番情趣。陈子龙《皇明诗选》引李雯评曰:"此老亦解作闺中语。"对梦阳诗中的别一种风味极为欣赏。

另外,梦阳诗中为人们所传诵一时的,还有《汴中元夕五首》,写当时汴梁城元宵节的欢乐景象,历历在目,真实如画。尤其是第三首:"中山孺子倚新妆,郑女燕姬独擅场。齐唱宪王春乐府,金梁桥外月如霜。"不但保存了汴京的民俗资料,也为宪王(朱有燉)乐府的流行汴京,提供了历史的见证。

李梦阳重视格调,强调"矩法",所以他也特别注重诗歌的形式,在作品的谋篇布局、章法句法上也狠下功夫。我们一般认为内容决定形式,但往往忽视了形式对内容的巨大反作用。王国维曾说:"词以境界为最上。有境界则自成高格,自有名句。"(《人间词话》)境界即意境,指作品所呈现出来的总体审美形态。但王国维也很注重诗词的章法句法,他还说:"稼轩《贺新郎》词《送茂嘉十二弟》,章法绝妙。且语语有境界,此能品而几于神者。"(《人间词话》)又说:"'红杏枝头春意闹',著一'闹'字而境界全出;'云破月来花弄影',著一'弄'字而境界全出矣。"(《人间词话》)所以,李梦阳强调诗歌本身的艺术规律和形式技巧一点也不为过,就看实践中应用得如何了。

前面谈到李梦阳的古体诗开合动荡,纵横变化,可以看出作者确实在谋篇布局方面颇费苦心。在创作近体诗时,他也注意意境的营造,章法的安排,语言的锤炼,体现出高超的诗歌艺术技巧。如《夏口夜泊别友人》写道:

黄鹤楼前日欲低,汉阳城树乱乌啼。
孤舟夜泊东游客,恨杀长江不向西。

此为送别友人之作,先抒写了一种夕阳西下,残照当楼,众鸟归巢的凄迷景象,烘托了朋友离别的悲凉心境。本为惜别友人,可是没有语言的挽留,却埋怨长江为什么不向西流呢!想象奇特,别有情趣。真如《红楼梦》中香菱评王维的《使至塞上》云:"似乎无理,想去竟是有情有理的。"

近体诗讲究韵律和对仗,李梦阳的许多诗句不但意蕴丰富,而且韵律和谐,对仗工稳。例如:

> 隘地黄河吞渭水,炎天白雪压秦山。
>
> ——《潼关》
>
> 月来天似水,云起树为山。
>
> ——《河上秋兴》其七
>
> 穿林竹翠沾衣满,布席葵香扑酒空。
>
> ——《徐将军园亭》

淡淡两笔勾勒出来的形象,似画而又胜画,使人心醉神迷,几乎忘了语言文字的存在,这大概就是古人所谓"不落言筌""超以象外,得其寰中"的妙境吧。再如:

> 骅骝举足狭万里,便欲登天揽日月。
>
> ——《东园翁歌》

杜甫诗句"斯须九重真龙出,一洗万古凡马空"(《丹青引赠曹将军霸》)的骏马是时间上的独一无二,而这里的骅骝却是那骏马在空间上的展开,一个"狭"字,笔力千钧,何等气派!再如:

> 山禽水禽交止语,桃花梨花相逐飞。
>
> ——《晚晴郊望》

这两句类似罗隐的"桃花李花斗红白,山鸟水鸟自献酬",对自然美的展示也很成功。鸟鸣声声,花落片片,声音、线条、色彩都很优美,用语工整而又自然。胡应麟《诗薮》认为,"好句中叠用字"是李梦阳从杜甫那里承袭的毛病。但是我们从杜诗以及以上例句中感到的却是:在当句和对句中巧妙地重复用词,这种句式是有生命力的。所以,胡应麟的意见难以让人认同。

三

李梦阳一生著作甚富，有诗文六十六卷，其中《空同子》二卷，一并收入《空同集》，还有《古文选增定》二十二卷（《明史·艺文志》著录）。李梦阳诗文的版本流传较多，主要有《空同集》二十一卷本（时间不详）；刻于嘉靖初年的《弘德集》三十三卷本，卷首有李梦阳所撰《诗集自序》；还有《嘉靖集》一卷本、《空同子》八篇、《结肠集》（已亡逸）等单刻本。李梦阳去世前曾将其一生诗文整理修订后，取名《空同集》，托付好友黄省曾梓刻。嘉靖九年（1530），黄省曾在苏州始将《空同集》（《空同先生全集》）六十三卷本刻成竣工。有赋三卷，诗三十三卷、文二十七卷。后人不断在此基础上重刻。嘉靖十一年（1532），李梦阳外甥曹嘉在凤阳重刻黄省曾《空同集》六十三卷。万历三十年（1602），邓云霄、潘之恒主持重刻了《空同子集》，分上、中、下卷，辑入诗文六十六卷，附录二卷，搜集了所有空同作品和他人序跋，为明代以来最佳刻本。《四库全书》集部《空同集》即据此本为底本。

这部诗选以《四库全书》本《空同集》为底本，参校万历三十年由邓云霄、潘之恒搜集整理的《空同子集》，还参考了《空同先生全集》。《空同先生全集》收李梦阳诗文六十三卷，其中有一些缺页，无附录，其馀内容与上书同，故仅作参考。

这部作品选从李梦阳二千多首诗中选出三百馀首，进行注解评析。所选诗歌尽量兼顾李梦阳各种风格和各个时期的创作，以求让读者对其诗歌成就有较全面的认识。故有些作品别人选过了，我们照收；有些作品前人认为不好，可是在我们看来仍具有较高的认识价值和艺术水平，也收录了；另外，对其乐府诗和模仿民间歌谣的作品，也适当收录，以展现其创作的整体面目。选录作品以《空同集》之收录顺序排列,以便读者检索核对。按诗体来分有乐府诗八题九首,五言古诗二十七题三十二首,七言古诗三十六题三十六首,五言律诗七十题七十六首,七言律诗九十三题一百零八首,五言绝句四十题四十一首,七言绝句三十四题四十六首,七言排律二首。从数量上来看,李梦阳的近体诗要比古体诗多,因此选入的比例也较高,但这并不意味着其近体诗的思想艺术水平一定比古体诗高,如此选择,主要是为了全面展现他的创作成就。

  李梦阳的作品在流传过程中曾经被后人出于各种目的而改动。最明显的是,清朝统治者出于维护政权的需要,四库馆臣对《空同集》中的一些作品作了改动,有些我们依据万历三十年之《空同集》刻本改正了,比如《荡子从军行》首句"胡兵十万起妖氛,汉骑三千扫阵云"的"胡兵"被改为"天骄",我们据万历本改了过来。诸如此类的情况较多,有些我们在注释中作了说明。也有些作品我们认为后改过的比先前的可能更好,比如《解酉行》被改为《解俘行》,就不必再恢复了,但仍在注释中作了说明。还有沈德潜在《明诗别裁集》中出于自己的艺术趣味也对李梦阳的一些作品作了擅自改动,我们据万历本一一改正过来。比如《石将军战场歌》中:"枭雄不数云台士,杨石齐名天下无。呜呼杨石今已无,安得再生此辈西备胡。"被改为:"姓名应勒云台上,如此战功天下无。呜呼战功今已无,安得再生此辈西备胡。"从语意上来说也不通。

  由于《空同集》向无校注,无从参考,再加选注者水平有限,错误之处,在所难免,恳请广大读者朋友提出宝贵的意见和建议,以便我们在以后的修订中加以改进。

射潮引^[1]

钱塘八月潮水来^[2],蛟龙奋怒涛为雷。天旋地拆不可止^[3],此中云有鸱夷子^[4]。何不张尔弓、挟尔矢^[5],射杀鸱夷潮可止。君不见潮水年年八月来,万弩射潮终不回^[6]。

〔1〕此诗写钱塘江潮水,突出钱塘潮汹涌澎湃的气势。该诗题前原注为"铙歌曲"。铙歌曲,乐府旧题。南朝宋明帝时分汉乐四品,其中有"短箫铙歌"。唐吴兢作《乐府古题要解》,分乐府为八类,其中也有"铙歌"。郭茂倩《乐府诗集》增为十二大类,变"铙歌"为"鼓吹曲辞"。射潮,唐末吴越王钱镠,字具善,小名婆留。唐昭宗曾拜镠为镇海浙东军节度使。唐亡,称吴越国王。钱镠筑捍海塘,怒潮汹涌,版筑不成,乃造竹箭三千,在叠雪楼命水犀军驾强弩五百以射海潮,迫使潮头趋向西陵,遂奠基而成塘。见孙光宪《北梦琐言》。苏轼《八月十五日看潮》:"安得夫差水犀手,三千强弩射潮低。"自注:"吴越王尝以弓弩射潮头,与海神战,自尔水不近城。"引,乐曲体裁之一,有序奏之意。马融《长笛赋》:"故聆曲引者,观法于节奏。"郭茂倩《乐府诗集》有《霹雳引》、《思归引》、《箜篌引》等。

〔2〕钱塘:即钱塘江,在今浙江杭州。钱塘八月观潮,历来称为盛举。李白《横江词》云:"浙江八月何如此,涛似连山喷雪来。"潘阆《酒泉子》亦云:"长忆观潮,满郭人争江上望。来疑沧海尽成空,万面鼓

1

声中。"

〔3〕拆:通"坼",分裂,裂开。《诗经·大雅·生民》:"不坼不副,无灾无害。"

〔4〕鸱夷:即革囊。《战国策·燕策》:"昔者伍子胥说听乎阖闾,故吴王远迹至于郢。夫差弗是也,赐之鸱夷而浮之江。"《史记·伍子胥传》:"(子胥)乃自刭死。吴王(夫差)闻之大怒,乃取子胥尸盛以鸱夷革,浮之江中。"裴骃《集解》:"应劭曰:'取马革为鸱夷。鸱夷,榼形。'"《史记·吴太伯世家》张守节《正义》:"吴俗传云:'子胥亡后,越从松江北开渠至横山东北,筑城伐吴。子胥乃与越军梦,令从东南入破吴。越王即移向三江口岸立坛,杀白马祭子胥。杯动酒尽,越乃开渠。子胥作涛,荡罗城东,开入灭吴。至今犹号曰示浦,门曰鳝鱼。'"另,春秋越国范蠡自号"鸱夷子皮"。范蠡佐越王勾践灭吴,知勾践为人可以同患难,不可共安乐,因浮海出齐,变姓名,自谓"鸱夷子皮",省称"鸱夷子"。见《史记·越王勾践世家》。李白《古风》:"何如鸱夷子,散发棹扁舟。"

〔5〕矢:箭。

〔6〕弩:用机栝发射的箭。《史记·孙子吴起列传》:"齐军万弩俱发。"

子夜四时歌(八首选二)〔1〕

其七

郎住西水头,妾住东北浒〔2〕。何能冰遂合〔3〕,永免风波苦。

〔1〕本组诗共八首,此选二首。该诗题前原注为"短调歌"。《子夜歌》为乐府旧题,即《吴声歌曲》名。《宋书·乐志》:"子夜哥(歌)者,有女子名子夜,造此声。"现存晋、宋、齐三代歌词四十二首,写爱情生活中的悲欢离合,多用双关隐语。南朝乐府又有《子夜四时歌》,系据《子夜歌》变化而来。《空同集》残本只六首,缺此二首。

〔2〕浒:水边。《诗经·王风·葛藟》:"绵绵葛藟,在河之浒。"毛传:"水厓曰浒。"

〔3〕遂:道,道路。引伸为水道。《考工记·匠人》:"广二尺,深二尺,谓之遂。"

其八

雪飘怅难行[1],室迩阻相觅[2]。不畏风色严[3],畏此雪上迹[4]。

〔1〕怅:失意,懊恼。
〔2〕迩:近。觅:寻找。
〔3〕严:厉害。
〔4〕迹:脚印。

郭公谣[1]

赤云日东江水西,榛墟树孤禽来啼[2]。语音哀切行且啄,惨怛若诉闻者凄[3]。静察细忖不可辩[4],似呼郭公兼其妻。

一呼郭公两呼婆,各家栽禾,栽到田塍[5],谁教检取螺。公要螺炙,婆言摄客。摄得客来,新妇偷食。公欲骂妇婆则嗔[6],妇头插金行带银。郭公唇干口燥救不得,哀鸣绕枝天色黑。

〔1〕该诗题前原注为"杂调曲"。杂调曲,即郭茂倩《乐府诗集》之《杂歌谣辞》,多为民间歌谣。《弘德集》中此诗有小序云:"布谷,江西人呼为郭公,民间有谣云。"此诗后有李梦阳跋云:"李子曰:世尝谓删后无诗,无者谓雅耳,风自谣口出,孰得而无之哉?今录其民谣一篇,使人知真诗果在民间于乎,非子期,孰知洋洋峨峨哉?"

〔2〕榛墟:长满灌木的土丘。榛,植物名,落叶灌木或小乔木。墟,土丘。

〔3〕惨怛:忧伤,痛悼。《汉书·元帝纪》:"岁比灾害,民有菜色,惨怛于心。"

〔4〕忖:思量,揣度。

〔5〕田塍(chéng 成):田畦,田间界路。

〔6〕嗔:怒。杜甫《丽人行》:"慎莫近前丞相嗔。"

空城雀[1]

双雀下空城,谷穗黄离离[2]。二雀跳踉鼓翼啄谷穗[3],其朋千百咸来集[4],小者啾啾是其儿[5]。谁者翁妪[6]?被发曳鞋来打雀[7]。雀薨薨[8],飞上城,嘈嘈鸣[9]。两人恰欲抽身,雀便复集。回头骂雀:"辛苦长得禾,汝忍饱之我无粒〔10〕!"手中乏利弹〔11〕,又蔑网罗〔12〕。天旋地昏,奈尔雀何!

〔1〕此诗写一群麻雀啄食老弱者谷穗的情形,使人联想到剥削者对老百姓的盘剥。老者无可奈何的神情,麻雀贪得无厌的形象均跃然纸上。全诗语言通俗易懂,形象明朗逼真,抒情浅显直白,深得乐府诗三昧。该诗题前原注为"杂调曲"。

〔2〕离离:纷披繁茂的样子。《诗经·王风·黍离》:"彼黍离离,彼稷之苗。"

〔3〕跳踉(liáng凉):亦做"跳梁"。跳跃。《庄子·逍遥游》:"子独不见狸狌乎?卑身而伏,以候敖者;东西跳梁,不辟高下。"鼓翼:鼓动翅膀。犹振翅。张衡《归田赋》:"王雎鼓翼,仓庚哀鸣。"

〔4〕咸:都,全部。

〔5〕啾(jiū纠)啾:象声词。鸟鸣声。

〔6〕"谁者"句:谁家的老头儿老太太。姁,年老的女人。

〔7〕被发:披发。"被"通"披"。曳鞋:拖着鞋。

〔8〕薨(hōng轰)薨:象声词。众鸟群飞声。

〔9〕嘈嘈:象声词。众鸟嘈杂喧闹的声音。

〔10〕忍:忍心。

〔11〕乏:缺乏,没有。

〔12〕蔑:无,没有。

白马篇〔1〕

白马紫金羁〔2〕,扬鞭过市驰。万人皆辟易〔3〕,言是卖珠儿。

生长本倡门[4],结交蒙主恩。寝食玉榻侧,独聆优渥言[5]。取金大长秋[6],征歌李延年[7]。家住十重楼,珠帘白玉钩。绮绣裁襦裳[8],妖艳无匹俦[9]。片言即赐第[10],意气凌五侯[11]。

〔1〕白马篇:乐府旧题。三国魏曹植曾有《白马篇》,原是表现游侠少年忠勇为国、捐躯边疆的英雄壮举,李梦阳却借题发挥,描写当时恃宠横行、不可一世的皇帝宠臣,讽刺了腐朽的朝政。该诗题前原注为"杂调曲"。

〔2〕羁:马络头。

〔3〕辟易:即"避匿"。让开,躲开。

〔4〕倡门:歌舞艺人生活之处。倡,古称歌舞艺人为倡。《史记·滑稽列传》:"优旃者,秦倡,侏儒也。"

〔5〕"寝食"二句:写这些人倍受皇帝宠信的情景。玉榻:精美的卧榻。优渥:雨水充足。《诗经·小雅·信南山》:"益之以霡霂,既优既渥,既霑既足,生我百谷。"后来泛称丰厚优裕为优渥。《三国志·蜀志·邓芝传》:"权(孙权)数与芝相闻,馈遗优渥。"此处代指皇帝。

〔6〕大长秋:官名,宣达皇后旨意,管理宫中事宜,为皇后近侍,多由宦官充任。长秋,本为汉代皇后所居宫名,其官署称长秋寺。

〔7〕李延年:汉代音乐家,中山(今河北定州)人,乐工出身,善歌,又善创新声。武帝时,在乐府中任协律都尉,为《汉郊祀歌》十九章配乐,又仿张骞传自西域的《摩诃兜勒》曲,做"新声"二十八解,用于军中,称"横吹曲"。

〔8〕绮:有花纹的丝织品。绣:用丝茸或丝线在布帛上刺成花纹图像。襦裳:这里统指衣服。襦,短衣,短袄,服于单衫之外。裳,下身的衣服,裙。

〔9〕妖艳：美丽妩媚，含有光彩逼人而不甚端庄的意思。匹俦：犹匹敌，匹配。曹植《赠王粲》诗："中有孤鸳鸯，哀鸣求匹俦。"

〔10〕赐第：赏赐大住宅。第，上等房屋，因以为大住宅之称。《汉书·高帝纪下》："赐大第室。"颜师古注引孟康曰："有甲乙次第，故曰第。"

〔11〕凌：通"陵"，侵犯，欺凌。《楚辞·九歌·国殇》："凌余阵兮躐余行。"五侯：即公、侯、伯、子、男五等诸侯。泛指权贵。唐韩翃《寒食》诗："日暮汉宫传蜡烛，轻烟散入五侯家。"

甄氏女诗〔1〕

余读《魏记》，见甄氏女失身以谗被诛，即其绝鸣之音，至惨戚不可读，而竟以谗死，悲夫！然卓氏女亦奔相如，作《白头吟》，何所遇悬绝也？陈思王《浮萍》诗或称托风于甄氏，比之长门，成败异矣，岂非事人者之永鉴哉？

种树高堂下，枝叶何留留〔2〕。辞家奉君了，置我青云楼〔3〕。一朝意乖别〔4〕，弃妾忽如遗〔5〕。昔为同沟水，今向东西流。独守结心脾〔6〕，夕暮不垂帷〔7〕。明月鉴玉除〔8〕，清风一何悲。曳绚立中庭〔9〕，仰见明河湄〔10〕。明河光不回，念妾当何依。沉思仰天叹，泪下如断縻〔11〕。

〔1〕甄氏女：即魏文帝（曹丕）之文昭皇后，魏明帝（曹叡）之母。中山无极（今河北无极）人。初嫁与袁绍中子袁熙。袁绍败后，曹丕纳之

于邺,有宠,生魏明帝与东乡公主。曹丕即位后,另有新欢,并听信谗言将甄氏赐死。明帝即位,追谥为后。见《三国志·魏志·后妃传》。诗前所谓《魏记》,疑即《三国志·魏志》。记三国之魏国事者,在陈寿之前已有王沈《魏书》、鱼豢《魏略》,但不名《魏记》。该诗题前原注为"杂调曲"。

〔2〕留留:形容枝叶茂密。留,长久。

〔3〕青云:指高空。极言楼之高峻。

〔4〕乖别:分离。曹植《朔风》:"昔我同袍,今永乖别。"

〔5〕遒(qiú 求):迫近。潘岳《秋兴赋》:"悟时岁之遒尽兮。"

〔6〕结心脾:指愁怨郁结在心。结,聚合,凝聚。

〔7〕垂帷:放下帐幕。帷,帐幕。

〔8〕鉴:照。玉除:玉阶。

〔9〕曳絇(qú 渠):这里指拖着鞋子。曳,拖,牵引。絇,古时鞋头上的装饰,有孔,可以穿系鞋带。

〔10〕明河:即银河,也叫"天河"。湄:岸边,水与草交接的地方。《诗经·秦风·蒹葭》:"所谓伊人,在水之湄。"

〔11〕断縻(mí 迷):形容眼泪连绵不断。縻,牛缰绳。

河之水歌[1]

《河之水歌》,李子为其子作也,以子追不及。

河之水,流溅溅,望父不见立河干[2]。河水浟浟[3],舟子摇橹[4]。东方渐明,我不得渡。

〔1〕古诗有《河中之水歌》,本叙莫愁女事,本篇用其体叙写父子深情。该诗题前原注为"古调歌"。

〔2〕溅溅:流水声。《乐府诗集》卷二五《木兰诗》之一:"不闻爷娘唤女声,但闻黄河流水鸣溅溅。"河干:河岸。干,涯岸,水边。《诗经·魏风·伐檀》:"置之河之干兮。"

〔3〕浇(biāo 彪)浇:水流貌。

〔4〕橹:划船的工具。

内教场歌〔1〕

内教场歌者,李子纪时事而作者也〔2〕。帝自将练兵于内庭〔3〕。

雕弓豹鞯骑白马〔4〕,大明门前马不下〔5〕。径入内伐鼓,大同邪〔6〕?宣府邪〔7〕?将军者许邪〔8〕?一解
武臣不习威〔9〕,奈彼四夷〔10〕。西内树旗〔11〕,皇介夜驰〔12〕。鸣炮烈火,嗟嗟辛苦〔13〕。二解

〔1〕正德七年(1512),明武宗调辽东、宣府、大同、延绥四镇军入教紫禁城,由宦官江彬、徐泰等率领,又令宫中的太监组成一支队伍,与边军玩打仗的游戏,每日晨夕驰逐,甲光照宫苑,呼喊嘈杂之声达于宫城外。此诗即针对武宗的荒谬行为进行直接揭露和批评。诗人愤怒地质问:戍守边关的重军被调来做游戏,国家的安危将置于何地?军队的威严又何在?内,即大内,皇宫的总称。教场,演武场。该诗题前原注为

"古调歌"。

〔2〕李子:李梦阳自称。

〔3〕帝:指明武宗。内庭:皇宫。

〔4〕豹鞬(jiān兼):用豹皮做的盛弓的袋子。

〔5〕大明门:皇宫门。天安门广场前中轴线上的正南门,为大明门,明朝时它是京都皇城的正南门。按照周朝礼制,在进入皇帝寝宫前,要经过紫禁城五重门,大明门的位置,相当于古代帝王禁城五重门中的头门,门的左右两侧是公生左右门。大明门与皇城正门、禁城正门为皇城中轴线上的三大中门,大明门除国家大典以外,常年不开,只有皇太后慈驾、皇帝乘舆、祭天、出巡、皇帝皇后大婚时,才能从三大中门逐门通过,昭示皇帝的天威神权。

〔6〕大同:大同府。在今山西大同市。这里指大同府的戍边军队。

〔7〕宣府:地名。明洪武二十六年(1393)改置宣府左、右、前三卫,隶属北平都指挥使司,永乐七年(1409)直隶京师,置总兵坐镇,称宣府镇。其地在今张家口市宣化区。

〔8〕许:指明武宗时太监许泰。

〔9〕"武臣"句:指武臣不加强军队训练。

〔10〕四夷:旧时指东夷、西戎、南蛮、北狄,是对华夏族以外各族的蔑称。

〔11〕树旗:指立起军旗。

〔12〕皇介:皇宫中的卫士。介,通"甲",代指披甲的卫士。

〔13〕嗟嗟:叹词。

离愤(五首选二)[1]

正德戊辰年五月[2],阉瑾知劾章出我手[3],矫旨诏狱[4]。

其一

采采河边兰[5],鲤鱼何盘盘[6]。念我同胞人[7],诀绝摧心肝[8]。事变在须臾[9],浮云逝无端。临发路踟蹰[10],谁敢前为言?原鸰抗高声[11],我行何时还?十步九回头,泪下如流泉。

[1] 本组诗共五首,此选二首。明武宗正德元年(1506),李梦阳代户部尚书韩文草疏弹劾太监刘瑾等"八虎"行动失败,大学士刘健、谢迁二人被迫致仕,户部尚书韩文也被迫致仕并罚米三千石输边,李梦阳也被降职为山西布政司经历并罚米五百石,勒令致仕,回开封赋闲。二年,刘瑾又矫诏将曾经参与上书的刘健、谢迁、李梦阳等四十八名官员列为"奸党"。三年,刘瑾又以李梦阳曾代韩文起草疏稿,于是以他事令械李梦阳至京城下狱。后经康海等全力营救,方出狱。此诗即写李梦阳于正德三年被逮至京时的感受。离,遭逢。

[2] 正德戊辰年:即正德三年(1508)。

[3] 瑾:指太监刘瑾。劾章:弹劾的奏章。指作者替尚书韩文代写的《代劾宦官状疏》(见《空同集》卷四十)。

〔4〕矫旨:假托皇帝旨意。矫,假托,诈称。诏狱:奉诏令关押犯人的牢狱。这里指假托皇帝诏令制造冤狱。

〔5〕采采:盛貌。《诗经·秦风·蒹葭》:"蒹葭采采,白露未已。"

〔6〕盘盘:曲折回环貌。唐李白《蜀道难》:"青泥何盘盘,百步九折萦岩峦。"

〔7〕同胞人:指家人。

〔8〕诀绝:会面无期时的话别。诀,将远离而相告别。摧:伤痛。

〔9〕事变:指刘瑾逮自己下狱事。

〔10〕踟蹰:同"踟躇"。心中迟疑,要走不走的样子。

〔11〕原鸰(líng 零):即"鸰原"。《诗经·小雅·棠棣》:"脊令在原,兄弟急难。"《笺》:"水鸟,而今在原,失其常处,则飞则鸣,求其类,天性也。犹兄弟之于急难。""脊令",即"鹡鸰",鸟类的一属。后因以"鸰原"指兄弟友爱。李梦阳于正德三年由开封被逮至京时,由其兄孟和与内弟左国玉陪同护送,故有"鸰原"之说。抗高声:大声。抗,高。

其三

北风号外野〔1〕,五月知天寒〔2〕。海水昼夜翻〔3〕,南山石烂烂〔4〕。丈夫轻赴死,妇女多忧患。中言吐不易〔5〕,拊膺但长叹〔6〕。永夜步中庭〔7〕,北斗何阑干〔8〕。裂我红罗裙〔9〕,为君备晨餐。车动不可留,伫立泪汍澜〔10〕。愿为云中翼〔11〕,阻绝伤肺肝。

〔1〕号:呼号。

〔2〕五月:指明正德三年(1508)五月。

〔3〕"海水"句:写别离时诗人内心的不平静,如海水翻腾。

〔4〕烂烂:光亮。《世说新语·容止》:"裴令公(楷)目王安丰(戎):'眼烂烂如岩下电。'"

〔5〕中言:心中的话。

〔6〕拊膺:拍胸。表示哀痛。晋陆机《门有车马客行》:"抚膺携客泣,淹泪叙温凉。"

〔7〕永夜:整夜。中庭:庭院中。

〔8〕北斗:星名。在北天排列成斗形的七颗亮星。阑干:纵横。《吴越春秋·勾践入臣外传》:"言竟,掩面涕泣阑干。"

〔9〕裂:撕裂。红罗裙:红色的丝织裙子。这里代指珍贵的衣裳。

〔10〕汍(wán 丸)澜:泪流貌。

〔11〕愿:希望。云中翼:指大鹏的翅膀。

田园杂诗(五首选一)〔1〕

其五

田居亦安娱〔2〕,患者寡朋仇〔3〕。农谈或时歇〔4〕,仰视苍云流〔5〕。青衿者谁子〔6〕?道言即我谋〔7〕。开尊面圃场〔8〕,剥枣充盘羞〔9〕。物小意固勤〔10〕,觞既情仍留〔11〕。皛皛远天色〔12〕,秋阳下林丘〔13〕。

〔1〕本组诗共五首,此选一首。诗写作者罢官家居时的生活和心

情。由于诗人田居赋闲是遭宦官陷害,所以诗虽写田居生活的安逸与清静,但其中仍潜伏着不平的暗流,充满着诗人对政治生活的期待。这组诗模仿陶渊明和孟浩然田园诗的痕迹较为明显。

〔2〕田居:指田园生活。安娱:安闲而愉快。

〔3〕朋仇:朋辈,朋友,志同道合者。

〔4〕农谈:关于农事的话题。

〔5〕苍云:黑色的云。

〔6〕青衿:黑色衣衫。这里指穿黑色衣服的人,即普通老百姓。

〔7〕道言:所说的话。谋:打算。

〔8〕"开尊"句:化用孟浩然《过故人庄》诗句:"开轩面场圃,把酒话桑麻。"尊,酒杯。圃,种植蔬菜瓜果的园子。场,堆积、打碾粮食的地方。

〔9〕剥枣:打枣。羞:美味的食物。后多作"馐"。

〔10〕物小:指枣子虽然小。勤:帮助。

〔11〕觞:古代喝酒用的器具。这里代指酒。既:尽,没有了。

〔12〕皛(xiǎo 小)皛:明洁貌。陶渊明《辛丑岁七月赴假还江陵夜行途中一首》:"昭昭天宇阔,皛皛川上平。"

〔13〕"秋阳"句:写秋天的太阳缓缓地从长满树木的山丘落下去。

赠刘潜[1]

人生无常因[2],飘如风中云。昔别大江隅[3],今也长河濆[4]。凉飙起霜夕[5],陨叶何纷纷[6]。我菊有佳色,毅然独芳芬[7]。迟速良有时[8],勉哉树高勋[9]。

〔1〕这是一首赠别朋友的诗作,诗中表现了作者对朋友的劝勉和对友情的珍视,也流露出作者孤标傲世、不随流俗的高尚情操。刘潜,字秉昭,号石壁,安城(今河南原阳西南)人。

〔2〕常因:恒久不变的聚合。常,指恒久不易或变化的规律。《荀子·天论》:"天行有常,不为尧存,不为桀亡。"因,即"因缘",佛教泛指一切事物生灭所依赖的原因和条件。

〔3〕隅(yú于):靠边的地方。杜甫《送蔡希鲁都尉还陇右寄高三十五书记》诗:"咫尺雪山路,归飞西海隅。"

〔4〕濆(fén坟):沿河的高地。

〔5〕凉飙:凉风,这里指秋风。飙,暴风,泛指风。霜夕:犹秋夜。霜,年岁的代称,犹言秋。

〔6〕陨叶:落叶。陨,坠落。

〔7〕毅然:坚强、果决的样子。

〔8〕"迟速"句:意思说一个人的成功有早有晚,那真要看时机到来没有。良,确,真。

〔9〕"勉哉"句:意谓人一定要建立卓越的功勋。勉,尽力。高勋,卓越的功勋。

赠孙生〔1〕

古人种桃李,不为攀其化〔2〕。君子振英芬,岂在义与华?炎阳赫晴彩〔3〕,百卉流丹霞。蓦彼东园实〔4〕,累累一何嘉。采者自成蹊〔5〕,举世徒咨嗟〔6〕。

〔1〕这首诗表达了李梦阳的文学主张及其立场。当时他们倡导文学复古运动,不为人们欢迎。所以在这里他表示自己提倡文学革新并不是为沽名钓誉,而是希望文苑生气勃勃、欣欣向荣。孙生,即孙一元(1484—1520),字太初,号太白山人,自称秦(今陕西)人。曾隐居终南山,后游历汴中、吴越、齐鲁等地,所到之处,必有题咏。曾与刘麟、龙霓、吴珫、陆崑结社,号"苕溪五隐"。其诗悲壮激发,而泽于冲和。年三十馀卒。参看何乔远《名山藏》卷九六《高道记》。

〔2〕搴(qiān 牵):拔取。

〔3〕赫:红如火烧,也泛指红色。

〔4〕蕡(fén 坟):草木果实繁盛貌。《诗经·周南·桃夭》:"有蕡其实。"东园:洛阳名园之一,在洛阳县东。宋李格非《洛阳名园记》:"文潞公东园,本药圃,地薄东城,水渺弥甚广,泛舟游者,如在江湖间也。渊映瀍水,二堂宛宛在水中。"

〔5〕"采者"句:由"桃李不言,下自成蹊"化出。原指桃树李树不会讲话,但其花艳丽动人,其实甘美,故众人争赴之,时间一久,树下自会走出路来。后谓为人真诚,自能感动他人。亦谓注重事实,不尚虚声。蹊,小路。

〔6〕咨嗟:叹息,赞叹。

寺游别熊子(四首选一)〔1〕

其三

散眸七宝地〔2〕,舴尔孤云台〔3〕。一望碧烟合,四面清风来。

流影荡我前,炎树生秋哀[4]。一笑问天地,劫灰安在哉[5]?

〔1〕本组诗共四首,此选一首。此诗写诗人与友人游山寺并别离的情景,表现了作者乐观豁达,不为尘俗所扰的情怀,胸怀高阔,气象不凡。诗中写景真切,韵律协婉,又恰当借用佛教术语,自有一种意在言外的妙境。熊子,即熊卓(1463—1509),字士选,丰城(今江西丰城市南)人。弘治丙辰(1496)进士,知平湖县,拜监察御史。关心国事,正直敢言,不避权贵。刘瑾乱政,同日勒令致仕四十八人,其中就有熊卓。《明一统志》:"熊卓,丰城人,由进士为平湖知县,擢御史,陈时政得失,奉敕劳军,尽革干没之弊。按都督神英赃罪,论如法,虽权贵莫之挠。"

〔2〕"散眸"句:意谓在佛寺里自由地眺望。七宝地,指佛寺。七宝,佛教所称七种宝物,说法不一。

〔3〕觞(shāng 商):进酒,劝饮。《庄子·至乐》:"鲁侯御而觞之于庙。"

〔4〕炎树:指秋天叶子变黄的树木。

〔5〕劫灰:佛家语。本指劫火的馀灰,后因谓战乱后的残迹或灰烬。宋陆游《予数年不至城府丁巳火后始见之》:"陈迹关心已自悲,劫灰满眼更增欷。"

甲申中秋寄阳明子[1]

风林秋色静,独坐上清月。眷兹千里共[2],眇焉望吴越[3]。窈窕阳明洞[4],律兀芙蓉关[5]。可望不可即,江涛滚山雪。

〔1〕此诗为寄友人王守仁(阳明)之作,写于1524年(甲申)中秋。阳明子,即王守仁(1472—1528),字伯安,余姚(今属浙江)人。尝筑室故乡阳明洞中,世称阳明先生。早年因反对宦官刘瑾,被贬为贵州龙场(修文县治)驿丞。后以镇压农民起义和平定"宸濠之乱",封新建伯,官至南京兵部尚书。卒谥文成。他论学推尊陆九渊,认为"夫万事万物之理不外乎吾心","心明便是天理",为明代"心学"的主要代表人物。王阳明平定朱宸濠之乱以后,由于奸人谗毁,劳而无功,故退居九华山全身远祸。明世宗即位后,本欲重用他,又有人出面阻挠,终未被重用。1524年时他仍居家乡讲学。这首诗描写了中秋的美景,抒发了作者对友人的思念之情,并对其超然脱俗的境界表示赞赏。

〔2〕千里共:江淹《月赋》:"美人迈兮音尘阙,隔千里兮共明月。"又,张九龄《对月怀远》:"海上生明月,天涯共此时。"

〔3〕眇焉:仔细看的样子。眇,眯着眼睛看。

〔4〕窈窕:美好貌。《诗经·周南·关雎》:"窈窕淑女,君子好逑。"阳明洞:在浙江绍兴东南会稽山,道家称为十一洞天。王守仁结庐洞侧。

〔5〕律兀:山势突兀高峻貌。芙蓉关:即芙蓉峰,在今浙江金华西北,又名尖峰山。

赠郑生(三首选一)〔1〕

其二

伊予解组归〔2〕,汝也美少年。骏马臂两弓,射猎梁王川〔3〕。感予重意气,授之黄金鞭〔4〕。万里不易致〔5〕,悲鸣为谁前?

〔1〕本组诗共三首,此选一首。本诗写作者与郑生的友谊。郑生:即郑作,字宜述,歙(今安徽歙县)人。读书于方山之上,故自号方山子。后弃文从商,不废吟咏。时时轻弓骏马从侠少年射猎于大梁薮中。获雉兔则敲石火,炙腥肥,悲歌痛饮。李梦阳招致门下,论诗较798过从无虚日。《列朝诗集》、《歙县志》均有传。《空同集》中写给郑作的诗有三十余首,又有《方山子祭文》、《方山子集序》等文多篇。

〔2〕伊:句首语气词。潘岳《西征赋》:"伊故乡之可怀。"解组:解下印绶,谓辞去官职。组,印绶,引申为官印或作官的代称。

〔3〕梁王川:地名,在今河南开封市南。

〔4〕黄金鞭:贵重的鞭子。

〔5〕"万里"句:李白《送友人》:"挥手自兹去,萧萧班马鸣。"

赠徐祯卿〔1〕

独处忽不怪〔2〕,揽衣循东厢〔3〕。树木何修修〔4〕,春风起飘扬。我友驾在门〔5〕,告言适江湘〔6〕。仓皇挈玉壶〔7〕,追送临河阳〔8〕。顾瞻两飞凫〔9〕,并戏水中央。翩翩厉羽翮〔10〕,鸣声一何长。奈何游客子,一别永相望。时泽亮有周〔11〕,天命固其常〔12〕。薄终义所劣〔13〕,别离庸讵伤〔14〕。懿彼回路赠〔15〕,慷慨申此章〔16〕。

〔1〕徐祯卿是"前七子"成员之一,为诗人至交。《空同集》中收有李梦阳写给徐祯卿的诗十首,文二篇。徐祯卿(1479—1511),字昌谷,吴

县人。弘治十八年(1505)进士,官国子博士。有《迪功集》传世。《明史》卷二八六、《列朝诗集》等有传。正德元年(1506)二月,徐祯卿南下湖湘,此诗即为送别徐祯卿而作。依依惜别,情深谊厚。

〔2〕怿:高兴。《史记·萧相国世家》:"高帝不怿。"

〔3〕揽衣:提着衣服。循东厢:漫步于东厢房。厢,正房两边的房屋。

〔4〕修修:端正、整齐貌。《荀子·儒效》:"修修兮其用统类之行也。"

〔5〕驾:车。

〔6〕适:去。江湘:指湖南。

〔7〕仓皇:急急忙忙的样子。挈:提,拿。

〔8〕河阳:河北面,河北山南为阳。

〔9〕顾瞻:观望,观看。凫:野鸭。

〔10〕厉:磨练。羽翮(hé 何):翅膀。

〔11〕"时泽"句:是说皇帝的恩泽明确而又周全。显然在鼓励友人不要气馁。徐祯卿虽举进士,但却不得馆选,仕途不顺,处境萧条。

〔12〕"天命"句:意谓天命本来是有规律的。常,规律,规则。《荀子·天论》:"天行有常,不为尧存,不为桀亡。"

〔13〕薄终:不好的结果。劣:少。

〔14〕庸讵(jù 巨):副词。难道,怎么。《庄子·齐物论》:"庸讵知吾所谓知之非不知邪?庸讵知吾所谓不知之非知邪?"

〔15〕"懿彼"句:是说想想归来时的美好赠答。懿(yì 义),美,好。

〔16〕申:陈述。

赠刘氏(五首选一)[1]

其二

矫矫云中鹄[2],忽忽晨南翔。连翩客游子[3],驾言逝何方[4]?霜露日夜零[5],东路悠且长。意欲从子逝,我马玄以黄[6]。徒思谅无益,欲置难遽忘[7]。爱子千金躯,双亲在高堂。

[1] 本组诗共五首,此选一首。此诗表达对朋友的思念之情,温厚和婉,如出肺腑。刘氏,刘麟,字元瑞,江西安仁人。弘治丙辰(1496)进士,官至工部尚书。与顾麟、徐祯卿号"江东三才"。

[2] 矫矫:出众貌。《汉书》卷一○○下叙传:"贾生矫矫,弱冠登朝。"鹄:天鹅,似雁而大,颈长,羽毛纯白,飞翔甚高。

[3] 连翩:接续不断。曹植《白马篇》:"白马饰金羁,连翩西北驰。"

[4] 驾言:乘车。言,语气词。《诗经·卫风·竹竿》:"驾言出游,以写我忧。"

[5] 零:徐徐而下的雨,即细雨。《说文》:"零,徐雨也。"

[6] 玄以黄:即玄黄。病貌。《诗经·周南·卷耳》:"陟彼高冈,我马玄黄。"《尔雅·释诂》:"瘨頯、玄黄,皆人病之通名。"

[7] 遽:疾、速。

寄康修撰海[1]

其一

晨步城西冈,遥望终南岑[2]。荆棘高蔽天,白曜翳以阴[3]。鸡食鸾凤饥,蛾眉谗妒深[4]。葑菲遗下体[5],一别成飞沉[6]。出门眺四郊,莽莽悲风吟[7]。海水有可测,伤哉谁谅心[8]?

〔1〕本组诗共二首,是作者寄给友人康海的。康海在明武宗正德年间曾经救过李梦阳,后来由于受到刘瑾案的牵连而罢官。此诗抒发了对友人的无限思念和对贤愚颠倒、清浊混淆的社会现实的无比愤慨。诗中用荆棘、阴翳、家鸡等来比喻险恶的环境,谗妒的小人,用天日、鸾凤、鸿雁来颂扬朋友的高洁品行。康修撰海,即康海(1475—1540),字德涵,号对山,别号沜东渔夫、浒西山人、太白山人,陕西武功人。明代文学家、戏曲作家。"前七子"之一。弘治十五年(1502)状元,任翰林院修撰。有杂剧《中山狼》,散曲集《沜东乐府》,诗文集《对山集》传世。何良俊《四友斋丛说》卷十五:"康对山以状元登第,在馆中声望籍甚,台省诸公得其謦咳以为荣。不久以忧去。大率翰林官丁忧,其墓文皆请之内阁诸公。此旧例也。对山闻丧即行,求李空同作墓碑,王渼陂、段德光作墓志与传。时李西涯方秉海内文柄,大不平之。值逆瑾事起,对山遂落籍。"

〔2〕终南岑:即终南山,在陕西省西安市南。一称南山,即狭义的秦

岭。主峰海拔二千六百零四米。古名太一山、地肺山、中南山、周南山等。

〔3〕"白曜"句：意谓由于树木的遮蔽白天也感到阴暗。喻指奸邪当道，正气不伸。曜(yào 要)，光耀，明亮。翳，遮蔽。

〔4〕"蛾眉"句：比喻受到朝中小人的嫉妒而含怨受屈。出自屈原《离骚》："众女嫉余之蛾眉兮。"又，辛弃疾《摸鱼儿》："蛾眉曾有人妒，千金纵买相如赋。"

〔5〕"葑菲"句：《诗经·邶风·谷风》："采葑采菲，无以下体。"葑菲，蔬菜名。葑，芜菁，又名蔓菁，俗称大头菜。菲，萝卜一类的蔬菜。下体，指根茎。两者叶和根茎都可食，但根茎有时味苦。诗意谓采者不可因此连它的叶也不要，比喻夫妇相处，应以德为重，不可因女子容颜衰退就加遗弃。作者这里借喻朋友相交也应以德为重。

〔6〕飞沉：这里指不通音讯。刘勰《文心雕龙·声律》："凡声有飞沉，响有动静……沉则响发而断，飞则声扬不还。"

〔7〕莽莽：原野无边无际的样子。

〔8〕谅心：体谅的心情。

其二

少阴盛霜雪[1]，崎阻鸿雁饥。荷斧入林谷，日暮谁共归？林树窈冥冥[2]，径路多虎罴[3]。北斗横塞岑[4]，邙野风振悲[5]。欲往河无梁，念子忽如迷。荣耀在须臾，广没谁复知？思附玄鹤翼[6]，从子以高飞。

〔1〕少阴：古代以阴阳配合四时，春夏属阳，秋冬属阴。少阴即秋。

《汉书·律历志上》:"少阴者,西方。西,迁也,阴气迁落物,于时为秋。"

〔2〕窈冥冥:即"窈冥",幽暗貌。《史记·项羽本纪》:"于是大风从西北而起,折木发屋,扬沙石,窈冥昼晦。"

〔3〕罴(pí 皮):熊的一种。

〔4〕北斗:见《离愤》其三注〔8〕。塞岑:这里指西北边地。

〔5〕邰(tái 台):古邑名。在今陕西武功西。相传周族始祖后稷至公刘定居于此。

〔6〕玄鹤:传说鹤千岁化为苍,又千岁变为黑,谓之玄鹤。见崔豹《古今注·鸟兽》。

忆昔行别阎侃〔1〕

忆昔少年时,遨游咸阳都〔2〕。邂逅尘埃里,相邀入酒垆。半酣击剑起,挟弹青门隅〔3〕。风蓬离本根,奄忽浮云徂〔4〕。聚散良靡期,晤言谁复图〔5〕。濛濛零雨辰〔6〕,悠悠梁园途〔7〕。翩翩白马鸣,蔼蔼朱华敷〔8〕。昔逢美姿颜,今也白头颅。中藏难遽宣〔9〕,相看但捋须〔10〕。前路浩崎岖,爱子衰暮躯。

〔1〕此诗在今昔对比中蕴含岁月不居,人生易老的感叹。阎侃,沈青峰《(雍正)陕西通志》卷三一《选举二》"举人"载:"弘治八年乙卯科:……阎侃,陇州人,滁州知州。"

〔2〕咸阳:古都邑名。在今陕西咸阳市东北二十里。公元前350年秦孝公自栎阳迁都于此。

〔3〕青门:汉长安城东南门。本名灞城门,俗因门色青,呼为青门。

〔4〕奄忽:迅疾,倏忽。

〔5〕晤言:见面谈话。《诗经·陈风·东门之池》:"彼美淑姬,可与晤言。"

〔6〕零雨:徐雨。《诗经·豳风·东山》:"我来自东,零雨其濛。"《疏》云:"道上乃遇零落之雨,其濛濛然。"

〔7〕梁园:即梁苑,园囿名,在今河南开封市东南。汉梁孝王(刘武)筑。为游赏与宴宾之所,当时名士司马相如、枚乘、邹阳皆为座上客。又称兔园。

〔8〕蔼蔼:草木茂盛的样子。朱华:红花。敷:开,开放。

〔9〕中藏:即内脏,这里借指内心的感情。

〔10〕捋须:抚摩自己的胡须。常谓显示豪迈之气。

送蔡帅备真州(三首选一)〔1〕

其一

晨飙下严霜〔2〕,波水白浩浩。鸡鸣人语动,趋驾恨不早。出门望原野,四顾但衰草。芒砀一何寥〔3〕,惊雁鸣寒蓼〔4〕。老骥志千里,烈士轻远道〔5〕。临事毋谓难,为善岂在小〔6〕?

〔1〕本组诗共三首,此选一首。在这首送别诗中,萧瑟的环境和人物的雄心壮志形成了鲜明对比。蔡帅,疑即蔡天佑(1440—1534),字成

之,号石冈,河南睢州人。弘治十八年(1505)进士,历山东副使,兵部侍郎。真州,即今江苏仪征县,位于长江北岸。

〔2〕晨飙:早晨的凉风。

〔3〕芒砀:芒山、砀山的合称。皆在今河南永城市东北。《汉书·高帝纪》:"隐于芒砀山泽间。"

〔4〕蓼:植物名。生湿地,嫩叶可食。

〔5〕"老骥"二句:化用曹操《步出夏门行》诗:"老骥伏枥,志在千里;烈士暮年,壮心不已。"比喻怀有雄心壮志的仁人志士永远不会懈怠。

〔6〕"为善"句:陈寿《三国志·蜀志·先主传》裴松之注曰:"《诸葛亮集》载先主遗诏敕后主曰:'……勿以恶小而为之,勿以善小而不为。惟贤惟德,能服于人。'"

白雾树累累作花[1]

不作江南客,空登河上台。梦中到孤山[2],笛里落寒梅[3]。今朝走白雾,万枝参差开。紫宫散花女[4],骑龙下瑶陔[5]。惚惚弄珠人[6],玉尘生罗袜[7]。葳蕤复飒沓[8],光采半明灭[9]。朝阳勿遽晞[10],留之慰超忽[11]。

〔1〕此诗写白雾笼罩、寒梅万枝开放的景象。境界奇迷,联想丰富。

〔2〕孤山:山名,我国各地以"孤山"为名的山甚多,这里指浙江杭州之孤山。杭州西湖里外二湖之间,一山耸立,旁无联附,宋林逋曾隐居于此,植梅养鹤。今有逋墓及梅径鹤冢。

〔3〕"笛里"句:梅,指《梅花落》曲调。《乐府诗集》卷二四《横吹曲

辞》:"《梅花落》,本笛中曲也。"李白《与史郎中钦听黄鹤楼上吹笛》诗:"黄鹤楼中吹玉笛,江城五月落梅花。"

〔4〕紫宫:天帝的居室,也指帝王宫禁。唐李白《感遇》:"紫宫夸蛾眉,随手会凋歇。"散花女:指美丽的仙女。

〔5〕瑶陔:美玉砌成之台。

〔6〕惚惚:即恍惚,神思不定。弄珠人:《六臣注文选》引《韩诗外传》:"郑交甫将南适楚,遵彼汉皋台下,乃遇二神女,佩两珠,大如荆鸡之卵。"又,《列仙传》载,郑交甫遇江妃二女,不知其神人也,遂请二女之佩,走了数十岁之后,佩不见了,二女也不见了。这里用这个典故来比拟梅花。

〔7〕"玉尘"句:指仙女行走时姿态美好。曹植《洛神赋》:"凌波微步,罗袜生尘。"

〔8〕葳蕤:鲜丽貌。飒沓:众盛貌。

〔9〕明灭:忽明忽暗的样子。温庭筠《菩萨蛮》:"小山重叠金明灭,鬓云欲度香腮雪。"

〔10〕晞:干。

〔11〕超忽:迅速貌。形容光阴易逝。唐韦应物《元日寄诸弟呈崔都水》诗:"新正加我年,故岁去超忽。"

陟岇〔1〕

伊昔谢衔归〔2〕,志颇谐纶钓〔3〕。甘追河上迹〔4〕,切慕蓬池啸〔5〕。孰知紫芝虑〔6〕,竟荷青云耀〔7〕。值秋历江郡〔8〕,弭节登庐岇〔9〕。沉深九叠秀,峻极千峰峭。锦绣乱岑崿〔10〕,

晨夕改观眺。晶晶游气敛[11]，皓皓寒日曜[12]。飞瀑信雷迈[13]，奔峡还龙跳。耽游遽忘归，久住轻时诮[14]。天池绝亦扪[15]，石镜扳可照[16]。矧兹二三子[17]，芬馥含清妙[18]。霜岚澄西夕[19]，从歌仿希调[20]。

〔1〕此诗写诗人从江西提学副使任上罢官后，游览庐山时的所见所感。陟峤，登山。峤，尖峭的高山。

〔2〕伊：句首语气词。谢绂：辞去官职。

〔3〕纶钓：垂钓。纶，粗丝线，多指钓丝。南朝梁刘勰《文心雕龙·情采》："固知翠纶桂饵，反所以失鱼。"

〔4〕"甘追"句：意谓将追随河上公去隐居。河上公，相传西汉时道家人物，姓名不详。在河滨结草为庵，因以为号。《史记》称"河上丈人"。精研老子学说。汉文帝推崇道家，常遣使往问《道德经》经义。

〔5〕"切慕"句：意谓追慕阮籍当年的傲然出世之举。蓬池，在今河南尉氏县西北。阮籍有"徘徊蓬池上，还顾望大梁"（《咏怀》)的诗句。

〔6〕"孰知"句：意谓心中隐逸的愿望不能实现。紫芝，菌类，木耳的一种，可作菜食，入药，古人以为服之可长生。《古诗源》卷二有汉诗《紫芝歌》，注引《古今乐录》曰："四皓隐于商山作歌。"晋陶渊明《赠羊长史》诗："紫芝谁复采，深山久应芜。"

〔7〕荷：担。青云：青天。这里指山的极高之处。

〔8〕历：经过。江郡：指九江郡。今江西九江市。

〔9〕弭节：犹按节，缓行。屈原《离骚》："吾令羲和弭节兮，望崦嵫而勿迫。"王逸注："弭，按也，按节徐步也。"庐峤：庐山。在江西省九江市南部，耸立于鄱阳湖、长江之滨。山中群峰林立，飞瀑流泉，林木葱茏，云海弥漫，集雄奇秀丽于一体，自古有"匡庐奇秀甲天下"之誉。为

旅游风景名胜区。

〔10〕岑崿:高峻的山崖。

〔11〕晶晶:明亮。游气:漂浮的雾气。

〔12〕皓(hào 浩)皓:光亮洁白貌。曜:照耀。

〔13〕信:果真,确实。唐柳宗元《游石角过小岭至长乌村》:"为农信可乐,居宠真虚荣。"雷迈:迅疾如雷电。

〔14〕时诮:世俗的讥讽。诮,嘲讽。

〔15〕扪:摸,摸索。

〔16〕石镜:即石镜山。在江西武宁县东北,有石壁,色黑如镜,鉴物分明,故名。

〔17〕"矧兹"句:意谓况且还有几位志同道合的朋友。矧,况且。二三子,指志同道合的朋友。《论语·学而》:"子曰:'二三子以我为隐乎?吾无隐乎尔。吾无行而不与二三子者,是丘也。'"

〔18〕芬馥:(花草)芳香。这里指友人才华出众。清妙:清高美好。亦指清高美好之士。蔡邕《郭有道太原郭林宗碑》:"委辞召贡,保此清妙。"

〔19〕霜岚:寒冷的山风。岚,山风。澄:使明净。

〔20〕希调:绝少的音调。

杂诗三十二首(选三)[1]

其三

共工触山折[2],夸父去无还[3]。娲氏怀忧伤,炼石思造天[4]。妖姬鼓哀瑟,嬉戏玉台间[5]。草昧怨无侯[6],哲者中自煎[7]。小鸟填巨海[8],芦灰遏洪川[9]。力诚有不及,心情长可怜。

〔1〕本组诗共三十二首,此选三首。据朱安湦《李空同先生年表》,李梦阳于正德三年(1508)出狱后,回到大梁,由于家业已让与兄长,他暂时借居于市街。直到正德五年(1510)才"移居东角楼","闲居寡营,感怆今昔,作《杂诗三十二首》"。可见这些诗都是作者有感而发的,其中寄托了作者对时事的忧虑和愤慨。

〔2〕"共工"句:据《淮南子·共工怒触不周山》的神话传说,共工与颛顼争为帝,失败后怒触不周之山,天柱折,地维绝。天倾西北,地陷东南。

〔3〕"夸父"句:据《山海经》记载,夸父和太阳竞走,由于口渴而饮水,黄河、渭水尚不足,又北饮于大泽,没能到达便渴死于半路,其手杖化为桃林。

〔4〕"娲氏"二句:据《淮南子·女娲补天》的神话传说,远古的时候,天柱折断,大地迸裂,天灾人祸连绵不断,猛兽鸷鸟伤害人类。女娲立志拯救人类,"于是炼五色石以补苍天,断鳌足以立四极,杀黑龙以济冀州,积芦灰以止淫水"。

〔5〕玉台:传说中天帝居住的地方。

〔6〕草昧:指混乱的时世。

〔7〕哲者:哲人,明达而有才智的人。中:内心。

〔8〕"小鸟"句:《山海经》记载有"精卫填海"的故事,据说炎帝的女儿女娃在东海边玩耍,不慎掉到海里淹死了,她的精魂化为鸟,叫精卫,她为了报仇,经常衔西山的木石填海,想把东海填满。

〔9〕"芦灰"句:见本诗注〔4〕。

其十一[1]

登山望四海,日夕忽至沉[2]。俯身眺城郭[3],瘁然沾我襟[4]。交路夹芳兰[5],逝驷何駸駸[6]。朱树蔼闲榭[7],奇巧媚荒淫[8]。北里进异舞[9],高唐呈妙音[10]。纤罗振芬芳[11],朝云递嘉吟[12]。不见秋至草[13],零落愁春心[14]。

[1] 此诗表达作者对时事的担忧。群小竞进,歌舞升平,使诗人忧伤万端。

[2] 沉:落,下落。

[3] 眺:远看,眺望。城郭:城市。

[4] 瘁(mèi 媚)然:有病的样子。瘁,病。

[5] 交路:纵横交错的道路。芳兰:散发着芳香的兰草。

[6] 逝驷(sì 寺):奔驰的马车。驷,同驾一辆车的四匹马。駸(qīn 亲)駸:马走得很快的样子。

[7] 朱树:秋天到来时树叶变红、变黄。蔼(ǎi 矮):笼罩,弥漫。榭:建筑在高台上的房屋。

[8] 媚:迷惑。

[9] 北里:妓院所在的地方。唐长安平康里,因在城北,称北里。其地为妓院所在,唐孙棨著《北里志》,记当时妓女的生活情况。后世因以北里称妓院所在地。异舞:奇特的舞蹈。

[10] 高唐:战国时楚国台观名,在云梦泽中。传说楚襄王游高唐,梦见巫山神女,幸之而去。宋玉《高唐赋》序:"昔者楚襄王与宋玉游于云梦之台,望高唐之观。"后世借指男女幽会之所。妙音:美妙的音乐。

〔11〕"纤罗"句:写舞女们抖动罗裙,散发出阵阵芳香。纤罗,质地轻柔的丝织品。

〔12〕朝云:女神名。据宋玉《高唐赋》云,楚王尝游高唐,梦一妇人曰:"妾在巫山之阳,高丘之阻,旦为朝云,暮为行雨。"这里指歌女。递:传递。嘉吟:美好的诗句。

〔13〕秋至草:秋天到来时草木零落的情状。

〔14〕春心:春日的伤感心情。屈原《招魂》:"目极千里兮伤春心。"

其三十

莫笑一杯水,覆地东西流〔1〕。人命若飘光,超忽谁能留。藜藿足充饥〔2〕,岩峦可遨游。衣文附灵牺,庄子诚见羞〔3〕。黄雀干下庖,白刃临九州〔4〕。一为华屋吟,俄顷归山丘〔5〕。脱身幸及今,世事如蜉蝣〔6〕。

〔1〕"莫笑"二句:从鲍照《拟行路难》之四"泻水置平地,各自东西南北流"变化而来,比喻人生命运各殊。

〔2〕藜藿:多用以指粗劣的饭食。《史记·太史公自序》:"粝粱之食,藜藿之羹。"张守节《正义》:"藜,似藿而表赤;藿,豆叶也。"

〔3〕"衣文"二句:意谓自己宁愿学习庄子保持自然的生命状态,绝不为了富贵而牺牲自由。《庄子·杂篇·列御寇》:"或聘于庄子,庄子应其使曰:'子见夫牺牛乎?衣以文绣,食以刍菽。及其牵而入于大庙,虽欲为孤犊,其可得乎!'"

〔4〕"黄雀"二句:曹丕登基以后对亲近曹植的人残酷迫害,曹植写有《野田黄雀行》来抒写自己无力援救朋友的悲凉心情。作者借此讽刺

当时专权之人对他的打击。

〔5〕"一为"二句:意谓人寿有限,富贵者亦终将死亡。曹植《箜篌引》:"盛时不可再,百年忽我遒。生存华屋处,零落归山丘。先民谁不死,知命复何忧。"

〔6〕"世事"句:意谓世事变化无常。蜉蝣,虫名,寿命极短,短者数小时,长者不过六七日。

从军(四首选二)〔1〕

其一

汉虏互胜负〔2〕,边塞无休兵。壮丁战尽死,次选中男行〔3〕。白日隐碛戍〔4〕,尘沙惨不惊。交加白骨堆,年年青草生。月黑夜鬼哭〔5〕,铁马声铮铮〔6〕。开疆愁未已〔7〕,召募何多名?萧萧千里烟,狼虎莽纵横〔8〕。哀哉良家子,行者常吞声〔9〕。

〔1〕据《李空同先生年表》载,弘治十六年(1503)李梦阳奉命饷宁夏兵,便道归庆阳故里。当时边塞有警,督抚以李梦阳有雄才大略,咨以兵事,李梦阳认为国家有难,不应谦让,"遂指授战阵方略,飞挽刍粮立办,运筹决胜,坐摧强虏"。本组诗共四首,大概写于其出塞之时,诗中反映了边塞生活的艰苦和战争给老百姓带来的苦难。全诗情感沉郁,悲壮苍凉,极为感人。此选二首。

〔2〕汉虏:原作"主客",据万历本改。

〔3〕"次选"句:意谓适龄的青年都被征尽了,下来只好强迫年幼的从军。

〔4〕"白日"句:白天在沙漠里戍守,足见边塞生活之艰苦。碛(qì气),沙漠。

〔5〕"月黑"句:意谓星月惨淡的晚上,战地到处是阴森森的感觉。

〔6〕"铁马"句:万历本无此句,疑为后人所加。铁马,配有铁甲的战马。亦借喻雄师劲旅。陆游《十一月四日风雨大作》诗:"夜阑卧听风吹雨,铁马冰河入梦来。"铮铮,金属相击声。

〔7〕慭(yìn印):忧伤。

〔8〕莽纵横:到处奔窜。

〔9〕吞声:不敢出声,哭不成声。

其二〔1〕

从军日已远,备兹途路艰〔2〕。驱车太行道〔3〕,北度雁门关〔4〕。天寒雨雪冻,指堕曾冰间〔5〕。登高望虏境,白沙浩漫漫。单于数百骑〔6〕,飘飒猎西山〔7〕。彀我乌玉弓〔8〕,赫然热肺肝。安得奋长剑,一系名王还〔9〕。

〔1〕这首诗也反映从军生活的艰苦,但与上一首不同的是,战士们一到边地,爱国主义的豪情便占据上风。他们忘记了战争的艰难和辛苦,充满必胜的信念和乐观的态度,努力想建功立业。全诗风格豪迈,气魄非凡,具有催人奋进的力量。

〔2〕"备兹"句:意谓对路途的艰辛早有思想准备。

〔3〕太行：即太行山。在山西高原与河北平原间，东北——西南走向，北起拒马河谷，南之晋、豫边境黄河沿岸，绵延四百馀公里，多横谷，为东西交通要道。

〔4〕雁门关：关名，唐置。亦名西径关。故址在今山西雁门关西雁门山上，长城要口之一，山西省西北交通要冲，东、西峭峻，中路盘旋崎岖。唐于山顶置关，明代移于今所。

〔5〕曾冰：即"层冰"。"曾"同"层"。

〔6〕单于：匈奴最高首领的称号。这里指西北少数民族的首领。

〔7〕飘飒：意谓骑兵往来迅疾轻快。西山：北京西郊有西山，为太行山支脉，众山连接，山名甚多，总名为西山。

〔8〕彀（gòu 够）：张满弓弩。《汉书·周亚夫传》："军士吏被甲，锐兵刃，彀弓弩，持满。"

〔9〕"安得"二句：意谓愿意为国效力，平定边患。《汉书·终军传》载：终军，字子云。汉济南人。武帝时，为谏议大夫，出使南越，请授长缨，羁南越王而致之阙下。系，缚。

塞上杂诗（二首选一）〔1〕

其二

胡儿追野马，迸蹄若惊鸿〔2〕。一马带双箭，堕我边壕中〔3〕。敢望不敢近，踌躇各按弓〔4〕。抽身复北去，天寒沙碛风〔5〕。

〔1〕本组诗共二首,此选一首。这首诗通过边地的一件小事,讽刺了明朝戍边士兵的怯懦,揭示了边境潜伏的危机。

〔2〕迸蹄:形容马四散奔逃之状。惊鸿:惊飞的鸿雁。形容体态轻盈。曹植《洛神赋》:"翩若惊鸿,宛若游龙。"

〔3〕边壕:即护城河。

〔4〕踌躇:犹疑不前。

〔5〕沙碛:沙漠。

天马〔1〕

天马从西来,汗血何历历〔2〕。天子顾之笑,置在黄金枥〔3〕。呜呼神骏骨,草豆日萧瑟〔4〕。瘦骼突硉兀〔5〕,衔辔挂在壁〔6〕。白日涕至地,青云志抛掷〔7〕。朝望碣石津〔8〕,夕盼流沙碛〔9〕。犹能肆横行,倘君赐鞭策。

〔1〕这首诗借天马的不幸遭遇比喻封建社会有志之士的怀才不遇,天马不能驰骋疆场,犹如志士不能施展抱负。全诗委婉含蓄,怨而不怒,抒情酣畅淋漓,毫无雕琢之痕。天马,汉朝对得自西域的良马的称呼,意即神马。汉武帝时"得乌孙马,好,名曰天马。及得大宛汗血马,益壮,更名乌孙马曰西极,名大宛马曰天马云"。见《史记·大宛列传》。

〔2〕汗血:《史记·乐书》:"(汉武帝)后伐大宛得千里马,马名蒲梢。"应劭《集解》曰:"大宛旧有天马种,蹋石汗血,汗从前肩膊出如血,号一日千里。"

〔3〕黄金枥:装饰华美的马槽。枥,马槽。

〔4〕"草豆"句:指皇帝一时的高兴过后,就对天马不加过问,饲料也越来越粗劣。

〔5〕"瘦骼"句:意谓马因饲料不足而饿得瘦骨嶙峋。硉(lù 律)兀,即律兀。原指山势突兀高峻,这里指马瘦骨嶙峋的样子。

〔6〕衔辔:马笼头和嚼环,皆为御马之具。

〔7〕青云志:指远大的志向。

〔8〕碣石:山名,具体位置有多种说法,其一认为在河北昌黎西北,秦始皇、汉武帝皆曾东巡至这里,刻石观海。津:渡口。

〔9〕流沙:指古代西域地区。碛:见《从军》其一注〔4〕。

酬秦子,以曩与杭子并舟别诗见示,余览词悲离,怆然婴心,匪惟人事乖违,信手二十二韵,无论工拙,并寄杭子[1]

忆年二十馀,走马向燕甸[2]。缙绅不识忧[3],朝野会清宴。嗜酒见天真,愤事独扼腕[4]。出追杭、秦徒,婉娈弄柔翰[5]。探讨常夜分,得意忘昏旦。雪雨亦扣门,仆马颇咨惋[6]。葳蕤香山阁[7],嶵崒蓬莱殿[8]。登顿穷目力,延揽侔壮观[9]。孔翠不易驯[10],人生本无绊。萧萧田中蓬,随风各分散。杭生比适越[11],秦子游瀍涧[12]。南北两文星,光芒亘霄汉[13]。余衰更乖谬,挂一每漏万[14]。凤遭青门斥[15],差胜黄州窜[16]。偃息于沙泽[17],遨游傍河岸。秦也虽共区,累月不一见。秦实困劳冗[18],余亦怕梳盥[19]。何况阻疆域,杭也江之畔。怦怦暌隔积[20],郁郁岁年换。

无计脱烦促,转坐迫滋蔓。再读并舟篇,愈切山阳叹[21]。诵言各钦德[22],悲离古所患。

〔1〕明武宗正德元年(1506),李梦阳因反对宦官刘瑾而被迫辞官,潜归大梁依伯兄闲住。正德三年,刘瑾罗织罪名将其投入牢狱,得康海的援救才脱险回乡。友人秦金此时任河南提学副使,后升为左参政,分守大梁道(参见《国朝列卿纪·秦金行实》)。这首诗回忆自己青年时期意气风发、独擅骚坛和由于刚直不阿而得罪权贵屡遭打击的经历,抒发对友人真挚感情的念念不忘,寄托了对友人的无限思念之情。秦子,即秦金(1467—1544),字国声,无锡(今江苏无锡)人。与李梦阳同为弘治六年进士。历官户部主事、郎中、河南提学副使、山东布政使、都察院右副都御史兼湖广巡抚、南京户部尚书及工部尚书等。著有《凤山诗集》。杭子,即杭淮(1462—1538),字东卿,号双溪。宜兴(今江苏宜兴)人。其兄济与李梦阳为同科进士。杭淮为弘治十二年(1499)进士,曾官刑部主事、湖广按察使、河南左布政使等。著有《双溪集》。二人俱为作者挚友。

〔2〕"忆年"二句:李梦阳二十七岁进京,授户部山东司主事。他不以官职为念,专心向学,广交才俊,影响很大。燕甸:即燕地,这里指北京。甸,古代称都城郊外的地方。

〔3〕缙绅:原意为插笏于绅带间,旧时官宦的装束。亦作官宦的代称。缙,同"搢",插。绅,腰间的大带。

〔4〕扼腕:用手握腕。表示激动、振奋或惋惜。

〔5〕婉娩(wǎn miǎn 晚免):柔和,婉转。柔翰:毛笔。

〔6〕咨惋:叹息。

〔7〕葳蕤:鲜丽貌。

〔8〕崷崒(qiú zú 酋足):高峻貌。

〔9〕延揽:招纳。伴:通"牟",求得,谋取。

〔10〕孔翠:孔雀与翠鸟。左思《蜀都赋》:"孔翠群翔,犀象竞驰。"李善注:"孔,孔雀也;翠,翠鸟也。"这里专指孔雀。

〔11〕越:今浙江一带。为古越国所在地。

〔12〕瀍(chán 蝉)涧:即瀍水。源出今河南洛阳市西北,东南流经洛阳市入洛水。这里借指河南。

〔13〕亘:连接。霄汉:天空。

〔14〕"挂一"句:即挂一漏万。谓顾此失彼,所举甚少,而遗漏甚多。

〔15〕青门:见《忆昔行别阎侃》注〔3〕。这里代指权贵之门。

〔16〕"差胜"句:苏轼曾写诗被诬"讪谤朝廷"而获罪,被贬谪到黄州。

〔17〕偃息:休息,安卧。

〔18〕劳冗:指繁杂的公务。

〔19〕梳盥(guàn 冠):即梳洗。会客前的准备。盥,洗(手、脸)。

〔20〕怦怦:心跳貌。暌隔:乖离而隔绝。

〔21〕"再读"二句:意谓世事变换以后,愈加思念故友。山阳叹,魏晋之间向秀与嵇康、吕安友善。二人被司马昭所杀害。向秀经其山阳旧居,闻邻人笛声,感怀亡友,于是作《思旧赋》。见《晋书·向秀传》。

〔22〕诵言:诵读诗书之言。《诗经·大雅·桑柔》:"听言则对,诵言如醉。"钦德:钦慕道德。《易林》:"行尧钦德,养贤致福。众英积聚,国无寇贼。"

少年行[1]

白马白如雪,银鞍耀明月。骑出青云楼[2],挥鞭向金阙[3]。自言事武皇[4],出身为椒房[5]。结交乐通侯[6],擅名斗鸡场[7]。尚主复赐第[8],轩盖一何光。被酒过都市,杀人如剪蒿。左殪南山虎[9],右斩北溟鳌[10]。昨朝兵符至,单于寇临洮[11]。奋身出玉门[12],杀马衅宝刀[13]。横行万馀里,叱咤威风起。夺马贰师城[14],长揖见天子[15]。调笑大将军[16],醉骂柱下史[17]。生憎汉相如[18],白首文园里。

〔1〕少年行:乐府杂曲歌辞。本出于《结客少年场行》,多咏少年轻生重义、任侠游乐之事。李梦阳这首诗借汉武帝时皇亲外戚骄横霸道、擅权无法之事,讽刺了当时外戚耀武扬威、作威作福的社会现实,借古题写时事,感情凝重,辞气纵横,兼得李白、杜甫之长。

〔2〕青云楼:极言楼之高峻。

〔3〕金阙:即皇帝所居之宫阙。

〔4〕武皇:即汉武帝(前156—前87),名刘彻,在位期间,对内实行政治经济改革,推尊儒术,对外用兵,开疆拓土,使当时国家盛极一时。

〔5〕椒房:汉皇后所居的宫殿,以椒和泥涂壁,取温、香、多子之义。后因以椒房为后妃的代称。

〔6〕乐通侯:《汉书·武帝纪》:"(元鼎四年)夏,封方士栾大为乐通侯,位上将军。"

〔7〕斗鸡:以鸡相斗的游戏。这里泛指不务正业的行为。

〔8〕尚主:娶公主为妻。因尊帝王之女,不敢言娶,故云。尚,承奉或仰攀之意。

〔9〕殪(yì义):致之于死。

〔10〕北溟:即北海。海色深黑,故叫溟。《庄子·逍遥游》:"北冥有鱼,其名为鲲。"冥,通"溟"。鳌:传说中的海中大龟,一说大鳖。

〔11〕单于:见《从军》其二注〔6〕。临洮:古县名。秦置,治今甘肃

岷县,以临洮水得名。

〔12〕玉门:即玉门关。汉置,在今甘肃敦煌西。

〔13〕衅:古代新制器物成,杀牲以祭,因以其血涂缝隙之称。这里指举行仪式。

〔14〕"夺马"句:汉武帝宠信李夫人,太初元年,命李夫人之兄李广利发属国六千骑及郡国恶少年数万人前往贰师城取大宛良马,号"贰师将军"。

〔15〕长揖:古时不分尊卑的相见礼,拱手高举,自上而下。

〔16〕调笑:戏谑,取乐。大将军:汉武帝时卫青封大将军。这里指功高位显的大臣。

〔17〕柱下史:秦时张苍为柱下御史,明习天下图籍,又善用算律历。汉高帝时令以列侯居相府,领主郡国上计者。

〔18〕相如:即司马相如(前179—前117),字长卿,蜀郡成都人。西汉著名辞赋家。景帝时为武骑常侍,因病免。客游梁,为梁孝王门客。武帝时用为郎,奉命出使西南有功。后为孝文园令。病卒于家。

长干行[1]

皑如玉山雪[2],皎如瑶台月[3]。郎来骑白马,调妾桃树下。桃叶何柳柳[4],不谓君行久。倚门问来船,见郎寄书否?

〔1〕长干行:乐府旧题,属杂曲歌辞。长干,地名,在今江苏省南京市。其地当秦淮河之南,是山岗间的平地,吏民杂居,号长干里(见《吴都赋》刘逵注)。乐府诗中的《长干行》来源于当地民歌,后世文人仿制都以这一地区作为描写的背景。长干在长江下游,商业经济极为发达,

经商的人往往在水上过着飘荡生活,经久不归。此诗描写一位热恋中的美丽少女的心情。在别离的岁月里,她天天等待心上人的消息,并盼望他能早日归来。而且顾不得羞涩,远方来了人她就去打探消息,表现了她对爱情的热烈和大胆。

〔2〕皑:洁白。玉山:形容仪容美好。《晋书·裴楷传》:"见裴叔则(裴楷字)如近玉山,映照人也。"

〔3〕皎:白而亮。瑶台:雕饰华丽、结构精巧的楼台。多指古人想象中的神仙居处。

〔4〕柳柳:即"留留",形容枝叶茂密。

纪 梦[1]

夜梦走西陆[2],半天落金城[3]。天门两壁开[4],见之骇心情[5]。大江横其西,落日悬金盆[6]。日流江波涌[7],霞彩照乾坤[8]。我问此何方,云是涌金门[9]。挥手上云楼[10],邂逅钱世恩[11]。把袂凌天梯[12],笑倒黄金樽[13]。袖出石室诀[14],饮我金茎露[15]。人区杳难托[16],东指蓬莱路[17]。梦醒不见君,空江暝烟雾[18]。

〔1〕本诗写梦中所见之友人钱世恩。迷离惝悦,奇幻莫测,在雄豪中透露出飘逸的风调。

〔2〕西陆:昴星所在的方位。《尔雅·释天》:"大梁,昴也;西陆,昴也。"

〔3〕金城:这里指金陵,即今南京。

〔4〕两壁:两边。

〔5〕骇:吃惊。

〔6〕悬金盆:像金盆一样挂在半空。

〔7〕"日流"句:波涛汹涌的江水在阳光下流淌。

〔8〕霞彩:彩霞。乾坤:天地。

〔9〕涌金门:南宋都城临安(今杭州)的西城门,门临西湖。

〔10〕云楼:高楼。

〔11〕邂逅(xiè hòu 谢后):偶然遇见。钱世恩:无锡(今属江苏)人。弘治时官工部郎中。与李梦阳等"前七子"成员交好。李梦阳《朝正倡和诗跋》云:"诗倡和莫盛于弘治,盖其时古学渐兴,士彬彬乎盛矣,此一运会也。余时承乏郎署,所与倡和则扬州储静夫、赵叔鸣,无锡钱世恩、陈嘉言、秦国声,太原乔希大,宜兴杭氏兄弟,郴李贻教、何子元,慈溪杨名父,余姚王伯安,济南边庭实……其在南都则顾华玉、朱升之其尤也。"王鏊《震泽集》卷三一一、邵宝《荣春唐续集》卷十八有《祭钱世恩文》。

〔12〕把袂(mèi 妹):握着衣袖,表示亲昵。凌天梯:登上天梯。

〔13〕黄金樽:黄金做的酒杯。

〔14〕袖出:从衣袖中拿出。石室诀:石室藏书。石室,山中隐居之室。《晋书·嵇康传》:"康又遇王烈,共入山,……又于石室中见一卷素书。"诀,高明的办法,秘诀。指石室藏书中的内容很神秘。

〔15〕金茎露:承露盘所盛露水。金茎,铜柱,用以擎承露盘。班固《西都赋》:"抗仙掌以承露,擢双立之金茎。"

〔16〕人区:人间。《后汉书》卷八十八《西域传论》:"神迹诡怪,则理绝人区;感验明显,则事出天外。"杳:远的没有尽头。

〔17〕蓬莱:山名。古代方士传说中的仙人所居之处。《史记·封禅书》:"自威、宣、燕昭使人入海求蓬莱、方丈、瀛洲,此三神山者,其传在渤海中。"

43

〔18〕暝:昏暗。

翟生苦节尚志人也,迩从余河之上,余嘉敬焉,作诗以赠〔1〕

原子悬鹑衣〔2〕,仲蔚蓬蒿丘〔3〕。苍烟卧木石,浮云傲王侯〔4〕。常怀一饭恩,不顾千金酬〔5〕。弦歌空桑里〔6〕,登啸大冈头。眷念墟中约〔7〕,殷勤河上游〔8〕。我亦钓鳌者〔9〕,佳期杳沧洲〔10〕。

〔1〕此诗赞扬朋友苦节尚志的精神,并抒发作者自己抱负无法实现的抑郁心情。翟生,当指翟瓒,字廷献,号青石子,昌邑(今山东昌邑)人。正德九年(1514)进士。曾官工科给事中,河南按察使佥事、副使,湖广按察使、右佥都御史兼湖广巡抚。李梦阳《赠翟大夫序》云:"大夫……号青石子,昌邑人也,其为副使也,则嘉靖二年夏也。"

〔2〕原子:即原宪。春秋鲁人,一说宋人。字子思,又叫原思,孔子弟子。传说他居蓬户,褐衣蔬食,不减其乐。事迹见《庄子·让王》、《史记·仲尼弟子列传》、刘向《新序·节士》。后来诗文里多用以泛指贫士。杜甫《寄李十二白二十韵》:"处士祢衡俊,诸生原宪贫。"鹑衣:鹑鸟尾秃,像古时敝衣短结,故用以形容破旧的衣服。

〔3〕仲蔚:即张仲蔚。古代隐士。皇甫谧《高士传》:"张仲蔚者,平陵人也,与同郡魏景卿俱修《道德》,隐身不仕。明天官博物,善属文,好诗赋,常居穷,素所处蓬蒿没人,闭门养性,不治荣名,时人莫识,唯刘龚知之。"

〔4〕"苍烟"二句:意谓自己愿意居住在艰苦的环境里,并不以功名富贵为念。木石,树木和山石,这里指简陋的居处。《孟子·尽心上》:"舜之居深山之中,与木石居,与鹿豕游。"浮云,《论语·述而》:"子曰:'饭蔬食,饮水,曲肱而枕之,乐亦在其中矣。不义而富且贵,于我如浮云。'"

〔5〕"常怀"二句:韩信少时家贫不能自给,曾得一漂絮老妇给饭充饥。后来韩信因功被封为楚王,赐千金以为报答。见《史记·淮阴侯列传》。

〔6〕空桑:古地名,在鲁地,出琴瑟之材,一说在楚地。

〔7〕"眷念"句:指相约去乡村隐居。墟中:即墟里,村落。陶渊明《归园田居》诗:"暧暧远人村,依依墟里烟。"

〔8〕"殷勤"句:意谓将追随河上公去隐居。河上公,见《陟岵》注〔4〕。

〔9〕钓鳌者:指抱负远大或举止豪迈的人。据《列子·汤问》载,渤海之东有玉山,天帝使巨鳌十五,举着负载。龙伯国有大人,举足数步而至玉山,一钓连六鳌,于是岱舆、员峤二山流于光极,沉于大海。

〔10〕沧洲:滨水的地方。古称隐者所居。谢朓《之宣城出新林浦向板桥》:"既欢怀禄情,复协沧洲趣。"

晋州留别州守及束鹿令,用李白崔秋浦韵[1]

荒原送行客,白杨起西风。双凫下云汉[2],五马系秋桐[3]。连城滹水上,驰誉燕代中[4]。登高望云海,离思浩无穷。

〔1〕此诗用李白《赠崔秋浦二首》韵,以萧瑟秋景衬托离情别绪,意

境空旷辽阔。晋州,地名,属山西。束鹿,县名,在河北。

〔2〕凫:动物名,泛指野鸭。云汉:犹"云霄",指高空。

〔3〕五马:汉代太守驾车用五匹马。汉乐府民歌《陌上桑》:"使君从南来,五马立踟蹰。"这里代指太守。

〔4〕"连城"二句:意谓他们在山西、河北一带很有名气,为人们所推重。连城,"连城璧"的简称,价值连城的美玉,常用来比喻极珍贵的东西。金元好问《论诗三十首》其十:"少陵自有连城璧,争奈微之识硃砆。"滹(hū 呼)水,即"滹沱河",子牙河北源,在河北省西部。源出山西省五台山东北泰戏山,穿割太行山东流入河北平原,在献县县城附近和滏阳河汇合为子牙河。驰誉,声名远扬,为人推重。燕代,燕国和代国,古国名,均在今河北省。这里代指河北一带。

赠程生之南海〔1〕

生为海南客,几度登罗浮〔2〕。天清众岛出,万水朝宗流〔3〕。乘桴圣者叹〔4〕,望洋游子愁。明珠与翡翠,岁岁到神州。

〔1〕这首送别诗通过对程生所去之地景物的想象描写,表现了程生的隐士情怀。程生,即程诰。字自邑,号浒溪山人,亦号霞城山人。徽州(今安徽歙县)人。著有《霞城集》。《徽州府志》、《明文海》、《列朝诗集》均有传。《明文海》卷四〇七《程山人传》载:诰好读古书,肆力古文,遍游名山,过开封,谒献吉,一见如旧识。《空同集》中收赠程诰诗如《寄程生》、《赠程生东游》等近十首。南海,县名,属广东省。

〔2〕罗浮:即罗浮山。古代称罗浮山的有五处,这里指广东博罗县的罗浮山。

〔3〕"万水"句:指众多江河尽向东流。

〔4〕乘桴:乘竹木小筏。《论语·公冶长》:"子曰:'道不行,乘桴浮于海。'"后因以"乘桴"表示避世。

侠客行〔1〕

幽并豪侠地〔2〕,燕赵称悲歌〔3〕。千金市骏马,万里向交河〔4〕。公卿赠宝剑,君王赐玉戈。捐躯赴国难,常令海不波〔5〕。

〔1〕侠客行:乐府旧题,属杂曲歌辞,出于《游侠篇》。《乐府诗集》引《汉书·游侠传》曰:"战国时,列国公子,魏有信陵,赵有平原,齐有孟尝,楚有春申,皆藉王公之势,竞为游侠,以取重诸侯,显名天下。故后世称游侠者,以四豪为首焉。汉兴,有鲁人朱家及剧孟、郭解之徒,驰骛于闾里,皆以侠闻。其后长安炽盛,街间各有豪侠。"游侠,《史记·游侠列传》荀悦集解曰:"立气势,作威福,结私交,以立强于世者,谓之游侠。"唐李白、元稹等都作有《侠客行》,多用来歌颂那些轻生重义、锄强扶弱的少年豪侠之士。作者在这里描写了边塞游侠捐躯赴难、奋不顾身的英勇行为。

〔2〕"幽并"句:意谓幽并这个地区自古以来就是产生豪侠的地方。曹植《白马篇》:"借问谁家子,幽并游侠儿。"幽并,幽州和并州,指现在的河北、山西和陕西诸省的一部分地方。

〔3〕"燕赵"句:《汉书·地理志下》云:"赵、中山地薄人众……丈夫相聚游戏,悲歌慷慨,起则椎剽掘冢。"后人故曰:"燕赵多慷慨悲歌之士。"这里指燕赵之人多能行侠仗义、轻生赴死。燕赵,指古代燕国和赵

国,在今河北、山西一带。

〔4〕交河:古城名。西汉车师前国首府。《汉书·西域传》:"车师前国,王治交河城。河水分流绕城下,故号交河。"这里代指遥远的边塞。

〔5〕"捐躯"两句:意谓游侠为国捐躯,其献身精神可以永存。曹植《白马篇》:"捐躯赴国难,视死忽如归。"

出 塞 曲〔1〕

单于寇边城,汉将列长营〔2〕。旌旗蔽山谷〔3〕,钲鼓昼夜鸣〔4〕。乘我浮云骑〔5〕,彀我明月弓〔6〕。奇兵左右出〔7〕,长驱向云中〔8〕。彭彭阵结虎〔9〕,飒飒剑浮虹〔10〕。一战皋兰灭〔11〕,再战沙漠空〔12〕。归来献天子,长揖不言功。

〔1〕出塞曲:乐府旧题,汉横吹曲名。汉武帝时,李延年因胡曲造新声二十八解,内有《出塞》、《入塞》曲(见《晋书·乐志下》)。现存歌辞多为南北朝以来的文人作品,内容多反映将士的边塞生活,风格豪迈,声调悲壮。

〔2〕汉将:汉朝的将军。这里代指明朝将军。长营:连续不断的营帐,形容军队的盛大整齐。

〔3〕旌旗:旗帜的通称。《周礼·春官·司常》:"凡军事,建旌旗。"

〔4〕钲(zhēng征)鼓:古军中所用乐器名。鸣钲以为鼓节。

〔5〕浮云:骏马名。相传汉文帝自代还,有良马九匹,一名浮云。见《西京杂记》。

〔6〕彀:见《从军》其二注〔8〕。明月弓:指弓拉开的时候像满月一

样。又暗喻武器的珍贵漂亮。

〔7〕奇兵：乘敌不意而突袭的部队。

〔8〕云中：即云中郡，秦置。在今内蒙古和林格尔县西土城子。西汉时李广曾任云中太守，在这里抗击匈奴。唐代改云州治，治云中（今山西大同）。

〔9〕彭（bāng帮）彭：盛多貌，强壮有力貌。《诗经·齐风·载驱》："行人彭彭。"

〔10〕飒飒：风雨声。剑浮虹：即剑气如虹。形容宝剑的光芒。《太平御览》引《雷焕别传》："晋司空张华夜见异气起牛斗，华问焕见之乎？焕曰，此谓宝剑气。"

〔11〕皋兰：县名。在甘肃省兰州市，西汉首置金城县，后更名为皋兰县。

〔12〕沙漠：荒漠的统称。中国古代少数民族多在西部荒漠地区活动。

汉京篇[1]

汉京临帝极[2]，复道众星罗[3]。烟花开甸服[4]，锦绣列山河。山河自古称佳丽，城中半是王侯第。峻阁重楼夹道悬，云房雾殿森亏蔽[5]。牧豚卖珠登要津[6]，樊侯亦是鼓刀人[7]。时来叱咤生风雨，奄见吹嘘走鬼神。平津结兄盖侯弟[8]，杯酒相看何意气。执鞭尽是虎贲郎[9]，守门不说长安尉[10]。长安烽火入边城，挺剑辞君万里行。去日千官遮马钱[11]，归来天子降阶迎[12]。朱弓尚抱流沙月[13]，宝铗常飞翰海星[14]。不分燕然先勒石[15],直教麟阁后标名[16]。岂知盛满多仇忌,可惜荣华如梦寐。地宅田园夺与人,丹书铁券成何事[17]?霍氏门墙狐夜号[18],魏其池馆长蓬蒿[19]。三千剑客今谁在[20]?十二珠楼空复高[21]。后车不戒前车覆[22],又破黄金买金谷[23]。洛阳亭榭与山齐[24],北邙车马如云逐[25]。阴郭豪华真可怜[26],云台将相珥貂连[27]。当时却怪桐江叟,独着羊裘伴帝眠[28]。

[1]"月满则亏,物盛则衰",这是天地万物变化的规律。此诗正是从这个历史观点出发,对两汉诸权贵的今昔盛衰,进行了深刻的反思,前车之鉴,发人深省。这首诗雄浑开合,倒插顿挫,格调非凡,确为李梦阳七言歌行的代表作。汉京,汉代的京城。此以汉京的今昔变化,抒发盛衰无常的感慨。

[2]帝极:犹宸极,北极星。

[3]复道:楼阁间有上下两重通道,架空相连,俗叫天桥。

[4]甸服:指距离王畿千里的地区。古代在王畿外围,每五百里为一区划,按距离远近,分为侯服、甸服、绥服、要服、荒服。

[5]"云房"句:意谓王侯住宅众多且高峻壮观,竟然将皇宫内院也遮住了。云房,这里指古代皇宫妇女的住室。森,树木丛生繁密貌,引申为众盛貌。亏蔽,因遮蔽而看不清楚。

[6]牧豚卖珠:泛指出身微贱的人。如大将军卫青少时曾放过羊,亦有说"卫青为牧猪之奴"的。又平津侯公孙弘,"家贫,牧豕海上"。见《史记·平津侯传》。颍阴侯灌婴是睢阳一个贩缯的。登要津:爬上显贵的地位。《古诗十九首》之四:"何不策高足,先据要路津。"

[7]樊侯:指樊哙,以功封舞阳侯,少时曾"以屠狗为事"。见《史

记》本传。鼓刀:屠宰时敲击所持的刀发出的音响,故曰鼓刀。《史记·樊郦滕灌传赞》:"方其(樊哙、灌婴)鼓刀屠狗卖缯之时,岂自知附骥之尾,垂名汉廷,德流子孙哉?"又在樊哙之前,以鼓刀为生而后来显贵的甚多,如屈原《离骚》:"吕望之鼓刀兮,遭周文而得举。"故云"亦是"。

〔8〕平津:指公孙弘。"家贫,牧豕海上",后为丞相,封平津侯。事见《史记·平津侯列传》。盖侯:汉景帝王皇后之兄王信。《史记·魏其武安侯列传》:"(武安侯田蚡)尝召客饮,坐其兄(王皇后之兄)盖侯南向,自坐东向。以为汉相尊,不可以兄故私挠。武安由此滋骄,治宅甲诸第。"

〔9〕虎贲郎:勇士的通称。《战国策·楚策一》:"秦地半天下,……虎贲之士百馀万。"

〔10〕长安尉:保卫首都的武官。汉制郡有都尉,县有县尉。尉,武官的统称。

〔11〕遮马饯:拦住马来送行。

〔12〕降阶迎:下阶来迎接。

〔13〕朱弓:即彤弓,朱红色的弓。古代帝王以赐有功的诸侯。流沙:沙漠。

〔14〕宝铗:宝剑。铗,剑。翰海:大沙漠,泛指我国北方及西北的少数民族地区。

〔15〕燕然勒石:后汉和帝永元元年(89),窦宪大破北单于,勒石燕然而还。燕然,山名,即蒙古人民共和国境内的杭爱山。

〔16〕麟阁:即麟台阁,在未央宫内,汉宣帝曾画功臣霍光、张安世、韩增、赵充国、魏相、丙吉、杜延年、刘德、梁丘贺、萧望之、苏武等十一人之像于阁。

〔17〕丹书铁券:帝王颁赐功臣使其世代享有免罪特权的契券。因其以丹写于铁板之上而得名。《汉书·高帝纪下》:"又与功臣剖符作

誓,丹书铁契,金匮石室,藏之宗庙。"

〔18〕霍氏:指霍去病及霍光。去病曾经六次出击匈奴,封狼居胥山,封冠军侯,为骠骑将军。霍光出入宫廷二十馀年,并以大司马大将军受遗诏辅佐八岁的昭帝,政事一决于光,族党满朝,权倾内外。事见《汉书》各本传。

〔19〕魏其:魏其侯窦婴,孝文后从兄的儿子,拜大将军,封魏其侯,为太子傅,列侯莫敢与抗礼。见《史记·魏其武安侯列传》。

〔20〕三千剑客:极言宾客之多。楚春申君有客三千馀人,其上客皆蹑珠履。事见《史记·春申君列传》。此言魏其侯窦婴得势的时候,诸游士宾客争相依附。及武安侯田蚡贵幸,"天下吏士趋势利者,皆去魏其归武安"。见《史记·魏其武安侯列传》。

〔21〕十二珠楼:用珠玉装饰起来的许多高楼。此指武安侯田蚡之流,"治宅甲诸第,田园极膏腴,而市买郡县器物相属于道。前堂罗钟鼓,立曲旃;后房妇女以百数。诸侯奉金玉狗马玩好,不可胜数"。见《史记·魏其武安侯列传》。

〔22〕"后车"句:汉贾谊《新书》:"(谚)又曰:'前车覆,后车诫。'……秦世之所以亟绝者,其辙迹可见也。然而不避,是后车又将覆也。"

〔23〕金谷:晋太康中,石崇在河南洛阳西北筑金谷园,备极奢华。南朝梁何逊《车中见新林分别甚盛》诗:"金谷宾游盛,青门冠盖多。"

〔24〕洛阳:东汉的都城,今属河南,以在洛水之阳而得名。

〔25〕北邙:即邙山,在今河南洛阳东北。汉魏以来,王侯、公卿、贵族的葬地,多在于此。

〔26〕阴郭豪华:阴,指东汉光武帝皇后阴丽华。南阳新野人。《后汉书·阴皇后纪》:"光武适新野,闻后美,心悦之。后至长安,见执金吾车骑甚盛,因叹曰:'仕宦当作执金吾,娶妻当得阴丽华'。"后帝即位,封

为贵人,并追封其父陆为宣恩哀侯,弟䜣为宣义恭侯,及其故人诸家子孙,并受赏赐。郭,光武郭皇后,封后弟况为阳安侯,从兄竟为新郪侯,竟弟匡为发干侯等,特别是对后弟况恩宠优渥,"赏赐金钱缣帛,丰盛莫比,京师号况家为金穴"。见《后汉书·郭皇后纪》。

〔27〕云台将相:本为东汉光武时以邓禹为首的二十八个有功的武将。东汉明帝永平三年,明帝刘庄命人在南宫云台画了这二十八人像,称为云台二十八将。《后汉书·朱景王杜马刘傅坚马列传赞》:"中兴二十八将,前世以为上应二十八宿,未之详也。然咸能感会风云,奋其智勇,称为佐命,亦各志能之士也。"

〔28〕"当时"二句:桐江叟,指东汉高士严光,以其耕钓于桐江之富春山,故称之为"桐江叟"。严光与光武同学,及光武即位,乃变姓名,隐身不见。帝思其贤,乃令人访之。后齐国上言:"有一男子,披羊裘钓泽中。"帝疑即光,乃备安车玄纁,遣使聘之,三反而后至,终不肯仕。一日,光武帝与严光"共偃卧,光以足加帝腹上"。见《后汉书·严光传》。

杨花篇[1]

洛阳三月东风起,杨花飞入千门里。只见朝萦上苑烟[2],那知夕逐东流水。苑烟流水无休歇,暖日轻盈度仙阙[3]。赵女瑶台贮彩霞[4],班姬团扇啼明月[5]。彩霞明月几沉辉,陌上行人乱扑衣。征夫柳塞愁看雁[6],少妇深闺懒上机。柳塞香闺万馀里,草色连天度陇水[7]。玉门关外雪犹飞[8],章台树里风先起[9]。谁家浪子千金马,平明挟弹章台下。头上罗巾玳瑁簪[10],腰间宝铗珊瑚把[11]。踏絮来寻卖酒家,持香坐调当垆者[12]。当垆美女怨阳春,笑掇杨花衬绣裯[13]。青楼薄暮难消遣[14],白雪漫天愁杀人。冥冥漠漠春无极,此时唯有杨花色。一朝风雨蘼芜烂[15],独掺垂条三叹息[16]。

[1] 杨花篇:出于乐府《杨白花》,属杂曲歌辞。《乐府诗集》引《梁书》云:"杨华,武都仇池人也。少有勇力,容貌雄伟,魏胡太后逼通之。华惧及祸,乃率其部曲来降。胡太后追思之不能已,为作《杨白华》歌辞,使宫人昼夜连臂踏足歌之,声甚凄惋。"后以杨花象征暧昧的情事。杜甫《丽人行》:"杨花雪落覆白萍,青鸟飞去衔红巾。"

[2] 上苑:即"上林苑"。古宫苑名。秦置,汉武帝时又有扩建,苑内放养禽兽,并建离宫、观、馆,供皇帝游乐。洛阳也有上林苑。后汉时所置。

[3] 仙阙:指皇帝的宫殿。

[4] "赵女"句:意谓得宠的妃嫔尽享荣华富贵。赵女,指赵飞燕。汉成帝皇后,善歌舞,以体轻,故称"飞燕"。

[5] "班姬"句:意谓受到冷落的宫女只有望月叹息。班姬,指班婕妤。西汉女文学家。名不详,楼烦(今山西宁武附近)人,班固族姑。少有才学,成帝时被选入宫,立为婕妤。其作品今存三篇,多写在宫中的苦闷心情。班姬,原作"班娘",今据万历本改。

[6] 柳塞:疑即柳城县,在今辽宁朝阳市西南一带,西汉置。《汉书·沟洫志》:"柳城,马首山在西南。参柳水北入海。西部都尉治。"

[7] 陇水:也作"陇头水"。泛指源出今陕、甘交界陇山、六盘山诸水。

[8] 玉门关:见《少年行》注[12]。

〔9〕章台:宫名。战国时建,以宫内有章台而名。在陕西长安区西南隅。

〔10〕玳瑁(mào冒,旧读mèi妹)簪:以玳瑁装饰的发簪。玳瑁,一种与龟相似的水产动物。甲坚硬光滑,有文采,可制装饰品。

〔11〕宝铗:见《汉京篇》注〔14〕。珊瑚把:镶嵌有珊瑚的剑把。珊瑚,热带海中的腔肠动物,骨骼相连,形如树枝,故又名珊瑚树。

〔12〕调:挑逗。当垆者:指卖酒的女子。垆,放酒坛的土墩。《汉书·司马相如传》:"尽卖车骑,买酒舍,乃令文君当垆。"又,《乐府诗集》载汉辛延年《羽林郎》:"胡姬年十五,春日独当垆。"

〔13〕掇:拾取。绣裀(yīn因):绣有彩绘的夹衣。裀,夹衣。

〔14〕青楼:指显贵家之闺阁。后来指妓院。

〔15〕蘼芜:香草名。一名茳蓠,即芎藭苗。

〔16〕掺(shǎn闪):持。

去妇词[1]

正德元年,户部尚书韩文暨内阁师保等咸相继去位,李子作此词也。

孔雀南飞雁北翔[2],含颦揽涕下君堂。绣幞空留并菡萏[3],罗袪尚带双鸳鸯[4]。菡萏鸳鸯谁不羡,人生一别何由见。只解黄金顷刻成[5],那知碧海须臾变[6]。贱妾甘为覆地水[7],郎君忍作离弦箭。忆昔嫁来花满天,贱妾郎君俱少年。瑶台筑就犹嫌恶[8],金屋妆成不论钱[9]。重楼复道天中起,结绮临春照春水[10]。宛转流苏夜月前[11],萋迷宝瑟烟花里。夜月烟花不相待,安得朱颜常不改?若使相逢无别离,肯放驰波到东海。薄命难教娣姒知[12],衰年恨少姑嫜在[13]。长安大道接燕川[14],邻里携壶旧路边。妾悲妾怨凭谁省?君舞君歌空自怜。郎君岂是会稽守[15],贱妾宁同会稽妇[16]。郎乎幸爱千金躯,但愿新人故不如[17]。

〔1〕明武宗正德元年(1506),宦官刘瑾等专权妄为,以户部尚书韩文为首的许多正直官员上疏弹劾,李梦阳为起草奏章。由于办事不密,群阉先发制人,韩文、谢迁等许多官员相继去职。这首诗以夫妻之情喻君臣之义,为中国诗歌一种传统手法。以新婚之恩爱,反衬离异之凄凉,深厚沉著,婉而多讽。沈德潜《明诗别裁》卷四评此诗曰:"深婉,可以怨矣。"

〔2〕孔雀南飞:古乐府诗有《孔雀东南飞》,序云:"汉末建安中,庐江府小吏焦仲卿妻刘氏,为仲卿母所遣,自誓不嫁,其家逼之,乃没水而死。仲卿闻之,亦自缢于庭树。时伤之,为诗云尔。"此以韩文等比去妇,故引之以起兴。

〔3〕并菡萏:即并蒂莲。菡萏,荷花的别称。

〔4〕罗袪:即罗袖。袪,袖口。

〔5〕"只解"句:古代道家有炼丹之术,谓丹成,可以点铁点石成为黄金。《古事苑》:"许逊,字敬之,南昌人。晋初为旌阳令,点石化金,以足逋赋。"此以代美好的愿望。

〔6〕"那知"句:极言变化很快很大。此暗用晋葛洪《神仙传·麻姑》"麻姑自说:接待以来,已见东海三为桑田"的故事。

〔7〕"贱妾"句:言甘愿接受既成的事实。"贱妾"句:《汉书·朱买

臣传》载:朱买臣原先很穷,砍柴为生,其妻不堪忍受贫穷,要求离异。后来朱买臣作了会稽太守,在路上遇到他的故妻和后夫,接至官署。其故妻要求复婚,朱就端来一盆水泼在地上说,如果能把它收回来,我们就可以复婚。其故妻不久自缢死。后来以"覆水难收"比喻事情已成定局,难以挽回。《后汉书·何进传》:"国家之事,亦何容易?覆水不可收,宜深思之。"李白《白头吟》:"覆水再收岂满杯,弃妾已去难重回。"

〔8〕瑶台:美玉砌成之台。极言其华丽。

〔9〕金屋:此暗用"金屋藏娇"的故事。《乐府诗集》引《汉武故事》:"(汉武)数岁,长主抱置膝上,问曰:'儿欲得妇否?'长主指左右长御百馀人,皆云不用。指其女问曰:'阿娇好否?'笑对曰:'好!若得阿娇作妇,当作金屋贮之。'"

〔10〕结绮临春:阁名。南朝陈后主至德二年,于光昭殿前起临春、结绮、望仙三阁,高数十丈,并数十间。其床牖、壁带、悬楣、栏杆之类,皆以沉檀香为之,又饰以金石,间以珠翠,外施珠帘,穷极奢华。后主自居临春阁,张贵妃居结绮阁,龚孔两贵嫔居望仙阁,并复道交相往来。见《陈书·张贵妃传》。

〔11〕流苏:用五彩羽毛或丝绒制成的穗子,常以之作帷帐等的垂饰。

〔12〕娣姒:同夫诸妾之间的互相称呼,年长的为姒,年幼的为娣。《尔雅·释亲》:"女子同出,谓先生为姒,后生为娣。"《注》:"同出,谓俱嫁事一夫。"

〔13〕姑嫜:古时妻称丈夫的父母为姑嫜。姑即俗称之婆婆。嫜即俗称之公公。杜甫《新婚别》:"妾身未分明,何以拜姑嫜?"

〔14〕长安:古都名,在今陕西西安西北。自秦至唐多建都于此,故以代指帝都、京城。燕川:河北平原。

〔15〕会稽守:指朱买臣。

〔16〕会稽妇:指朱买臣的故妻。

〔17〕新人故不如:这是反用古诗十九首《上山采蘼芜》中的"新人虽言好,未若故人姝"和"将缣来比素,新人不如故"的句意。

荡子从军行[1]

荡子从军行者,本骆氏《荡子从军赋》也,余病其声调不类,于是改焉。

胡兵十万起妖氛[2],汉骑三千扫阵云[3]。隐隐地中鸣战鼓,迢迢天上出将军[4]。边沙远离风尘气,塞草常萎霜露文。荡子辛苦十年行,回首关山万里情。才闻突陷贤王阵[5],又遣分围右校营[6]。纷纷铁骑朝常警,寂寂铜焦夜不鸣[7]。沧波积冻连蒲海[8],雨雪凝寒遍柳城[9]。地分玄徼指青波[10],关塞寒云本自多。严风凛凛将军树[11],苦雾苍苍太史河[12]。扬麾拔剑先挑战[13],征旆凌沙犯霜霰[14]。楼船一举争沸腾[15],烽火四连相隐见。戈文耿耿悬落星[16],马足骎骎拥飞电[17]。终当取俊效先鸣,岂暇论功称后殿[18]。征夫行乐践榆溪[19],倡妇衔怨坐空闺。蘼芜旧曲终难赠[20],芍药新诗岂易题[21]?池前怯对鸳鸯伴,庭际羞看桃李蹊[22]。荡子别来年月久,贱妾深闺更难守[23]。凤凰楼上罢吹箫[24],鹦鹉杯中临劝酒[25]。同道书来一雁飞,此时缄怨下鸣机[26]。已剪鸳禽帖夜被,更熏兰麝染春衣。屏风宛转莲花帐,窗月玲珑翡翠帏。个日新妆如复罢[27],只应含笑待郎归。

〔1〕骆宾王有《荡子从军赋》,写从军之辛苦。此诗似变其声调体裁,内容除写战争的严酷与将军的豪迈气势外,还表达了深闺思妇的思念之情。
〔2〕胡兵:"四库"本作"天骄",今据万历本改。妖氛:不祥之气。多指凶灾、祸乱。这里指战乱。
〔3〕"汉骑"句:意谓敌我力量众寡悬殊,战争很残酷。阵云即战云。高适《燕歌行》诗:"杀气三时作阵云,寒声一夜传刁斗。"
〔4〕"隐隐"二句:远远地听到战鼓之声传来,原来是朝廷派来了援兵。隐隐,隐约,不分明。迢迢,远貌。
〔5〕贤王:匈奴官名,即屠耆王,是单于手下的最高官职。冒顿单于自令中部,设左右屠耆王。"屠耆"是匈奴语"贤"的意思,汉人因称左、右屠耆王为左、右贤王。《史记·李将军列传》:"李敢(李广子)以校尉从骠骑将军击胡左贤王,力战,夺左贤王鼓旗,斩首多,赐爵关内侯,食邑二百户,代广为郎中令。"
〔6〕右校:即右校尉军。校尉,官名。秦时军中已有此职。《史记·陈涉世家》:"秦左右校复攻陈,下之。"司马贞索隐云:"(左右校)即左右校尉军也。"东汉时掌管少数民族地区的长官亦称校尉。这里代指少数民族的军官。
〔7〕铜焦:铜制的琴。焦,焦尾琴,琴名。《后汉书·蔡邕传》:"吴人有烧桐以爨者,邕闻火烈之声,知其良木,因请而裁为琴,果有美音,而其尾犹焦,故时人名曰'焦尾琴'焉。"后世因以名音色优美的琴。
〔8〕蒲海:即蒲昌海。又名盐泽、泑泽、牢兰海、辅日海、临海。即今新疆罗布泊。

〔9〕柳城:见《杨花篇》注〔6〕。

〔10〕玄徼(jiǎo角):黑色的边界。这里指边地的阴沉惨淡。

〔11〕严风:寒风。

〔12〕苦雾:久蔽不散之雾。

〔13〕扬麾:摆出令旗进行战斗。麾,古代用以指挥军队的旗帜。

〔14〕征旆:战旗。旆,泛指旌旗。霜霰:白色的小冰粒。

〔15〕楼船:即战舰。汉武帝时,曾于昆明池中治楼船高十馀丈,以习水战(见《史记·平准书》)。

〔16〕"戈文"句:形容武器锋利锃亮,可以照见天上的星星。耿耿,明亮貌。

〔17〕"马足"句:形容马行极快,犹如闪电。骎骎,马速行貌。

〔18〕"终当"二句:意谓士兵奋勇向前,不甘落后。后殿,即殿后,走在后面。

〔19〕榆溪:即榆溪塞,一名榆林塞。在今内蒙古鄂尔多斯黄河北岸。

〔20〕"蘼芜旧曲"句:意谓对前妻的思念无法传达。汉乐府民歌《上山采蘼芜》诗:"上山采蘼芜,下山逢故夫。"蘼芜,见《杨花篇》注〔15〕。

〔21〕"芍药新诗"句:意谓偶然邂逅的爱情也不容易找到。《诗经·郑风·溱洧》:"维士与女,伊其相谑,赠之以芍药。"晋崔豹《古今注·问答释义》:"芍药一名可离,故将别以赠之。"

〔22〕"池前"二句:前一句意谓闺中思妇看到池塘里的鸳鸯双宿双飞而自叹幽独;后一句意谓闺中思妇看到庭院中桃李树下的小路而思念远方的丈夫不能归来。桃李蹊,桃李树下的小路。《史记·李将军列传》:"桃李不言,下自成蹊。"

〔23〕"荡子"二句:意谓丈夫一去不归,自己在闺中深感寂寞。荡

子,流荡不归的男子,这里指征夫。《文选·古诗十九首》之二:"荡子行不归,空床难独守。"

〔24〕"凤凰楼"句:古代传说,春秋时萧史善吹箫,作凤鸣。秦穆公以女弄玉妻之,为作凤台以居。一夕吹箫引凤,与弄玉共升天仙去。秦人作凤女祠于雍宫内。见《列仙传》。

〔25〕"鹦鹉杯"句:用鹦鹉螺制成的名贵酒杯。鹦鹉,即鹦鹉螺。属头足纲,鹦鹉螺科。壳甚大,平旋,无螺顶。外面灰白,有很多橙红色和褐色波状横纹,内面具珍珠光泽。肉供食用,壳可作装饰品或制器物等。

〔26〕缄怨:含怨。机:织机。

〔27〕新妆:女子新颖别致的打扮。李白《清平调三首》其二:"借问汉宫谁得似?可怜飞燕倚新妆。"

梁园歌[1]

朝发金台门[2],夕度博浪关[3]。黄河如丝天上来,千里不见淮南山[4]。淮南桂树弄婆娑[5],挂席欲进阻洪波,我今亦作梁园歌。梁园昔有信陵君[6],名与岱华争嵯峨[7]。三千珠履不动色,屠门执辔来相过[8]。功成不显涕滂沱,青蝇白璧一何多[9]。我为梁园客,不登梁王台[10]。锦帆扬州门,一夫何时回?荒烟白草古城没,登台望之令心哀。令心哀,歌且谣。迷途富贵苦不足,宁思白骨生蓬蒿[11]。人生三十无少年,积金累玉空煎熬。独立天地间,长啸视今古[12]。城隅落落一堆土,千年谁继白与甫[13]?揽泪浮云洒烟莽[14],洒烟莽,风吹卷波涛。沉吟投箸不暇食[15],蹴天浊浪何滔滔[16]。君不见昔人然诺一相许,黄金斗印如秋毫[17]。

〔1〕从诗意来看,此诗当作于弘治十四年(1501),李梦阳三十岁时。此前李梦阳曾奉命监三关招商,到边关后看到奸商与权贵勾结,以致国家税收流失,平民忍饥挨饿。外戚和宦官横行霸道,包揽词讼,贿赂上官,前任官员都依违其间,不敢得罪。李梦阳决心革除夙弊,持法甚严,请托不行。权贵便诬奏朝廷,致使李梦阳下狱。但是李梦阳不为所屈,指陈利病,辞气不挠。真相大白后,官复原职。这首诗借信陵君光明磊落、功高见忌的历史故事,讽刺了当道者忠奸不分、轻信谗言的愚蠢。诗中也流露了作者不慕荣华,希望得到当道者的真诚对待的迫切愿望。梁园,为汉梁孝王所筑。见《忆昔行别阎侃》注〔7〕。

〔2〕金台:黄金台的省称,又称燕台,故址在今河北易县东南。相传战国燕昭王筑台于此,置千金于台上,延请天下士,故名。《水经注·易水》:"金台陂,东西六七里,南北五十步。陂侧西北有钓台,高十丈,方可四十步,陂北十馀步有金台。"

〔3〕博浪关:即"博狼沙"。《史记·留侯世家》"狼"作"浪"。地名。河南原阳县东南有秦阳武故城,博狼沙在其南。汉张良使力士操铁锥狙击秦始皇于此。见《史记·秦始皇本纪》。

〔4〕淮南:泛指淮水以南之地,大致为今江苏、安徽两省长江以北、淮河以南的地方。汉惠帝时立刘子长为淮南王,文帝时又立其子刘安为淮南王。刘安曾集宾客撰有《淮南子》一书。见《史记·孝文本纪》。

〔5〕婆娑:扶疏,纷披貌。

〔6〕信陵君:名无忌,战国魏安釐王异母弟。封信陵君,有食客三千。魏安釐王二十年,秦兵围赵,信陵君曾窃符救赵。后为上将军,率五

国兵,大破秦军。因功高名盛为魏王所忌,遂称病不朝,病酒卒。事见《史记·魏公子列传》。

〔7〕岱华:泰山和华山。泰山又称岱宗、岱岳。嵯(cuó痤)峨:山高峻貌。

〔8〕"三千"二句:意谓信陵君不以富贵荣华骄人,真正能够礼贤下士,善遇人才。魏国有隐士侯嬴,为大梁夷门监。信陵君听说他很贤能,就赠他金帛,侯生不受。信陵君曾亲自去请侯生,侯生想要考验公子是否真能礼贤下士,就要求过屠门去看望朋友朱亥,而公子亲为执辔缓行。市人皆观公子为侯生执辔,而公子愈加恭谨。后来正是侯嬴和朱亥帮助信陵君窃符救赵,立下奇功。事见《史记·魏公子列传》。

〔9〕"功成"二句:意谓信陵君虽为魏国屡立功勋,可是由于小人谗毁,魏王竟夺其兵权,功高而不赏(见《史记·魏公子列传》)。青蝇,比喻进谗言之佞人。《诗经·小雅·青蝇》:"营营青蝇,止于樊。岂弟君子,无信谗言。"白璧,"白璧微瑕"的省称。比喻很好的人或事物的小缺陷。唐吴兢《贞观政要·公平》:"小人非无小善,君子非无小过。君子小过,盖白玉之微瑕;小人小善,乃铅刀之一割。"

〔10〕梁王台:见《忆昔行别阎侃》注〔7〕。

〔11〕"迷途"二句:意谓人们追求荣华富贵,可是荣华富贵不能常保,犹如过眼烟云。寓有深沉的沧桑之慨。

〔12〕"独立"二句:意谓自己立于天地之间,思考历史人生盛衰变化的深刻问题。

〔13〕"城隅"二句:意谓历史的巨大变迁湮没了许多强国名士,可是十载之下人们还在传诵李、杜的诗篇。表明他将要追随李白、杜甫立言以不朽。

〔14〕烟莽:浓密的烟雾。

〔15〕"沉吟"句:意为自己心潮起伏不得宁静,以致茶饭不思。投

箸,放下筷子。李白《行路难三首》其一:"停杯投箸不能食,拔剑四顾心茫然。"

〔16〕蹴天:接天。蹴,迫近。

〔17〕"君不见"二句:写古人重然诺之可贵精神,表明自己的豪爽个性。《史记·季布列传》:"楚人谚曰:'得黄金百斤,不如得季布一诺。'"李白《叙旧赠江阳宰陆调》:"一诺许他人,千金双错刀。"

客有笑余霜发者,走笔戏之〔1〕

客,且尽手中觞〔2〕,不须笑我头上霜〔3〕。客,尽觞且停之〔4〕,听我高歌霜发词。君不见天上乌〔5〕,东跳西走不相待〔6〕;又不见黄河水,万古滔滔向东海〔7〕。我身不是南山松,又不是山上峰。奈何与少年争春风〔8〕,斗鸡走狗倾春红〔9〕。君不见昔时孔仲尼〔10〕,辙环憔悴无已时〔11〕。盗跖杀人如乱麻〔12〕,锦衣高寿颜回嗟〔13〕。听我霜发歌,歌短情则多。轩车驷马浑等闲〔14〕,何似日衔金叵罗〔15〕。金叵罗,青玉案〔16〕,何以赠客锦绣段〔17〕,头白头白何须叹〔18〕!

〔1〕这首"霜发词"抒发了作者深沉的人生感慨。岁月不居,人生易老,不如及时行乐。全诗尽管为"戏"笔,笔调轻松愉快,但在面对白头时的无可奈何中仍含有壮志难酬的遗憾。走笔,谓运笔疾书。

〔2〕觞(shāng 伤):古代喝酒用的器具。这里指杯中酒。

〔3〕头上霜:指头上的白发。

〔4〕尽觞:喝完了杯中酒。

〔5〕乌:乌鸦。古代神话传说驾驭日车的神鸟名三足乌,亦称"踆乌",居于日中,后世也以三足乌指时光流逝。

〔6〕待:等待。

〔7〕滔滔:水流滚滚不断貌。

〔8〕争春风:这里指与少年比年轻。

〔9〕斗鸡走狗:这里指青春少年的放荡行为。《史记·袁盎晁错列传》:"盎病免家居,与闾里浮湛,相随行斗鸡走狗。"倾春红:指游春赏春。春红,春天的花朵。唐李白《怨歌行》:"十五入汉宫,花颜笑春红。"

〔10〕孔仲尼:孔子,名丘,字仲尼。

〔11〕"辙环"句:是说孔子周游列国,旅途劳顿,形容憔悴,没有停顿休息的时间。

〔12〕盗跖(zhí 职):相传为春秋末年大盗。名跖,"盗"是后人诬加。柳下屯(今山东西部)人。《孟子·滕文公下》:"仲子所居之室,伯夷之所筑与?抑亦盗跖之所筑与?"《庄子·盗跖》:"盗跖,从卒九千人,横行天下,侵暴诸侯。"如乱麻:形容杀人之多。

〔13〕"锦衣"句:盗跖身穿绸缎,享有高寿,让困穷短寿的颜回悲叹。颜回(前521—前490),字子渊,孔子弟子。春秋鲁国人。好学,乐道安贫,一箪食,一瓢饮,不改其乐。不迁怒,不贰过,在孔门中以德行著称。

〔14〕轩车驷(sì 四)马:高贵的车马。轩车,古时大夫用的车。《庄子·让王》:"子贡乘大马,中绀而表素,轩车不容巷,往见原宪。"驷马,四匹马套的车。浑等闲:都很寻常。浑,副词,都,皆。

〔15〕衔:口含。金叵(pǒ 笸)罗:古时贵重酒器。《北齐书·祖珽传》:"神武宴僚属,于坐失金叵罗,窦泰令饮酒者皆脱帽,于珽髻上得之。"

〔16〕青玉案:古时贵重的食器。案,承杯箸之盘。汉张衡《四愁

诗》之四:"美人赠我锦绣段,何以报之青玉案。"

〔17〕锦绣段:美丽的丝织品。锦,织彩为文。绣,刺彩为文。

〔18〕"头白"句:意谓头发白了也没有必要悲叹。

戏作放歌寄别吴子吴名廷举,字献臣,苍梧人〔1〕

惟昔少年时,弹剑轻远游〔2〕。出门览四海,狂顾无九州。献策天子赐颜色,锡宴出入黄金楼〔3〕。扬鞭过市万马辟〔4〕,半醉唾骂文成侯〔5〕。结交尽是扶风豪〔6〕,片言便脱千金裘〔7〕。弯弓西射白龙堆〔8〕,归来洗刀青海头。昆仑河碛不入眼〔9〕,拂袂乃作东南游〔10〕。江海汹涌浸日月〔11〕,岛屿蹩砑混吴越〔12〕。匡庐小琐拳可碎〔13〕,鄱阳触怒踢欲裂〔14〕。泽中龙怪能人言〔15〕,喷涛吹浪昏涨天。大鹏举翼四海窄〔16〕,笑尔弋人何慕焉〔17〕?东湖子〔18〕,君非浈涊阘穆取位之丈夫,余亦岂卑卑与世而浮沉〔19〕?恂、复共斗非庸劣〔20〕,廉、蔺终投万古钦〔21〕。攀鳞扫氛代不乏〔22〕,我岂复恋头上簪〔23〕。鹿门黄犊稳足驾〔24〕,商颜紫芝山固深〔25〕,有飞倘附秋空音〔26〕。

〔1〕据《明史·李梦阳传》载,吴廷举与梦阳因政见不和,曾"上疏论其侵官",致梦阳下狱,二人关系因此失和。后来梦阳冠带闲住,而吴廷举亦因事遭夺俸。梦阳不计前嫌,二人又逐渐往来,关系和好如初。由诗中"东湖子"以下数句可知,这首诗当为梦阳江西罢官后寄别吴廷

举之作。陈田《明诗纪事》丙签卷九引《国史唯疑》："吴廷举初请从李献吉学诗,音响不谐,为所哂,怒相排诋,免官去。后顾疏荐李。余诵李《放歌》云:'东湖子,……廉、蔺终投万古钦。'吴亦报之诗:'夫既觏颜面,岂不惬素心。如何异同论,三两多参差。'盖两公皆伟人,负气不下,微生睚眦,旋消释久矣。"这首诗直抒胸臆,一任性情,表现了诗人豪宕不羁的性格,坦荡广阔的胸襟和不以罢官为念、从容归去的心情,同时又表达了对友谊的珍惜和对友人的思念。放歌,放声歌唱。古人诗多有题为"放歌"者,如王昌龄《放歌行》、权德舆《拟放歌行》等。杜甫《闻官军收河南河北》诗:"白日放歌须纵酒,青春作伴好还乡。"吴子,即吴廷举(1459—1525),字献臣,苍梧(今广西梧州)人。成化丁未(1487)进士。历任广东顺德知县、江西右参政、广东右布政使、右副都御史、兵部右侍郎、南京工部尚书等职。在任廉洁奉公,有直声。有《东湖诗集》。焦竑《国朝献征录》、雷礼《国朝列卿记》有传。

〔2〕"惟昔"二句:追叙自己少年时仗剑出游,求取功名的人生历程。弹剑,以指弹剑作响,言出游作客。《战国策·齐策》载,冯谖客孟尝君,未得礼遇,乃弹铗而歌曰:"长铗归来乎,食无鱼。"铗,剑。又,李白《行路难》之二:"弹剑作歌奏苦声,曳裾王门不称情。"轻远游,不在乎远游。

〔3〕"献策"二句:写自己因献策天子而受到重视。高适《燕歌行》:"男儿本自重横行,天子非常赐颜色。"颜色,面容,脸色。锡宴:赐宴。锡,赐予。黄金楼:指皇宫宴会之所。

〔4〕"扬鞭"句:写尽少年豪气。

〔5〕"半醉"句:写自己鞭打寿宁侯事。据王世贞《艺苑卮言》卷八载:"李献吉为户部郎,以上书极论寿宁侯事下狱,赖上恩得免。一夕醉遇侯于大市街,骂其生事害人,以鞭梢击堕其齿。侯恚极,欲陈其事,为前疏未久,隐忍而止。献吉后有诗云:'半醉唾骂文成侯',盖指此

事也。"

〔6〕扶风豪:指豪侠之士。李白《扶风豪士歌》:"梧桐杨柳拂金井,来醉扶风豪士家。扶风豪士天下奇,意气相倾山可移。"扶风,县名,即今陕西扶风县。

〔7〕千金裘:指珍贵的皮裘。《史记·孟尝君传》:"此时孟尝君有一狐白裘,直千金,天下无双。"李白《将进酒》诗:"五花马,千金裘,呼儿将出换美酒。"

〔8〕白龙堆:沙漠名,在新疆以东,天山南路,也称龙堆。《汉书·西域传》:"楼兰国最在东陲,近汉,当白龙堆,乏水草,常主发导,负水担粮,送迎汉使。"

〔9〕昆仑河碛:分别指昆仑山、黄河和西部大漠。

〔10〕拂袂:拂袖,谓离开。袂,袖子。

〔11〕浸日月:淹没日月。浸,淹没。

〔12〕蹙沓:密急迫近貌。李白《春日行》:"因出天池泛蓬瀛,楼船蹙沓波浪惊。"

〔13〕匡庐:即庐山。见《陟峤》注〔9〕。拳可碎:可用拳击碎。

〔14〕鄱阳:即鄱阳湖。在今江西境内。

〔15〕泽:指鄱阳湖。能人言:能讲人的语言。

〔16〕大鹏举翼:化用《庄子·逍遥游》中的大鹏意象:"鹏……怒而飞,其翼若垂天之云。"

〔17〕"笑尔"句:自扬雄《法言·问明》"鸿飞冥冥,弋人何篡焉"句化出。弋人,射猎者。弋,用带绳子的箭射。

〔18〕东湖子:即吴廷举,廷举号东湖。

〔19〕"君非"二句:是说吴廷举不是那种无耻钻营之辈,诗人自己也非无原则随波逐流的小人。涊涊阇(tiǎn niǎn àn 舔捻暗)穆,污浊愚昧。卑卑,极言卑下,不足道。

〔20〕"恂、复"句：以历史上名将相争又和好之事，喻自己和吴廷举曾经的恩怨。恂、复，指寇恂和贾复，皆为东汉初名将。据《后汉书·寇恂列传》载，贾复驻军汝南（治所在今上蔡附近），其部将在颍川杀了人，寇恂将那人逮捕并明正典刑。贾复深以此事为耻。后来贾复军经过颍川，想要报复寇恂。寇恂却以礼相待。光武帝知道此事后，当即召寇恂、贾复入朝。光武帝说："天下未定，两虎安得私斗？今日朕分之。"于是三人并坐极欢，贾复与寇恂遂共车同出，结友而去。

〔21〕"廉、蔺"句：写廉颇与蔺相如将相和的故事，仍比喻自己和吴廷举失欢又和好事。廉、蔺皆战国时赵国人。廉颇为名将，蔺相如为上卿。廉不服蔺，蔺以容忍谦让使廉颇悟，成为团结御侮的知交。事见《史记·廉颇蔺相如列传》。

〔22〕攀鳞扫氛：追随天子以建功立业。鳞，指龙，喻帝王。氛，凶气，喻内忧外患。

〔23〕头上簪：古人蓄长发，戴冠时要用簪子把头发绾住。这里代指官员之冠，喻官位。簪，古代男女绾束头发的针形首饰。

〔24〕鹿门黄犊：鹿门，山名。在今湖北襄阳县境。汉末庞德公躬耕不仕，后携妻子登鹿门山采药未还。唐代孟浩然也隐居于此。黄犊，黄毛小牛，代指农耕，以言归田。

〔25〕"商颜"句：意谓将入山隐居。商颜，山名，在今陕西大荔县北。紫芝，菌类，木耳的一种，可作菜食，入药，古人以为服之可长生。《古诗源》卷二有汉诗《紫芝歌》，注引《古今乐录》曰："四皓隐于商山作歌。"陶渊明《赠羊长史》诗："紫芝谁复采，深山久应芜。"

〔26〕"有飞"句：谓盼望不时有信来。飞，飞鸿，大雁。古代有苏武"雁足传书"的故事。可参《汉书·李广苏建传》附《苏武传》。后来用飞鸿喻书信往来。倘，或许，此委婉以表希望。秋空音，佳音，指信。唐崔日用《奉和九月九日登慈恩寺浮图应制》："咸英调正乐，香梵遍秋空。"

盐井行[1]

山头井干生棘蒿,山下井塌不可熬。官司白牌促上庾[2],富家鬻田典耕牛。贫家无牛典儿女[3],谁其使之华阳贾[4]。华阳贾子多少年,拥金调妓高楼边。夜驰白马迎场吏,晓贯青丝还酒钱[5]。君不见场吏乘酣气如虎,盐丁一语遭棰楚[6]。

[1] 本诗写盐丁的贫苦生活,揭露官商勾结盘剥百姓的丑恶社会现实,并对受剥削、受压迫的底层劳动者深表同情。笔锋犀利,讽刺尖锐。

[2] 白牌:官府征收赋税的文告。上庾:缴纳赋税。庾,露天的积谷处。

[3] "富家"、"贫家"二句:万历本作"富家典牛贫典女"。

[4] 华阳贾:华阳商人。华阳,古地区名。因在华山之阳而得名。相当于今陕西秦岭以南、四川和云南、贵州一带。贾(gǔ 骨),商人,指坐商。

[5] "夜驰"二句:上句说华阳商人晚上招待盐场官吏;下句说商人早上拿钱去还昨晚的酒债。这里指官商勾结盘剥老百姓。

[6] 棰楚:棰,木棍;楚,荆杖。古代刑具,因以为杖刑的通称。《汉书·路温舒传》:"棰楚之下,何求而不得?"

苦寒行[1]

前日雪落伤麦根,北风刮地天色昏。沙飞石走拔大树,雪积林坳出无路[2],城中死者不知数。我归三年河不冻[3],今年冰坚车可渡。触面憭慄厚地裂[4],四顾乾坤莽明灭[5]。尺薪粒米贵如玉[6],君不见日晚空墙贫士哭。

〔1〕这首诗写于正德五年(1510),李梦阳此时赋闲家居。诗中反映了严冬酷寒带给老百姓的空前苦难,诗末是对杜甫"大庇天下寒士尽欢颜"的反用,表示了对朝廷的失望。

〔2〕林坳(ào 傲):林中低洼处。

〔3〕"我归"句:李梦阳正德三年(1508)被刘瑾诬陷下狱,后得康海援救放归。到作者写诗时正好三年。

〔4〕憭慄(liáo lì 聊力):亦作"憭栗"。凄凉貌。《楚辞·九辩》:"憭栗兮若在远行。"这里形容严风极冷。

〔5〕乾坤:天地。莽明灭:野色迷茫,忽明忽暗。

〔6〕"尺薪"句:意谓由于酷寒致使物价腾飞。

古白杨行[1]

百泉东岸三古杨[2],下枝扫拂书院墙,上枝瑟瑟干穹苍[3]。空山野阴雷雨黑,柯干冥冥动山壁[4]。剪伐难为栋梁用,盘踞翻逃斧斤厄[5]。但见白日悲风发,宁知六月撑霜雪。烟色惨怆精灵聚[6],孤根倔强源泉裂。忆昨访古憩其下,居人不敢留车马。落箨尚禁牛羊食[7],污秽颇遭县官打。丞相古柏霹雳碎[8],将军大树空潇洒[9]。冈头石路莎草长[10],孙邵李许同一堂[11]。春风漂泊予到此,不见古人惟古杨。古杨萧萧暮流急,波翻浪倒蛟龙泣。卫女幽忧拾锦花[12],逋臣寂寞愁难立[13]。君不见太行羊肠莫比数[14],上有毒蛇下猛虎。樵斤猎火不虚日[15],桂柏椅桐气凄苦[16]。呜呼!杨兮杨兮尔何盘根据兹土。

〔1〕本诗写孤根倔强之古杨。杨树之历风经霜,与诗人所生活的严酷现实相同。写杨,实是写人。古白杨,指百泉书院内的古白杨树。李濂《游百泉书院记》:"书院西墙下有古白杨树十四株,高出书楼之上,大可蔽牛,盖数百年物也。"

〔2〕百泉:一作"百门泉"。在今河南辉县西北苏门山下。明代建有百泉书院,中祀周敦颐、程颢、张载、邵雍、朱熹等理学大师。乾隆十五年(1750),乾隆皇帝巡幸中州,有御制诗二章,《奇树歌》一首。

〔3〕瑟瑟:碧绿貌。干穹苍:伸向青天。干,干犯,抵触。

〔4〕柯干:枝条。冥冥:暗中。

〔5〕"剪伐"二句:上句意谓白杨树干不够坚硬,难以作栋梁之用;下句意谓白杨树枝屈曲盘折,以致没人砍它去当烧柴。《庄子·逍遥游》:"惠子谓庄子曰:'吾有大树,人谓之樗。其大本臃肿而不中绳墨,其小枝卷曲而不中规矩。立之涂,匠者不顾。今子之言,大而无用,众所同去也。'"

〔6〕惨怆:凄楚悲伤。精灵:灵魂。

〔7〕箨(tuò拓):本指竹子的外皮,此处指杨树的皮、叶。

〔8〕丞相古柏:指成都诸葛祠中的古柏。杜甫《蜀相》:"丞相祠堂何处寻,锦官城外柏森森。"霹雳:雷之急击者为霹雳。

〔9〕将军大树:用东晋桓温的典故。《晋书·桓温传》载,温"北伐行经金城,见少为琅邪时所种柳皆已十围,慨然曰:'木犹如此,人何以堪!'攀枝执条,泫然流涕。"

〔10〕莎(suō缩)草:即"香附子"。莎草科。多年生草本植物,有纺锤形块茎,可入药。

〔11〕孙邵李许:疑为同游人。不详,待考。

〔12〕卫女:卫地的女子。春秋时的卫国在今河南境内。锦花:美丽的花朵。

〔13〕逋臣:颠沛流亡之人。

〔14〕太行羊肠:太行山多崎岖盘旋之路。

〔15〕樵斤:砍伐。

〔16〕椅:木名。

自从行[1]

自从天倾西北头,天下之水皆东流[2]。若言世事无颠倒,窃钩者诛窃国侯[3]。君不见奸雄恶少椎肥牛[4],董生著书翻见收[5]。鸿鹄不如黄雀啁[6],盗跖之徒笑孔丘[7]。我今何言君且休!

〔1〕此诗以古代神话共工怒触不周山,致使天倾西北、地陷东南

起兴,对贤愚颠倒、黑白混淆,"窃钩者诛,窃国者为诸侯"的黑暗社会现实进行辛辣的讽刺和批判。笔锋犀利,痛快淋漓。

〔2〕"自从"二句:古代神话传说,共工与颛顼争为帝,失败后怒触不周之山,天柱折,地维绝。天倾西北,地陷东南。因此日月星辰开始运行,江河积水向东南流淌。见《淮南子·共工怒触不周山》。

〔3〕"若言"二句:意谓世事从古到今就是黑白颠倒,偷衣钩的人会被杀戮,而窃取国家政权的人却被封侯。《庄子·胠箧》:"彼窃钩者诛,窃国者为诸侯,诸侯之门而仁义存焉,则是非窃仁义圣知邪?"

〔4〕椎肥牛:意谓杀牛宰羊吃喝享乐。椎(chuí 垂):用椎敲打。这里指杀牛。

〔5〕董生:即董仲舒。《史记·董仲舒传》:"(董仲舒)废为中大夫,居舍,著灾异之记。是时辽东高庙灾,主父偃疾之,取其书奏之天子。天子召诸生示其书,有刺讥。董仲舒弟子吕步舒不知其师书,以为下愚。于是下董仲舒吏,当死,诏赦之。于是董仲舒竟不敢复言灾异。"

〔6〕啅(zhào 召):噪聒。

〔7〕"盗跖"句:意谓奸恶大盗嘲笑圣贤。盗跖,见《客有笑余霜发者,走笔戏之》注〔12〕。此句原作"撼树往往遭蚍蜉",据万历本改。

弘治甲子,届我初度,追念往事,死生骨肉,怆然动怀,拟杜七歌,用抒愤抱云耳(七首选一)[1]

其四

有姊有姊天一方,风篷摇转思故乡[2]。岁收秫秉不盈百[3],男号女啼常在旁。黄鸟飞来啄屋角,硕鼠唧唧宵近床[4]。洪河斗蛟波浪怒[5],我欲济之难为梁[6]。呜呼四歌兮歌四阕,我本与尔同肉血。

[1] 本组诗共七首,此选一首。诗写于弘治甲子(1504)年,是年李梦阳三十二岁。据《李空同先生年表》,弘治甲子(1504)年,李梦阳之同事张凤翔卒,身后凄凉,有老母幼子无人抚养。李梦阳曾倡诸同僚经理其丧事,并请求皇帝给予其家人赡养。有感于此,李梦阳仿杜甫《乾元中寓居同谷县作歌七首》作了这组诗,寄托了对亲人的思念,大有"长歌当哭"的意味。

[2] "风篷"句:篷应为"蓬",草名,即"飞蓬"。意谓她们一家像风中的飞蓬一样到处漂泊,行踪不定,却无时无刻不在思念故乡的亲人。

[3] 秫(shú熟):即粘高粱,也指粘稻。秉:禾稻一把。也是古代量名。相当于十六斛。

[4] 硕鼠:大老鼠。

[5] 洪河:淮河支流,在河南省东南部。远处方城县东,曲折东南

流,在新蔡县河口纳汝河,到豫、皖两省边境洪河口入淮河。

〔6〕济:救济,帮助。梁:桥。

解俘行[1]

都昌县南干沙上[2],射雁者谁三五群?毡帽红裘黄战裙[3],云是解俘官达军[4]。沙下北风吹舰旗,边军欢喜家军悲[5]。朝廷日夜望俘至,雪冻俘船犹住兹。县官逃走驿官啼,要钱勒酒仍要鸡[6]。姚源遗孽尚反复[7],尔曹不得夸辽西[8]。

〔1〕明武宗正德十四年(1519),宁王朱宸濠反。王守仁率军征伐,宸濠兵败被擒。可是明武宗自称威武大将军,任命许泰为副将军,御驾亲征。未至而宸濠已擒,于是许泰等人借押解俘虏而骚扰江西民众。《明史·许泰传》:"宸濠反,帝以泰为威武副将军,偕中官张忠率禁军先往。宸濠已为王守仁所擒。泰欲攘其功,疾驰至南昌,穷搜逆党,士民被诬陷者不可胜计。诛求刑戮,甚于宸濠之乱。"这首诗严肃地批判了权贵和边军借押解俘虏之名敲诈勒索、无恶不作的丑恶行径,可以作为"诗史"来读。解俘,万历本作"解酋"。

〔2〕都昌县:县名。在江西省九江市东南部,濒临鄱阳湖。

〔3〕红裘:红色皮衣。裘,皮衣。

〔4〕解俘官:押解俘虏的军官。

〔5〕"边军"句:意谓边军可以到处抢掠财物,横行霸道,而家军除了打仗,还要忍受欺凌。边军,明太祖为了抵御蒙古军的反攻,在东起鸭

绿江,西至嘉峪关的万里边境,分设九个要镇守卫,称为"九边"。守卫九边的士兵称为"边军"。明武宗年间,边将江彬得宠,怂恿武宗调边军入卫。于是集九边突骑家丁数万人于京师。名曰"外四家"。家军,戍卫京城的士兵。明太祖时设五军都督府护卫京城。后代屡有变更。至景泰年间,于谦为兵部尚书,选诸营精兵十万为十营团练,其馀各归本营,曰"老家"。军队的战斗力得以提高。英宗复辟,罢之。弘治年间,营军苦于工役,战斗力极差。李梦阳、刘大夏极论役兵之害,因得罪寿宁侯而罢。武宗年间,因调边军入卫。家军从此一蹶不振。《明史·王忬传》:"(嘉靖)帝因问(严)嵩:'边兵入卫,旧制乎?'嵩曰:'祖宗时无调边兵入内地者。正德中刘六猖獗,始调许泰、邵永领边兵讨贼。庚戌之变,仇鸾选边兵十八支护陵京,未用以守蓟镇。至何栋始借二支防守,忬始尽调边兵守要害,去岁又征全辽士马入关,致寇乘虚入犯,辽左一空。若年复一年,调发不已,岂惟糜饷,更有他忧。'帝由是恶忬甚。"

〔6〕"县官"二句:指解俘官员沿路敲诈勒索,致使地方官民无法忍受。

〔7〕"姚源"句:明武宗正德三年(1508)二月,江西南昌有姚源汪澄二、王浩八、殷勇十、洪瑞七等,瑞州有华林罗光权、陈福一等农民军起义,明廷派遣陈金、周宪等率军镇压。正德七年(1512),华林起义军失败,姚源王浩八等人投降。八年(1513)春正月,王浩八等再次起兵,率五洞蛮兵与东乡起义军分兵进攻。明廷派副都御史俞谏提督军务,同总兵刘晖率狼兵进剿。同年六月,起义军失败。

〔8〕辽西:郡名。战国燕地。秦置,属幽州,汉因之。治阳乐。辖境相当于今河北辽西县、乐亭县以东、长城以南、大凌河下游以西地区。

土兵行〔1〕

豫章城楼饥啄乌〔2〕,黄狐跳踉追赤狐〔3〕。北风北来江怒涌,土兵攫人人叫呼[4]。城外之民徙城内,尘埃不见章江途[5]。花裙蛮奴逐妇女[6],白夺钗环换酒沽。父老向前语蛮奴:"慎勿横行王法诛。华林桃源诸贼徒[7],金帛子女山不如。汝能破之惟汝欲,犒赏有酒牛羊猪,大者升官佩绶趋。"蛮奴怒言:"万里入尔都,尔生我生屠我屠[8]。"劲弓毒矢莫敢何,意气似欲无彭湖[9]。彭湖翩翩飘白旟[10],轻舸蔽水陆走车。黄云卷地春草死,烈火谁分瓦与珠[11]。寒崖日月岂尽照[12],大邦鬼魅难久居[13]。天下有道四夷守[14],此辈可使亦可虞[15]。何况土官妻妾俱,美酒大肉吹笙竽[16]。

[1] 此诗原注云:"赣州贼作乱,都御史陈金奏调广西狼兵征之,《土兵行》所由作也。"正德三年(1508),王浩八等以江西东部的姚源洞为中心发动起义,数万人应之,声势浩大,屡败明军。正德七年(1512),左都御史陈金率广西狼兵(土兵)数万人,对起义军进行了残酷镇压。《明史·陈金传》云:"(陈)金累破剧贼,然所用目兵贪残嗜杀,剽掠甚于贼,有巨族数百口阖门罹害者。所获妇女率指为贼属,载数千艘去。民间谣曰:'土贼犹可,土兵杀我。'金亦知民患之,方倚其力,不为禁。又不能持廉,军资颇私入。功虽多,士民皆深怨焉。"谷应泰《明史纪事本末·平南赣盗》亦云:"抚不就而用剿,征调狼达,兼招苗峒,劫掠性成,罕知王制,引入内地,恃为长城。"李梦阳这首诗真实地记载了当时土兵横行霸道、无恶不作的黑暗现实,以及给百姓造成的深重灾难。朱彝尊《明诗综》云:"杨用修(杨慎)云:'只以谣谚近语入诗史,而高古不可及。'孙豹人云:'赣州贼作乱,都御史陈金奏调广西狼兵征之,《土兵行》所由作也。此诗当与杜陵《北征》并传。'"陈田《明诗纪事》引《国史唯

疑》:"江西苦调到狼兵,掠卖子女。其总兵张勇以童男女各二人,送费文宪家。费发愤疏闻,请严禁。诵李梦阳《土兵行》诸篇,情状具见。"土兵,土司所统辖的军队,这里指来自广西境内的土兵,亦称"狼兵"。

〔2〕豫章:古县名。今江西南昌市。

〔3〕"黄狐"句:宋长白《柳亭诗话》卷二十《李空同〈土兵行〉因陈金而作》:"正德间,江西华林峒贼反,都御史陈金檄田州岑猛从征,兵剽掠,民谣曰:'华林贼,来亦得。土兵来,死不测。黄狐跳梁白狐立,十家九家逻柴棘。'详见田汝成《炎徼纪闻》。"跳踉,跳跃走动。

〔4〕攫(jué绝)人:抓人。攫,抓取,抢夺。

〔5〕"尘埃"句:自杜甫《兵车行》"尘埃不见咸阳桥"句化出。章江,水名,江西赣江西源,此指赣江。

〔6〕花裙蛮奴:指少数民族士兵(即土兵)。花裙,土兵的一种服饰。

〔7〕"华林"句:写江西西北的一支农民起义军,即华林军、靖安军。这支起义军与姚源洞起义军相呼应,反抗明统治者。华林,山名。在江西奉新县西南。桃源,当作"姚源"。山名,在江西靖安县西北。诸贼徒,对起义军的蔑称。

〔8〕"尔生"句:我们让你活就活,让你死就死。尔,你,指百姓。

〔9〕彭湖:即鄱阳湖,又名彭蠡湖、彭湖、彭泽。在江西北部,为我国最大的淡水湖。

〔10〕白旟(yú鱼):白旗。旟,绘有鸟形图案的旗。

〔11〕"黄云"二句:是说土兵所到之处烧杀抢掠,不论东西贵贱,均在烈火中化为灰烬。

〔12〕"寒崖"句:谓朝廷恩泽不及此。

〔13〕"大邦"句:谓土兵不可久居中原。大邦,礼仪之邦,指当时中国内地。鬼魅,一作"魑魅",本指古代传说中的山泽鬼怪,这里指土兵。

〔14〕"天下"句:谓朝廷施仁德于天下,国家便可大治。四夷守,指边境四周坚守无患。四夷,是东夷、西戎、南蛮、北狄的统称。

〔15〕此辈:指土兵。可使:可以指使。虞:忧患。

〔16〕"何况"二句:是说土兵头目家中都有妻妾儿女,还是让他们回到原地去吃喝玩乐吧,不能让他们久留内地。土官,指土兵头目。

癸酉生日〔1〕

庐山腊日地冻裂〔2〕,白猿鹿麂啼深雪〔3〕。卧病松林北岸湖,黄蒿古坂行人绝〔4〕。已今行年四十二,我辰安在百忧结〔5〕。小孙呼爷戏床侧,纵恼忍能即嗔说〔6〕!

〔1〕此诗写于正德八年癸酉(1513)。正德六年,刘瑾被诛后,台谏官员以李梦阳忠直,交章举荐,起为江西按察使提学副使。正德七年,李梦阳与上司不合,遭弹劾;再加宁王朱宸濠阴怀异志,拉拢李梦阳不成便设法中伤之,致使李梦阳再次下狱。后因何景明上书杨一清得以解免,罢官闲居。正德八年寓居广信侯府,此案最终勘结。此诗写于癸酉生日,李梦阳时年四十二岁。诗中表现了作者对官场黑暗和人世不公的无可奈何与愤激之情。

〔2〕庐山:见《陟岵》注〔9〕。腊日:古时腊祭的日子。汉代以冬至后第三个戌日为腊日。后代改为十二月初八日。

〔3〕麂(jǐ):动物名。哺乳纲,偶蹄目,鹿科。小型鹿类。仅雄的有角。

〔4〕坂:山坡。

〔5〕辰:日子,时光。《汉书·叙传上》:"辰倏忽其不再。"颜师古注:"辰,时也。"

〔6〕嗔说:发怒,责怪。

豆锉行[1]

昨当大风吹雪过,湖船无数冰打破。冰骧垒硊山岳立[2],行人骇观泪交堕。景泰年间一丈雪[3],父老见之无此祸。鄱阳十日路断截[4],庐山百姓啼寒饿。旌竿冻折鼙鼓哑,浙军楚军袖手坐。将军部兵蔽江下,飞报沿江催豆锉。邑官号呼手足皲[5],马骡鸡犬遗眠卧。前时边达三千军,五个病热死两个。弯弓值冻不敢发,昔何猛毅今何懦?李郭邺城围不下[6],裴度淮西手可唾[7]。从来强弱不限域,任人岂论小与大。当衢寡妇携儿哭[8],秋禾枯槁春难播。纵健征科何自出[9],大儿牵缠陆挽驮[10]。

〔1〕此诗作于明武宗正德十四年(1519)。其时宁王朱宸濠反叛,连陷九江、安庆,提督南雄都御史王守仁起兵讨叛,攻克宸濠的巢穴南昌,生擒宸濠。这首诗当作于此时。诗中反映了江西民众既遭兵灾,又供粮秣的苦难,又为王守仁功高不赏鸣不平。看似俚俗,实则浑厚,正如沈德潜所说:"似古谣谚,俚质生硬处,正不易到。"豆锉(cuò 错),马饲料。锉,铡碎的草。

〔2〕冰骧:像奔马一样汹涌而来的冰块。垒硊(wěi 委):高峻貌。

〔3〕景泰:明代宗朱祁钰的年号,从1450年至1456年。

〔4〕鄱阳:见《戏作放歌寄别吴子》注〔14〕。

〔5〕手足皴:手足受冻而皴裂。皴,冻裂。

〔6〕"李郭"句:唐肃宗乾元二年(759),李光弼、郭子仪等九节度使率六十万大军,包围安庆绪于邺城(今河南安阳),因指挥失误,被史思明打败,退守河阳(今河南孟县)。见《新唐书·郭子仪传》。

〔7〕"裴度"句:唐宪宗元和十二年(817),吴元济等割据淮西,屡败王师。裴度率部李愬雪夜下蔡州,生擒吴元济,淮西唾手而定。韩愈有《平淮西碑》,柳宗元有《平淮夷雅》,歌颂了裴度的赫赫战功。然裴度功高不赏,数被黜退。此以王守仁平宸濠之乱比之裴度平淮西。淮西,也称淮右,今皖北豫东淮河北岸一带。

〔8〕当衢:当路。衢,大路,道路。

〔9〕纵健:即使身体健壮。杜甫《兵车行》:"纵有健妇把犁锄,禾生陇亩无东西。"征科:征收和摊派的各种税款。

〔10〕"大儿"句:大儿子在艰难拉纤,小儿子在牵着驮东西的牲口。牵缠(tán谈),牵着绳索。此处指拉纤。缠,绳索。陆,即第六子,这里指小儿子。驮,负载之畜。有些选本作"歌",疑误。

苦雨篇[1]

波涛日陷蛙鸣起,梁园一夜满城水。屋庐半塌塌人死,可怜哭声水声里。忆昨出饮黄昏归,零濛已洒力尚微[2]。岂知中宵鬼神怒[3],雷翻电滚雨如注。我时怵惕不得眠[4],窗灯扑杀无计燃。汹涌一任霹雳走[5],恍惚若有蛟龙缠。地轴震仄久益急[6],披衣起坐坐复立。鸡鸣气势幸稍缓,积渐天明日光入。琴沾书湿开我堂,二仪高下云低昂[7]。黄鹂晒翅燕语梁,前何恐惧今何康。万事夷险谁豫量[8],及时弗乐头颅苍。

〔1〕据《李空同先生年表》,这首诗写于正德四年(1509),李梦阳时年三十八岁。李梦阳因反对宦官刘瑾被逮获救后,即回到老家大梁。由于旧业已让与兄长,不得不借居于土市街,"室庐湫隘"。此年秋天,阴雨连绵,李梦阳作《苦雨篇》。诗中详细描写暴风雨带给老百姓的苦难。房屋倒塌,居民死亡,风声、水声、哭声交织在一起,整个是灾难下的悲惨景象。可是诗的末尾却写雨过天晴后的安乐景象,并流露出及时行乐的消极思想,让人感到前后矛盾。其《苦雨后篇》亦写雨灾。

〔2〕零濛:徐雨。断续不止之雨。《诗经·豳风·东山》:"我来自东,零雨其濛。"《疏》云:"道上乃遇零落之雨,其濛濛然。"

〔3〕中宵:半夜。宵,夜晚。

〔4〕怵惕:戒惧,惊惧。《孟子·公孙丑上》:"今人乍见孺子将入于井,皆有怵惕恻隐之心。"

〔5〕霹雳:见《古白杨行》注〔8〕。

〔6〕地轴:古代传说大地有轴。晋张华《博物志》:"地有三千六百轴,互相牵制。"后用来泛指大地。

〔7〕二仪:天地。低昂:高低起伏。《楚辞·远游》:"服偃蹇以低昂兮,骖连蜷以骄骜。"

〔8〕夷险:谓事情的平顺与艰险。陶渊明《五月旦作和戴主簿一首》诗:"迁化或夷险,肆志无窊隆。"豫量:预先料想到。豫,先事为备。

奉送大司马刘公归东山草堂歌[1]

东山有草堂,缥缈云峤孤[2]。前对祝融峰[3],下瞰巴陵湖[4]。明公昔时此堂居[5],麋鹿熊豕当窗趋[6]。洞庭日落风浪涌,倒影射堂堂欲动。惨淡谁闻紫芝曲[7],独善不救苍生哭[8]。先帝亲裁五色诏,老臣曾受三朝禄[9]。此时边徼多战声[10],曳履谒帝登承明[11]。谢安笑却淮淝敌,魏相坐测单于兵[12]。九重移榻数召见,夹城日高未下殿[13]。英谋密语人不知,左右微闻至尊羡[14]。自从龙去不可攀,公亦卧病思东山[15]。湘娥含笑倚竹立,山鬼窈窕堂之侧[16]。上书苦死只欲归,圣旨优容意凄恻[17]。内府盘螭缕金织[18],赐出倾朝皆动色。白金之铤红票记[19],宝钞生硬雅翎黑[20]。崇文城门水云白[21],是日观者途路塞。城中冠盖尽追送[22],尘埃不见长安陌[23]。人生富贵岂有极?男儿要在能死国,不尔抽身早亦得。君不见汉二疏,千载想慕传画图[24]。即如草堂何处无,禄食觍窃胡为乎[25]?乃知我公真丈夫。呜呼,乃知我公真丈夫!

〔1〕这首诗写于明武宗正德元年(1506)五月,李梦阳时年三十五岁。明武宗即位,好为狎邪游,宠信宦官刘瑾、谷大用、张永等,号为"八虎"。刘瑾等人擅权乱政,许多正直官员竞相弹劾,由于武宗昏庸,听信宦官之言,致使许多大臣如刘健、杨一清、韩文等下狱或免官,刘大夏亦辞官回乡。诗中赞颂刘大夏在孝宗朝君臣相得、为国尽忠的光辉业绩,反衬出武宗听信谗言、疏离君子的昏庸行为。似褒实贬,怨而不怒,确实体现了高超的艺术技巧。刘大夏(1435—1516),字时雍,华容(今湖南华容)人。天顺八年(1464)进士。曾官两广总督、兵部尚书。因敢于直言,曾几上几下。弘治十一年(1498),致仕,筑东山草堂,读书其中。弘

治十三年（1500），廷臣举荐，起任右都御史，统管两个军务。武宗立，刘又屡次请撤镇守中官，武宗不听，遂数上章请求辞官回乡，于正德元年五月加太子太保，"赐敕驰驿归，给廪隶如制"。同年九月，刘瑾借田州岑猛事，逮大夏入诏狱，后被判戍边。正德五年（1510），赦归。此诗当作于刘大夏辞官归乡之时。东山草堂，刘大夏隐居读书处，当在湖南省。陈田《明诗纪事·丁笺》卷一："华容刘忠宣东山草堂，庄定山为之题匾，李西涯有《东山草堂》前后赋，何大复、杨石淙、边华泉、何燕泉有寄赠留题诗。"

〔2〕缥缈：高远隐约貌。云峤（qiáo 桥）：高耸入云的山峰。峤，尖而高的山。

〔3〕祝融峰：在湖南省衡山县西北部。衡山主峰，海拔一千二百九十米。有望日台、望月台诸胜景。

〔4〕巴陵湖：当指洞庭湖。在湖南省北部，长江南岸。沿湖为岳阳、华容、南县、汉寿、沅江、湘阴等市县，湘、资、沅、澧四水均汇流于此，在岳阳市城陵矶入长江。湖中小山甚多，以君山为最著名。范仲淹《岳阳楼记》："予观夫巴陵胜状，在洞庭一湖。衔远山，吞长江，浩浩汤汤，横无际涯。"

〔5〕"明公"句：当指刘大夏在弘治十一年致仕，筑东山草堂，读书其中事。

〔6〕麋鹿：兽名。俗称四不像。哺乳纲，偶蹄目，鹿科。毛色淡褐，雄的有角，多两叉分歧。一般认为它角似鹿非鹿，头似马非马，身似驴非驴，蹄似牛非牛，故名。

〔7〕"惨淡"句：意谓人们不忍听到刘大夏归隐的消息。紫芝，见《戏作放歌寄别吴子》注〔25〕。

〔8〕"独善"句：意谓刘大夏不甘于独善其身，因为他想有益于黎民百姓。《孟子·尽心上》："穷则独善其身，达则兼善天下。"

〔9〕"先帝"二句:意谓孝宗皇帝曾亲自下诏召见刘大夏,刘大夏是三朝老臣,功高位显。

〔10〕边徼(jiào 教):边境。

〔11〕谒:请见,进见。承明:古代天子左右路寝称承明,因承接明堂之后,故名。

〔12〕"谢安"二句:意谓刘大夏能像东晋谢安一样可以指挥若定,打退强敌,也能如东汉魏相一样洞察形势,相机而动。谢安(320—385),字安石,晋阳夏人。少有重名,累辟皆不起。年四十方出仕。后为尚书仆射,领吏部,加后将军,一心辅晋。太元八年(383)苻秦攻晋,加安征讨大都督。安遣侄玄等大破苻坚于肥水。魏相(前?—前59),字弱翁,汉济阴定陶人。少学《易》。初为茂陵令,后为河南太守。宣帝时为丞相,总领众职,与丙吉同心辅政,皆为帝所重,封高平侯。元康年间,匈奴遣兵袭扰汉朝在车师的屯田军。皇帝与后将军赵充国等商议,欲因匈奴衰弱,出兵击其右地,使不敢复扰西域。魏相分析利害,强调不能因一时的愤怒出兵,致使兵乏民困,变生不测。宣帝听从其言,不再出兵。

〔13〕"九重"二句:指孝宗皇帝经常向刘大夏咨询政事,非常信任。《明史·刘大夏传》:"(刘大夏)尝对久,惫不能兴,呼司礼太监李荣掖之出。"九重,指宫禁,极言其深。这里代指皇帝。夹城,两边筑有高墙的通道。此指宫中密室。《两京新记》:"开元二十年,筑夹城。"

〔14〕"英谋"二句:指刘大夏敢于直言,深有韬略,不便公开发表,以免泄露机密。《明史·刘大夏传》:"大夏每被召,跪御榻前。帝左右顾,近侍辄引避。"至尊,指皇帝。

〔15〕"自从"二句:意谓自孝宗皇帝驾崩后,武宗即位,对刘大夏不再信任,所以他想辞官回乡。《明史·刘大夏传》:"大夏自知言不见用,数上章乞骸骨。"东山,用谢安隐居东山典。

〔16〕"湘娥"二句:意谓刘大夏怀念家乡美好的风景,宁愿回乡安

度晚年。湘娥,指舜妃娥皇、女英,传说她们死后成为湘水之神。李贺《黄头郎》诗:"水弄湘娥珮,竹啼山露月。"山鬼,屈原《九歌·山鬼》:"若有人兮山之阿,被薜荔兮带女萝。既含睇兮又宜笑,子慕予兮善窈窕。"

〔17〕优容:宽容,宽假。

〔18〕盘螭缕金织:指上好的御用丝织品。盘螭,绣着盘龙的图案。螭,传说中无角的龙。缕金,金丝线。

〔19〕铤(dìng订):古代所铸的各种形状的金银块,作货币流通。票记:明代帝王的御笔批条。

〔20〕宝钞:即纸币。雅翎:即鸦翎。乌鸦的羽毛。李贺《野歌》:"鸦翎羽箭山桑弓,仰天射落衔芦鸿。"

〔21〕崇文城门:即崇文门。北京城门之一,在正阳门之东。原为元大都之文明门。明正统初改为崇文门,亦称海岱门,音讹又作哈德门。

〔22〕城中冠盖:指朝中官僚。冠盖,官吏的服饰和车乘,借指官吏。冠,礼帽。盖,车盖。

〔23〕长安:汉唐的首都。这里借指北京。陌:街道。

〔24〕"君不见"二句:意谓做官之人能够激流勇退,也算明智之举,值得人们敬仰。汉二疏,汉疏广为太傅,其侄疏受为少傅。因年老同时辞官,公卿大夫在东都门外盛会欢送。封建文人以此为美谈。见《汉书·疏广传》。传画图,指画图像于凌烟阁。

〔25〕"禄食"句:意谓厚着脸皮领国家的俸禄而不干事。觍(tiǎn舔),厚着脸皮,也叫觍着脸。

二月四日部署宴饯徐、顾二子[1]

春日载阳官署幽[2],东吴二子过我游[3]。庭空日斜吏人散[4],窅然何异经林丘[5]。今晨惊蛰暖气达[6],昨夜哀鸿呼故俦[7]。中庭古槐苍藓溽[8],上有百鸟何啁啾[9]。仓庚交交刷其羽[10],君看巨细各有求[11]。明时冠轩几邂逅[12],得暇胡不攀淹留[13]？自从去年识徐、顾[14],令我意气倾南州[15]。徐郎近买洞庭柂[16],顾子亦具钱塘舟[17]。浮生飘转若飞藿[18],倏忽聚散谁能谋[19]？风光烂漫况复尔[20],愿写清壶销客忧[21]。故人苦称不好饮[22],举杯入唇还复休[23]。妙歌时时激慷慨[24],鄙夫何以答绸缪[25]。严柝沉沉静夜色[26],北斗倒挂城南楼[27]。只恐天明驱马出[28],揽袪延望河之洲[29]。

〔1〕这首诗写于正德元年(1506)二月。顾璘时任南京吏部封验司主事,至京述职后,准备南返。徐祯卿虽于去年中进士,但不得馆选,当时亦将南下湖湘。此诗即为送别徐、顾二人之作,写酒会,叙友情,依依惜别,意气慷慨。二月四日,指明武宗正德元年(1506)二月四日。部署,即部曹。饯,饯别,用酒食送行。徐、顾,指徐祯卿、顾璘。徐祯卿生平,见《赠徐祯卿》注〔1〕。顾璘(1476—1545),字华玉,先世吴县(属江苏)人,后徙上元(今江苏南京)。弘治丙辰(1496)进士。历任广平知县、浙江左参政、刑部右侍郎、工部尚书、南京刑部尚书等职。为官清廉,以气节自负。为文雄深尔雅,诗歌隽永,尤长乐府歌辞。与刘麟、徐祯卿号"江东三才"。有《顾璘诗文全集》行世。

〔2〕春日载阳:春天到来,天气变暖。载,始。《诗经·豳风·七月》:"春日载阳,有鸣仓庚。"幽:幽静,安静。

〔3〕东吴二子:指徐祯卿、顾璘。因二人均为吴县(今江苏苏州)人,故称。过:拜访。

〔4〕吏人:官员。

〔5〕窅(yǎo咬)然:静寂的样子。

〔6〕惊蛰:二十四节气之一,在公历三月五日或六日。此时气温上升,土地解冻,春雷始鸣,蛰伏过冬的动物惊起活动。

〔7〕哀鸿:哀叫着的大雁。这里比喻哀伤痛苦的人。谢惠连《泛湖归出楼中玩月诗》:"哀鸿鸣沙渚,悲猿响山椒。"故傅:老朋友。

〔8〕中庭:庭中,庭院里。苍藓:青色的苔藓。溽(rù入):潮湿。

〔9〕啁啾(zhōu jiū周赳):鸟鸣声。林逋《初夏》:"乳雀啁啾日气浓。"

〔10〕仓庚:黄莺的别名,也叫商庚,黄鹂。交交:鸟鸣声。《诗经·秦风·黄鸟》:"交交黄鸟,止于棘。"刷:梳理。李白《赠黄山胡公求白鹇》:"刷毛琪树间。"

〔11〕"君看"句:是说鸟儿各有各的追求。

〔12〕明时:政治清明的时代。这里是称颂作者所处的时代。冠轩:官吏的服饰和车乘,借指官吏。冠,礼帽。轩,大夫以上所乘的车,亦泛指车。邂逅:偶然遇见。

〔13〕胡不:何不,为什么不。攀淹留:互相攀附逗留。攀,追攀,攀附。杜甫《戏为六绝句》:"窃攀屈宋宜方驾。"

〔14〕去年:指弘治十八年(1505),李梦阳与徐祯卿、顾璘初识之时。

〔15〕意气:志向与气概。倾:压倒。南州:泛指南方地区。因徐祯卿、顾璘均为南方人,故言。

〔16〕徐郎:指徐祯卿。洞庭柂(duò舵):通向洞庭湖的船。因徐祯卿这次南下湖湘,为洞庭湖所在地,故称。柂,船舵。

〔17〕顾子:指顾璘。钱塘舟:去钱塘江的船。顾璘此次至京述职,即将南返。

〔18〕浮生:人生。道家以人生在世,虚浮无定,故称人生为浮生。李白《春夜宴从弟桃李园序》:"夫天地者,万物之逆旅也;光阴者,百代之过客也,而浮生若梦,为欢几何? 古人秉烛夜游,良有以也。"飞藿(huò霍):飘飞的豆叶。

〔19〕倏忽:形容时间极短。谋:打算,预料。

〔20〕尔:助词,表示肯定。

〔21〕写:通"泻",倾倒,倒。清壶:指壶中酒。销:通"消",消除,清散。

〔22〕故人:老朋友。这里指徐、顾二人。苦称:坚持说,一再说。

〔23〕还复休:又停下来。

〔24〕"妙歌"句:是说美妙的歌声时时激发出慷慨之气。

〔25〕鄙夫:作者自谦。答:报答,酬答。绸缪:缠绵,依依不舍的样子。

〔26〕严柝(tuò唾):戒夜的更柝声。柝,古代巡夜打更用的梆子。

〔27〕北斗:见《离愤》其三注〔8〕。

〔28〕驱马:骑马,驾驭马。

〔29〕揽祛(qū区):提起袖子。祛,袖口。延望:抬头远望。河之洲:河中陆地。《诗经·周南·关雎》:"关关雎鸠,在河之洲。"

寄兵备高佥事江[1]

三月无雨干杀麦,六月雨多禾耳黑[2]。长江浪高蛟龙斗,淘河鹨鹕啼清昼[3]。此时怜君备吴越[4],天阴不见日与月。白衫盐徒惯风涛,我军慎勿贪仓猝[5]。

〔1〕此诗为寄友人之作,诗中描写了天灾带给人民的苦难。朋友高江此时备兵江南,镇压农民起义,让作者内心分外难受。抛开封建正统观念,诗人自有一番悲天悯人、关怀苍生的博大胸怀。兵备,古代军职。佥事,古代官名。高江,福建莆田人。曾任浙江按察使司佥事、四川提学副使。顾炎武《肇域志》卷十三"杭州西湖"载:"正德三年,郡守杨孟瑛锐情恢拓,力排群议,言于御史车梁,佥事高江上疏请之,以为西湖当开者五。"又黄廷桂《(雍正)四川通志》卷三十《职官》载:明代正德年间副使有高江,福建莆田人,进士。

〔2〕"三月"二句:意谓旱灾继以涝灾导致农民颗粒无收。

〔3〕"长江"二句:又写长江下游一带遭遇洪灾。淘河,鸟名。即鹈鹕。以好入水食鱼,故又称淘河。鸂鶒(xī chì 稀赤),水鸟名。形大于鸳鸯,而色多紫,水上偶游,故又谓之紫鸳鸯。

〔4〕吴越:古代的吴国越国,在今江浙一带。这里指江浙地区。

〔5〕"白衫"二句:意谓那里的人们熟悉环境,惯识水性,跟他们对阵一定要相机而动,不可仓促行事。盐徒,盐民。

寄内弟玉[1]

自汝林居将一月[2],我心不宁长惙惙[3]。郊寒岁暮风色苦,旷野无邻天雨雪。亟欲载酒往问子,冰路难行畏跲跌[4]。岂无轻裘与快马[5],玉也视之如敝幭[6]。此道于今识者稀[7],劝弟宽怀慎药物[8]。

〔1〕这首诗是李梦阳写给妻弟左国玉的。诗中表达了对内弟的思

念之情,同时也称扬了内弟的高尚人格。内弟,妻弟。左国玉,字舜钦,河南开封人。卒年仅为二十四岁。

〔2〕林居:指居于乡里。

〔3〕惙(chuò 绰)惙:忧愁的样子。

〔4〕跄(qiàng 呛)跌:指道路不平,易摔倒。

〔5〕轻裘:轻暖的皮衣。

〔6〕敝幭(miè 蔑):破头巾。幭,头巾。

〔7〕此道:指重义轻利、安贫乐道的行为。

〔8〕慎药物:谨慎用药。

秋夜徐编修宅宴别醉歌[1]

徐郎三杯拂剑且莫舞,听我击节歌今古[2]。曲长调悲不易竟,天地荧荧月东吐[3]。燕山八月风力怒,落叶交加映尊俎[4]。怆时感事百忧集[5],死别生离同一苦。身逢累朝全盛日,弘治之间我亲睹[6]。朝廷无事尚恭默,天下书计归台府[7]。五陵鞍马速雷电[8],千官气势如风雨。却忆年年秋月时,日与尔辈同襟期[9]。如渑之酒差快意,袒跣呼号百不思[10]。弦张柱促衣冠祸[11],综核崩奔学士疲[12]。仓皇世事难开口,物极则还理宜有[13]。羸疾已分沙田草[14],遭逢复折都门柳[15]。富贵在天得有命[16],人生反覆如翻手[17]。不见去年临别处,吞声踟蹰莺求友[18]。邂逅寒暄不自知[19],隔绝荣华为谁守?歌残酒干天欲曙,门外骊驹已西首[20]。哀鸣胡雁亦南飞,露湿群星朝北斗[21]。

〔1〕这首诗抒发了对奸佞专权、朝政腐败的强烈不满。也有对世态炎凉,人情冷暖的无限感慨。似应写于正德三年(1508),作者被刘瑾矫诏下狱获释之后。徐编修,即徐缙(1482—1548),字子容,号崦西,苏州人。弘治十八年(1505)进士。正德二年由翰林院庶吉士授编修。后升任詹事府少詹事,吏部左侍郎。徐缙在翰苑时"与北郡李子梦阳、大梁何子景明、长洲徐子祯卿、邺郡崔子铣定交,笔札扬榷文艺……",相互赓唱(《皇甫司勋集》卷四十七之《徐文敏公祠碑》)。

〔2〕击节:以手或拍板击打以调节乐曲。

〔3〕荧荧:微光闪烁貌。

〔4〕尊俎:古代盛酒肉的器皿。

〔5〕怆时感事:对时事的感慨悲伤。

〔6〕"身逢"二句:从这两句开始作者回忆弘治年间的太平盛世景象,以反衬正德年间朝政腐败、民不聊生的惨状。

〔7〕"朝廷"二句:意谓朝廷内外相安,崇尚恭谨为政,天下政事都决断于政府,宦官不能干涉。台府,即台辅,指三公宰相之位。

〔8〕五陵:汉朝皇帝每立陵墓,都把四方豪族和外戚迁至陵墓附近居住。最著名的为五陵,即长陵、安陵、阳陵、茂陵、平陵。后来诗文中常以五陵为豪门贵族聚居之地。杜甫《秋兴》之三:"同学少年多不贱,五陵衣马自轻肥。"

〔9〕襟期:情怀,抱负。

〔10〕"如渑"二句:写他们当年饮酒赋诗、不拘小节的狂欢景象。袒,去衣露上身。跣,光着脚。

〔11〕"弦张"句:暗指宦官针对朝中官员接二连三的政治打击。衣冠,士大夫,官绅。

〔12〕"综核"句:意谓朝廷考核赏罚混乱,制度败坏。综核,即综核名实。综合事物的名称和实际,加以考核。这里指对官员的考核。崩奔,崩坏,奔腾。

〔13〕物极则还:事物发展到极度时,就会走向反面。

〔14〕羸疾:类似风痹的病。

〔15〕折都门柳:在都门折柳送别。折柳,《三辅黄图·桥》:"霸桥在长安东,跨水作桥,汉人送客至此桥,折柳赠别。"后因以折柳为送别之词。

〔16〕"富贵"句:《论语·颜渊》:"子夏曰……'死生有命,富贵在天。'"表现了宿命论的消极思想,这里作者反用其意。

〔17〕"人生"句:出自杜甫《贫交行》诗:"翻手作云覆手雨,纷纷轻薄何须数?"比喻世事反覆无常,也暗指权贵玩弄手腕。

〔18〕吞声:不敢出声;哭不成声。踟蹰:徘徊不进,犹豫。

〔19〕寒暄:问候起居寒暖的客套话。

〔20〕骊驹:纯黑色的马。这里为双关意,也指古代客人告别时唱的诗篇。《汉书·王式传》:"谓歌吹诸生曰:'歌《骊驹》。'"颜师古注:"服虔曰:'逸诗篇名也,见《大戴礼》,客欲去,歌之。'文颖曰:'其辞云:骊驹在门,仆夫具存;骊驹在路,仆夫整驾也。'"

〔21〕北斗:见《离愤》其三注〔8〕。

东园翁歌[1]

东园翁今六十馀,面常泥垢发不梳[2]。身藏宝剑人不识,反闭衡门读古书[3]。此翁十五二十时,欬唾落地迸成珠[4]。陆机不敢以伯仲[5],管辂警敏空嗟吁[6]。生鳞即与蛟龙伍[7]，未汗宁同凡马趋[8]。尔时射策黄金阙[9]，三百人中最英发[10]。骅骝举足狭万里，便欲登天揽日月[11]。岂知德尊常坎坷，独买扁舟泛吴越[12]。三十年来万事变，富贵于我真毫发。归来灌园种琼花，荷锄自理东门瓜[13]。夜眠海月挂丹牖，昼看江风滚白沙。辽东合有逢萌宅[14]，齐西再睹陶朱家[15]。北郡李生三十六[16]，摈斥高歌卧空谷[17]。前辈后辈道岂殊，同坐同行限江麓[18]。东望东园乱心曲，安得逐尔骑鸿鹄[19]？

〔1〕东园翁，即东园公。人名。汉初"商山四皓"之一。姓唐字宣明，居园中，因以为号。一说姓园名秉，号园公，陈留襄邑人。见陶潜《陶渊明集·集圣贤群辅录》。这首诗借东园翁高才被弃、贫困潦倒的境遇深刻地揭露了封建社会的黑暗现实，抒发了作者内心的愤懑不平。东园，见《赠孙生》注〔4〕。

〔2〕"东园"二句：写了东园翁既老又脏，一副不修边幅的样子。为下面的赞美蓄势，达到欲扬先抑的效果。

〔3〕衡门：横木为门，喻简陋的房屋。《诗经·陈风·卫门》："衡门之下，可以栖迟。"

〔4〕欬唾成珠：《庄子·秋水》："子不见乎唾者乎？喷则大者如珠，小者如雾。"后以喻言谈珍贵或出口成章、文字优美。

〔5〕"陆机"句：意谓其文采文学家陆机自愧不如。陆机（261—303），字士衡，西晋吴郡人。著名文学家。祖逊、父抗，为吴将相。吴灭，闭门读书十年。太康末年与弟云入洛阳，以文才名重一时。曾任平原内史。陆机诗文辞藻宏丽，讲求排偶，开六朝文风之先。伯仲，评论人的才能时，比喻相差很小，难分优劣。杜甫《咏怀古迹五首》其五："伯仲之间

见伊吕,指挥若定失萧曹。"

〔6〕"管辂"句:意谓以管辂的机警敏捷尚自叹弗及。管辂(208—256),字公明,三国魏平原人。明《周易》,善卜筮,相传所占无不应。警敏,机警敏捷。

〔7〕"生鳞"句:夸赞东园翁只要有机会施展才华,定会与众不同。

〔8〕"未汗"句:意谓东园翁没机会施展才能,正如汗血马不能纵横驰骋疆场便不能显出它的非凡本领一样。

〔9〕射策:汉代取士有对策、射策之制。射策由主试者出试题,写在简策上,分甲乙科,列置案上,应试者随意取答,主试者按题目难易和所答内容而定优劣。上者为甲,次者为乙。这里代指明代的科举考试。

〔10〕英发:才华外露。苏轼《念奴娇·赤壁怀古》:"遥想公瑾当年,小乔初嫁了,雄姿英发。羽扇纶巾,谈笑间,强虏灰飞烟灭。"

〔11〕"骅骝"二句:夸赞东园翁当年雄姿英发,志向远大,睥睨一切的神采。上句可与杜甫"斯须九重真龙出,一洗万古凡马空"(《丹青引赠曹将军霸》)相媲美。骅骝,赤色骏马,亦名枣骝。狭,意动用法,以……为狭。登天揽日月,比喻志向远大。李白《宣州谢朓楼饯别校书叔云》:"俱怀逸兴壮思飞,欲上青天揽明月。"

〔12〕"岂知"二句:意谓东园翁才高见妒,屡遭坎坷,最终心灰意冷,隐居江湖。暗用范蠡"乘扁舟浮于江湖"的典故。见《史记·货殖列传》。

〔13〕"归来"二句:意谓东园翁回乡隐居,过自给自足的田园生活。琼花,花木名。叶柔而莹泽,花色微黄而幽香。为稀有珍异植物。旧扬州后土祠有琼花一株,相传为唐人所植。东门瓜,即东陵瓜。汉初有邵平,本秦东陵侯。秦亡,为民,种瓜于长安城东。相传瓜味甜美,俗称东陵瓜。见《史记·萧相国世家》。

〔14〕"辽东"句:意谓东园翁像逢萌一样乱世不居,能明哲保身。

逢萌,即逢萌,字子康,后汉北海都昌人。家贫,曾任亭长。后去长安问学,通《春秋经》。王莽专权,思世道将乱,携家属浮海,客于辽东。

〔15〕"齐西"句:意谓东园翁不但能自给自足,而且像陶朱公一样富而有仁。陶朱,即陶朱公,春秋时范蠡之号。范蠡辅佐越王勾践灭吴之后,以越王为人可以共患难,不可共安乐,弃官远去,至陶,称朱公。以经商致富,十九年中三致千金。并且屡次扶危济困。见《史记·货殖列传》。

〔16〕北郡李生:为诗人自称。北郡,即北地郡,古郡名。春秋时为义渠戎国之地,秦置北地郡。汉、三国魏、隋均有北地郡。地域和郡治有变迁,在今甘肃东南部和宁夏南部一带,为李梦阳家乡。

〔17〕摈斥:排斥,弃绝。空谷:犹言深谷。《诗经·小雅·白驹》:"皎皎白驹,在彼空谷。"杜甫《佳人》诗:"绝代有佳人,幽居在空谷。"这些诗大多用比兴写才士不遇的苦闷。

〔18〕麓:山脚。

〔19〕"安得"句:意谓怎么能像他一样高举远逝,隐居田园呢?鸿鹄,天鹅。也指黄鹄。

得家书寄兄歌[1]

三年路遥消息阻[2],缄书实冻兄心苦[3]。鸿雁无愁奋翅难,鹧鸪且暂游寒渚[4]。时望东湖西日微[5],雪冬庐岳北思归[6]。独虞四海干戈满[7],生别悲伤见面稀。

〔1〕这首诗似应写于李梦阳江西任获罪之后,当在正德八年

(1512)。诗中表现了对兄长关心的感激和对时事的忧虑。李梦阳之兄名孟和。

〔2〕"三年"句:李梦阳在正德六年(1511)诏起为江西按察司提学副使,便离开了兄长李孟和,到正德八年正好三年。

〔3〕缄书:书函。冻:冷。

〔4〕鹡(jí极)鸰:见《离愤》其一注〔11〕。渚:水中小块陆地。

〔5〕东湖:湖名,这里指江西南昌的东湖。《新唐书·地理志·洪州·南昌》:"县南有东湖,元和三年,刺史韦丹开南塘斗门以节江水,开陂塘以溉田。"

〔6〕庐岳:即庐山。见《陟峤》注〔9〕。北思归:"思北归"的倒装。河南在江西的北部,意谓回乡。

〔7〕虞:忧虑。干戈:干戈为古代战争的常用兵器,后来代指战争。干,盾。戈,戟。

送仲副使赴陕西〔1〕

骢马白玉鞍〔2〕,长鸣下云端。今朝发汴水〔3〕,何日到长安〔4〕?孝王台前雪如山〔5〕,垂杨扫地春风还。使君不带冰霜色,却带春风入汉关〔6〕。相思明月楼〔7〕,西望古秦州〔8〕。河南咫尺不可见,何况千山万水头。西望秦州是我乡〔9〕,陇树秦云空断肠〔10〕。襄帷仗钺经行地〔11〕,欲寄双鱼到庆阳〔12〕。

〔1〕正德十三年(1318),何景明升官为陕西提学副使,自京城南下

赴职,路经开封,李梦阳热情迎接。老朋友久别重逢,彼此格外兴奋,李梦阳两次设宴为何景明饯行,并写了此诗及《繁台秋饯何子》、《再饯何子》等诗,称赞何景明的才华,歌颂二人的友谊,并表达了对家乡的思念之情。仲副使,指何景明。何景明,字仲默。时任陕西提学副使。

〔2〕骢马:青白色相杂的马。汉桓典为御史,常乘骢马,无所畏避。后因用骢马为御史或执法严峻之典。见《东观汉记·桓典》。

〔3〕汴水:即汴河。在河南境内。其上流受黄河水为古荥渎,也叫南济;在荥阳的一段叫浪荡渠;向东流叫官渡水。又东流到大梁城北,叫阴沟。

〔4〕长安:指西安。

〔5〕孝王台:即吹台,在今河南开封东南禹王台公园内。相传春秋时为师旷吹乐之台,汉梁孝王增筑曰明台,后有繁姓居于台侧,因此又名繁台。明人为纪念夏禹治水的功绩,于台上建禹庙,又称禹王台。

〔6〕"使君"二句:反用王之涣《凉州词》"羌笛何须怨杨柳,春风不度玉门关"之意。使君,指何景明。

〔7〕"相思"句:意谓在月圆之夜,独自在楼头相思。李白《对雪醉后赠王历阳》:"清晨鼓棹过江去,千里相思明月楼。"

〔8〕秦州:州名。三国魏分陇西郡置,以秦初封为名。晋置狄道郡,初治冀城,后改镇上邽。这里代指陕西。

〔9〕"西望"句:李梦阳祖籍庆阳,明代庆阳属陕西治,因此李梦阳认为陕西是其故乡。

〔10〕断肠:形容极度思念或悲伤。

〔11〕"褰(qiān牵)帷"句:意谓他曾在秦州一带犒军巡边、为国效力。李梦阳于弘治十六年(1503)曾奉命前往西夏犒军,时值西陲有事,督抚曾向李梦阳咨询军务,他不假推脱,协助督抚力却强敌。褰帷,东汉贾琮为冀州刺史行部,升车言曰:"刺史当远视广听,纠察美恶,何有反垂

帷幄以自掩塞乎?"乃命御者褰之。见《后汉书》卷三一。褰,缩叠。帷,帐幕。仗钺,拿着武器,指从军打仗。仗,万历本作"杖"。钺,古兵器,状如大斧,可安装长柄。

〔12〕"欲寄"句:《文选·古乐府》之一:"客从远方来,遗我双鲤鱼。呼儿烹鲤鱼,中有尺素书。"后因以"双鱼"或"双鲤"指书信。这里意谓寄书信到故乡。

徐子将适湖湘,余实恋恋难别,走笔长句,述一代文人之盛,兼寓祝望焉耳[1]

峥嵘百年会,浩荡观人文[2]。建安与黄初,叱咤皆风云[3]。大历熙宁各有人,戛金敲玉何缤纷[4]。高皇挥戈造日月,草昧之际崇儒绅[5]。英雄杖策集军门,金华数子真绝伦[6]。宣德文体多浑沦,伟哉东里廊庙珍[7]。我师崛起杨与李,力挽一发回千钧[8]。天球银瓮世希绝,鳌掔鲸翻难具陈[9]。洪川无梁不可越,日暮怅望劳余神。徐郎生长苏台阴,二十作赋雄海滨[10]。揭来抱玉扣阊阖,长安绣陌行麒麟[11]。是时少年谁最文?太常边丞何舍人[12]。舍人飘飘使南极,直穷金马探泸津[13]。尔虽不即见颜色,梦中仿佛形貌真。余也潦倒簿书客[14],诸公磊落清妙身[15]。大贤衣钵岂虚掷,应须尔辈扬其尘[16]。休令蘮蒘怨岑寂[17],要与琬琰增嶙峋[18]。海陵先生雅爱士,晚得徐郎道气伸[19]。乔王款接虽不数,迩闻亦欲来卜邻[20]。骅骝造父两相值,一瞬万里谁能驯〔21〕？都门二月芳草发，御沟杨柳垂条新。徐郎缄牒将远适〔22〕，使我旦夕生悲辛。为君沽酒上高楼，月前醉舞梨花春。天明挂帆向何处？鸿雁哀鸣求故群。南登会稽探禹穴〔23〕，西浮湘水吊灵均〔24〕。洞庭波寒木叶下〔25〕，峡口风急猿啸闻〔26〕。司马太史有遗躅，归来著书追获麟〔27〕。

〔1〕此诗作于正德元年(1506)。时徐祯卿即将赴湖湘，与李梦阳话别。诗人因成此诗，回忆文坛盛况，并抒发依依惜别之情。徐子，即徐祯卿，生平见《赠徐祯卿》注〔1〕。

〔2〕人文：礼教文化。

〔3〕"建安"二句：意谓建安和黄初年间是人才荟萃、文化繁荣的时期。建安，东汉献帝刘协年号，公元196—220年。这时曹操父子和"建安七子"在文坛名重一时，他们继承汉乐府民歌传统，并能创新，不少作品反映了当时社会动乱和人民流离失所的痛苦生活，后人称之为"建安体"。黄初，三国魏曹丕(文帝)的年号，公元220—226年。叱咤风云，大声怒喝，能使风云变色。形容声势威力极大。

〔4〕"大历"二句：意谓大历和熙宁年间也有出类拔萃的人才，不能漠然置之。大历，唐代宗李豫的年号，公元766—779年。当时有所谓的"大历十才子"。《新唐书·卢纶传》："纶与吉中孚、韩翃、钱起、司空曙、苗发、崔峒、耿湋、夏侯审、李端皆能诗齐名，号大历十才子。"熙宁，宋神宗赵顼年号，公元1068—1077年。当时有许多著名的文学家、历史学家和哲学家如王安石、司马光、苏轼、程颐等。戛金敲玉，即"戛玉敲金"，比喻音调或响亮或清润，各有特点。

〔5〕"高皇"二句：意谓明太祖朱元璋创建明王朝，一开始就重视文学之士。草昧之际，指国家草创之时。草昧，天地初开时的混沌状态。

〔6〕"英雄"二句:意谓各地的有志之士闻风响应,前来投靠朱元璋,其中以金华数子最为出众。杖策,《后汉书·邓禹传》:"及汉兵起,更始立,豪杰多荐举禹,禹不肯从。及闻光武安集河北,即杖策北渡,追及于邺。光武见之甚欢。"金华数子,指明太祖的重要谋士、明代开国文臣宋濂、刘基、章溢、叶琛等。《明史·刘基传》:"及太祖下金华,定括苍,闻基及宋濂等名,以币聘。基未应,总制孙炎再致书固邀之,基始出。既至,陈时务十八策。"

〔7〕"宣德"二句:意谓宣德年间以杨士奇为代表的台阁文学崇尚典雅,一味歌功颂德,粉饰太平,犹如浑沌未开。宣德,明宣宗朱瞻基年号,公元1426—1435年。浑沦,指宇宙形成前的迷濛状态。东里,指杨士奇。杨士奇(1365—1444),名寓,字士奇,号东里,以字行,泰和人。建文初,以史才荐入翰林,充《太祖实录》编纂官。历任礼部侍郎、华盖殿大学士。宣宗、英宗时,与杨荣、杨溥同掌国政,并称"三杨"。其诗文崇尚典雅平正,内容多歌功颂德、粉饰太平。著有《东里文集》等。

〔8〕"我师"二句:意谓在"台阁体"笼罩文坛的时候,李东阳与杨一清有志于改变这种肤阔平淡的风气,挽救了文坛的颓势。杨与李,指杨一清和李东阳。杨一清(1454—1530),字应宁,号邃庵,明镇江丹徒(今属江苏)人。成化进士。弘治末巡抚陕西。武宗立,受命总治三镇(延绥、宁夏、甘肃)军务,进右都御史。以不附刘瑾,得罪去官。后劝宦官张永揭发刘瑾罪恶,瑾因此被杀。旋任吏部尚书,兼武英殿大学士,参预机务。后以江彬等擅权,辞官而去。嘉靖初,再以兵部尚书总制陕西三边军务,不久召还京师,加华盖殿大学士,为首辅,被人攻讦去官。著有《关中奏议》、《石淙诗钞》等,后人辑为《杨一清集》。杨一清屡任边关大员,熟悉军旅生活,了解下层人民的艰辛,其诗多抒发抗击外族入侵的爱国精神和反映老百姓的困顿生活,苍凉沉郁,俊拔典则,尤长于七言律诗。朱彝尊《静志居诗话》说他"古诗原本韩苏,近体则以陈简斋、陆放翁为

师"。李梦阳在弘治四年(1491)归庆阳,时杨一清为督学宪副,爱其才而延之门下,因有师徒之谊。李东阳(1447—1516),字宾之,号西涯,明湖广茶陵(今属湖南)人。明代著名诗人。天顺进士,官至礼部尚书、华盖殿大学士。宦官刘瑾专权时,依附周旋,颇为时人所不满。其诗多应酬题赠之作,形式上追求典雅工丽,在当时很有影响,形成以他为首的茶陵诗派。著有《怀麓堂集》。李东阳曾是李梦阳弘治六年(1493)参加会试时的主考官,为李梦阳的座师。

〔9〕"天球"二句:这里赞扬杨一清与李东阳的诗文各有千秋,同样宝贵,具有"鲸鱼碧海"的大境界。天球,玉名。《尚书·顾命》:"大玉、夷玉、天球、河图,在东序。"《疏》:"天球,雍州所贡之玉,色如天者。"银瓮,银制之酒器。《初学记·瑞应图》:"王者宴不及醉,刑罚中,人不为非,则银瓮出。"鳌掣鲸翻,意从杜甫《戏为六绝句》之"或看翡翠兰苕上,未掣鲸鱼碧海中"化出。

〔10〕"徐郎"二句:意谓徐祯卿生于苏州,二十岁时就才名远扬。

〔11〕"朅来"二句:意谓自从徐祯卿进京赶考,遂使京师文坛增色不少。朅(qiè切)来,犹尔来。闾阖,天门,也指宫之正门,泛指宫门。王维《和贾舍人早朝大明宫之作》诗:"九天闾阖开宫殿,万国衣冠拜冕旒。"长安,这里代指北京。麒麟,传说中仁兽名。借喻杰出人物。

〔12〕太常边丞:即边贡。边贡(1476—1532),字廷实,号华泉,山东历城(今属济南市)人。弘治九年(1496)进士,除太常博士,擢兵科给事中。官至南京户部尚书。为"前七子"之一。其诗风格婉约,有《华泉集》。何舍人:即何景明(1483—1521),字仲默,号白坡,又号大复山人,信阳(今河南信阳)人。弘治十五年(1502)进士,授中书舍人,官全陕西提学副使。有《大复集》三十八卷。《明史》有传。他对当时政治的昏暗深表不满,在其诗文中有所反映。与李梦阳同为"前七子"领袖,后虽与李在复古的途径等问题上发生争执,但基本观点一致。李梦阳写给何景

明的诗文近二十篇,多以"何子"、"何舍人"、"仲副使"等称之。

〔13〕"舍人"二句:指何景明在明孝宗死后奉诏出使贵州、云南等地事。《大复集》附《皇明名臣言行录》云:"(何景明)弘治乙丑奉敬皇帝哀诏下云南,远方君长及中贵人咸遗赠犀角珍贝,谢弗受。"李梦阳有《赠何舍人赍诏南纪诸镇》、《得何子过湖南消息》等诗纪之。金马,即金马山,在云南昆明市东。《明史·地理志》:"昆明……东有金马山,与西南碧鸡山相对,俱有关,山下即滇池。池在城南,周五百里,其西南为海口,至武定府北,注于金沙江。"泸津,即泸水,亦名泸江水。即今四川、云南交接雅砻江口以下之金沙江河段。诸葛亮《出师表》有"五月渡泸,深入不毛"句。

〔14〕簿书客:在政府做文职官员。簿书,官署中的文书簿册。

〔15〕磊落:形容仪态俊伟。清妙:清高美好。

〔16〕"大贤"二句:意谓后人应该继承前人优秀的文学传统。衣钵,佛教僧尼的袈裟和食器。中国禅宗初祖至五祖师徒间传授道法,常付衣钵为信证,称为衣钵相传。后又泛指师傅的学问、技能等。扬其尘,扬起尘土。这里指发扬光大。

〔17〕黼黻(fǔ fú 甫浮):古代礼服上绘绣的花纹,后指华丽的词藻。岑寂:冷清,寂寞。

〔18〕琬琰:琬圭与琰圭,指美玉。比喻美德。嶙峋:林立峻峭或层叠高耸貌。

〔19〕"海陵"二句:是说徐祯卿得到储巏的赏识。储巏(1457—1513),字静夫,号柴墟,泰州(古称海陵)人。成化十二年(1476)进士,官至太仆寺卿。《明史》有传。

〔20〕乔王:李梦阳《朝正倡和诗跋》云:"诗倡和莫盛于弘治,……余时承乏郎署,所与倡和则扬州储静夫、赵叔鸣、无锡钱世恩、陈嘉言、秦国声,太原乔希大,宜兴杭氏兄弟,郴李贻教、何子元,慈溪杨名父,余姚

王伯安,济南边庭实……其在南都则顾华玉、朱升之其尤也。"乔王,似指乔希大(宇)和王伯安(守仁)。乔宇(1457—1524),字希大,号白严,乐平(今山西乐平县东南)人。成化十二年进士。官至南京吏部尚书,加太子太保,少保。著有《白岩集》。钱谦益《列朝诗集小传·丙集》:"乔宇,……受经李长沙(东阳)、杨石淙(一清)之门,与李献吉(梦阳)、王伯安(守仁)切摩为古文。累官吏部尚书。"王守仁(1472—1528),字伯安,学者称阳明先生。弘治十二年(1499)进士,官至南京兵部尚书。《明史》有传。卜邻:择邻。杜甫《奉赠韦左丞丈二十二韵》诗:"李邕求识面,干翰愿卜邻。"

〔21〕"骅骝"二句:意谓像徐祯卿这样的才子又遇到了识才、爱才之士,当然能够一展抱负,前程无量。造父,周时善御者。传说曾取骏马以献穆王,王赐造父以赵城,由此为赵氏。见《史记·赵世家》。

〔22〕绾牒:指整治行李。绾,旋绕打结。牒,通"叠"。

〔23〕禹穴:在浙江绍兴之会稽山,传说为夏禹葬地。《史记·太史公自序》:"二十而南游江淮,上会稽,探禹穴。"

〔24〕灵均:屈原字。屈原《离骚》:"名余曰正则兮,字余曰灵均。"屈原是战国时楚人,学识丰富,具有远大的政治理想,却屡遭奸人陷害而被贬谪,最后投江而死。曾经写过《湘君》、《湘夫人》等带有浓郁楚地特色的作品,后人非常敬仰他的才华和气节。汉代贾谊被贬长沙,作有《吊屈原赋》。

〔25〕"洞庭"句:屈原《九歌·湘夫人》:"帝子降兮北渚,目眇眇兮愁予。袅袅兮秋风,洞庭波兮木叶下。"描绘了一幅秋风萧瑟,木叶凋零的晚秋景象。

〔26〕"峡口"句:《水经注·江水》:"巴东渔歌:'巴东三峡巫峡长,猿鸣三声泪沾裳。'"猿鸣哀切,尤能引起旅人之愁。

〔27〕司马太史:即司马迁。司马迁在元封三年(前108)继父职,任

太史令,后人因称之太史公。司马迁《太史公自序》中称其作《史记》的目的为"究天人之际,通古今之变,成一家之言"。遗躅(zhuó卓):遗踪,遗愿。躅,足迹。获麟:《春秋·哀公十四年》:"西狩获麟。孔子曰:'吾道穷矣。'"传说孔子作《春秋》,至此而止。

朝饮马送陈子出塞[1]

朝饮马,夕饮马。水咸草枯马不食,行人痛哭长城下。城边白骨借问谁?云是今年筑城者。但道辞家别六亲[2],宁知九死无还身[3]。不惜身为城下土,所恨功成赏别人。去年贼掠开城县[4],黑山血迸单于箭[5]。万里黄尘哭震天,城门昼闭无人战。今年下令修筑边,丁夫半死长城前[6]。城南城北秋草白[7],愁云日暮闻鸣鞭[8]。

〔1〕这首诗以"朝饮马"起兴,质朴雄浑。中叙筑城者的苦难,并揭露明朝军队的腐败。以边尘未静,胡人又挥鞭入侵作结。纵横开合中,表达了诗人对时事的极度忧伤。陈子,疑即陈锐。王世贞《弇山堂别集》卷四十一:"陈锐,直隶合肥人,弘治中以嗣平江伯、太保、太子太傅加,十五年卒。"《明史·孝宗本纪》:"十三年……夏四月,火筛寇大同,游击将军王杲败绩于威远卫。乙巳,平江伯陈锐为靖虏将军,充总兵官,太监金辅监军,户部左侍郎许进提督军务,御之。"此诗当作于弘治十三年(1450)。

〔2〕六亲:一般指父母、兄弟、妻子。此泛指亲属。

〔3〕九死无还:即终至于死。九死,多次接近死亡的危险。屈原

《离骚》:"亦余心之所善兮,虽九死其犹未悔。"

〔4〕开城县:县名。故地在今宁夏回族自治区固原市南。

〔5〕黑山:在今陕西榆林西四十里,有黑水出其下。

〔6〕丁夫:服劳役的人。

〔7〕秋草:指白草。长在北方的一种草,秋冬经霜后干枯变成白色。

〔8〕鸣鞭:挥鞭作响,以肃其威。"闻鸣鞭"一作"鸣胡鞭"。

送王子归鄠杜〔1〕

贤兄已上苍龙阁〔2〕,令弟犹甘饱藜藿〔3〕。膝下虽无一寸绶〔4〕,腰间常吼千金锷〔5〕。骑驴狂走长安市〔6〕,酣歌击缶白日落〔7〕。黄金不成徒自叹〔8〕,乌裘脱尽那堪著〔9〕。道逢石室举鞭挥〔10〕,谓尔骨相殊不恶〔11〕。终南鄠杜豪侠窟〔12〕,从来意气无京洛〔13〕。归家早铸双玉龙〔14〕,提携来献明光宫〔15〕。

〔1〕此诗为送好友王九思归家乡而作。其中既倾诉自己壮志未酬,抑郁不平的心志,又勉励友人积极进取。王子,即王九思(1468—1551),字敬夫,号渼陂,鄠县(今陕西户县)人。弘治九年(1496)进士。曾官翰林院检讨,吏部郎中,寿州同知。为"前七子"成员之一,文学创作深受李梦阳影响。有《渼陂集》、《碧山乐府》等。《明史》有传。鄠(hù)杜,鄠县杜陵。杜陵,又名乐游原,因汉宣帝在此筑陵,改称杜陵。在今陕西西安市东南。

〔2〕贤兄:指王九思。苍龙阁:即苍龙阙,汉代宫阙名。《文选·陆

倕〈石阙铭〉》:"苍龙玄武之制,铜雀铁凤之工。"李善注:"《三辅旧事》曰:未央宫东有苍龙阙,北有玄武阙。"这里泛指宫阙。据《国榷》卷四一三载,王九思在弘治十一年(1498)一月,由庶吉士被授为检讨,而李梦阳此时仍"服阙,如京师"(《李空同先生年表》),故言"已上苍龙阙"。

〔3〕令弟:对别人之弟的敬称,这里是作者自称。甘饱藜藿(lí huò 离霍):情愿以野菜为食。意谓自己仍是一介百姓。藜藿,见《杂诗三十二首》其三十注〔2〕。

〔4〕"膝下"句:是说自己至今依然无官无禄。绶,系佩玉或印玺的丝带。《史记·蔡泽传》:"结紫绶于要。"

〔5〕千金锷(è饿):价值贵重的宝剑。锷,刀剑等的锋刃。

〔6〕长安:指京城。

〔7〕酣歌:痛快淋漓地唱歌。缶:古代打击乐器。《说文解字》:"缶,瓦器,所以盛酒浆,秦人鼓之以节歌。"《史记·李斯传》:"击瓮叩缶,弹筝搏髀。"白日落:让白天的太阳下沉。

〔8〕"黄金"句:是说自己不被朝廷重用,只能空自嗟叹。黄金,即黄金台,见《梁园歌》注〔2〕。

〔9〕乌裘:黑色的皮衣。著:穿。

〔10〕石室:山中隐居之室。这里代指山中高人。《晋书·嵇康传》:"康又遇王烈,共入山,……又于石室中见一卷素书。"揖:拱手行礼。

〔11〕骨相:也作"骨像"。骨指人的骨骼,形体,相谓相貌。古人以骨相推算人的性格和命运。王充《论衡》有《骨相篇》。《隋书·赵绰传》:"上每谓绰曰:'朕于卿无所爱惜,但卿骨相不当贵耳。'"

〔12〕终南:终南山,又称南山。见《寄康修撰海》注〔2〕。豪侠窟:英雄豪杰聚集之处。窟,人、物汇聚之处。郭璞《游仙》诗:"京华游仙窟。"

〔13〕无京洛:眼中没有京城。京洛,泛指京城。

〔14〕玉龙:指宝剑。李贺《雁门太守行》:"报君黄金台上意,提携玉龙为君死。"这里代指韬略。

〔15〕明光宫:汉代宫殿名,这里代指朝廷。

送李中丞赴镇〔1〕

黄云横天海气恶〔2〕,前飞鹙鸧后叫鹤〔3〕。阴风夜撼医巫间〔4〕,晓来雪片如手落。中丞按辔东视师〔5〕,躬历崄巇挥熊貔〔6〕。已严号令偃鼓角〔7〕,更扫日月开旌旗〔8〕。椎牛李牧将士跃〔9〕,射虎李广匈奴知〔10〕。屯田金城古不谬〔11〕,卖剑渤海今其时〔12〕。塞门萧萧风马鸣〔13〕,长城雪残春草生。低飞鸿雁飞沙静,远遁鲸鲵瀚海清〔14〕。不观小范安边日〔15〕,谁言胸中十万兵〔16〕。

〔1〕此诗为送友人赴边镇守而作。在"黄云横天"、"阴风夜撼"的背景下,一位横刀立马的将军跃然纸上。全诗节奏明快,气势雄壮,开首二句尤为后人称扬。如沈德潜《明诗别裁集》卷四云:"北地最工起手,苍凉沉郁,神乎老杜。"李中丞,即李介(1445—1498),字守贞,号贞庵,山东高密人。成化五年(1469)进士。官御史,大理少卿,曾巡盐两浙。弘治中,迁右佥都御史,巡抚宣府,历兵部侍郎,经略大同,大修边备,以御鞑靼。中丞,官名。汉御史大夫下设两丞,一称御史丞,一称中丞。明初设督察院,其中副都御史职位相当于御史中丞。明清常以副都御史或佥都御史出任巡抚,因此,明清的巡抚也称中丞。镇,军政长官的治所。

〔2〕海气:海上的气象。

〔3〕鹙(qiū 秋):水鸟名,亦名秃鹙。其状似鹤而大,青苍色。鸧(cāng 仓):水鸟名,亦名鸧鸹。青苍色或灰色,似鹤。

〔4〕撼:振动,摇动。医巫闾:亦作"医无闾"。山名,在辽宁省北镇市西,人呼为广宁山,主峰名望海山。为阴山山脉的分支。

〔5〕按辔(pèi 沛):勒定马缰绳。《史记·绛侯周勃世家》:"按辔徐行。"

〔6〕躬历:亲身体验。崄隘(xiǎn ài 险爱):险要的关隘。崄,同"险"。挥熊貔(pí 皮):指挥勇猛的军队。熊、貔,皆为猛兽,这里比喻勇士。

〔7〕偃:停止。鼓角:战鼓和号角,军中用以传号令,壮军势。杜甫《阁夜》:"五更鼓角声悲壮,三峡星河影动摇。"

〔8〕"更扫"句:意谓旌旗挥舞,遮天蔽日。

〔9〕椎(chuí 垂)牛李牧:李牧(?—前229),战国赵人。守赵北边,习骑射,谨烽火,匈奴不敢犯边。李牧备时,曾每天杀数牛犒劳士兵。事见《史记·廉颇蔺相如列传》。椎牛,杀牛。将士跃:指深得将士拥戴。

〔10〕射虎李广:李广(?—前119),汉陇西成纪人。善骑射,文帝时击匈奴有功,为武骑常侍。武帝时为右北平太守,匈奴不敢犯境,号为"飞将军"。李广曾出猎,遇草中石,疑为虎而射之,箭入石中。事见《史记·李将军列传》。

〔11〕屯田金城:写赵充国屯田事。屯田,自汉以来,政府利用军队或商民垦种土地,征取收成以为军饷。金城,地名。汉昭帝始元六年(前81)置郡,故城在今甘肃兰州市西北黄河北岸。赵充国于汉宣帝时曾罢兵屯田。不谬:不错。

〔12〕卖剑渤海:用龚遂卖剑买牛的典故。据《汉书·龚遂传》载,龚遂在汉宣帝时任渤海太守,"见齐俗奢侈,好末技,不田作,乃躬率以俭

约,劝民务农桑。……民有带持刀剑者,使卖剑买牛,卖刀买犊"。渤海,渤海郡。汉置,在今山东境内。今其时:现在正是好时候。

〔13〕塞门:边关。萧萧:象声词,马鸣声。《诗经·小雅·车攻》:"萧萧马鸣,悠悠旆旌。"风马:神马。唐元稹《郊天日五色祥云赋》:"羽盖凝而轩皇暂驻;风马驾而王母欲前。"

〔14〕远遁鲸鲵(ní尼):即鲸鲵远遁。鲸鲵,鲸鱼。这里代指北方少数民族。鲵,雌鲸。三国魏曹植《洛神赋》:"鲸鲵踊而夹毂,水禽翔而为卫。"瀚海:北海,在蒙古高原东北。这里泛指我国北方及西北少数民族地区。《史记·匈奴传》:"汉骠骑将军之出代二千馀里,……临瀚海而还。"

〔15〕小范安边:用范仲淹守延安事。据宋孔平仲《谈苑》卷三载,范仲淹守延安有威名,边境相安无事,西夏人说:"今小范老子腹中有数万甲兵,不比大范老子可欺也。"西夏人称知州为"老子",小范指范仲淹,大范指范雍。安边,万历本作"擒戎"。

〔16〕胸中十万兵:喻胸中富有韬略。宋杨万里《送广帅秩满之官丹阳》诗:"北门卧护要耆英,小试胸中十万兵。"

雨燕醉歌[1]

迅雷击城鸦欲翻[2],黑云压天白昼昏[3]。展席叙对城南门[4],长安大雨如倾盆[5]。我马已惜锦障泥[6],主人况具黄金尊[7]。睥睨将将下万瀑[8],龙蛇翻翻动高壁[9]。出门牛马不复辨[10],炎雾毒蒸静如拭[11]。酒酣为君如意舞[12],夕雨转急风转怒。只恐溪壑受不得[13],海倒江翻亦难测[14]。

[1] 本诗虽以"雨燕醉歌"为题,但并没有正面描写雨中飞燕的形象。只是在对"迅雷"、"黑云"及倾盆大雨的描写中,渲染雨燕生存环境的险恶,突出雨燕的勇敢刚毅。翻江倒海般的大雨,似也隐喻着作者生活时代的政治形势。此诗写雨,极尽夸张之能事,笔力遒劲,气格高昂,章法严谨,是李梦阳七古中的佳作。

[2] 迅雷:疾雷。鸦:乌鸦。

[3] "黑云"句:写暴雨到来前乌云密布,天昏地暗的景象。

[4] 展席:铺开席子。叙对:面对面叙谈。

[5] 长安:京城,这里指北京。倾盆:形容雨势急剧。

[6] 惜:惋惜,痛惜。锦障泥:锦制之帷帐被泥水玷污。

[7] 具:备办,准备。黄金尊:珍贵的酒器。这里代指美酒。尊,同"樽"。

[8] 睥睨:斜视。将将:同"锵锵",象声词。下万瀑:如千万条瀑布落下。

[9] 龙蛇:这里指闪电。翻翻:翻动,翻卷。动高壁:在高高的墙壁上闪动。

[10] 牛马不复辨:即不辨牛马。《庄子·秋水》:"秋水时至,百川灌河。泾流之大,两涘渚崖之间,不辨牛马。"

[11] 炎雾毒蒸:闷热的雾气。拭:擦,揩。

[12] 酒酣:饮酒尽兴。如意:满意。

[13] 壑:泄水、蓄水的洼地或水道。受不得:承受不了,容纳不下。

[14] 海倒江翻:即翻江倒海。使江海翻腾。比喻力量强大。

边马行送太仆董卿[1]

治贤在朝乱在野[2],唐虞圉牧皆贤者[3]。国君之富马为急,次者仆卿首司马[4]。汉人五郡开河西[5],中土始闻边马嘶。此马碨礧一直万[6],黄金宁轻璧可贱。夺骏曾空大宛国,按图径上长安殿[7]。苜蓿虽夸近苑春,荆榛谁记沙场战[8]?致远翻归草木功,清芽秀味走青骢[9]。三边尽夸连钱种[10],六苑群嘶汗血风[11]。人亡世殊霜雪急,草豆萧瑟马骨立。骅骝气丧甲士苦,长城窟寒鸿雁集[12]。朝廷每勤西顾忧,四岳拜手推董侯[13]。攻驹暂出薇花廨[14],揽辔远过葡萄州[15]。行卿官冷心不冷,固知董侯今伯冏[16]。碛沙日黄云锦乱,征侯定上金华省[17]。

〔1〕此诗虽以较大篇幅叙写了汉代拓边引进良马的故事,但仍对当时西部边疆的安危表示了担忧。因此,对所送之人也寄予了厚望。太仆,官名,掌舆马及牧畜之事。董卿,不详。

〔2〕"治贤"句:意谓贤人在治世便出仕,在乱世便隐居。《论语·卫灵公》:"君子哉蘧伯玉! 邦有道,则仕;邦无道,则可卷而怀也。"

〔3〕唐虞:唐尧和虞舜,古帝名,传说中的贤明君主。唐尧,帝喾之子,姓伊祁,也作伊耆,名放勋。初封于陶,又封于唐,号陶唐氏。虞舜,姚姓,有虞氏,名重华。受禅继尧位,都于蒲阪。圉(yǔ 羽)牧:养马放牧之人。圉,饲养。《左传·哀公十四年》:"孟孺子泄将圉马于成。"

〔4〕"国君"二句:意谓古代君王以养马作为国家的大事,所以设置

官员也是司马为首。仆,即太仆,官名。《周礼·夏官》有太仆,掌正王之服位,出入王之大命。卿,官名。周制,宗周及诸侯皆有卿,分为上中下三级。司马,官名。《周礼·夏官》有大司马之属,有军司马、舆司马、行司马。

〔5〕"汉人"句:《汉书·武帝纪》:"(元狩二年)秋,匈奴昆邪王杀休屠王,并将其众合四万馀人来降,置五属国以处之。以其地为武威、酒泉郡。"又《汉书·武帝纪》:"(元鼎六年)秋……又遣浮沮将军公孙贺出九原,匈河将军赵破奴出令居,皆二千馀里,不见虏而还。乃分武威、酒泉地置张掖、敦煌郡,徙民以实之。"汉代金城郡治允吾,在黄河西边。史称"河西五郡"。河西,指兰州以西的狭长地区,在黄河以西,故称。

〔6〕硊礧(wěi lèi 委类):高峻貌。

〔7〕"夺骏"二句:汉武帝闻道大宛国有良马,遣贰师将军李广利带军士恶少数万人前去大宛夺马。"贰师兵欲行攻郁成,恐留行而令宛益生诈,乃先至宛,决其水源,移之,则宛固已忧困。围其城,攻之四十馀日,其外城坏,虏宛贵人勇将煎靡。宛大恐,走入中城。"后来大宛贵人杀其王投降汉军。见《史记·大宛传》。

〔8〕"苜蓿"二句:意谓汉武帝在御苑、离宫种了苜蓿,殷勤地让天马享受在家的感觉,可是谁能记得多少土地因此荒芜、多少人为此付出了生命?《史记·大宛列传》:"宛左右以蒲陶为酒……俗嗜酒,马嗜苜蓿。汉使取其实来,于是天子始种苜蓿、蒲陶肥饶地。及天马多,外国使来众,则离宫别观旁尽种蒲陶、苜蓿极望。"蒲陶,即葡萄。

〔9〕青骢:见《送仲副使赴陕西》注〔2〕。

〔10〕三边:汉代幽、并、凉三州,其地都在边疆,故称。后泛称边疆。李白《古风》之六:"谁怜李飞将,白首没三边。"又,明代称廷绥、甘肃、宁夏为三边。连钱:"连钱骢"的省称。骏马名。《尔雅·释畜》第十九:"青骊驎驒。"郭璞注云:"色有深浅,斑驳隐粼,今之连钱骢。"

〔11〕六苑:泛指帝王畜养禽兽的园林。汗血:见《天马》注〔2〕。

〔12〕长城窟寒:古乐府有《饮马长城窟行》。说征戍之客,至于长城而饮马。妇思念其勤劳,故作是曲。见《乐府诗集·饮马长城窟行题解》。三国魏陈琳《饮马长城窟行》诗:"饮马长城窟,水寒伤马骨。"

〔13〕四岳:相传为唐尧臣羲和的四子,分管四方的诸侯,所以叫四岳。《尚书·尧典》:"帝曰:咨四岳。"这里泛指朝廷的大臣。拜手:跪拜礼的一种。跪后两手相拱至地,俯首至手。

〔14〕薇花廯:这里代指承宣布政司。唐代称中书省为紫薇省。明改行中书省为承宣布政司,亦沿称为薇省或薇垣。

〔15〕葡萄州:葡萄本为西域出产,葡萄州就代指西域各地。

〔16〕伯冏(jiǒng 炯):周穆王臣子。穆王任命他为太仆正,作《冏命》。

〔17〕征侯:指董卿。金华省:即金华殿,在汉之未央宫,后作为宫殿的通名。

送李帅之云中〔1〕

黄风北来云气恶〔2〕,云州健儿夜吹角〔3〕。将军按剑坐待曙,纥干山摇月半落〔4〕。槽头马鸣士饭饱,昔为完衣今绣袄〔5〕。沙场缓辔行射雕,秋草满地单于逃。

〔1〕这首诗写于弘治十年(1497),是作者送别友人之作。诗中描述边关战事的危急,以及将军和士兵同仇敌忾,誓卫边疆的豪情。在殷殷期望之中,寄予拳拳规劝之意。写得雄奇高古,苍老遒劲,沉郁之致,

不掩本色。李帅,即李介(1445—1498),字守贞,高密(今属山东)人。成化五年(1469)进士。弘治十年夏,"北寇谋犯大同,命介兼左佥都御史,往督军饷,且经略之。比至,寇已退,乃大修戎备,察核官田牛具钱还之军,以其资偿军所逋马价,边人感悦"。见《明史·李介传》。

〔2〕黄风:狂风卷起黄沙,形成一片黄色的云气。

〔3〕云州:即云中,在今山西大同。唐贞观十四年(640)置州,天宝初改云中郡,乾元初复号云州。

〔4〕纥干山:又名纥真山,在今山西大同市东。

〔5〕完衣:完整的衣服。

画鱼歌[1]

吕公手持画鱼障[2],清晨挂我北堂上[3]。岛屿晴开云荡荡[4],众鱼出没随风浪[5],四壁萧萧起寒涨[6]。嗟此数尺障,天机妙入神[7]。信手扫绢素[8],惨淡开金鳞[9]。濠梁断裂东津远[10],任公掣钓沧溟晚[11]。此时天黑众鱼出,鼍鼍徙穴蛟龙返[12]。或言乘潮万鱼集,细小亦趁云雷入。咫尺波涛有得失[13],崛强泥沙恐难立[14]。细观又似洪河风[15],昆仑既道龙门通[16]。霹雳殷殷行地中[17],鲤眼下射盘涡红[18]。非独一身生羽翼,亦有数子随飞龙[19]。山根小鱼更无数,鳣鲔昂藏喷烟雾[20]。美人修竿淇水阔[21],渔子孤舟洞庭暮[22]。我生好奇古[23],览画心不动[24]。吕公此障谁为之[25]?令我一见神色竦[26]。想当经营始[27],笔端万钧力[28]。五湖齐倾四海立[29],空窗滚滚拔浪急[30]。阳侯逆走天吴泣[31],不然千鱼万鱼何由集？我闻神怪物,变化不可料,点睛破垣古有兆[32]。即恐风雷就壁起[33],饕人挥刀莫相笑[34]。

〔1〕这是一首题画诗。诗写画中鱼,突出众鱼出没于波涛时随风浪而起伏的情形,使画中鱼的形象活灵活现。另外,诗中又运用大量神话传说,突出鱼所生存的环境。其中"咫尺波涛有得失,崛强泥沙恐难立"两句,寓有深刻的哲理。此诗虽写观画所见所感,但神思驰骋,想象丰富。奇思妙想,纵横排宕,不求合法,自然中节。

〔2〕吕公:即吕纪(1477—?),字廷振,号乐渔,鄞县(今浙江宁波)人。弘治间被征供事仁智殿,为锦衣指挥使。工画翎毛,间作山水人物,生气奕奕。每承制作画,常寓进谏之意。得孝宗称赏。画鱼障:画有鱼的整幅绸布。障,通"幛"。

〔3〕北堂:北面的正屋。

〔4〕荡荡:飘动貌。

〔5〕"众鱼"句:谓鱼随波浪出没。

〔6〕萧萧:摇动貌。起寒涨:寒潮上涨。

〔7〕天机:造化的奥秘。陆游《醉中草书因戏作此诗》:"稚子问翁新悟处,欲言直恐泄天机。"

〔8〕信手:随手。扫:写,画。李白《草书歌行》:"须臾扫尽数千张。"绢素:白色丝织品。这里指画画用的丝绸。

〔9〕惨淡:指作画前先用浅颜色勾勒轮廓,苦心构思。金鳞:金鱼。

〔10〕濠梁:即濠上。《庄子·秋水》记庄子与惠施游于濠梁之上,见鱼儿出游从容,因辩论鱼之知乐与否,后因以濠梁指逍遥闲游之所。

津:渡口。

〔11〕掣钓:垂钓。沧溟:幽远的高空。

〔12〕鼋(yuán 元):大鳖。鼍(tuó 陀):鳄鱼的一种。爬行动物,吻短,体长二米多,背部、尾部有鳞甲。力大,性贪睡,穴居江河岸边。皮可以制鼓。也叫鼍龙或扬子鳄,俗称猪婆龙。徙穴:移寓。蛟龙:即蛟。以其形似传说中的龙,故称蛟龙。

〔13〕咫尺:比喻距离很近。

〔14〕"崛强"句:是说泥沙再倔强,也难以在波涛的冲击下立稳脚。

〔15〕洪河:浩大的水流。

〔16〕昆仑:山名,横亘于今新疆、西藏之间的山脉。道:取道,通行。龙门:在陕西韩城与山西河津的中间,相传大禹治河时所凿。《尚书·禹贡》:"导河积石,至于龙门,……入于海。"《汉书·沟洫志》:"昔大禹治水,山陵当路者毁之,故凿龙门,辟伊阙,析底柱,破碣石,堕断天地之性。"

〔17〕霹雳:见《古白杨行》注〔8〕。殷殷:象声词。

〔18〕鲤:鲤鱼。下射:朝下看。盘涡:回旋的水流。

〔19〕"亦有"句:是说也有一些鱼随飞龙而跃动。

〔20〕鳣鲔(zhān wěi 占尾):大鲤鱼。鳣,大鲤鱼。鲔,鲤鱼的一种。《诗经·硕人》:"鳣鲔发发。"昂藏:高峻,轩昂。

〔21〕美人:志行高尚的人。修竿:长长的鱼竿。淇水:在今河南省北部,为黄河支流。

〔22〕渔子:捕鱼者。洞庭:即洞庭湖。在湖南北部,长江南岸。

〔23〕好奇古:喜欢奇怪的事和古代的事。

〔24〕览:浏览,观看。

〔25〕谁为之:谁画成。

〔26〕神色竦:使神情容色震惊。

〔27〕经营:这里指构思画画。

〔28〕万钧:形容力量大。钧,古代以三十斤为钧。

〔29〕五湖:古代对五湖的说法不一,这里是泛称。四海:古代认为中国四周皆有海。此指中国四周之海。

〔30〕"空窗"句:意谓伫立空窗前,仍听到滚滚波浪声。拔,急速。

〔31〕阳侯:传说中的波神。《楚辞·哀郢》:"凌阳侯之泛滥兮,忽翱翔之焉薄?"《淮南子·览冥训》:"武王伐纣,渡于孟津,阳侯之波,逆流而击。"《注》:"阳侯,陵阳国侯也。其国近水,溺死于水,其神能为大波,有所伤害,因谓之阳侯之波也。"逆走:波浪逆流而上。天吴:传说中的水神。《山海经·海外东经》:"朝阳之谷,神曰天吴,是为水伯。……其为兽也,八首人面,八足八尾,皆青黄。"又《山海经·大荒东经》:"有神人八首,人面虎身,十尾,名曰天吴。"李贺《浩歌》:"南风吹山作平地,帝遣天吴移海水。"

〔32〕"点睛"句:用"画龙点睛"典。据张彦远《历代名画记》卷七载:"(梁)武帝崇饰佛寺,多命张僧繇画之。……金陵安乐寺四白龙,不点眼睛,每云:'点睛即飞去。'人以为妄诞,固请点之,须臾雷电破壁,两龙乘云腾去上天,二龙未点睛者见在。"兆,事情发生前的征候、迹象。

〔33〕就壁起:从墙壁里产生。

〔34〕饔(yōng 庸)人:厨师。

林良画两角鹰歌〔1〕

百馀年来画禽鸟,后有吕纪前边昭〔2〕。二子工似不工意,吮笔决眦分毫毛〔3〕。林良写鸟只用墨,开缣半扫风云黑〔4〕。水禽陆禽各臻妙〔5〕,挂出满堂皆动色。空山古林江怒涛,两鹰突出霜崖高。整骨刷羽意势动,四壁六月生秋飚[6]。一鹰下视睛不转,已知两眼无秋毫[7]。一鹰掉颈复欲下,渐觉飒飒开风毛。匹绡虽惨淡,杀气不可灭[8]。戴角森森爪拳铁,迥如愁胡眦欲裂[9]。朔云吹沙秋草黄,安得臂尔骑骊骝[10]。草间妖鸟尽击死,万里晴空洒毛血[11]。我闻宋徽宗,亦善貌此鹰[12]。后来失天子,饿死五国城[13]。乃知图写小人艺,工意工似皆虚名。校猎驰骋亦末事[14],外作禽荒古有经[15]。今皇恭默罢游燕[16],讲经日御文华殿[17]。南海西湖驰道荒[18],猎师虞长俱贫贱[19]。吕纪白首金炉边,日暮还家无酒钱。从来上智不贵物[20],淫巧岂敢陈王前[21]?良乎,良乎!宁使尔画不直钱[22],无令后世好画兼好畋[23]。

〔1〕这是一首题画诗。前半部写林良画鹰之妙,并将明代百馀年来花鸟画的历史作简要概述。后半部写宋徽宗画鹰,并归结到当朝帝王身上。其中描绘画中之鹰,能驰骋联想,从画说到猎,从猎说到人,名为颂扬,实含讥讽。最后又由议论回到林良画上,与开头照应,使全诗浑然一体。此诗结构谨严,章法高妙,笔力雄健,想象丰富,寄慨遥深,引人入胜。沈德潜《明诗别裁集》卷四曰:"从画说到猎,从猎开出议论,后画猎双收,何等章法!笔力亦如神龙蜿蜒,捕捉不住。"此诗最能体现李梦阳七言歌行的豪放本色。汪端《明三十家诗选》亦称之为"空同七古压卷"。林良(1436—1487),字以善,南海(今广东广州)人。英宗时,供奉内廷,官工部营缮所丞,直仁智殿,改锦衣卫指挥。擅长花鸟,为明代院体画代表作家。两角鹰,即双鹰。角鹰,鹰的头顶有毛角,故称。

〔2〕百馀年:指从明朝开国至作者写诗当时。吕纪:字廷振,号东愚,鄞县(今浙江宁波)人。弘治中,供奉内廷,官锦衣卫指挥。以擅画花鸟出名,是明代院体花鸟代表画家之一。边昭:即边景昭,字文进,沙县(今福建沙县)人。博学能诗,善画花鸟,永乐间任武英殿待诏,为明代院体花鸟画名家。

〔3〕二子:指吕纪和边昭。工似:意谓作画工于花鸟的形似,即像与不像。工意:意谓作画不注重花鸟等外貌的像与不像,而注重神似。吮笔:犹言含毫。决眦(zì恣):睁大眼睛。决,张开,裂开。眦,眼眶。杜甫《望岳》:"决眦入归鸟。"分毫毛:言其画笔非常工细。

〔4〕开缣(jiān兼):摊开绘画用的细绢。

〔5〕臻妙:妙到极点。

〔6〕飑(tāo涛):大风。

〔7〕"一鹰"二句:是说从鹰注目下视的神气中,就可知道没有一点点东西能逃过他锐利的目光。秋毫,鸟兽在秋天长出的细毛,比喻极细小的事物。

〔8〕"匹绡"二句:意谓画面虽已色彩暗淡,但画鹰的英锐之气丝毫不减。

〔9〕戴角:角鹰,是鹫的一种。头部后面的羽毛长而有白喙,作冠状,故名。森森:阴沉可怕貌。愁胡:带愁容的胡人。杜甫《画鹰》:"侧目似愁胡。"仇兆鳌注引孙楚《鹰赋》:"深目蛾眉,状如愁胡。"意思是说鹰眼碧如胡人的眼睛。

〔10〕臂尔:打猎时把鹰缚在臂上。尔,指鹰。驷驖:一车四马皆赤黑色,出《诗经·秦风·驷驖》。驷,古代同驾一辆车的四匹马,或套着四匹马的车。驖(tiě铁),赤黑色的马。

〔11〕"草间"二句:用杜甫《画鹰》诗句:"何当击凡鸟,毛血洒平芜。"妖鸟,邪恶之鸟。

121

〔12〕宋徽宗：名赵佶，北宋皇帝，工书画，尤长于花鸟。貌：摹拟，绘制。

〔13〕"后来"二句：谓"靖康"之难，宋徽宗和他的儿子钦宗赵桓一起被金兵所俘，后囚死于五国城。五国城，地名，在今黑龙江依兰县。

〔14〕校猎：围猎，打猎。末事：微末之事，非正经事。

〔15〕"外作"句：《尚书·五子之歌》："训有之，内作色荒，外作禽荒，甘酒嗜音，峻宇雕墙，有一于此，未或不亡。"禽荒，纵情沉迷于畋猎。经，指《尚书》，亦称《书经》。

〔16〕恭默：勤谨，谦恭，不事声张。《尚书·说命上》："恭默思道。"

〔17〕讲经：讲解经典。自宋代起有经筵之制，专为皇帝讲解经传史鉴，自大学士、翰林侍读学士、侍讲学士等，皆得充任讲官，定期入侍，轮流讲读。元明两代仍沿袭。文华殿：明代宫殿名，在紫禁城东门内。

〔18〕南海：南海子，即南苑，在北京永定门外。西湖：指北京的三海（北海、中海、南海），明代御苑，在紫禁城西，故称。驰道：专供帝王行驰车马的大道。

〔19〕猎师：专侍皇帝打猎的官。虞长：掌管山林水泽苑囿的官。

〔20〕上智：智力特出的人。

〔21〕淫巧：过于奇巧而无益之物。

〔22〕良：指林良。直：通"值"。

〔23〕畋（tián 田）：打猎。

石将军战场歌[1]

清风店南逢父老，告我己巳年间事[2]。店北犹存古战场，遗镞尚带勤王字[3]。忆昔蒙尘实惨怛，反覆势如风雨至[4]。

紫荆关头昼吹角,杀气军声满幽朔[5]。胡儿饮马彰义门,烽火夜照燕山云[6]。内有于尚书[7],外有石将军[8]。石家官军若雷电,天清野旷来酣战。朝廷既失紫荆关,吾民岂保清风店? 牵爷负子无处逃,哭声震天风怒号。儿女床头伏鼓角,野人屋上看旌旄[9]。将军此时挺戈出,杀敌不异草与蒿。追北归来血洗刀[10],白日不动苍天高。万里风尘一剑扫,父子英雄古来少[11]。天生李晟为社稷,周之方叔今元老[12]。单于痛哭倒马关,羯奴半死飞狐道[13]。处处欢声噪鼓旗,家家牛酒犒王师。休夸汉室嫖姚将,岂说唐朝郭子仪[14]。沉吟此事六十春,此地经过泪满巾。黄云落日枯骨白[15],沙砾惨淡愁行人。行人来折战场柳,下马坐望居庸口[16]。却忆千官迎驾初,千乘万骑下皇都[17]。乾坤得见中兴主,日月重开再造图[18]。枭雄不数云台士,杨石齐名天下无[19]。呜呼杨石今已无,安得再生此辈西备胡[20]!

〔1〕此诗作于明武宗正德初年(1509)左右,歌颂明代英勇抗击瓦剌族入侵的将军石亨,是一首洋溢着热烈的爱国主义激情的诗篇,结尾希望再有石将军这样的英雄保家卫国,表现了作者对时世的深切忧患。全诗声调激昂,风格豪迈,笔力劲健,为李梦阳七言歌行的主要代表作之一。石将军,即明代大将石亨。明英宗时,蒙古瓦剌首领也先统一了蒙古各部,兵力强盛,于英宗正统十四年(1449),即己巳年,进犯大同,分兵骚扰辽东、宣府、甘肃。英宗在宦官王振的怂恿下御驾亲征,八月十五日在土木堡被俘。十月,也先挟持英宗,攻陷紫荆关,直逼京城。石亨等九将于京城九门屯兵抗敌,相持五日,敌兵退去。石亨率兵追击,在清风店

(今河北怀来东)北大败伯颜帖木儿(也先弟)。此次京城保卫战,首功应归之于决策性人物于谦,若论战功,则以石亨为第一。

〔2〕"清风店"二句:指瓦剌族入侵事。

〔3〕遗镞:谓战争遗迹。镞,箭头。勤王:朝廷危机的时候,救援王室的兵叫勤王兵。《宋史·文天祥传》:"德祐初,江上报急,诏天下勤王。"

〔4〕"忆昔"二句:再现当时英宗被俘,瓦剌军直逼京城的危急局面。《明史·英宗前纪》:"瓦剌也先寇大同,参将吴浩战死,下诏亲征。……辛酉,次土木,被围。壬戌,师溃,死者数十万。英国公张辅……皆死,帝北狩。"蒙尘,天子出走曰蒙尘,此处指英宗被也先所掳。惨怛(dá达),忧伤,痛悼。"反覆"句谓瓦剌军乘胜入侵,势如风雨骤至。高适《燕歌行》:"胡骑凭陵杂风雨"。

〔5〕"紫荆关"二句:表明此关已落入敌手,幽州和朔方因而笼罩在浓重的战争气氛之中。紫荆关,在今河北省易县西北约四十公里的紫荆岭上。角,古乐器名,出于西北地区游牧民族。幽朔,幽州和朔方,泛指今河北山西一带。

〔6〕"胡儿"二句:意谓京城已经危在旦夕。胡儿,底本为"健儿",据万历本改。彰仪门,北京城九门之一。燕山,在河北平原北侧,由潮白河河谷直到山海关,东西走向,多隘口(古北口、喜峰口、冷口等),为南北交通要道。

〔7〕于尚书:于谦(1398—1457),字廷益,钱塘人。时为兵部左侍郎。也先入寇,英宗被俘,谦力排南迁之议,迁兵部尚书。也先逼京师,谦身自督战,击退之,论功加少保。也先见中国有备,遂议和,送归英宗。于谦后为徐有贞、石亨诬死。弘治初,赠太傅,谥肃愍,后改谥忠肃。

〔8〕石将军:名亨,渭南人,为宽河卫指挥佥事。正统十四年(1449),以功进都督同知。其秋,也先大举兵入寇,战败,单骑奔还。郕

王监国,尚书于谦荐之,召掌五军大营,进右都督。不久,封武清伯。也先逼京师,命偕都督陶瑾等九将分兵扎营九门外。德胜门当敌冲,特以命亨。于谦以尚书督军。敌兵攻彰仪门,都督高礼等却之。转之德胜门外,亨用谦令,伏兵诱击,死者甚众。继而围孙镗西直门外,以亨救引退。相持五日,敌人收兵而退。论功以石亨为最多,进爵为侯。后亨日益骄纵,下亨诏狱,以谋叛律论斩,死于狱中。

〔9〕"儿女"二句:谓孩子们闻鼓角声而卧伏不敢动,乡间的人攀上房窥探战事的情况。旌旄,军中用以指挥的旗子。

〔10〕追北:犹逐北,追逐败逃的敌人。北,败走。

〔11〕父子英雄:《明史·石亨传》:"其从子彪,魁梧似之。……骁勇敢战,善用斧。……额森逼京师,既退,追击馀寇,颇有斩获,进署指挥佥事。"

〔12〕"天生"二句:以李晟、方叔的功业比石亨父子。李晟,字良器,洮州临潭(今甘肃临潭)人,唐代著名将领。善骑射,十八岁从军,初在西北边镇为裨将,屡立战功,后调任右神策军都将。德宗时为神策先锋都知兵马使,率军与河东马燧、昭义李抱真等共讨藩镇田悦,又救赵州,进击朱滔、王武俊。会朱泚叛据长安,他回师讨伐,又值朔方节度使李怀光叛变,他以孤军抗强寇,终于收复长安。曾任凤翔、陇右节度使,兼四镇、北庭行营元帅,封西平郡王。方叔,周宣王时大臣,曾率兵车三千辆进攻楚国得胜,又曾进攻狎狁。见《诗经·小雅·采芑》。钱谦益《列朝诗集小传》评此句曰:"叙事殊乏警策。以李晟、方叔比石亨父子,拟人非其伦矣。"因此,沈德潜《明诗别裁集》卷四删去此句。

〔13〕倒马关:在今河北省唐县西北约五十公里处。明代与居庸、紫荆合称三关。石亨追破伯颜帖木儿于此。羯奴:底本为"败军",据万历本改。飞狐道:即飞狐口,在今河北省涞源县北、蔚县南。两崖峭立,一线微通,蜿蜒百馀里,古代为河北平原与北方边郡之间的交通要道。

〔14〕"休夸"二句:钱谦益《列朝诗集小传》评:"既云方叔、李晟,又举嫖姚、子仪,何其赘也?"沈德潜《明诗别裁集》卷四改为"应追汉室嫖姚将,还忆唐家郭子仪",并评云:"中云'还忆唐家郭子仪',以不失臣节愧之也。此作者微意。"此为沈德潜妄加穿凿。汉武帝时,霍去病为嫖姚校尉,前后六击匈奴,拜骠骑将军,封冠军侯。郭子仪破安禄山,再造唐室。故以为比。

〔15〕枯骨:万历本作"古骨"。

〔16〕居庸口:即居庸关,在今北京市昌平区西北,为长城重要隘口,控军都山隘道中枢。明洪武元年(1368)建。

〔17〕"却忆"二句:英宗被掳后,皇太后命郕王祁钰(英宗弟)监国。九月即皇帝位,尊英宗为太上皇。也先既败,仍挟英宗以诱和,同时寇掠边境。于谦力排众议,令边将坚守要塞,寇来即击,不许议和。也先计穷,景泰元年(1450)八月,送英宗还北京。

〔18〕再造:别本作"载造"。谓国家遭破败之后,重新缔造。《新唐书·郭子仪传》:"子仪破安庆绪,收东都,入朝,帝劳之曰:'国家再造,卿之力也。'"图:版图,地图。

〔19〕"枭雄"二句:钱谦益评:"初云内于外石,至此忽举杨石,何其突兀,不相照应!"沈德潜《明诗别裁集》改为"姓名应勒云台上,如此战功天下无"。杨指杨洪,以总兵镇宣府,也先逼京师,诏洪将兵二万入卫,及至,寇已退。敕洪与孙镗、范广等追击馀寇,至霸州,破之。以功进封侯爵。云台士,见《汉京篇》注〔27〕。

〔20〕"呜呼"二句:《明诗别裁集》改"杨石"为"战功",语意不通。

玄明宫行[1]

今冬有人自京至,向我道说玄明宫。木土侈丽谁办此[2]?

乃今遗臭京城东[3]。割夺面势创巇嵌[4],出入日月开帡幪[5]。矫托敢与天子竞[6],立观忍将双阙同[7]。前砭石柱双蟠龙[8],飞梁逶迤三彩虹[9]。宝构合沓殿其后[10],俨如山岳翔天中[11]。金银为堂玉布地,千门万户森相通。光景闪烁倏忽异,云烟鬼怪芃杳濛[12]。以东金榜祠更侈,树之松櫷双梧桐[13]。溟池岛屿鼋鲤跃[14],孔雀翡翠兼黑熊[15]。那知势极有消歇,前日虎豹今沙虫[16]。窗扉自开卫不守,人时游玩摇玲珑[17]。陛隅龙兽折其角[18],近有盗换香炉铜[19]。青苔生泥猊面锁[20],野鸽哺子雕花栊。忆昔此阉握乾柄[21],帝推赤心阉罔忠[22]。威刑霹雳缙绅毒[23],自尊奴仆侯与公[24]。变更累朝意叵测[25],掊克四海真困穷[26]。长安夺第塞巷陌[27],心复艳此阉何蒙[28]?构结拟绝天下巧,搜剔遂尽输倕工[29]。神厂择木内苑竭[30],官坑选石西山空[31]。夷坟伐屋白日黑[32],挥汗如雨斤成风[33]。转身唾骂阉得知[34]?退朝督劳何匆匆[35]。人心嗟怨入骨髓,鬼也孰复安高崇?峨碑照耀颂何事[36],或有送儿充道童[37]。闻言怆恻黯无答[38],私痛圣祖开疆功[39]。渠干威福开者谁[40]?法典虽严奈怙终[41]。锦衣玉食已叨窃[42],琳宫宝宇将安雄[43]。何宫不镌护敕碑[44]?来者但看玄明宫。

[1] 玄明宫,何乔远《名山藏》:"(刘)瑾请地数百顷,费数十钜万,作玄明宫朝阳门外,以祝上禧。复请猫竹厂地(草场)五十馀顷,毁民居千九百馀家,掘人二千五百馀坟。筑室傭民,听其宿娼卖酒,曰供赡玄明

宫香火。"观此,不难想见玄明宫的黑幕和罪恶。正德五年(1510),刘瑾事败,宫遂荒废。李梦阳曾被刘瑾诬陷下狱,故对刘瑾尤为痛恨。何景明也写过一首《玄明宫行》。他们作诗的目的是要皇帝引以为戒,但从诗中来看,两人的心情是暗淡的。刘瑾被诛后,武宗还是宠信宦官,虚耗国库,大兴土木。宫,指道观。

〔2〕侈丽:奢侈华丽。《北史·房彦谦传》:"于时帝营东都,穷极侈丽,天下失望。"

〔3〕遗臭:留下坏名声。

〔4〕面势:方面,形势。《周礼·考工记序》:"或审曲面势,以饬五材,以辨民器。"郑玄《注》引郑司农曰:"审曲面势,审察五材曲直,方面形势之宜,以治之,及阴阳之面背是也。"巀嶭(jié yè 结业):高峻貌。

〔5〕絣幪(píng méng 平萌):帷帐。

〔6〕矫托:假借天命或天意。

〔7〕观:道观。忍:竟然。阙:宫庙前立双柱者谓之阙。何景明《玄明宫行》:"蛟龙盘拏抱双阙。"

〔8〕矻(kū 枯):应作"屹"。双蟠龙:指石柱上雕刻的龙纹。

〔9〕逶迤:延伸貌。三彩虹:喻屋梁雕刻华丽仿佛天上的彩虹。

〔10〕合沓:重叠。殿:居后。

〔11〕俨如:十分像。

〔12〕芃(péng 蓬)杳:形容宫观中景物的繁复深奥。芃,本指草木茂盛貌。

〔13〕松槚(jiǎ 贾):松与槚,木可制棺。《左传》有季孙为己树六槚的记载,暗寓期望久远之意。

〔14〕溟池:此处指宽阔的湖。鳡鲤:泛指鱼。

〔15〕翡翠:指鸟。罴:见《寄康修撰海》其二注〔3〕。

〔16〕沙虫:李白《古风》之二八:"君子变猿鹤,小人为沙虫。"语本

出《抱朴子》:"三军之众,一朝尽化。君子为鹤,小人成沙。"又《艺文类聚》引《抱朴子》曰:"周穆王南征,一军尽化,君子为猿为鹤,小人为虫为沙。"后喻因劫变而死者化为异物。

〔17〕摇玲珑:摇动而发出金玉之声。

〔18〕陛:殿的台阶。隅:角落。

〔19〕"近有"句:何景明《玄明宫行》:"市子屡窃金香炉。"

〔20〕獍(jìng镜):传说是食父恶兽,作者故意以喻宫观中所置的石兽。

〔21〕此阉:指刘瑾,男子去势者曰阉。乾柄:君权。

〔22〕罔忠:假作忠心欺骗皇帝。

〔23〕缙绅:见《酬秦子,以囊与杭子并舟别诗见示,余览词悲离,怆然婴心,匪惟人事乖迕,信手二十二韵,无论工拙,并寄杭子》注〔3〕。毒:受其毒害。

〔24〕"自尊"句:意谓刘瑾妄自尊大,将公侯们看作奴仆。《明史·刘瑾传》:"公侯勋戚以下,莫敢钧礼。每私谒,相率跪拜。"

〔25〕"变更"句:刘瑾于孝宗(武宗父)时进宫,性阴狡有口才,得侍武宗东宫,武宗即位,以旧恩得宠。叵测,不可推测。

〔26〕掊克:以苛税搜刮民财。困穷:艰难窘迫。《易·系辞下》:"困穷而通。"

〔27〕长安:本汉唐都城,这里指北京。第:上等房屋,因以为大住宅之称。《汉书·高帝纪下》:"赐大第室。"颜师古注引孟康曰:"有甲乙次第,故曰第。"巷陌:街坊。

〔28〕"心复"句:意谓别人也有羡慕此阉何其如此蒙受恩宠。艳,羡慕。蒙,受。杜甫《苦雨奉寄陇西公兼呈王徵士》:"鸟鸢何所蒙。"

〔29〕输:指公输班,又称鲁班,古代著名工匠。倕:人名,也是古代巧匠。

〔30〕神厂：明代有东厂、西厂的缉访机构，由太监领其事，作恶累累，太监的十二监中，有神宫监。神厂当指东西厂中办理寺观的太监们。内苑：宫内的园林。内，特指皇帝居处。

〔31〕西山：北京西郊有西山，为太行山支脉，众山连接，山名甚多，总名为西山。

〔32〕夷坟：将坟掘为平地。夷，铲平，削平。

〔33〕斤：斧头。《庄子·徐无鬼》："运斤成风。"

〔34〕"转身"句：意谓文武百官对刘瑾的倒行逆施心怀不满但又无可奈何。得知，怎知。

〔35〕督劳：监督工匠劳动。

〔36〕峨碑：高大的石碑。

〔37〕儿：万历本作"男"。

〔38〕怆恻：悲痛。潘岳《寡妇赋》："思缠绵以瞀乱兮，心摧伤以怆恻。"黯：心神沮丧的样子。

〔39〕"私痛"句：明太祖开国时对宦官防制甚严。《明史·宦官传》："明太祖既定江左，鉴前代之失，置宦者不及百人。洎末年颁《祖训》，乃定为十有二监及各司局，稍称备员矣。然定制，不得兼外臣文武衔，不得御外臣冠服，官无过四品，月米一石，衣食于内庭。尝镌铁牌置宫门曰：'内臣不得干预政事，预者斩。'敕诸司不得与文移往来。"圣祖，指明太祖。

〔40〕"渠干"句：慨叹明太祖法令虽严，但后代却不能贯彻执行。《明史·宦官传》："建文帝嗣位，御内臣益严，诏出外稍不法，许有司械闻。及燕师逼江北，内臣多逃入其军，漏朝廷虚实。文皇以为忠于己，而狗儿辈复以军功得幸，即位后遂多所委任。永乐元年，内官监李兴奉敕往劳暹罗国王。三年，遣太监郑和帅舟师下西洋。八年，都督谭青营有内官王安等。又命马靖镇甘肃，马骐镇交阯。十八年置东厂，令刺事。

盖明世宦官出使、专征、监军、分镇、刺臣民隐事诸大权,皆自永乐间始。"到了英宗之时,宦官王振专权,竟然偷偷移走了太祖铁牌。渠,他。朱熹《观书有感》诗:"问渠焉得清如许,为有源头活水来。"这里指宦官。有的注本作"大",亦通。干,求取。

〔41〕怙终:依仗奸邪而终不悔改。《尚书·舜典》:"怙终贼刑。"怙,凭借,凭恃。

〔42〕锦衣玉食:华丽的服装,珍美的饮食。形容生活优裕。叨窃:谓不当得而得。《魏书·萧衍传》:"小人叨窃,遂忝名位。"

〔43〕琳宫宝宇:这里指装饰华丽的殿堂。琳宫,仙宫,亦为道观、殿堂之美称。宝宇,传说中神仙住的仙宫,也指华美的殿堂。

〔44〕护敕:皇帝发布的护卫宫观的诏书。何景明《玄明宫行》:"君不见金书追夺铁券革,长安日日迎护敕。"

朱迁镇〔1〕

水店回冈抱,春湍滚白沙〔2〕。战场犹傍柳,遗庙只栖鸦〔3〕。万古关河泪,孤村日暮笳〔4〕。向来戎马志,辛苦为中华〔5〕。

〔1〕这首诗以当年宋金交战的关键地区朱仙镇为描写对象,凭吊和赞颂了爱国英雄岳飞,对其一生光明磊落、忠心为国的高尚人格表示敬仰。朱迁镇即朱仙镇,在今河南开封西南。南宋绍兴十年(1140),岳飞大败金兵,乘胜进军至此。后人为了纪念岳飞,在此建庙祭奠。

〔2〕春湍:春天的流水。湍,水势迅急。

〔3〕"战场"二句:意谓当年腥风血雨的战场,现在成为繁华的都市,岳飞庙也香火不断,人们时常来纪念他。寄予了一种沧桑之感。辛

弃疾《永遇乐·京口北固亭怀古》:"可堪回首,佛狸祠下,一片神鸦社鼓。"此化用其意。

〔4〕"万古"二句:对岳飞壮志难酬、终遭陷害的悲剧命运深表同情,也讽刺了南宋小朝廷自毁长城、自取灭亡的愚蠢行为。笳,古管乐器名。汉时流行于西域一带少数民族间,初卷芦叶吹之,与乐器相合,后以竹为之。汉蔡琰《悲愤诗》:"胡笳动兮边马鸣,孤雁归兮声嘤嘤。"

〔5〕"向来"二句:赞颂了岳飞忠心为国的高尚情操。这里更突出了他"辛苦为中华"的伟大抱负,不把他看作只忠于南宋小朝廷的愚忠之人,使岳飞形象更加高大,颇有独到眼光。

朱迁镇庙[1]

宋墓莽岑寂[2],岳宫今在兹[3]。风霜留桧柏[4],阴雨见旌旗[5]。百战回戈地[6],中原左衽时[7]。土人严伏腊[8],偏护向南枝[9]。

〔1〕此诗以宋代诸陵的荒凉,反衬岳庙祭祀之隆重,在褒贬之中,隐喻无限悲愤。"百战回戈"一联,感喟遥深。全诗真如"四十个贤人",无一字不雅,无一语不切。王世贞说空同五律,"时诣妙境",是很有眼力的。朱迁镇即朱仙镇。见《朱迁镇》注〔1〕。

〔2〕宋墓:泛指宋代诸帝的陵墓。岑寂:寂寥荒凉。

〔3〕岳宫:岳飞的庙宇。

〔4〕桧柏:桧树和柏树,岳庙前所种。

〔5〕"阴雨"句:言在阴雨之中,恍惚还能看到岳家军当年遮天蔽日

的旌旗。

〔6〕"百战"句：言岳飞百战百胜，正欲乘胜收复汴京，痛饮黄龙，而高宗、秦桧一意议和，连下十二道金牌，命岳飞班师。飞临行叹曰："十年之力，毁于一旦！"

〔7〕左衽：衣服的前襟左掩，这是我国古代少数民族的服式，因以喻被异族所统治。语出《论语·宪问》："子曰：微管仲，吾其被发左衽矣。"

〔8〕土人：当地的人。严伏腊：重视夏之伏日和冬之腊日的祭祀。

〔9〕向南枝：南向的枝叶。《西湖志》："岳飞坟上古木，枝皆南向。"

十二月十日〔1〕

今日吾兄寿，萧条自举觞〔2〕。燕山非故里，汴水亦他乡〔3〕。河鲤行思海，原鸰飞畏霜〔4〕。客居怜小侄〔5〕，潜望白云长。

〔1〕据李梦阳《空同集·寿兄序》可知，十二月十日为其兄孟和之生日。诗中寄托了对兄长的无限思念和真切的手足之情，平淡之中寓有无穷意味。

〔2〕举觞：指喝酒。觞，古代喝酒用的器具。

〔3〕"燕山"二句：意谓他和兄长一个在北京，一个在河南，都不在故乡，因此倍增思乡之感和骨肉之情。

〔4〕"河鲤"二句：这里用"河鲤思海"和"原鸰畏霜"比喻对家乡和亲人的思念。原鸰，即"鸰原"。见《离愤》其一注〔11〕。

〔5〕怜：爱，喜欢。

清明河上寓楼独酌[1]

一自违京邑[2],飘飘叹此游。桃花是往岁,竹叶转新愁[3]。暮雨津城树,春帆水国楼[4]。汴河堤上柳[5],烟色似皇州[6]。

〔1〕此诗描写汴梁城之春景如在目前,其中也寓含了作者的失落之感。陈子龙《皇明诗选》:"卧子(陈子龙)曰:'意甚凄怆。'辕文(宋徵舆)曰:'神骨绝秀。'"清明,底本作"清风",据万历本改。

〔2〕违京邑:离开京城。违,离开。

〔3〕"桃花"二句:此处为"互文"之法。意谓春天又到,桃花、竹叶与往年一样,可是时光流逝,令人惆怅。

〔4〕"暮雨"二句:写诗人寓居之地的美好景色。津城、水国,均泛指寓居之地。

〔5〕汴河:也称汳水、汴水、汴渠。见《送仲副使赴陕西》注〔3〕。

〔6〕烟色:云烟迷蒙的景色。皇州:京城。

庚午除日[1]

于今将四十,始悟昔年非[2]。白发谁能那,红颜我渐违[3]。行藏沙上鸟,日月故山薇[4]。怅望劳歌起[5],风河柳色归。

〔1〕这首诗作于明武宗正德五年(1510)除夕。李梦阳因反对宦官被刘瑾矫诏下狱,后得康海援救被释,即回汴梁老家,此年才移居东角楼。不久刘瑾伏诛。诗中流露出岁月流逝,功业难成的感慨,其实正是为自己的正直而屡受打击鸣不平。看似平淡,实则沉郁。

〔2〕"于今"二句:意谓自己快到四十岁,才意识到以前想错了、做错了。这是反语。孔子曾经说过"四十而不惑",其实作者感到自己的疑惑却更多。陶渊明《归去来兮辞》:"实迷途其未远,觉今是而昨非。"

〔3〕"白发"二句:感慨岁月易逝,自己行将衰老。那,奈何,怎么样。《左传·宣公二年》:"牛则有皮,犀兕尚多,弃甲则那。"

〔4〕"行藏"二句:意谓自己将在国家无道的时候选择隐居以等待时机。行藏,《论语·述而》:"子谓颜渊曰:'用之则行,舍之则藏,唯吾与尔有是夫!'"谓出仕则行其所学之道,否则退隐藏道以待时机。故山薇,周武王灭殷,伯夷、叔齐耻之,不食周粟,隐于首阳山,采薇而食,终于饿死。见《史记·伯夷列传》。

〔5〕怅望:怅然相望。劳歌:劳作之歌。《公羊传·宣公十五年》:"什一行而颂声作矣!"《注》:"饥者歌其食,劳者歌其事。"

中秋南康〔1〕

同是中秋月,匡庐只自看〔2〕。故临石镜上〔3〕,偏傍落星滩〔4〕。北望关山隔,南飞乌鹊寒〔5〕。凤歌喧太液〔6〕,光忆满长安〔7〕。

〔1〕刘瑾被诛后,李梦阳被起用为江西按察司提学副使。此诗大

概写于明武宗正德六年(1511)江西任上。诗中描写中秋之夜南康的美丽景色,引发了对故乡的思念之情。南康,古郡名。明代改为南康府。辖今江西星子、永修、都昌等县地。

〔2〕匡庐:即庐山。见《陟峤》注〔9〕。

〔3〕石镜:即石镜山。在江西武宁县东北,有石壁,色黑如镜,鉴物分明,故名。

〔4〕落星滩:疑指彭泽湖。彭泽湖中有陨石,称落星石。《水经注·庐江水》:"(彭泽)湖中有落星石,周回百馀步,高五丈,上生竹木,传曰有星坠此,因以名焉。"

〔5〕"北望"二句:意谓看到南飞的鸟雀不由地思念家乡,可是关山重重,回乡的愿望时常落空。

〔6〕凤歌:美妙的歌声。太液:即太液池。汉代、唐代均有太液池。汉太液池在今西安市长安区西。汉武帝时于建章宫北兴建。言其所及甚广,故称为太液池。周回十顷,中起三山,以象瀛洲、蓬莱、方丈三神山,并用金石刻成鱼龙奇禽异兽之类。见《三辅黄图·池沼》。

〔7〕光忆:美好的思念。长安:这里代指京城。

上元滕阁登宴(二首选一)[1]

其一

滕阁上元宜,章江登宴时[2]。衣冠还大国[3],唐宋自残碑[4]。灯火阑堪凭,风尘泪欲垂[5]。黄云驱日暮,回首见征旗[6]。

〔1〕本组诗共二首,此选一首。此诗写于李梦阳江西提学副使任上,从诗意来看,可能在被诬去官以后。诗写元宵节登临滕王阁,怀古之情,油然而生,遥想当年滕王阁名流云集,繁华热闹情景,与当前海内干戈扰攘的现实形成鲜明对照,表现了作者的忧国之情。这首诗格律精工,感情深挚,境界超迈,堪为其五言律的代表。上元,农历正月十五为上元节,十五夜称元夜、元宵。滕阁即滕王阁。楼阁名。旧址在江西新建县西章江门上,西临大江。唐显庆四年(659)滕王李元婴为洪州都督时所建。咸亨二年(671)重阳节,洪州牧阎伯屿宴僚属于阁上,王勃省父适过南昌,与宴,作《滕王阁序》。明景泰三年(1452)巡抚韩雍改建于章江门外迎恩馆,额为"西江第一楼"。成化间重修,复称滕王阁。

〔2〕章江:即章水,赣江西源,在江西省西南部。源出赣、粤边境大庾岭,东北流经大余、南康等县,纳上犹江后至赣州和贡水汇合称赣江。

〔3〕衣冠:原指士大夫的穿戴,这里指文明礼教、斯文。

〔4〕"唐宋"句:意谓滕王阁留下了许多历代的文物,可见当年游览之盛况。

〔5〕"灯火"二句:意谓在灯火阑珊之时凭栏远眺,禁不住感时伤事,流下悲伤的泪水。

〔6〕"黄云"二句:意谓天边的黄云翻卷过来,遮蔽了太阳,仿佛天快要黑了。暗指战争的阴影笼罩大地,国家不得太平。上句的黄云象征变幻不定而凶险的战事。

九日薛楼会集(二首选一)[1]

其二

恰送重阳目,能禁孤雁来[2]?林稀山尽出,风顺橹齐开。况是薛楼会,难孤江上杯[3]。菊芳看莫厌,秋色异乡催。

〔1〕本组诗共二首,此选一首。此诗作于重阳佳节,常言说"每逢佳节倍思亲",作者饱尝仕途艰险,所以更加珍惜亲情和友情,重阳节与友人登高宴会自然是一件令人快乐的事情。诗中也流露出淡淡的思乡之情,以及对时光易逝、功业难成的惆怅。薛楼,宋代汴京楼名。《宋东京考》卷十一"楼":"铁屑(楼),一作薛楼。"

〔2〕"恰送"二句:上句意谓恰逢重阳佳节,正好登高望远。下句意谓自己虽然孤身在外,但还是与友人登楼宴集了。送目,远目,望远。宋王安石《桂枝香·金陵怀古》:"登临送目,正故国晚秋。"孤雁,失群的大雁。

〔3〕"况是"二句:意谓不但有水光山色令人开怀,况且还有友人一起欢聚,并不感到孤独。

清明曲江亭阁[1]

寒食花争丽[2],丰江柳独深[3]。此行元慷慨[4],落日更登临。浩荡五湖际[5]，风烟千里阴。坐看舟楫急，徒切济川心[6]。

〔1〕此诗作于李梦阳江西任上。诗中真切地描绘了清明时节江西美丽的春景，也寄托了作者的政治抱负，境界开阔，志向超远，充满了乐观进取的精神。曲江即章江。见《上元滕阁登宴》其一注〔2〕。

〔2〕寒食：节令名。在农历清明前一或二日。相传春秋时晋国介之推辅佐重耳(晋文公)回国后，隐于山中，重耳烧山逼他出来，之推抱树而死。文公为悼念他，禁止在之推死日生火煮食，只吃冷食。以后相沿成俗，叫作寒食禁火。

〔3〕丰江：源出今江西丰城市环山，北流经市东南入赣江。

〔4〕元：本来，原来。苏轼《浣溪沙》："使君元是此中人。"

〔5〕五湖：先秦古籍常谓吴越地区有五湖，六朝以来有多种解释：一说是太湖的别名；一说是太湖附近的五个湖等等。从《国语·越语》和《史记·河渠书》来看，五湖的原意当泛指太湖流域一带所有的湖泊。

〔6〕"徒切"句：意谓空有渡江而去的愿望，其实指他济世救民的理想不能实现。济川，渡江。孟浩然《望洞庭湖赠张丞相》："欲济无舟楫，端居耻圣明。"

南康元夕[1]

其一

四海逢今夕，孤城有独身。干戈犹野哭，梅柳自江春[2]。月向平湖满,灯于静夜亲[3]。罢喧风乍起,嗟尔楚南人[4]。

〔1〕本组诗共二首。李梦阳《南康除夕》云:"畏途值除夕,会我得偷闲。"可见这时作者已被弹劾罢官。此诗描写当时战争给老百姓带来的苦难以及作者被诬罢官之后孤独无依的凄凉心境。元夕本为佳节,可是战后却看不到任何欢庆的气象,正如王夫之所谓"以乐景写哀,以哀景写乐,一倍增其哀乐"(《薑斋诗话》)。南康,见《中秋南康》注〔1〕。

〔2〕"干戈"二句:上句意谓战事不断,人民流离失所,生活在水深火热之中。下句意谓江边的梅花、柳树并不因为人间的战乱而改变它们的习性,春天到来,依旧开花、发芽。正是"以乐景写哀"而倍增凄凉。

〔3〕"灯于"句:意谓在安静的夜晚观灯,发现元宵的灯火如此亲切,让人暂时忘记了尘嚣和烦恼。

〔4〕楚南人:这里为作者自指。

其二

嘈嘈市鼓动[1],松月静吾门。灯火思今夜,风光满故园。天明淹舞袖[2],尘暗失游轩[3]。老鬓江山异[4],愁看旌旆繁[5]。

〔1〕嘈嘈:喧闹声。《文选·王延寿·鲁灵光殿赋》:"耳嘈嘈以失听。"

〔2〕"天明"句:意谓直到天明人们还在观赏歌舞。淹,久;迟延。

〔3〕"尘暗"句:意谓来往车马很多,扬起的尘土遮蔽了游览的地方。

〔4〕"老鬓"句:意谓随着自己年龄的老去,山河也仿佛随之改变了颜色。暗示大明王朝危机重重。

〔5〕"愁看"句:意谓看到战事不断,作者忧心忡忡。旌旆,军队的旗帜。代指军队和战争。旌,古代一种旗杆上用彩色羽毛作装饰的旗子。旆,古时末端形状像燕尾的旗子。

中秋(二首选一)〔1〕

其一

汉江江上月〔2〕,今夕去年看〔3〕。尚忆岘山曲〔4〕,秋城波色寒。故乡仍节序,衰鬓且儒冠〔5〕。桂子真谁种,天空落未干〔6〕。

〔1〕本组诗共二首,此选一首。李梦阳在江西被诬去官后,于正德九年(1514)作荆湖游。据《李空同先生年表》,他曾至襄阳,"爱岘山、习池之胜,欲作鹿门之隐,会江水泛涨,汹汹没堤,乃归大梁"。从诗意来看,此诗当作于次年中秋。

〔2〕汉江:水名,一称汉水,为长江最大支流。源出陕西宁强县北蟠冢山,流经陕西省南部、湖北省西北部和中部,至武汉市汉阳入长江。

〔3〕"今夕"句:今天晚上也看到了同去年一样的月亮。意谓自己去年中秋也在此地度过。

〔4〕岘山曲:岘山在湖北襄阳市南,也叫岘首山。晋羊祜镇襄阳时,尝登岘山,置酒言咏,被后世传为佳话。

〔5〕"故乡"二句:意谓故乡虽然也是中秋节,可是自己却漂泊在外,逐渐衰老,因此更加思念家乡。节序,指中秋。衰鬓,鬓边有了白发,形容衰老。儒冠,儒生戴的帽子。后转作儒生之称。杜甫《奉赠韦左丞丈二十二韵》:"纨绔不饿死,儒冠多误身。"

〔6〕"桂子"二句:形容中秋之夜皎洁的月光洒落大地。桂子,即桂花,这里代指月光。神话传说月中有桂树,因以桂子为月的代称。

戊寅元夕[1]

春色闰冬后,元宵惊蛰边[2]。软尘欺月散,繁火夺星悬[3]。车马中原地,笙歌全盛年[4]。无劳验花烬[5],难测是皇天[6]。

〔1〕本诗写大梁城元宵节的繁华景象,同时流露出作者对这种粉饰太平、醉生梦死生活的不满。这里所谓"全盛年"其实是对武宗朝政治腐败、国运衰弱的讽刺。戊寅为明武宗正德十三年(1518),当时作者闲居大梁老家。

〔2〕惊蛰:农历二十四节气之一。见《二月四日部署宴钱徐、顾二子》注〔6〕。

〔3〕"繁火"句:意谓元宵节的灯火异常灿烂夺目,犹如天空中闪烁的星星。

〔4〕"车马"二句:赞颂汴梁是中原的繁华之地,又恰逢全盛之日,当然人们用各种方式庆贺佳节、歌舞升平了。其实这是反语,明朝此时各种社会矛盾急剧激化,作者心中极为忧虑。

〔5〕花烬:烟花燃烧后的残馀。

〔6〕皇天:尊言天。

己卯元夕〔1〕

此夜门还闭,中天月自看。春催桂应发,雪映兔犹寒〔2〕。儿女添灯闹,邻家品笛残。少时思可笑,走马向更阑〔3〕。

〔1〕明武宗正德十四年(1519),李梦阳闲居大梁,筑别墅于梁园吹台之侧。诗中描写元宵节家人团聚的美好景象。
〔2〕"春催"二句:上句语含双关,既写现实中春天到来,桂树吐绿,又指元宵节之夜,月亮分外皎洁。古代神话传说月中有桂树。下句亦写月光之洁白清冷。古代神话传说月中异常寒冷,有嫦娥居住之广寒宫,还有玉兔陪伴她。
〔3〕更阑:更深夜尽。

庚辰清明东郭〔1〕

少日欢游处,逢春老大悲。强持杯酒劝,怕遣落花随。草木梁园在,山河宋殿移〔2〕。上坟人尽返,歧路独含思〔3〕。

〔1〕此诗抒发了岁月易逝、人世沧桑的感慨。庚辰为明武宗正德十五年(1520),李梦阳此时居大梁老家。
〔2〕"草木"二句:意谓梁园的山河草木未变,一年一度欣欣向荣,

可是曾经统治过这片山河的宋王朝已经变为历史。这句用了"互文"的写作手法。

〔3〕歧路:岔道。

己丑五日[1]

往岁沾宫扇[2],含香拜玉墀[3]。只今飘白发,刈麦向东菑[4]。树树鸣蜩日[5],家家望雨时。万方多难意,谁达圣明知[6]?

〔1〕本诗写旱灾之年农民的痛苦生活,更对朝廷和官吏不关心民生疾苦深表悲愤。己丑为嘉靖八年(1529),此年十二月三十日,李梦阳病逝。

〔2〕沾:通"觇",看。

〔3〕玉墀(chí 持):铺砌玉石的台阶。这里代指皇宫。

〔4〕刈麦:割麦。东菑:东边的田亩。张九龄《在洪州答綦毋学士》诗:"课成非所拟,人望在东菑。"

〔5〕鸣蜩(tiáo 条):鸣蝉。

〔6〕"万方"二句:意谓许多地方发生了灾情,可是有谁能够向皇帝汇报以救灾呢?圣明,封建时代称颂皇帝或临朝皇后、皇太后的套词,言英明无所不知。杜甫《登楼》:"万方多难此登临。"

明远楼春望[1]

贡院初开阁[2],春阴独倚栏。柳边千舰聚,花里万家残。风雨江声壮,兵戈地色寒[3]。断肠沙雁北,群起向长安[4]。

[1] 此诗当作于李梦阳任江西提学副使之时,作者看到贡院举行科考的时候,禁不住浮想联翩。由于连年的战火导致选士的困难,作者为人才的命运和国家的前途担忧。感情沉郁,境界阔大,格律精工,不减少陵。明远楼,明清科举,各省乡试皆在省城举行,其试院称贡院。贡院至公堂前置高楼,名明远楼。考试时,巡察官登楼眺望,居高临下,监视考场,提防作弊。

[2] 贡院:科举时代考试贡士之所。

[3] "风雨"二句:上句意谓风雨交加之时,江水陡涨,波涛汹涌,声势比平时更加浩大。下句意谓兵戈扰攘之地,世道凶险,人心惶惶,仿佛大地也增添了惨淡的颜色。

[4] 长安:这里代指京城。

春宴(二首选一)[1]

其一

物与吾何异[2]？春随地不同。游歌尽墨客[3],亭榭半花风。身世一杯外,山河双眼中[4]。无言时未夏,已报石榴红。

[1] 本组诗共二首,此选一首。此诗写春日聚游时的所见所感,清

空灵动,率真自然。

〔2〕"物与"句:意谓万物和人本同,此乃道家思想,强调天人合一。

〔3〕墨客:旧时对文人的别称。因文人要用笔墨写诗文,故称。

〔4〕"身世"二句:上句意谓在把酒临风之时,宠辱偕忘。下句紧承上句之意,谓放眼望去,山河依旧美丽,带给人赏心悦目的感觉。

丙戌十六夜月[1]

是夕微云,中天遂朗,因忆往时京华赋诗,有"清亏桂阙一分影,寒落江门几尺潮"之句,人多传诵,彼吾少俊,今遽老丑,并前诗忘之矣,亦以集未收载。

月岂无晴夜?天终有散云。微微透今夕,朗朗至宵分[2]。镜展池波晕[3],珠明草露文[4]。呼儿暖余酒,酌罢一鸿闻[5]。

〔1〕此诗作于嘉靖五年(1526)。诗中描写了月夜清丽的景象,也表现出作者旷达的胸襟,平淡中透出哲理意味,含蓄蕴藉,神韵超然。

〔2〕宵分:夜半。《魏书·崔楷传》:"日昃忘餐,宵分废寝。"

〔3〕"镜展"句:意谓池水水面像镜子一样平整洁净。

〔4〕"珠明"句:草间的露珠像珍珠般晶莹。

〔5〕一鸿闻:听到一声雁鸣。

古意[1]

内厩飞龙马[2],君王赐玉鞭。长鸣彩仗下[3],立在紫骝先[4]。放逐缘何事?飘零竟不旋。如蒙敝帷顾[5],万里为君前。

〔1〕作者以飞龙马自比,感慨自己的身世遭遇,希望有朝一日还能为国效力。当作于其免官闲居之时。
〔2〕内厩:朝廷的马厩。内,朝廷,皇宫。飞龙:唐代宫内马厩名。李白《答杜秀才五松见赠》诗:"敕赐飞龙二天马,黄金络头白玉鞍。"
〔3〕彩仗:华丽的仪仗。
〔4〕紫骝:良马名,又名枣骝。
〔5〕敝帷:"敝帷不弃"的省称。言破旧之物亦自有用处。

望极(二首选一)[1]

其一

望极云天黑,关门落叶深。古城饥雀啅[2],长路断蓬沉[3]。嫠妇登楼思[4],孤臣去国心[5]。此时看故垒,何处不沾襟[6]?

〔1〕本组诗共二首,此选一首。诗中描写塞外荒寒凄凉的景象,抒发了作者去国怀乡、忧国忧民的深沉情思。全诗感情沉郁,音韵谐和,对仗工稳,深得杜诗三昧。

〔2〕啅(zhuó 卓):鸟啄食。通"啄"。杜甫《曲江陪郑八丈南史饮》:"雀啅江头黄柳花。"

〔3〕断蓬:"断梗飘蓬"的省称。比喻漂流无定。

〔4〕嫠(lí 离)妇:寡妇。

〔5〕去国:离开国都。

〔6〕沾襟:沾湿衣服。指流泪。

登临(二首选一)〔1〕

其二

春燕不巢屋,国祥征至今〔2〕。孤城四战地〔3〕,斜日两河阴〔4〕。岸圻陈桥断〔5〕,花开宋苑深。河船不入渭〔6〕,那慰望乡心〔7〕。

〔1〕本组诗共二首,此选一首。作者认为大梁历来为兵家必争之地,但又无险可守,宋朝以此为都城,本属失策之举,因此屡受周边侵扰。作者俯仰古今,考察兴亡,为后人提供了有益的借鉴。诗末流露出对家乡的思念之情,可谓一语双关。

〔2〕"国祥"句:意谓国家吉凶的征兆至今还在显现。祥,吉凶的征兆。

〔3〕四战地:四面平坦,无险可守,容易受攻击之地。

〔4〕两河阴:汴梁城在黄河、卫河之南。阴,山之北、河之南称阴。

〔5〕坼:裂开,分开。陈桥:即陈桥驿。地名,在今河南开封市东北。五代末,北汉与契丹合兵南侵,周殿前都点检赵匡胤率军击之,军次陈桥驿,兵变,因还师废周帝,建立宋朝。

〔6〕"河船"句:意谓黄河的船只不能进入渭河,比喻回不到家乡。

〔7〕那:怎么。

下吏〔1〕

弘治辛酉年坐榆河驿仓粮,乙丑年坐劾寿宁侯,正德戊辰年坐劾刘瑾等封事。

十年三下吏〔2〕,此度更沾衣〔3〕。梁狱书难上〔4〕,秦庭哭未归〔5〕。围墙花自发,锁馆燕还飞〔6〕。况属炎蒸积〔7〕,忧来不可挥。

〔1〕明武宗正德三年(1508),刘瑾因李梦阳代韩文起草奏章而怀恨在心,必欲置之死地,乃矫诏下李梦阳锦衣卫狱。李梦阳自知不免,内心充满了忧愤和悲伤。下吏,交法官审讯。

〔2〕三下吏:如作者诗前小序所言,孝宗弘治十四年(1501),李梦阳奉命监三关招商,秉公执法,请托不行,被权贵诬陷下诏狱。孝宗弘治十八年(1505),外戚寿宁侯张鹤龄骄纵不法,势焰嚣张,李梦阳极为不

平。时当孝宗诏令百官建言,李梦阳感激思奋,乃具疏言外戚不法之事,张鹤龄大怒,诬陷李梦阳对母后不敬,再下锦衣卫狱。第三次为刘瑾事,见本诗注[1]。

〔3〕沾衣:眼泪沾湿衣襟。此指事态严峻。

〔4〕"梁狱"句:邹阳为西汉初年名士,曾为梁孝王门客。羊胜等人诬陷邹阳,梁孝王欲杀之。邹阳在狱中上书为自己伸冤,最终获得赦免。见《史记·鲁仲连邹阳列传》。

〔5〕"秦庭"句:春秋楚大夫申包胥与伍子胥为知交,子胥被迫出走时,谓包胥:"我必覆楚。"包胥云:"我必存之。"后,吴国用子胥计,攻破楚国。包胥到秦国求救,在秦廷痛哭七日夜,使秦发兵救楚。此处似指李梦阳内弟左国玉求救于康海事。

〔6〕锁馆:关押犯人的地方。

〔7〕炎蒸:闷热的暑气。

狱夜雷电暴雨[1]

一雨暮何急,孤眠宵未央[2]。疾雷翻暗壁,落电转空梁。势急千山动[3],光还万里长[4]。天威终不测[5],魑魅可潜藏[6]。

〔1〕明武宗正德三年(1508),李梦阳被刘瑾矫诏下锦衣卫狱。这首诗写作者在狱中遇到一个风雨雷电交加的夜晚,借写自然界的暴风雨来暗示政治上暴风雨对他的迫害,但是作者意志坚定,临危不惧,表现出过人的胆识和勇气。

〔2〕宵未央:夜未尽,意谓没有等到天明。宵,夜。未央,未尽。

〔3〕"势急"句:意谓雷声极为激烈,山川都被其撼动。

〔4〕"光还"句:意谓闪电极其明亮,能照耀到万里之外。

〔5〕"天威"句:意谓上天的威势终究难以预料。实际对武宗皇帝听信谗言,将其下狱深表不满。天威,既指上天,又暗喻皇帝。

〔6〕魑魅:古代传说中山泽的鬼怪。《左传·文公十八年》有"投诸四裔,以御魑魅"的记载,杜预注曰:"魑魅,山林异气所生,为人害者。"杜甫《天末怀李白》云:"文章憎命达,魑魅喜人过。"

野 战[1]

盗贼乾坤满[2],纵横野战悲。随城严戍鼓[3],平地有旌旗[4]。树燕闲相逐,垣花寂自垂[5]。诸君大河北,捷报几时知[6]?

〔1〕此诗以"野战"为题,写交战于旷野的一次战斗。从"盗贼乾坤满"可知,此处似指镇压农民起义军的战斗。正德六年至七年(1511—1512),赵镦率兵攻襄阳、樊城、枣阳、随州、新野等地。野战,指交战于旷野,或指不以常法作战。

〔2〕盗贼:对农民起义军的诬称。乾坤:天地。此处指天下。

〔3〕随城:疑即随州。西魏时置,治所在随县(今湖北随州市)。明初废,后复置。戍鼓:边防驻军的鼓声。

〔4〕旌旗:旗帜的统称,此处指战旗。

〔5〕垣花:开在墙头的花。垣,指墙、城墙。

〔6〕捷报:报告胜利消息的文书。

得家书[1]

隔岁才通此,一书真万金[2]。时危作宦久[3],家远战场深[4]。惨惨屯黄雾[5],纷纷走绿林[6]。怒来思击楫[7],时有渡江心。

〔1〕明武宗正德十四年(1519),宁王朱宸濠反叛,连陷九江、安庆,提督南雄都御史王守仁起兵讨叛,攻克宸濠的巢穴南昌,生擒宸濠。这首诗当作于此时。诗中流露出对家人无限的思念和对时局的深沉感慨,也真实地描写了社会动乱的惨象,并表达了作者希望为国家建功立业的决心。这首诗意蕴深厚,语言凝炼,沉郁顿挫,可以和杜甫的《春望》相媲美。

〔2〕"一书"句:意谓家书得之不易。杜甫《春望》:"烽火连三月,家书抵万金。"

〔3〕作宦:即做官。

〔4〕"家远"句:意谓离家既远,又逢战争,与家人的联系自然更不容易了。

〔5〕黄雾:黄色的雾气。《汉书·成帝纪》:"夏四月,黄雾四塞,博问公卿大夫,无有所讳。"杜甫《早发》诗:"涛翻黑蛟跃,日出黄雾映。"此处当指不祥的战争氛围。东汉末有张角率领的黄巾农民大起义,起义军皆头戴黄巾。

〔6〕绿林:指西汉末绿林赤眉起义。西汉末,新市人王匡、王凤等聚集在绿林山中,至七八千人,王莽天凤四年(17)起事,号下江兵。绿林位于湖北当阳东北。后来以绿林泛指结伙聚集山林之间反抗政府或抢

劫财物的有组织集团。

〔7〕"怒来"句:意指作者为时事所感奋,希望能像祖逖那样为国效力。击楫,敲拍船桨。《晋书·祖逖传》记载:祖逖带兵北伐时,渡江到中流,他击楫立誓说:"祖逖不能清中原而复济者,有如大江。"后来用"击楫"或"击楫中流"表示慷慨激昂的报国壮志。

拨闷覃园〔1〕

秦客楚山北〔2〕,秋园古堞西〔3〕。野风吹万木,禾径卧孤麑〔4〕。江汉归舟迥,关河落日低。可留吾便醉,为爱白铜鞮〔5〕。

〔1〕此诗当作于李梦阳游历襄汉之时。诗中描写了湖北一带美丽的自然风景,抒发了作者流连于山水之间,及时行乐的思想感情,同时也表现了对现实政治的不满和内心的郁闷之情。拨闷,解闷。覃园,不详。
〔2〕秦客:李梦阳祖籍庆阳(今属甘肃),故称秦客。
〔3〕古堞:古城墙。堞,城上如齿状的矮墙。
〔4〕麑(ní 泥):幼鹿。
〔5〕白铜鞮(dī 堤):曲名。李白《襄阳歌》诗:"襄阳小儿齐拍手,拦街争唱白铜鞮。"

野风〔1〕

山鸣野风至,汉水白萧萧〔2〕。月滉鱼龙醒〔3〕,云蒸豹虎骄。

有家惊节物[4],不寐想前朝[5]。万古英雄迹[6],江城夜寂廖[7]。

〔1〕此诗为诗人月夜思乡之作。正德九年(1514)六月,梦阳携家人离开江西,自九江泝江入汉,经武昌、襄阳,九月返大梁,作此诗时应在襄阳。山鸣野风,月白汉水,诗人却夜不能寐。他感慨自己飘泊的身世,追念前朝清明的政治,思乡之情也油然而生。
〔2〕汉水:即汉江。见《中秋》其一注〔2〕。
〔3〕滉(huàng 晃):水深广的样子。鱼龙:古爬行动物的一目。体呈纺锤形,外形很像鱼。四肢呈浆状,适于游泳。眼大,嘴长,牙齿尖锐。生活于海洋中。性凶猛,以动物为食。卵胎生。侏罗纪时最繁盛。
〔4〕"有家"句:意谓常年在外漂泊,忽然遇到节日,禁不住思念家乡。节物,节日所赠礼物。
〔5〕"不寐"句:意谓诗人夜不能寐,追忆明孝宗时期清明的政治和孝宗对他的知遇之恩。
〔6〕"万古"句:意谓此地为古来英雄争雄称霸的地方。
〔7〕寂廖:谓无声无形之状。《老子》:"寂兮寥兮,独立而不改。"魏源注:"寂兮,无声;廖兮,无形也。"后多用为寂静之意。

繁台归集[1]

万里竟何事?三年违此都[2]。短墙残菊在,别业古台孤[3]。冬日低檐塔,霜风静野芜[4]。但看头尽白,莫吝酒重沽[5]。

〔1〕此诗作于李梦阳从江西罢官回大梁之后。作者经历了多次仕途的坎坷和官场的风波,内心充满了郁闷和忧愤之情,但他襟怀旷达,不以官场得失为念,回乡便沉浸在故乡的美景和亲友的欢聚之中。不过,诗中也流露出岁月流逝,功业难成的苦恼。繁台,即吹台。见《送仲副使赴陕西》注〔5〕。

〔2〕"三年"句:李梦阳自正德六年(1511)出任江西按察司提学副使,至正德九年(1514)落职归大梁,恰好三年。

〔3〕别业:即别墅。据《李空同先生年表》载,李梦阳于正德十四年(1519)筑别墅于吹台之侧。此处当指吹台。

〔4〕霜风:秋风,寒风。野芜:野草。

〔5〕重沽:再买。沽,买。

河上秋兴(十首选二)〔1〕

其三

日上秋林静,江清旅思微〔2〕。黄叶雨后积〔3〕,白酒客来稀。今古三川地〔4〕,乾坤一布衣〔5〕。独行吟望苦〔6〕,沙鸟背人飞。

〔1〕本组诗共十首,此选二首。当为李梦阳江西罢官之后闲居大梁时所作。秋兴,因秋而发兴。作者蛰居大梁,俯仰古今,抒写身世遭

遇,关心国计民生。组诗于凄清哀怨之中,显出沉雄博丽的意境。这十首诗脉络贯通,组织严密,格律精工,可追步杜甫《秋兴八首》。

〔2〕旅思:羁旅之思。

〔3〕黄叶:秋天的落叶。

〔4〕三川地:三川即黄河、洛河、伊河,这里指三水流经的河南地区。李白《永王东巡歌》其二:"三川北虏乱如麻,四海南奔似永嘉。"

〔5〕乾坤:天地。布衣:庶人之服,也作为平民的代称。

〔6〕"独行"句:从杜甫《秋兴八首》之八"白头吟望苦低垂"化出。

其七

十载宋梁间〔1〕,鸡鸣望四关〔2〕。月来天似水,云起树为山。朝市今何处,流波去不还。高秋未归客,肠断浊泾湾〔3〕。

〔1〕宋梁间:指河南一带。战国时梁国和后世的北宋都曾建都于大梁。

〔2〕鸡鸣:据《史记·孟尝君列传》载,孟尝君出使秦国,秦昭王以孟尝君贤,欲杀之。孟尝君之客善盗者窃白狐裘贿赂秦王之爱姬,孟尝君得释,变姓名离开秦都,半夜至函谷关。关上的规定是鸡鸣才开城门,孟尝君恐追兵至,客有善为鸡鸣者即学鸡鸣,众鸡随之齐鸣,关门开启,孟尝君得以脱身。四关:指关中的东函谷关、南武关、西散关、北萧关。

〔3〕肠断:形容悲痛至极。浊泾湾:指甘肃泾川一带,代指庆阳。泾水北源出平凉,南源出华亭,至泾川汇合,东南流至陕西彬县,再折而东南至高陵南入渭水。泾水因流经黄土高原携带大量泥沙而浊。

春宴[1]

白首闻歌异,豪心遇酒多。酒当花潋滟[2],歌与燕婆娑[3]。瞑色侵台殿[4],春风换绮罗[5]。未须愁薄暮,吾借鲁阳戈[6]。

〔1〕此诗借春日美景抒发了岁月易逝的感慨,并表现了烈士暮年,壮心不已的豪情。
〔2〕潋滟:水波荡漾貌。此处指美酒与鲜花相映的情景。
〔3〕婆娑:盘旋,停留。
〔4〕瞑色:夜色。
〔5〕绮罗:即罗绮,有花纹的丝织品。此处指华美的衣服。
〔6〕鲁阳戈:《淮南子·览冥训》:"鲁阳公与韩构难,战酣,日暮,援戈而挥之,日为之反三舍。"此处为挽留时光之意。

熊子河西使回是时甘军杀都御史许铭

其一

偶遇西河使[2],真传塞上情。一春常冻雪,千里半荒城。永断匈奴臂[3],犹勤哈密征[4]。重闻帐下变[5],无语对沾缨〔6〕。

〔1〕本组诗共三首。诗人高度赞扬了友人出使河西的丰功伟绩，但也对军队纪律涣散，殴杀边帅的恶性事件表示愤慨，真有"季氏之祸，恐在萧墙之内"的担忧。这三首诗一气呵成，境界雄奇，格律工整，置于盛唐人集中，毫不逊色。熊子，即熊卓。见《寺游别熊子》其三注〔1〕。"甘军杀都御史许铭"事，《皇明通纪集要》卷二八《世宗肃皇帝》："壬午（嘉靖元年）正月，……陕西甘州五卫军大乱，杀巡抚都御史许铭，焚其尸。"又，黄凤翔《嘉靖大政类编》"甘州兵变"："嘉靖元年正月，陕西甘州等五卫军乱，杀巡抚副都御史许铭。铭与总兵李隆为同里人。铭性矜严，于隆无所假借，又多裁革其占役诸弊。隆心恨之。……隆阴使人约诸部卒今日告，必不听，毋散，众益纵恣，围绕不解。薄暮，遂焚大门入，揾铭出，乱殴之死，焚其尸，毁其所居公署，尽掠其衣物。"

〔2〕西河：即河西，因甘州、凉州、肃州、沙州俱在黄河以西，统称为河西。

〔3〕"永断"句：西汉时张骞曾出使西域，归来向汉武帝建议，匈奴与汉朝为敌，浑邪之地空虚，如果与乌孙联合，势必对匈奴东部造成威胁，仿佛"断匈奴右臂"。见《史记·张骞列传》。

〔4〕哈密：地名。在今新疆维吾尔自治区东部，邻接甘肃省。明置哈密卫。

〔5〕"重闻"句：意谓再次听到兵变的消息。指甘肃总兵官李隆嗾部卒殴杀巡抚许铭事。

〔6〕沾缨：流泪。

其二

绝塞田谁废？甘州稻旧畦〔1〕。荒屯惟见兔，破屋不闻鸡。

碛石烽烟北〔2〕,祁连战鼓西〔3〕。平生边务意〔4〕,一一愿封题〔5〕。

〔1〕甘州:地名。汉张掖郡地,北魏始置甘州,以州东有甘峻山而名。元置甘州路总管府,明置陕西行都指挥使司于此。
〔2〕碛石:沙漠,不生草木的沙石地。
〔3〕祁连:山名。在今甘肃和青海交接的地方,因在河西走廊之南,又称南山。"祁连",蒙古语为"天",意即"天山"。主峰海拔五千多米,终年积雪。
〔4〕边务:边防事物。
〔5〕封题:呈报朝廷。

其三

旧说穷源使〔1〕,人今出武威〔2〕。葡萄应唊足,沙枣故携归〔3〕。燧火真憔面〔4〕,边尘尚黯衣。问君春塞雁,曾过玉门飞〔5〕?

〔1〕穷源使:出使远方的人。穷源,即"穷源竟委"的省称。《礼记·学记》:"三王之祭川也,皆先河而后海,或源也,或委也,此之谓务本。"后因以穷源竟委比喻深究事物的始末。
〔2〕武威:郡名。在今甘肃武威。汉元狩二年(前121)置。明为凉州府。
〔3〕沙枣:亦称"银柳"、"香柳"或"桂香柳"。落叶灌木或小乔木,常具棘刺,幼枝有银白色鳞片。夏季开花,果实可食。常生于沙漠地区。

〔4〕燧火:告警的烽火。
〔5〕玉门:即玉门关。汉置,在今甘肃敦煌市西。

东园偶题[1]

孤亭万木里,独坐一花飞。老更知春色,闲能到夕晖[2]。微风偏袅蔓[3],返照故薰衣。隔院香逾好[4],呼儿莫掩扉[5]。

〔1〕本诗写游东园时的所见所感。诗人心境平和,享受春光,享受生活。东园,见《赠孙生》注〔4〕。
〔2〕夕晖:夕阳的馀晖。
〔3〕袅(niǎo 鸟)蔓:微风吹拂的样子。
〔4〕逾:通"愈",更,更加。
〔5〕掩扉:关门。扉,门扇。

酬京师友人见寄作[1]

浮云悲故国,积水起鸣雷。不见长安日[2],愁登古吹台[3]。故人三月别,天上一书来[4]。欲问经行处,山中杜若开[5]。

〔1〕此诗为酬答友人之作,诗中抒写自己高才见嫉,罢官回乡的愤懑,也对朋友的关怀深表感激,结尾抒写自己超脱名利,徜徉山水的自在

悠闲,别有深意。陈子龙《皇明诗选》:"舒章(李雯)曰:'结意深淡。'"

〔2〕长安:此指京城北京。

〔3〕吹台:即繁台。见《送仲副使赴陕西》注〔5〕。

〔4〕"天上"句:意谓接到友人的书信。古代有"鸿雁传书"的传说,故称天上来书。李清照《一剪梅》词:"云中谁寄锦书来,雁字回时,月满西楼。"

〔5〕杜若:香草名。一名杜衡、杜莲、山姜。叶广披作针形,味辛香。

送秦子〔1〕

梁国秋砧满〔2〕,范阳枫叶稀〔3〕。如何故人去,不与雁同飞。北路蓟门古〔4〕,寒天易水微〔5〕。君行莫怨雾,霜日指南辉〔6〕。

〔1〕此诗为送别秦金之作。表现了对友人的关切和同情。秦子,即秦金。见《酬秦子,以橐与杭子并舟别诗见示,余览词悲离,怆然婴心,匪惟人事乖迕,信手二十二韵,无论工拙,并寄杭子》注〔1〕。

〔2〕梁国:指河南一带。战国时梁国曾建都于大梁。砧:捣衣的石头。

〔3〕范阳:唐方镇名。亦名范阳镇、幽州。开元二年(714)设幽州节度使,天宝元年(742)更名为范阳节度使,为玄宗时十节度使之一。后为河朔三镇之一,治幽州(今北京西南)。辖境屡变,久领幽、蓟、平、檀、妫、燕六州,约当今河北怀安、新城以东,抚宁、昌黎以西,霸州、天津以北地区。

〔4〕蓟门:为明代军事要冲。在今天津市蓟州区。

〔5〕易水:河流名。位于河北省易县境内,分南易水、中易水、北易水。战国时燕太子丹送荆轲于此,高渐离击筑,荆轲合乐高歌:"风萧萧兮易水寒,壮士一去兮不复还!"

〔6〕霜日:犹秋日。李商隐《所居》诗:"水风醒酒病,霜日曝衣轻。"

寄钱水部荣[1]

雪时挥袂别[2],见雪即怀君。河馆冬难暮,沙洲晚更云[3]。清为苍水使[4],静对白鸥群。昨夜寻君梦,微茫路不分[5]。

〔1〕此诗抒发了作者对友人的思念之情,诗境清幽。钱荣,字世恩,无锡(今江苏无锡市)人。弘治六年(1493)进士。曾为户部郎中,刘瑾擅权,荣连上三疏,辞官归里。李梦阳在《与何子书》其二中称钱荣为"赤心朋友"。

〔2〕挥袂别:挥手告别。袂,古代衣袖统称为袂。

〔3〕沙洲:在河床中或两侧,海滨或浅海中,由泥沙堆积而成的大片地面。

〔4〕苍水使:仙人名。传说禹登衡山,梦见赤绣衣男子,自称玄夷苍水使者,谓禹曰:"欲得我山神书者,斋于黄帝岩岳之下,三月庚子登山发石,金简之书存矣。"禹依其言,果得书。见《吴越春秋·越王无余外传》。

〔5〕微茫:迷茫,看不清。

忆何子其兄时为巴陵知县[1]

忆尔辞京日[2],余歌万里行。经秋无过雁[3],索处若为情[4]。去已穷滇海[5],归应滞岳城[6]。凤凰池上草[7],春到为谁生?

〔1〕此诗怀念挚友何景明,当作于弘治十八年(1505)。何子即何景明。其生平见《徐子将适湖湘,余实恋恋难别,走笔长句,述一代文人之盛,兼寓祝望焉耳》注〔12〕。何景明出使云南后,李梦阳有《得何子过湖南消息》、《何子至自滇》诸诗,何景明也写有《立秋寄献吉》等多首诗酬答,足见二人情谊。

〔2〕"忆尔"句:指何景明于弘治十八年(1505)奉诏下云南事。

〔3〕"经秋"句:整个秋天都没有书信。

〔4〕索处:孤独地散处一方,独居。

〔5〕滇海:即滇池。湖名。也称昆明湖、昆明池、滇南泽。在云南昆明市西南,周三百里。有金马、碧鸡二山夹峙,中有沙洲,形如螳螂,故有"螳螂川"之名,北流注入金沙江。

〔6〕岳城:即岳州城。本巴陵地,南朝宋元嘉十六年(439)于此立巴陵郡。隋开皇九年(589)改为岳州,治所在巴陵(今湖南岳阳)。

〔7〕凤凰池:亦称凤池。禁苑中池沼。魏晋南北朝设中书省于禁苑,掌管机要,接近皇帝,故称中书省为凤凰池。

田生闻余浩然访于东郭花下酒集(二首选一)[1]

其一

花林吾自酌[2],见觅尔情亲。转觉花饶笑,翻惊蝶趁人[3]。百年秦地客[4],万里宋宫春[5]。酒罢烟城暮,无言对怆神[6]。

〔1〕本组诗共二首,此选一首。本诗写作者与田生的聚会。朋友相见,虽豪情万丈,但酒后仍悲怆难抑。田生,即田汝耕,字深甫,祥符(今河南开封)人。曾游于李梦阳之门,与左国玑齐名,人呼为"田左"。少领乡荐,以后屡试不第。乃谒选官,终兵部司务。性不喜拘絷,晚登仕途,常怏怏不快意。著有《莘野集》。
〔2〕自酌:独自饮酒。酌,斟酒,饮酒。
〔3〕趁人:追逐人。趁,追逐。
〔4〕秦地客:作者自称。
〔5〕宋宫春:开封为北宋都城,故云。
〔6〕怆神:悲伤的样子。

送人还关中[1]

见君驱去马,忽起望乡思[2]。华岳寒逾峻[3],泾河绕自迟[4]。躬耕为谷口[5],把钓忆皇陂[6]。何日一尊酒,南山对不移[7]。

〔1〕此诗表达作者对故乡的思念之情。诗中所写,尽为家乡地名与景物。关中,地名,指陕西渭河流域一带,东至函谷关,南至武关,西至散关,北至萧关,位于四关之中,故称"关中,"为李梦阳故乡。
〔2〕望乡思:对故乡的思念。
〔3〕华岳:即华山,山名,五岳之一,世称西岳。在陕西华阴市南,因其西有少华山,故又名太华山。寒逾峻:因天寒而愈显高峻。逾,通"愈"。
〔4〕泾河:水名。也称泾水。其北源出甘肃平凉,南源出华亭,至泾川汇合,东南流至陕西彬县,再折而东南至高陵南入渭水。
〔5〕谷口:地名。即寒门,故地在今陕西礼泉县东北。当泾水出山之处,故称谷口。汉朝郑子真曾隐居于此。
〔6〕皇陂(bēi杯):地名。即皇子陂,在今陕西西安市南。陂北有秦皇子冢,故名。
〔7〕南山:终南山。属秦岭山脉,在今陕西西安市南。

毒热,在狱呈陈运使敔暨潘给事中希曾[1]

此地饶炎热,南中恐未然[2]。有风翻助暑,挥汗欲成泉。鸟避栖深叶,蝇喧集满筵。百忧吾共汝[3],流涕北风篇[4]。

〔1〕此诗为李梦阳在狱中所作。诗中描写了狱中恶劣的环境,毒

热难熬,蝇蚊满地,正是那个黑暗世道的真实写照。当写于李梦阳因反对宦官刘瑾而下狱之时。陈敉,不详。潘希曾,字仲鲁,号竹涧,金华(今浙江金华)人。弘治壬戌(1502)进士,授兵科给事中。曾任都御史、工部侍郎、兵部尚书等职。正德年间,刘瑾乱政,向各级官员索要贿赂,潘希曾等因不行贿而被下狱。瑾诛,起吏科右给事中。嘉靖中,因争"大礼仪"以右佥都御史巡抚南赣。著有《竹涧集》、《竹涧奏议》等。

〔2〕南中:泛指国土南部。

〔3〕百忧:种种忧愁。

〔4〕北风篇:乐府杂曲歌辞名。《诗经·邶风·北风》:"北风其凉,雨雪其雱。"《笺》:"寒凉之风,病害万物。兴者,喻君政教酷暴,使民散乱。"南朝宋鲍照、唐李白均作有《北风行》。这两首歌辞,特别是后者,强烈反映作者对当时战争导致人民生离死别的悲伤怨恨情绪。

康状元话武功山水[1]

梦寐关中好[2],连年未得归。侧闻武功胜,佳兴益翻飞。水绕褒斜出[3],山从周至围[4]。因君觅水竹,为买钓鱼矶[5]。

〔1〕这首诗以愉快的笔调描写武功山水风景,寄托了对康海的无尽思念和真诚安慰。康海在正德年间曾经救过李梦阳,刘瑾被诛后受牵连而罢官。他与王九思回到关中之后放浪山水,寄情声色,表现出对现实的不满。曾经有人怀疑李梦阳与康海在刘瑾被诛后关系恶化,从这首诗来看,他们的感情还是相当融洽的。武功,县名,即今陕西武功。

〔2〕关中:见《送人还关中》注〔1〕。

〔3〕褒斜:褒斜道,古道路名。因取道褒水、斜水两河谷得名,两水同出秦岭太白山。此道汉以后长期为往来秦岭南北的重要通道之一。

〔4〕周至:县名。汉武帝时置,属右扶风,原作"盩厔"。山曲曰盩,水曲曰厔,因山水之曲折而名。

〔5〕钓鱼矶:钓鱼时所坐的岩石。古代许多名人隐居时都以钓鱼为业,此处为隐退之意。

月夜柬张含[1]

风餐凉雨过,露坐晚林幽。汝对梁园月[2],孰如金齿秋[3]。常星皆北拱[4],滇海独西流[5]。万里清光再[6],应怀今夜游。

〔1〕此诗为怀念友人之作,诗中既有对朋友的思念之情,又含有丰富的科学知识,可谓李梦阳诗中的独创。张含,字愈光,又字用光,号禺山,永昌卫(今云南保山)人。正德丁卯(1507)中云南乡试。与杨慎同学,深得杨慎之父杨廷和赏识。曾经师事李梦阳,与何景明亦交好。有《禺山诗选》。《空同集》中收有李梦阳给张含的诗文十馀首。

〔2〕梁园:见《忆昔行别阎侃》注〔7〕。

〔3〕金齿:地名。元代指金齿人聚居的行政区域。元世祖至元年间分云南为五个区域,金齿即其中之一。明设金齿卫,后改永昌卫。即今云南保山。

〔4〕"常星"句:意谓天空中的星星都围绕北斗星运动。

〔5〕"滇海"句:中国地形西高东低,江河俱向东流,惟有云南一带的水向西流。滇海,即滇池。见《忆何子》注〔5〕。

〔6〕清光:月光。

中秋别郑生〔1〕

别离谁独免,此别是中秋。尔上袁宏艇〔2〕,予登庾亮楼〔3〕。羽衣飘北槛〔4〕,渔笛起中流。炯炯共明月〔5〕,那堪两地愁。

〔1〕这是一首送别诗。中秋乃是万家团圆之日,适逢佳节,偏又与挚友离别,令作者无限伤感。此诗对仗工稳,用典贴切,情意深挚,意境恢廓,为李梦阳五律的代表作。郑生,即郑作。其生平见《赠郑生》其二注〔1〕。

〔2〕袁宏:字彦伯,晋阳夏人。少孤贫,有逸才,文章绝美。镇西将军谢尚引为参军,后为桓温记室。太元初,出为东阳太守。《晋书·袁宏传》:"谢尚时镇牛渚,秋夜乘月,率尔与左右微服泛江。会宏在舫中讽咏,声既清会,辞又藻拔,遂驻听久之,遣问焉……尚倾率有胜致,即迎升舟,与之谭论,申旦不寐,自此名誉日茂。"

〔3〕庾亮:字元规,东晋颍川鄢陵人。好老庄,善谈论。历仕三朝,官至中书令。《晋书·庾亮传》:"(庾)亮在武昌,诸佐吏殷浩之徒,乘秋夜往共登南楼,俄而不觉亮至,诸人将起避之。亮徐曰:'诸君少住,老子于此处兴复不浅。'便据胡床与浩等谈咏竟坐。"

〔4〕羽衣:用羽毛编织成的衣服。后常称道士或神仙所着衣为羽衣。

〔5〕炯炯:光亮貌。

送张生还金齿(二首选一)[1]

其一

万里来何事,三年此复过。高秋鸿雁下,落木洞庭波[2]。岁月长途老,风云后进多[3]。百蛮家更远[4],自爱莫蹉跎[5]。

〔1〕本组诗共二首,此选一首。这是一首送别诗,诗中表现了对张含仕途不顺、光阴蹉跎的无限同情,也对张含的诗才深为赞赏,并希望他不要灰心,努力上进。张生,即张含。见《月夜柬张含》注〔1〕。金齿,见《月夜柬张含》注〔3〕。
〔2〕"落木"句:描绘了一幅秋风萧瑟,木叶凋零的晚秋景象。屈原《九歌·湘夫人》:"帝子降兮北渚,目眇眇兮愁予。袅袅兮秋风,洞庭波兮木叶下。"
〔3〕后进:犹后辈。《后汉书·孔融传》:"喜诱益后进。"
〔4〕百蛮:《诗经·大雅·韩奕》:"以先祖受命,因时百蛮。"王畿以外有蛮服,泛指地区以内的各族为百蛮。这里指张含的家乡。
〔5〕蹉跎:错过时光。

秋日王子台上[1]

暑霁名王会[2],台成上客过。清秋疏草木,落日上笙歌[3]。

天地衔杯尽,风云傍槛多[4]。圣明今御极[5],谁复虑干戈[6]?

〔1〕此诗当作于嘉靖元年(1522)。嘉靖皇帝即位后,李梦阳曾经寄予很大希望,盼望皇帝肃清政治,造福人民。曾经作诗云:"大明十帝转神明,天意分明赐太平。紫盖复从嘉靖始,黄河先为圣人清。"(《嘉靖元年歌》)这首诗同样表达了李梦阳的政治热情。
〔2〕暑霁:酷暑刚过。霁,雨止,引申为收敛。
〔3〕笙歌:歌舞表演。
〔4〕槛:栏杆。
〔5〕"圣明"句:意谓新皇帝刚即位。御极,谓帝王登位。
〔6〕干戈:见《得家书寄兄歌》注〔7〕。

再送郑生[1]

闻君数日住,使我百忧宽。池馆杯觞易[2],天涯故旧难[3]。久晴冬欲暖,近水晚犹寒。惜取防身剑,殷勤醉里看[4]。

〔1〕这首诗为送别郑作而作,李梦阳晚年与郑作交往密切,经常论诗较射于大梁。诗中表达了对郑作的恋恋不舍之情,又慨叹他们怀才不遇的境遇。含蓄蕴藉,韵味悠长,深得唐人五律之境。郑生,即郑作。其生平见《赠郑生》其二注〔1〕。
〔2〕杯觞:杯、觞皆为酒器,此处指饮酒。
〔3〕故旧:故交,老友。

〔4〕"惜取"二句:看刀抚剑,是希望用它建功立业。辛弃疾《水龙吟·登建康赏心亭》:"把吴钩看了,栏干拍遍,无人会,登临意。"

和郑生行经凤阳[1]

浩荡兴龙地[2],盘旋踞虎形[3]。海吞淮水白[4],天插楚峰青[5]。帝宅精灵聚[6],陵宫虎豹扃[7]。万年禋祭礼[8],有道赖朝廷。

〔1〕此诗以豪迈的气势歌咏了明王朝的龙兴之地凤阳,寄托了作者对明王朝的无限忠爱。气势飞动,语言凝炼,想象奇特,为李梦阳五律的代表作之一。郑生,即郑作。生平见《赠郑生》其二注〔1〕。凤阳:即安徽省凤阳县。位于安徽省东北部,淮河中游南岸。为朱元璋祖籍。

〔2〕兴龙地:古代指帝王发迹的地方。此处指朱元璋的故乡凤阳。

〔3〕踞虎形:形容凤阳地势雄伟,为虎踞龙盘之处。借以歌颂朱元璋的功业。踞虎,彭孙贻《明诗钞》作"蠚凤"。

〔4〕淮水:即淮河。淮河发源于河南省桐柏县的桐柏山,大体自西向东流,经过河南省南部、安徽省北部、江苏省北部,全扬州三江营注入长江。

〔5〕楚峰:楚地的山峰。战国时期楚国一度强大,占有江淮一带广大地区。安徽北部亦属楚地。

〔6〕帝宅:朱元璋的故乡。

〔7〕陵宫:指凤阳明皇陵。太祖朱元璋即帝位以后,建都南京,而以临濠(今凤阳)为中都。凤阳明皇陵位于中都城西南七公里处,陵墓中安葬着朱元璋父母及兄嫂、侄儿的遗骨。皇陵外有城垣,内有护所、祭祀

设施;又在陵前竖起高大的皇陵碑和成双成对的石像生。扃(jiōng 坰):从外面关门的门闩。此处指关锁。

〔8〕禋(yīn 音)祭:升烟祭天以求福。《说文》:"禋,洁祀也。一曰精意,以享为禋。"

郑生至自泰山〔1〕

其一

昨汝登东岳〔2〕,何峰是绝峰?有无丈人石〔3〕,几许大夫松〔4〕?海日低波鸟〔5〕,岩雷起窟龙。谁言天下小〔6〕,化外亦王封〔7〕。

〔1〕本组诗共二首。诗用诘问形式,盖仿屈原《天问》体。郑生,即郑作。其生平见《赠郑生》其二注〔1〕。

〔2〕东岳:即泰山,又名岱岳、岱宗。

〔3〕丈人石:即丈人峰,在泰山绝顶西,因状如老人佝偻而得名。

〔4〕几许:多大。大夫松:《史记·秦始皇本纪》:"(始皇)乃遂上泰山,立石,封,祠祀。下,风雨暴至,休于树下,因封其树为五大夫。"应劭《汉官仪》以所封树为松树,后遂以五大夫为松的别名。

〔5〕"海日"句:极言日出时山顶之高,反觉天空的飞鸟为低。岑参《与高适薛据登慈恩寺浮图》:"下窥指高鸟。"意谓对飞鸟本应仰看,今却下窥,则浮屠之高可见。技法相同。

〔6〕"谁言"句:《孟子·尽心》:"(孔子)登泰山而小天下。"当时"天下"的概念没有后来的大。

〔7〕化外:王化之外,教化不普及之处。王封:朝廷的疆土。

其二〔1〕

俯首无齐鲁〔2〕,东瞻海似杯〔3〕。斗然一峰上〔4〕,不信万山开〔5〕。日抱扶桑跃〔6〕,天横碣石来〔7〕。君看秦始后〔8〕,仍有汉皇台〔9〕。

〔1〕古代诗人多题咏泰山,但咏岱诗自杜甫《望岳》后,难有继者。特别是"齐鲁青未了"一句,被誉为千古绝唱,如明代莫如忠《登东郡望岳楼》即云:"齐鲁到今青未了,题诗谁继杜陵人?"但李梦阳的这首咏泰山诗却以包举宇内的磅礴气势,俯视一切的雄心壮志,赢得了后人的高度评价。沈德潜《明诗别裁集》卷四不仅直接将诗题改为《泰山》,而且评为:"四十字有包络乾坤之概,可以作泰山诗矣。"

〔2〕"俯首"句:写泰山之高大。齐鲁,古代齐、鲁两国,均在今山东境内,环绕泰山。泰山之南为鲁,泰山之北为齐。

〔3〕东瞻:向东望去。海似杯:大海就像一个水杯。仍极写泰山之高。

〔4〕斗然:突然。斗,通"陡"。韩愈《答张十一功曹》:"斗觉霜毛一半加。"

〔5〕万山开:万山皆跃入眼前。

〔6〕扶桑:神木名,传说日出其下。屈原《离骚》:"饮余马于咸池兮,总余辔乎扶桑。"

〔7〕"天横"句:碣石山如在天上,横空而来。碣石,见《天马》注〔8〕。

〔8〕秦始:秦始皇。秦始皇曾于始皇三十二年(前215)东巡泰山,至碣石刻石观海。

〔9〕汉皇台:汉武帝刻石台。汉武帝元封元年(前110)曾东巡泰山,刻石观海。

秋过内弟漫赋二首(选一)〔1〕

其一

赫赫乘龙地,萧萧罗雀门〔2〕。桑麻犹世业,书史但儿孙〔3〕。数过看颜帖〔4〕,今来为菊樽〔5〕。显亲君太晚,愿化北溟鲲〔6〕。

〔1〕本组诗共二首,此选一首。此诗为赠左国玑之作。诗中劝人们不要执着于功名利禄,要安守本分,耕读为生,虽然有点消极,可也渗透了人生和历史的智慧。诗末赞扬了左国玑的高雅生活,充满了人生的快乐。这也是李梦阳诗中少有的仪态闲雅、温柔敦厚的诗作。内弟,妻弟。这里指左国玑。左国玑,字舜钦,一字舜齐,祥符(今河南开封)人。李梦阳之妻弟。嗜酒落拓,不甚攻举子业。年四十始举于乡。王士俊《(雍正)河南通志》卷六五:"左国玑,字舜齐,尉氏人。父尚镇平王府广武郡君,遂家祥符。国玑七岁能诗,弱冠从李梦阳就学京师。正德丙子举于乡,才名籍甚,四方好古之士皆从之游,累试南宫不利,当路欲荐入

官,辞弗就。归老汴中,肆力著作,世称中川先生。"

〔2〕"赫赫"二句:意谓历史上多少显赫一时的家族,现在已经人事全非,门可罗雀。乘龙,指依托权势而显赫一时。罗雀门,门可罗雀的意思,喻萧条之状。

〔3〕"桑麻"二句:意谓一定让儿孙以耕读为生,不要贪恋富贵。古人认为读书和种地才是根本。

〔4〕颜帖:即颜真卿之字帖。颜真卿为唐代著名书法家,善真、草书,笔力沉著雄浑,为世所宝,称"颜体"。

〔5〕菊樽:饮酒的美称。古代有菊花酒。

〔6〕"显亲"二句:意谓追求功名你已经年龄大了,不如过潇洒自在的生活。北溟鲲,《庄子·逍遥游》:"北冥有鱼,其名为鲲,鲲之大,不知其几千里也;化而为鸟,其名为鹏。"冥,通"溟"。

寄题高子君山别业[1]

君山者,江阴县之北山也。高子获马于是,自称君山主人。予闻之,为作君山诗寄焉。

其一

一山背城起,万古号为君[2]。秀揽江心月,雄吞海面云。金陵通地脉,玉港发人文[3]。羡彼投簪客,中年卧紫氛[4]。

〔1〕本组诗共二首。此诗赞美了金陵一带雄奇俊美的自然和人文

景观,也对朋友中年弃官、隐居山林的旷达人生深为羡慕。此诗气势雄浑,意境开阔,可谓赞美金陵的杰作。高子,即江阴高宾、高贯兄弟。蒋一葵《尧山堂外纪》卷九二"李梦阳":"江阴高宾、高贯兄弟,皆举进士,县北有君山,高得马,自称君山主人,李空同为作君山诗寄之。"君山,在江阴市北澄江门外。一名瞰江山。突起平野,俯视大江,为历代战守要地。又北五里曰黄山,与君山皆以春申君名。

〔2〕君:指君山。

〔3〕"金陵"句:意谓自古以来金陵就是地灵人杰之地。金陵,即今江苏南京市。地脉,《太平御览》引《金陵图》云:"昔楚威王见此有王气,因埋金以镇之,故曰金陵。秦并天下,望气者言江东有天子气,凿地断连冈,因改金陵为秣陵。"玉港,即秦淮河。长江下游支流。在江苏省西南部。东源句容河出句容市大茅山,南源溧水河出南京溧水区东芦山,在秣陵关附近汇合北流,经南京市区西入长江。

〔4〕"羡彼"二句:意谓很羡慕你早早辞官,中年就可以过逍遥的生活。投簪,丢下固冠用的簪子,比喻弃官。紫氛,紫色的云气,这里指自由自在的生活。

其二

季札坟边业[1],春申邑后山[2]。一江平展镜,两港曲成环[3]。不雨云烟拥,长春草木斑[4]。隐君梯万丈[5],倘许世人攀[6]。

〔1〕季札:即吴季札。春秋时吴公子。吴王寿梦之季子,寿梦欲传以位,辞不受。封于延陵,故称延陵季子。鲁襄公二十九年(前544),历

聘鲁、齐、郑、卫、晋等国,当时以多闻著称。季札坟在江苏省江阴市西。《嘉庆重修一统志·江苏·常州府》:"吴季札墓,《越绝书》:'毗陵上湖中冢者,延陵季子冢也。古名延陵墟,去县七十里。'《皇览》曰:'季子冢在暨阳乡。'《元和志》:'在晋陵市西七十里申浦之西。'《寰宇记》:'在江阴县西三十五里申浦。'"

〔2〕春申:即春申君。名黄歇,战国楚人。考烈王时,用歇为相,封春申君。曾救赵却秦,攻灭鲁国。相楚二十五年,有食客三千馀人,为"战国四公子"之一。春申君城在江苏无锡县。

〔3〕两港:即江阴市境内之夏港和申港,皆为春申君开凿。《嘉庆重修一统志》载:夏港在江阴市西四十里。导江水东南行,出蔡泾闸与黄田港合,北入于江。《太平寰宇记》认为春申君长子所开。申港在江阴市西三十里。一名申浦。东入无锡五泻河,西入武进戚墅堰,合于三山石堰,又北流入大江。《太平寰宇记》载春申君所开置。

〔4〕斑:色彩错杂灿烂。

〔5〕隐君:指隐居的人。

〔6〕倘许:或许允许。

东庄冬夜别程生自邑〔1〕

万里孤村夜,疏灯对语心。风枝时响牖〔2〕,寒月故明林。秦陇新游壮〔3〕,江湖旧恨侵。侧知南橐重〔4〕,为有华山吟〔5〕。

〔1〕这是一首与友人的赠别之作。冬夜孤村,疏灯对语,依依深情,溢于言表。东庄,开封李梦阳居处。据《李空同先生年表》:嘉靖二年

(1523),"置边村别墅,日亲农事,有菟裘之志焉"。即此东庄。也称新庄。经常宴请师友于其中,有《新买东庄宾友携酒往看十绝句》等。程生自邑,即程诰。其生平见《赠程生之南海》注〔1〕。

〔2〕牖(yǒu 有):窗户。

〔3〕秦陇:泛指今陕西、甘肃一带。

〔4〕侧知:从旁闻知。南橐(tuó 驼):带到南方去的行李。

〔5〕华山吟:当指程诰从关中归来,吟咏关中胜景之作。

己丑八月京口逢五岳山人〔1〕

夜雨清池馆,晨光散石林。一舟相过日,千里独来心〔2〕。树拥江声断,潮生山气阴。异时怀旧意,应比未逢深〔3〕。

〔1〕嘉靖八年(1529)夏天,李梦阳病,由门人张实、次子楚陪同前往京口就医,寓杨一清南园。黄省曾前来拜会,赋诗论文,相得甚欢。京口,地名。即今江苏镇江市。五岳山人,即黄省曾(1490—1541)。字勉之,号五岳山人,吴县(今江苏苏州)人。嘉靖十年(1531)举人。为秀才时,曾以弟子礼奉书梦阳,从之受学。著有《五岳山人集》。《明史》有传。黄氏遵梦阳嘱托,于嘉靖九年(1530)梦阳殁后,首刻《空同集》(六十三卷本)于苏州。

〔2〕"一舟"二句:意谓自己来京口就医,谁料五岳山人竟然不远千里前来探望,此情此谊,实令人感动。

〔3〕"异时"二句:意谓他日回忆往事,当更加怀念这次相聚。

出塞(二首选一)[1]

其一

峰起黄河限[2],秦亡紫塞存[3]。碛沙浮落日[4],塞雾宿疏墩[5]。哨马三边动[6],烧荒千里昏[7]。将军拜金印,白骨不曾论[8]。

〔1〕本组诗共二首,此选一首。出塞,乐府旧题,汉横吹曲名。见《出塞曲》注〔1〕。据《李空同先生年表》,弘治十三年(1500),李梦阳奉命犒赏榆林军,作《时命篇》、《辕驹叹》、《出塞》诗等。这首诗描写了塞外荒寒的景象和边塞生活的艰苦,诗末对只关心自己升官晋爵而不管士兵死活的边将进行了辛辣的讽刺,化用唐人曹松"劝君莫话封侯事,一将功成万骨枯"(《己亥岁》)之意而更觉雄浑质朴,沉郁顿挫,直追少陵。

〔2〕峰起:万历本作"胡蔓"。黄河限:黄河边。限,界限。

〔3〕紫塞:北方边塞。晋崔豹《古今注·都邑》:"秦筑长城,土色皆紫,汉塞亦然,故称紫塞焉。"

〔4〕碛沙:沙漠。

〔5〕墩:烽火台。

〔6〕哨马:巡逻边境的军马。三边:明代称延绥、甘肃、宁夏为三边。

〔7〕烧荒:古代北方守边将士,秋日纵火烧野草,使入侵骑兵缺乏水草,无从取得给养。见顾炎武《日知录·烧荒》。

〔8〕"将军"二句:意谓将军取得军功,被加官晋爵,可是谁能想到那些抛尸边疆的士兵呢!

环县道中[1]

西人习鞍马,而我惮孤征[2]。水抱琵琶寨[3],山衔木钵城[4]。裹疮新罢战,插羽又征兵[5]。不到穷边处,那知远戍情[6]。

〔1〕此诗作于弘治十六年(1503),梦阳奉命饷宁夏军,便道归庆阳。诗写战争的残酷和戍边生活的艰辛。环县,地名。在今甘肃省东北部、泾河支流环江上游,邻接宁夏回族自治区和陕西省。

〔2〕惮:畏惧。

〔3〕琵琶寨:地名。在今甘肃庆阳市。顾炎武《肇域志》卷三九:"庆阳府庆州城在府城北门外,周八里。……范仲淹复筑为镇,金元因之,周三百七十五步,界于通远县,南至府城七十五里,北至琵琶寨四十五里。"

〔4〕木钵城:地名。在今甘肃庆阳市。顾炎武《肇域志》卷三九:"庆阳府庆州城在府城北门外,周八里。……木钵城在县南四十五里,即古木波镇,后讹为钵,周三里八十步,旧属灵州。"

〔5〕"裹疮"二句:意谓战士们刚刚浴血战罢,上面又有命令征兵,可见战争形势相当严峻。裹疮,即"裹创",包扎伤口。插羽,古代征调军队的文书,上插鸟羽表示紧急,必须速递。

〔6〕"不到"二句:意谓人们不到遥远的边塞去看看,就不知道戍守

边塞的士兵之苦。

繁台春望[1]

野旷孤烟静,高台独望时。地残随氏苑[2],天阔禹王祠[3]。晚日云争白,阴崖花自迟。目断南来雁,萧然故国思[4]。

　　[1]李梦阳罢官家居后,即在繁台旁筑别业。诗人亦多次以繁台为题写景抒怀。此诗写春日登繁台望中所见,抒发了对故乡的思念之情。繁台,见《送仲副使赴陕西》注[5]。
　　[2]随氏苑:不详。
　　[3]禹王祠:祭祀大禹的祠庙,在繁台旁。
　　[4]故国思:思念家乡。

南湖[1]

中湖果奇绝,逾岭复南湖。石凳回相倚,岩泉有乍无。开窗众壑积[2],当殿一峰孤[3]。更览千林竹,因怀长啸徒[4]。

　　[1]本诗写南湖景色,突出湖山一色的特点,流露出作者恬淡的心境。南湖,《嘉庆重修一统志·江西·南昌府》:"南湖,在南昌县东五十里。源出进贤县罗汉岭。东北流八十里,合三阳水入鄱湖。与北湖、中湖相连。"《空同集》中有《中湖寺》、《北湖畏雨不至》诸诗。

〔2〕"开窗"句:意谓打开窗户,可以饱览众多山谷之状。壑,山谷。

〔3〕"当殿"句:意谓山谷之中一峰突起,正对着自己的住宅。

〔4〕长啸徒:寄情山水的人。王维《竹里馆》诗:"独坐幽篁里,弹琴复长啸。"

浮江〔1〕

浮江晴放舸〔2〕,挂席晓须风〔3〕。日倒明波底〔4〕,天平落镜中〔5〕。开窗问赤壁〔6〕,捩舵失吴宫〔7〕。万古滔滔意〔8〕,浔阳更向东〔9〕。

〔1〕本诗写江中行船时的所见所闻所感。"赤壁"、"吴宫",均写历史遗迹。行船江中,一一经历历史遗迹,历史也仿佛在眼前飘过。在"万古滔滔"的感叹声中,流露出苍凉的意绪。正德六年(1511)五月,梦阳赴江西任官,此诗疑作于途中。

〔2〕舸(gě 各):大船。

〔3〕席:船帆。杜甫《奉赠李四丈》:"挂席穷海岛。"

〔4〕"日倒"句:太阳倒映江中,照亮了江底。

〔5〕天平:山名。

〔6〕赤壁:山名。在湖北赤壁市,长江南岸。其地石山高耸如长垣,突入江滨,上刻"赤壁"二字。汉末曹操追刘备至巴丘(巴陵),遂至赤壁,为周瑜所破,取华容(石首)道归。所谓"赤壁之战"者,即此。

〔7〕捩(liè 列)舵:转舵。捩,反,转。吴宫:三国时吴国的宫殿。在今江苏南京。唐李白《登金陵凤凰台》:"吴宫花草埋幽径,晋代衣冠成

古丘。"

〔8〕滔滔:水流貌。

〔9〕浔阳:江名,长江在江西九江市北的一段。白居易《琵琶行》:"浔阳江头夜送客。"

折桂寺[1]

折桂何朝院[2],开基分翠峰[3]。窗明五老雪[4],门掩半崖松。泉瀑飞人过,香台印虎踪[5]。千岩谁得到,百里但闻钟。

〔1〕本诗写庐山折桂寺的迷人景色,意境清幽。折桂寺,在江西庐山。李梦阳《空同集·游庐山记》:"自书院陟岭西北行至五老峰下并木瓜崖,西行则至折桂寺。石桥有洞,朱子尝游此。自折桂寺循岭而南下则至白鹤观。"

〔2〕何朝:什么朝代。

〔3〕开基:创建,开始建造。

〔4〕五老:即五老峰。在江西省庐山东南部。五峰耸立,如五位席地而坐的老翁,故名。最高为第四峰,海拔一千四百三十六米。突兀雄伟,云烟缥缈,为庐山胜景之一。峰下九叠屏传为唐诗人李白读书处,东南有白鹿洞书院遗址,为朱熹讲学处。

〔5〕虎踪:庐山有虎溪。传说晋释惠远居庐山东林寺,送客不过溪。一日与陶潜、道士陆静修话别,不觉逾此,引起虎啸,三人大笑而别。

团山登望石壁、朝饶，二山名[1]

团山当县口，石壁对朝饶。日静湖波敛，天低岛色遥。风云馀霸气，吴楚混前朝[2]。秋水年年落，英雄恨不消[3]。

〔1〕此诗写团山的壮丽景色，气势雄浑，格调高妙。团山，山名。在江西省都昌县。明正德《南康府志》载："团山，去县南一里。"石壁，山名。在江西省都昌县。明正德《南康府志》载："石壁山，去县南五里。谢灵运尝居此，有'石壁精舍'四字，今不存，李梦阳书以补之。"朝饶，山名。在江西省都昌县。明正德《南康府志》载："松门山，去县南二十里，俗呼朝饶山、琴山、蜈蚣山。"

〔2〕吴楚：吴、楚皆为古国名。周初泰伯居吴，在江苏无锡梅里。至吴王寿梦始兴盛称王。据有淮泗以南至浙江太湖以东地区。楚，芈（mǐ）姓。熊绎受封于周成王，立国于荆山一带，都丹阳。周人称为荆蛮。后建都于郢。春秋战国时，国势强盛，疆域扩大。其后渐弱，屡败于秦，迁都至陈。

〔3〕恨：遗憾。

芝山望[1]

吴楚分何代[2]，乾坤此郡孤[3]。江从树里断，山入雨中无。战斗名空在，英雄世与徂[4]。酒酣抚长剑[5]，极目尽重湖。

〔1〕本诗慨叹功业易逝,英雄不再,壮志难酬。颔联写景,对仗工稳,极富诗情画意。芝山,山名,在江西鄱阳县北,为城郊名胜。初名土素山,唐刺史薛振于山巅得芝草三茎,因改名。宋江万里罢相后,闻襄樊陷于元兵,乃于芝山凿池,名其亭曰"止水"。及饶州城破,万里自投池死。见《宋史·江万里传》、《读史方舆纪要·饶州府鄱阳县》。

〔2〕吴楚:见《团山登望》注〔2〕。

〔3〕乾坤:天地。

〔4〕"战斗"句:慨叹江万里精忠报国而终于失败的悲剧命运。徂,死亡,通"殂"。

〔5〕"酒酣"句:抚剑是希望有所作为,或者胸中有不平之事。贾岛《剑客》云:"十年磨一剑,霜刃未曾试。今日把示君,谁有不平事?"

赴新喻[1]

露树且乌啼,孤舟晨向西。萧滩千百转[2],昏暮到罗溪[3]。古驿屯云密,平沙没日低。扬帆更前去,月夜不须迷。

〔1〕本诗写赴新喻途中所见。啼乌、孤舟、古驿、平沙,均营造出一种恬淡清新的意境。新喻,县名。唐大宝时以新渝改名,明洪武初改为新喻县,治所在今江西省新余市南。

〔2〕萧滩:萧滩驿,北宋置,在今江西樟树市临江镇。

〔3〕罗溪:即罗溪驿。明置,在今江西新余市东罗坊镇。

郁孤台[1]

朔日送客返[2],慨然登郁孤。悲歌为闽广[3],指顾尽江湖。南俗羌夷杂[4],北流章贡俱[5]。兵舸尚满眼[6],绎绎诣饶都[7]。

〔1〕江西赣州的郁孤台,历代诗人多有题咏。此诗表达了诗人对战事的忧虑。郁孤台,在今江西省赣州市西南,一名望阙,唐、宋时为一郡形胜之地。赣江经此向北流去。

〔2〕朔日:农历每月的初一日。

〔3〕闽广:指福建广东一带。

〔4〕羌夷:指少数民族。羌,我国古代西部民族之一。夷,古代对东方少数民族的称呼。

〔5〕章贡:即章水与贡水,赣江的支流。章水源出崇义县聂都山,东北流经大庾、南康、入赣县,与贡水合流为赣江。

〔6〕兵舸(gě 葛):运兵的船。舸,大船。

〔7〕绎绎:光盛貌。饶都:即饶州府。明初以鄱阳府改置,治所在今江西鄱阳县。

与骆子游三山陂三首(选一)[1]

其二

丘壑胸应满[2],乾坤眼独真。扬鞭指河洛[3],立马说周秦[4]。古墓笙歌地,前朝战伐尘[5]。秋风飒飒起,白草正愁人[6]。

[1] 本组诗共三首,此选一首。当为李梦阳罢官回大梁后所作。诗中抒发了作者被诬陷罢官后内心的苦闷和愤怒之情。诗人俯仰千载,看到历代兴亡荣辱不过转眼即逝,慷慨中有悲凉之意。骆子,不详。三山陂,地名,大梁附近。

[2] 丘壑:本指深山幽谷,后来也称人思虑深远为胸中有丘壑。

[3] 河洛:黄河与洛水,也指黄河与洛水流域地区。《史记·封禅书》:"昔三代之君居,皆在河洛之间。"

[4] 周秦:周朝和秦朝,其发源地和都城(西周)皆在关中一带。

[5] "古墓"二句:意谓现在看到的古墓原来是歌舞兴盛之地,一些地方还遗留着前朝战伐的痕迹,可是这些早已随着历史远去。颇有今昔沧桑之感。

[6] 白草:我国西北地区所产之草,牛马所嗜。干枯时,成白色,故名。

温将军挽诗[1]

不见千夫勇,谁开百战围[2]?门犹森画戟[3],苔已蚀金衣[4]。俎豆诸郎奋[5],山河奕世辉[6]。黄昏两白鹤,偏绕北邙飞[7]。

[1]此诗歌咏晋代名将温峤的赫赫战功,表现了诗人对他的无限崇敬,也慨叹当时无人能像温峤一样建功立业,为国分忧。情感沉郁悲凉,语言含蓄凝炼,末句寓意深厚,馀味悠长。温将军,即温峤(288—329年),字太真,祁县(今山西祁县)人,东晋政治家。初为司隶都官从事,后举秀才。刘琨请为平北参军,历官上党太守、建威将军、骠骑长史、中书令、江州刺史、骠骑将军等,封始安郡公。卒赠侍中大将军,谥曰忠武。有集十卷。

[2]"不见"二句:意谓温将军武功超群,战功卓著。千夫勇,《史记·淮阴侯列传》:"(韩)信再拜贺曰:'惟信亦为大王不如也。然臣尝事之,请言项王之为人也。项王喑噁叱咤,千人皆废,然不能任属贤将,此特匹夫之勇耳。'"此处指温将军武勇过人。

[3]森画戟:武器繁密排列。森,众盛貌。画戟,古兵器,即戟。后来常作为仪仗之用。

[4]"苔已"句:意谓由于年代久远,塑像已经长了苔藓,剥蚀了它外裹的金衣。

[5]"俎豆"句:意谓一同受祭祀的这些武将曾经同仇敌忾,奋力杀敌。俎(zǔ组)豆,古代宴客、朝聘、祭祀用的礼器。也指祭祀之事。俎,

置肉的几。豆,盛干肉一类食物的器皿。《论语·卫灵公》:"孔子对曰:'俎豆之事,则尝闻之矣;军旅之事,未之学也。'"

〔6〕"山河"句:意谓他们的功劳一代一代地为人们所传诵下去。奕世,累世,一代接一代。

〔7〕北邙:山名。即邙山,在今河南洛阳东北。汉魏以来,王侯、公卿、贵族的葬地,多在于此。

咏　蝉〔1〕

孤清不自掩,浥露且风吟〔2〕。渐送炎蒸月,那知独苦心〔3〕。傍斋栖树稳,响叶度云深。已信一枝足〔4〕,何须上国林〔5〕。

〔1〕诗中以蝉自喻,用比兴的手法寄托自己高洁的人品不能为时所容的苦衷。与骆宾王《在狱咏蝉》有异曲同工之妙。

〔2〕浥露:露水湿润。

〔3〕"那知"句:以蝉自喻,寄托身世之感。与骆宾王《在狱咏蝉》诗"无人信高洁,谁为表予心"同一用意。

〔4〕一枝足:《庄子·逍遥游》:"尧让天下于许由……许由曰:'子治天下,天下既已治也,而我犹代子,吾将为名乎?名者,实之宾也,吾将为宾乎?鹪鹩巢于深林,不过一枝;偃鼠饮河,不过满腹。归休乎君,予无所用天下为!庖人虽不治庖,尸祝不越樽俎而代之矣。'"此处指知足长乐的人生态度。

〔5〕上国林:京师、首都的园林。

咏庭中菊[1]

亦随群草出,能后百花荣[2]。气为凌秋健,香缘饮露清[3]。细开疑避世[4],独立每含情。可道蓬蒿地,东篱万代名[5]。

〔1〕诗中借咏菊花赞美了不慕虚名、傲世独立、品行高洁的隐士陶渊明的形象。全诗风格流丽,韵味悠长,为李梦阳诗中少有的清丽之作。颈联"细开疑避世,独立每含情"尤为想象奇特,造语新颖,值得仔细咀嚼。

〔2〕"能后"句:意谓菊花在百花开尽之后始开,不与它们争奇斗艳。

〔3〕"气为"二句:上句意谓菊花凌秋开放,因此比他花更为劲健。下句意谓菊花清香淡远是因为秋露的滋润。

〔4〕"细开"句:意谓菊花花瓣细长,不太引人注意,大概是它为了避世隐居。用了拟人手法。避世,逃避世务而隐居。

〔5〕"东篱"句:陶渊明《饮酒》诗"采菊东篱下,悠然见南山"为后世所传诵不休,菊花和陶渊明化为一体,成了隐逸的代名词。

在狱闻余师杨公诬逮获释,踊跃成咏十韵[1]

六苑中丞府[2],三边大将旗[3]。先皇亲授钺,报主独搴帷[4]。朔漠威名壮,风霜鬓发衰[5]。功高元避赏,道大不容时[6]。丞史轻周勃[7],朝廷重子仪[8]。未论遭鹏鸟[9],先已纵涂龟[10]。北固潜夫早[11],东山起谢迟[12]。蛟龙没海阔,日月倒江垂。杖履金山寺,文章铁瓮碑[13]。终颁陆贽诏[14],四海渐疮痍[15]。

〔1〕《明史纪事本末》:"(正德三年三月)逮前总制三边都御史杨一清下狱,寻释之。先是,一清巡边,上疏陈战守之策,请复守东胜,开屯田数百里……一清遂兴筑边墙,克期完工。"《明史·杨一清传》:"而刘瑾憾一清不附己,一清遂引疾归。其成者(指杨一清筑边墙事),在要害间仅四十里。瑾诬一清冒破边费,逮下锦衣狱。大学士李东阳、王鏊力救得解。仍致仕归,先后罚米六百石。"此时李梦阳也被刘瑾矫诏下于锦衣卫狱,作者感时愤世,对杨一清功高见嫉深表同情,并揭露了阉党的穷凶极恶和朝政腐败。

〔2〕六苑:代指朝廷。中丞:官名。汉御史大夫下设两丞,一称御史丞,一称中丞。中丞居殿中,故以为名。掌管兰台图籍秘书,外督部刺史,内领诸御史,受公卿奏事,举劾案章。因负责察举非法,故又称御史中执法。明初设督察院,其中副都御史职位相当于御史中丞。

〔3〕三边:明代称延绥、甘肃、宁夏为"三边"。杨一清曾为总制三边都御史。

〔4〕"先皇"二句:意谓先皇(孝宗)曾亲自授予杨一清兵权。杨一清为报主知遇之恩,所以奋不顾身。钺,古兵器,用于斫杀,状如大斧,有穿,安装长柄。搴帷,参看《送仲副使赴陕西》注〔11〕。

〔5〕"朔漠"二句:谓杨一清在边疆屡立战功,声名传遍大漠,可是由于军旅劳累,他过早地衰老了。

〔6〕"功高"二句:谓杨一清功勋卓著,应该及早功成身退;因为现

在朝政黑暗,他忠心为国的赤诚没人能够理解,却认为他贪恋功名利禄。功高不赏,《史记·淮阴侯列传》:"(蒯通说韩信曰:)'今足下戴震主之威,挟不赏之功,归楚,楚人不信;归汉,汉人震恐:足下欲持是安归乎?夫势在人臣之位而有震主之威,名高天下,窃为足下危之。"不容时,"时不容"的倒装。

〔7〕"丞史"句:指杨一清下狱受辱事。《史记·绛侯世家》:"其后人有上书告勃欲反,下廷尉。廷尉下其事长安,逮捕勃治之。勃恐,不知置辞。吏稍侵辱之。勃以千金与狱吏。"丞史,秦汉中央和地方官吏的助理官。令吏称令史,丞吏称丞史。

〔8〕"朝廷"句:唐军在相州战败之后,宦官鱼朝恩乘机向皇帝进谗,削去郭子仪的兵权。后来史思明屡陷重镇,朝廷因此重新起用郭子仪。见《新唐书·郭子仪传》。这里借指杨一清。

〔9〕"未论"句:汉初贾谊谪居长沙,作《鵩鸟赋》,抒发自己怀才不遇的抑郁不平的情绪。鵩鸟,李善注引晋灼曰:"《巴蜀异物志》曰:'有鸟小如鸡,体有文色,土俗因形名之曰鵩,不能远飞,行不出域。'"今俗名猫头鹰。长沙古俗,认为鵩是不祥之鸟,至人家,主人死。

〔10〕纵涂龟:《庄子·秋水》:"庄子钓于濮水。楚王使大夫二人往先焉,曰:'愿以境内累矣!'庄子持竿不顾,曰:'吾闻楚有神龟,死已三千岁矣。王巾笥而藏之庙堂之上。此龟者,宁其死为留骨而贵乎?宁其生而曳尾于涂中乎?'二大夫曰:'宁生而曳尾涂中。'庄子曰:'往矣!吾将曳尾于涂中。'"此处意谓过无拘无束的生活。

〔11〕"北固"句:谓杨一清还不必归隐山野,以著书为事。东汉王符性耿直,不谐流俗,因此郁郁不得志,乃隐居著书,有《潜夫论》十卷,评论时政得失,反对谶纬迷信。不欲显名,故以"潜夫"为名。北固,北固山,在今江苏镇江。杨一清曾寓京口(镇江),故有此说。

〔12〕"东山"句:谓杨一清终究会像东晋谢安一样,再次出山为国

效力。东晋谢安(字安石)初为佐著作郎,因病辞官,隐东山。朝廷屡召不仕,时人因言:"安石不肯出,将如苍生何?"年四十出为桓温司马,迁中书令,官至司徒。后来指挥晋军在淝水大败前秦军。后因以"东山起"为隐士出仕的典故。

〔13〕"杖履"二句:意谓杨一清无军旅之累,正好可以游览各地名山胜水,写出不朽的文章。金山寺,在江苏镇江市西北金山上。东晋时创建,原名泽心寺,自唐起通称为金山寺。殿宇楼台,依山而建,向为国内佛教禅宗名寺。铁瓮,即铁瓮城。江苏镇江子城。相传为吴王孙权所建,内外接甃以甓。以其坚固如金城,故号铁瓮城。

〔14〕"终颁"句:谓朝廷一定会重新起用杨一清。陆贽,唐苏州嘉兴人,字敬舆。大历六年(771)进士,德宗召为翰林学士。朱泚之乱时从帝至奉天,诏书多出贽手,时号"内相"。官至中书侍郎、门下同平章事。这里以杨一清比为陆贽。

〔15〕"四海"句:谓天下百姓已经遭受宦官的涂毒。疮痍,创伤。也比喻人民疾苦。

赦归,冬日宴刘氏园庄十四韵[1]

脱难旋疆里[2],行歌入宋中[3]。阴阳双转毂,天地一飞蓬[4]。忆昨遭拘縶[5],悲伤途路穷[6]。邹生犹雨雹[7],列子竟乘风[8]。归作墟中叟[9],来从河上公[10]。壶觞聊假日,村坞坐书空[11]。卜筑刘园丽[12],芳菲汉苑通[13]。冬亭饶雾露,阳井下霜虹。候暖冰桃熟,林空晚柿红。玉芝穿曲槛[14],青篠蔽虚栊[15]。乐极悲心发[16],时违感慨雄[17]。古人随蔓草,吾道付冥鸿[18]。去鲁情难忍[19],游梁迹岂同[20]。重思窃符子,揽泪宋门东[21]。

〔1〕正德元年(1506),李梦阳曾为户部尚书韩文起草弹劾宦官的奏疏,因事不密,被刘瑾等先发制人,许多正直官员都受到刘瑾的迫害,李梦阳也被勒令致仕。正德二年,刘瑾因李梦阳曾起草奏疏而耿耿于怀,要致之于死地而后快。因此罗织罪名,将李梦阳从大梁押解到北京下锦衣卫狱。正德三年,因康海、何景明等人营救才脱难回乡。此诗当作于正德三年冬李梦阳被赦归后。诗中表现了作者对黑暗现实的强烈不满。

〔2〕脱难:脱离苦难,指出狱。旋:返还,归来。疆里:故乡。

〔3〕行歌:漫步歌吟。宋中:即汴梁一带。

〔4〕"阴阳"二句:意谓天地万物变化异常迅速,成败、祸福转眼即逝,天地也像飞蓬一样难以把握,更何况个人的命运。阴阳,古代以阴阳解释万物化生,凡天地、日月、昼夜、男女以至脏腑、气血皆分属阴阳。转毂,车轮转动,喻迅速。

〔5〕拘絷(zhí 直):拘押。

〔6〕途路穷:指无路可走,没有希望。《晋书·阮籍传》:"时率意独驾,不由径路,车迹所穷,辄恸哭而返。"

〔7〕"邹生"句:邹衍,战国齐临淄人。深观阴阳消息,好为迂怪之谈。相传他被谮下狱,曾仰天大哭,时值夏天,上苍感动,竟然降霜。后来以"六月飞霜"比喻冤狱。也许作者记错了,认为降冰雹。

〔8〕"列子"句:意谓他也将学列子高蹈出世。《庄子·逍遥游》:"夫列子御风而行,泠然善也,旬有五日而后反。彼于致福者,未数数然也。此虽免乎行,犹有所待者也。"

〔9〕墟中叟:乡村老人。

〔10〕河上公：相传西汉时道家人物。姓名不详。在河滨结草为庵，因以为号。《史记》称"河上丈人"。精研老子学说。汉文帝推崇道家，常遣使往问《道德经》经义。

〔11〕"壶觞"二句：意谓自己或者借饮酒打发闲暇的时光，或者在村庄里闲坐读书。

〔12〕卜筑：择地建屋。刘园：即题中所谓"刘氏庄园"。

〔13〕汉苑：即梁苑，见《忆昔行别阎侃》注〔7〕。

〔14〕玉芝：芝草，以色白如玉而名，亦名白芝。曲槛：曲折的栏杆。

〔15〕青篠(xiǎo小)：绿竹。篠，小竹。

〔16〕"乐极"句：中国古人有强烈的忧患意识，认为事物发展总是物极必反，欢乐必会有悲哀。王勃《滕王阁序》："天高地迥，觉宇宙之无穷；兴尽悲来，识盈虚之有数。"

〔17〕时违：与时相违，这里指不为当道者所容。

〔18〕"吾道"句：谓自己的政治理想和主张不能实现，只好避世隐居。冥鸿，高飞的鸿雁。李贺《高轩过》："我今垂翅附冥鸿，他日不羞蛇作龙。"后用以比喻避世隐居的人。

〔19〕"去鲁"句：谓自己虽然屡遭贬斥，可仍像孔子一样难忘国家。《史记·孔子世家》："孔子贫且贱。及长，尝为季氏史，料量平；尝为司职吏而畜蕃息。由是为司空。已而去鲁，斥乎齐，逐乎宋、卫，困于陈、蔡之间，于是反鲁。"

〔20〕"游梁"句：谓孟子与自己都曾来到大梁，都不为时所用。《史记·孟子荀卿列传》："（孟子）道既通，游事齐宣王，宣王不能用。适梁，梁惠王不果所言，则见以为迂远而阔于事情。"

〔21〕"重思"二句：谓侯嬴和朱亥能够得到信陵君的礼遇，窃符救赵，立下奇功。可是现在没有信陵君这样的贤人。"窃符救赵"，事见《史记·魏公子列传》。揽泪，拭泪。宋东门，指北宋都城汴梁城东门。

鄱阳湖十六韵[1]

太祖平陈日[2],楼船下此湖[3]。波涛留壮色,天地见雄图。水上开黄屋[4],云中下赤乌[5]。士犹询后载[6],戈已倒前徒[7]。力屈鲸鲵仆[8],声回雁鹜呼[9]。横江收玉笥[10],跨海定金符[11]。文轨遥通楚,梯航讫至吴[12]。虎贲虽莫敌[13],龙战岂全辜[14]。血染犹丹草,骨沉空白芦[15]。汀洲夜寂寂[16],霜月鬼呜呜[17]。杀气氤氲徙[18],腥风岛屿孤。晋人拾古镞[19],艇客慨秋菰[20]。伟彼高光烈[21],还将萧邓须[22]。英雄协睿算[23],勇奋想长驱[24]。剑瘗神仍王[25],舟焚势与徂[26]。康山巍庙在[27],忠武激顽夫[28]。

〔1〕公元1360年,陈友谅率领强大的水军,进攻应天府,想并吞朱元璋的地盘。他用重兵围攻洪都(今江西南昌)城,朱元璋调集二十万军队来救洪都,与陈友谅在鄱阳湖展开殊死决战。两军主力相遇于湖中康郎山水面上,朱元璋用火攻的办法,烧毁了敌军的大船,陈军大败,陈友谅也中箭而死。这次大战为朱元璋消灭南方割据势力、进一步统一全国打下了基础。

〔2〕太祖:即明太祖朱元璋。

〔3〕楼船:楼船是一种具有多层建筑和攻防设施的大型战船,外观似楼,故曰楼船。汉代大型战舰"楼船"高十馀丈。三国时东吴建成五层战船,可载兵三千人。楼船不仅外观巍峨威武,而且船上列矛戈,树旗

帜,戒备森严,攻守得力,宛如水上堡垒。

〔4〕黄屋:古代皇帝车上用黄缯做里子的车盖。《史记·南越列传》:"乃乘黄屋左纛,称制。"此处指皇帝的仪仗。

〔5〕赤乌:赤色的鸟,古代传说中的瑞鸟。

〔6〕"士犹"句:谓陈军还在关心他们的辎重。后载,船后装载的辎重等物。

〔7〕"戈已"句:指陈友谅的士兵已经倒戈投降。

〔8〕"力屈"句:意谓陈友谅大势已去,国家倾覆。鲸鲵,大鱼名。比喻凶恶的敌人。《左传·宣公十二年》:"古者明王伐不敬,取其鲸鲵而封之,以为大戮。"杜预《注》:"鲸鲵,大鱼名,以喻不义之人吞食小国。"仆,向前跌到。

〔9〕雁鹜:鹅和鸭。《战国策·燕策二》:"太后曰:'赖得先王雁鹜之余食,不宜臞。臞者,忧公子之且为质于齐也。'"

〔10〕玉笥:山名,在江西省吉安市峡江县。《明一统志》载:"玉笥山,在新淦县南六十里。旧名群玉峰,道书为第十七洞天第八福地。相传汉武帝时有玉笥降坛上,因名。"

〔11〕金符:古代帝王授予臣属的信物,包括铜虎符、金鱼符、金符牌等。谢朓《思归赋》:"拖银黄之沃若,剖金符之陆离。"

〔12〕"文轨"二句:指朱元璋统一了江南各地,版图进一步扩大。文轨,文字和车轨。古代以同文轨为国家统一的标志。《礼记·中庸》:"今天下车同轨,书同文。"引申指疆域。彭孙贻《明诗钞》作"文轨"。梯航,梯与船。登山渡水的工具。

〔13〕虎贲:勇士的通称。《战国策·楚策一》:"秦地半天下,……虎贲之士百馀万。"

〔14〕龙战:指朱元璋和陈友谅发动的兼并战争。

〔15〕"血染"二句:写当时战争的惨烈程度。丹草,草的美称。江

淹《扇上彩画赋》:"碧台寂兮无人,蔓丹草与朱尘。"白芦,白色的芦苇。

〔16〕汀洲:水中小洲。《楚辞·九歌·湘夫人》:"搴汀洲兮杜若,将以遗兮远者。"

〔17〕霜月:即秋月。《礼记·月令》:"孟秋之月寒蝉鸣,仲秋之月鸿雁来,季秋之月霜始降。"

〔18〕鼋(yuán元):大鳖。鼍(tuó陀):鳄鱼的一种。见《画鱼歌》注〔12〕。

〔19〕罾(zēng增)人:渔人。罾,鱼网。《说文》:"钓饵网罟罾笱之知多,则鱼乱于水矣。"古镞:前代的箭头。

〔20〕艇客:游客。菰:多年生草本植物,生在浅水里,嫩茎称"茭白"、"蒋",可做蔬菜。果实称"菰米"、"雕胡米",可煮食。

〔21〕"伟彼"句:意谓明太祖朱元璋英明神武,建立了不朽功业。

〔22〕"还将"句:意谓朱元璋的成功也得力于各位才能出众的文臣武将。萧,指萧何。他曾辅佐汉高祖刘邦平定天下。邓,指邓禹。他亦辅佐汉光武帝刘秀取得了天下。这里代指朱元璋麾下的文臣武将。

〔23〕睿算:圣明的决策。白居易《贺平淄青表》:"皇灵有截,睿算无遗。妖氛廓清,遐迩庆幸。"

〔24〕长驱:不停顿地策马快跑。形容进军迅猛,不可阻挡。《战国策·燕策二》:"轻卒锐兵,长驱至国。"

〔25〕瘗(yì易):埋。

〔26〕"舟焚"句:指朱元璋用火攻烧毁陈友谅战船,陈则一败涂地。徂,《尔雅》:"徂,往也。"亦指死亡。《孟子·万章上》:"二十有八载,放勋乃徂落,百姓如丧考妣。"

〔27〕"康山"句:康山也叫康郎山,是鄱阳湖中最大的一个岛。元末朱元璋和陈友谅大战于此。朱元璋取胜以后,曾在此地建忠臣庙纪念阵亡的将士韩成、丁普朗等三十六人。

〔28〕"忠武"句：意谓那些忠勇忘身的先烈可以激发后人为国出力的热情。顽夫，顽，通"忨"。《孟子·万章下》："故闻伯夷之风者，顽夫廉，懦夫有立志。"赵岐注："顽贪之夫。"

送陈宪使淮上兵备[1]

世径转蓬勤，清秋袯一分[2]。揽绥霜日肃[3]，前路鼓笳闻。诛卯元兼武，出师非乏文[4]。渤光摇组练，淮色变风云[5]。阵偃龙蛇互，威行虎豹群。檄须陈记室[6]，客有孟参军[7]。校猎归常月[8]，投壶醉每曛[9]。椎牛将士饱[10]，卖剑妇男耘[11]。河伯黄楼压[12]，芒砀赤气殷[13]。徐人信慓悍，楚壤郁氤氲[14]。诸盗山东起，长驱宇内焚[15]。斯邦实兀兀，朝论日纷纷[16]。挽漕初疑阻[17]，提兵竟策勋[18]。疮痍鉴不远[19]，喉胁仗须君[20]。鹗击豺狼伏[21]，春敷草木薰。异时功业地，壖海接江渍[22]。

〔1〕正德年间，朝政腐败，灾荒不断，民不聊生，各地农民起义风起云涌，明廷不断调兵遣将镇压农民起义。此诗为送别诗。诗人由于历史局限，对镇压农民起义抱支持的态度，但他用写实的笔法记载了当时异常尖锐的阶级矛盾，以及农民起义声势浩大的历史事实，可以作为"诗史"来读。陈宪使，不详。宪使，即按察使。官名。唐初仿汉刺史制设立，赴各道巡察，考核吏治。历代多有沿革。明初复置，为各省提刑按察使司的长官，主管一省司法，又设按察分司，分道巡查。中叶后各地多设巡抚，按察使成巡抚属官。

〔2〕"世径"二句:意谓人世犹如飞蓬飘转,不可把握,在清秋时节又要和你分手告别。分袂,分手告别。袂,衣袖。

〔3〕揽绥:即揽辔,上车时抓住绳索。绥,上车时抓的绳索。《后汉书·范滂传》:"时冀州饥荒,盗贼群起,乃以滂为清诏使,按察之。滂登车揽辔,慨然有澄清天下之志。"后因以"揽辔澄清"指官吏初到职任即能澄清政治,稳定乱局。

〔4〕"诛卯"二句:以孔子和诸葛亮作比,赞扬陈宪使文武全才。诛卯,《论语集注·序说》:"十四年乙巳,孔子年五十六,摄行相事,诛少正卯,与闻国政。三月,鲁国大治。"出师,指《出师表》。诸葛亮出兵伐魏,作《出师表》以劝戒后主。

〔5〕变风云:指战争形势变化。

〔6〕陈记室:即陈琳。字孔璋,东汉广陵射阳人。初为何进主簿,后归袁绍,尝为绍作檄文,数曹操罪状。绍败归操,操爱其才而不咎,以为记室。见《三国志·王粲传》附。

〔7〕孟参军:即孟嘉。字万年,晋江夏人。少有才名,太尉庾亮领江州,任为从事,后为桓温参军。性嗜酒,饮多而举止不乱,自称得酒中真趣。见《晋书·桓温传》附。

〔8〕"校猎"句:谓出围打猎经常迟归。校猎,设栅栏以便圈围野兽,然后猎取。

〔9〕"投壶"句:谓与人宴饮经常大醉。投壶,古人宴会时的游戏。设特制之壶,宾主依次投矢其中,中多者为胜,负者饮酒。醺,醉。

〔10〕椎牛:杀牛。

〔11〕卖剑:用龚遂卖剑买牛的典故。据《汉书·龚遂传》载,龚遂在汉宣帝时任渤海太守,"见齐俗奢侈,好末技,不田作,乃躬率以俭约,劝民务农桑。……民有带持刀剑者,使卖剑买牛,卖刀买犊。"

〔12〕河伯:河神。黄楼:疑即黄鹤楼。故址在湖北武汉市蛇山的黄

鹄矶,临长江。

〔13〕芒砀:见《送蔡帅备真州》其一注〔3〕。紫气:祥瑞的光气。多附会为帝王、圣贤或宝物出现的先兆。

〔14〕"徐人"二句:是说徐地的人的确很骠悍,楚地也战云弥漫。徐,九州之一,其地约当今山东南部与江苏长江以北地区。楚,古国名。周代诸侯国。在今湖北、湖南一带。氤氲,云烟弥漫貌。此处比喻战云弥漫。

〔15〕"诸盗"二句:谓山东一带的农民起义转战各地,对国家造成了莫大的损害。

〔16〕"斯邦"二句:谓此地亦是岌岌可危,可是朝中大臣还在争论不休。兀兀,昏沉貌。

〔17〕挽漕:通过水路输挽粮食。

〔18〕策勋:谓记功于策。

〔19〕疮痍:创伤。也比喻人民疾苦。

〔20〕"喉胁"句:意谓守卫国家战略要地全仰仗你了。喉胁,咽喉和两肋,俱为人体要害。此处比喻战略要地。

〔21〕"鹗击"句:意谓只要进行迅速而猛烈的打击,敌人就会败走。鹗,鸟名。雕属。性凶猛,背褐色,头顶颈后腹部白色,嘴短脚长,趾具锐爪,栖水边,捕鱼为食。豺狼,对起义军的蔑称。

〔22〕堧(ruán)海:海边空地。江濆:江边。

陶行人宅赠[1]

大道僧门对,萧然陶舍深。未论五杨柳[2],真悬一素琴[3]。坐向霜烟夕,时闻鸿雁音。城笳流海思,边月起秋阴。苦劝蒙腾醉[4],应怀长别心。但看得云翼,冥冥谁竟寻[5]?

〔1〕此诗为赠友诗。诗中巧妙地用同姓说起,称赞友人与陶渊明不但同姓,而且具有陶的高洁和潇洒,并对友人的热情好客深表赞扬。诗末祝愿友人有朝一日可以青云直上,语带双关,可谓情意无限。陶行人,疑即陶骥。明俞汝楫《礼部志稿》卷四十三载:陶骥,字良伯,直隶华亭人,乙丑进士,正德七年任礼部员外郎。李梦阳《空同集》卷十二有《九子咏·陶行人良伯》诗。行人,官名。《周礼·秋官》有行人,管朝觐聘问。春秋、战国时各国都有设置。汉代大鸿胪属官有行人,后改称大行令。明代设行人司,复有行人之官,掌传旨、册封等事。

〔2〕五杨柳:晋陶渊明以宅旁有五株柳树,因作《五柳先生传》以自况。这里以陶行人比陶渊明。

〔3〕"真悬"句:意谓陶行人很有雅致。《晋书·陶渊明传》:"(陶渊明)性不解音,而畜素琴一张,弦徽不具,每朋酒之会,则抚而和之,曰:'但识琴中趣,何劳弦上声!'"

〔4〕蒙腾醉:大醉的样子。

〔5〕"但看"二句:意谓陶行人也将高蹈出世,不与世沉浮。《庄子·逍遥游》:"北冥有鱼,其名为鲲。鲲之大,不知其几千里也;化而为鸟,其名为鹏。鹏之背,不知其几千里也;怒而飞,其翼若垂天之云。是鸟也,海运则将徙于南冥。南冥者,天池也。"也可以理解为青云直上,官运亨通。

桂殿[1]

桂殿芝房曙色通[2],垂垂苑柳绿烟中。桑乾斜映千门月〔3〕,碣石长吹万里风〔4〕。已有金吾严御陌〔5〕,遥传玉辂下斋宫〔6〕。侍臣鹄立松荫里〔7〕,时倚红云望碧空。

〔1〕此诗描写百官早朝的景象,庄严肃穆,历历如画。桂殿,对寺观殿宇的美称。此处指后妃所住的深宫。骆宾王《上吏部侍郎帝京篇》:"桂殿阴岑对玉楼,椒房窈窕连金屋。"
〔2〕芝房:指华丽芳香的宫室。此处指后妃所住的后宫。
〔3〕桑乾:河名,即桑乾河,今永定河之上游。相传每年桑葚成熟时河水干涸,故名。李白《战城南》诗:"去年战,桑乾源;今年战,葱河道。"
〔4〕碣石:见《天马》注〔8〕。
〔5〕金吾:即金乌。传说中的鸟名。相传日中有三足乌,为神鸟。汉掌管京师的长官为"执金吾"。《汉书·百官公卿表》颜师古注:"金吾,鸟名也,主辟不祥。天子出行,职主先导,以御非常,故执此鸟之像,因以名官。"御陌:皇帝专用的官道。
〔6〕玉辂:古代帝王所乘之车,以玉为饰。《淮南子·俶真训》:"是故目观玉辂琬象之状,耳听《白雪》清角之声,不能以乱其神。"注:"玉辂,王者所乘,有琬琰象牙之饰。"
〔7〕鹄立:如鹄延颈而立,形容盼望等待。

秋怀〔1〕

其一

龙池放舶他年事〔2〕,坐对南山忆往时〔3〕。紫阁峰如欺太白[4]，昆吾山自绕皇陂[5]。双洲菡萏秋堪落[6]，乱水蒹葭晚更悲[7]。谷口子真今得否[8]，攀云骑马任吾之。

〔1〕李梦阳《秋怀》八首，盖拟杜少陵《秋兴八首》之体。秋怀，因秋而感怀。这八首诗以怀古为依托，抒发了作者对时事的感慨。于凄清哀怨之中，具有沉雄博丽的意境。组织严密，格律精工，足以追步少陵，是李梦阳七言律诗的代表作。朱彝尊《明诗综》："穆敬夫云：'诸作如云屯高岭，风涌飞流。'"

〔2〕龙池：池名。一处在四川。此处指陕西省西安市之龙池。唐玄宗登帝位前旧宅在皇城内兴庆宫，宅东有井，忽涌为小池，常有云气，或见黄龙出其中。景龙中其沼浸广，因名龙池。见《唐六典·兴庆宫》注。

〔3〕南山：见《寄康修撰海》其一注〔2〕。

〔4〕紫阁峰：终南山山峰名，以日光照射灿然呈紫色而名。在西安市鄠邑区东南，其阴即渼陂。太白：山名，即终南山。于诸山中最为秀出，冬夏积雪，望之皓然，故名太白。杜甫《秋兴八首》其八："昆吾御宿自逶迤，紫阁峰阴入渼陂。"

〔5〕昆吾山：山名。《山海经·中山经》："又西二百里曰昆吾之山，其上多赤铜。"皇陂：见《送人还关中》注〔6〕。

〔6〕菡萏：见《去妇词》注〔3〕。

〔7〕蒹葭：蒹，荻；葭，芦苇。俱为常见水草。《诗经·秦风·蒹葭》："蒹葭苍苍，白露为霜。所谓伊人，在水一方。"

〔8〕谷口：见《送人还关中》注〔5〕。子真，即郑朴。字子真，汉襃中人，隐居谷口，修道守默，耕于岩石之下，号"谷口子真"。汉成帝时大将军王凤礼聘之，不应，名动京师。后以"谷口子真"指隐居躬耕、修身自保的隐士。见《汉书·王贡两龚鲍传序》。杜甫《江雨有怀郑典设》："谷口子真正忆汝。"

其二

庆阳亦是先王地〔1〕,城对东山不窋坟〔2〕。白豹寨头惟皎月〔3〕,野狐川北尽黄云〔4〕。天清障塞收禾黍〔5〕,日落溪山散马群。回首可怜鼙鼓急〔6〕,几时重起郭将军〔7〕?

〔1〕"庆阳"句:意谓庆阳也是先王创业的地方。《史记·周本纪》:"后稷卒,子不窋立……不窋以失其官而奔戎狄之间。不窋卒,子鞠立。鞠卒,子公刘立。公刘虽在戎狄之间,复修后稷之业,务耕种,行地宜,自漆、沮度渭,取材用,行者有资,居者有畜积,民赖其庆。百姓怀之,多徙而保归焉。周道之兴自此始,故诗人歌乐思其德。"《正义》引《括地志》云:"不窋故城在庆州弘化县南三里。即不窋在戎狄所居之城也。"庆阳,汉为郁郅县,属北地郡。隋唐改为庆州,宋又改为庆阳府。明清因之。今属甘肃省。

〔2〕不窋(zhù住):周王朝始祖后稷之子。不窋故城在今甘肃庆阳市。见本诗注〔1〕。

〔3〕白豹寨:在今甘肃省庆阳市东北。《庆阳府志》:"白豹寨,在府城东北二百里,宋白豹城也。范仲淹筑。明初改为寨。"

〔4〕野狐川:地名,在今甘肃省永登县。清梁份《秦边纪略·庄浪北边》:"野狐川,在岔口西,沙金沟后,地为远,与煤炭沟为邻。"又,俞浩《西域考古录·凉州府》"平番县"载:"野狐川在县境岔口西,沙金沟后,尤为县边远地。"

〔5〕障塞:边塞连绵起伏的群山。障,屏障。

〔6〕鼙鼓:军中所用乐器。白居易《长恨歌》诗:"渔阳鼙鼓动地来,

惊破《霓裳羽衣曲》。"

〔7〕郭将军：即郭子仪。唐代名将，曾为朔方节度使，镇压安史叛军有功。唐军在相州战败之后，宦官鱼朝恩向皇帝进谗，削去郭子仪的兵权。后来史思明屡陷重镇，朝廷因此重新起用郭子仪。见《新唐书·郭子仪传》。

其三

宣宗玉殿空山里[1]，野寺霜黄锁碧梧[2]。不见虎贲移大内[3]，尚闻龙舸戏西湖[4]。芙蓉断绝秋江冷[5]，环珮凄凉夜月孤[6]。辛苦调羹三相国[7]，十年垂拱一愁无[8]。

〔1〕宣宗：明代第五个皇帝朱瞻基的庙号，在位十年，年号宣德。宣宗即位以后，励精图治，与民休息，进用贤臣，朝政肃清，并且亲率兵马征讨叛军和蒙古残馀势力，使明朝的国运进一步兴盛，为国家做出了历史性的贡献。《明史》赞曰："即位以后，吏称其职，政得其平，纲纪修明，仓庾充羡，闾阎乐业。岁不能灾。盖明兴至是历年六十，民气渐舒，蒸然有治平之象矣。若乃强藩猝起，旋即削平，扫荡边尘，狡寇震慑，帝之英姿睿略，庶几克绳祖武者欤。"

〔2〕碧梧：梧桐。杜甫《秋兴八首》之八："香稻啄馀鹦鹉粒，碧梧栖老凤凰枝。"

〔3〕"不见"句：意谓宣宗皇帝励精图治，勤勤恳恳，可他的子孙却非常不争气，整日玩乐，不理朝政。明武宗年间，边将江彬得宠，怂恿武宗调边军入卫。于是集九边突骑家丁数万人于京师。虎贲，勇士的通称。这里指边军。大内，皇宫的总称。

〔4〕龙舸:即龙舟。供帝王游幸水嬉之用。西湖:此处谓北京昆明湖。

〔5〕芙蓉:荷花的别称。

〔6〕环珮:即"环佩",佩玉。多指妇女所佩的饰物。杜甫《咏怀古迹》之三:"画图省识春风面,环佩空归月夜魂。"

〔7〕三相国:指宣宗年间的三位内阁大学士杨士奇、杨溥和杨荣。杨士奇,见《徐子将适湖湘,余实恋恋难别,走笔长句,述一代文人之盛,兼寓祝望焉耳》注〔7〕。杨溥(1372—1446)字弘济,湖广石首(今属湖北)人。建文进士。任编修。永乐时侍皇太子,官至洗马。后因太子遣使迎帝太迟,下狱十年。仁宗即位后释放,任翰林学士。宣宗即位召入内阁,官至礼部尚书。英宗初年,进武英殿大学士。与杨士奇、杨荣同掌国政,并称"三杨"。杨荣(1371—1440)初名子荣,字勉仁,福建建安(今建瓯)人。建文进士。初任编修,永乐时入文渊阁,以多谋能断,为成祖所重,多次随行北巡,升至文渊阁大学士。历永乐、洪熙、宣德、正统四朝内阁,长期辅政。著有《杨文敏集》。

〔8〕"十年"句:意谓宣宗皇帝在位十年,"三杨"辅佐宣宗治理朝政,君臣相得,政通人和,吏民安乐,取得了显著的成绩。借以讽刺武宗朝的政治腐败。垂拱,垂衣拱手。形容无所事事,不费力气。《尚书·武成》:"惇信明义,崇德报功。垂拱而天下治。"后多用以颂扬帝王无为而治。

其四

苑西辽后洗妆楼[1],槛外芳湖静不流[2]。乱世君臣那在眼,异时松柏自深愁[3]。雕阑玉柱留天女[4],锦石秋花隐御舟[5]。万古中华还此地,我皇亲为扫神州[6]。

〔1〕辽后洗妆楼:陈田《明史纪事·丁笺》引《西河诗话》云:"辽后梳妆台址在太液池东小山上,一名琼花岛,即今白塔寺址是也。尝读元时《金台集》,为葛逻禄迺贤所作,中有《妆台》诗甚佳:'废苑莺花尽,荒台燕麦生。韶华如逝水,粉黛忆倾城。野菊金钿小,秋潭玉镜清。谁怜旧时月?曾同日边明。'自注云:'妆台在昭明观后,金章宗尝与李妃夜坐。上曰:"二人土上坐。"妃应声曰:"一月日边明。"故云。'则知是台本辽时后妃游憩之所,不止萧太后也。李空同《秋怀》诗'苑西辽后洗妆楼',徒以叶调之故,易'梳妆'为'洗妆',易'台'为'楼',遂致士人文士争名是非,且有误指桥南诸阁为洗妆楼者。文笔之不可轻下乃尔!"

〔2〕槛外:栏杆外。

〔3〕异时:前时,先时。

〔4〕"雕阑"句:意谓雕有花纹的栏杆和石柱上还留有天女的形象。阑,栏杆。

〔5〕御舟:即龙舟,皇帝乘的船。

〔6〕"我皇"句:意谓明太祖朱元璋亲自扫平天下。神州,指中国。

其五

单于本意慕华风[1],将校和戎反剧戎[2]。遂使至尊临便殿,坐忧兵甲不还宫[3]。调和幸赖惟三老[4],阅实今看有数公[5]。闻道健儿今战死,暮云羌笛满云中[6]。

〔1〕"单于"句:谓少数民族本来很仰慕中华文化。单于,万历本原为"胡奴"。

〔2〕"将校"句:谓边将本来想与少数民族和睦相处,可是却纵容了他们。和戎,与少数民族议和。

〔3〕"遂使"二句:谓边境战事紧张,皇帝即使在休息的时候也不得安心。至尊,极其尊贵。后来多作为皇帝的尊称。便殿,帝王休息宴游的别殿。

〔4〕调和:和合,协调。三老:相传古代天子养有三老五更。这里指朝中重臣。

〔5〕阅实:查对,核实。数公:泛指朝中大臣。

〔6〕"暮云"句:极写边地景物的荒寒,暗喻战事的紧张。羌笛,乐器,原出古羌族。其声凄切。王之涣《凉州词》诗:"羌笛何须怨杨柳,春风不度玉门关。"云中,即云中郡。见《出塞曲》注〔8〕。

其六

大同宣府羽书同[1],莫道居庸设险功[2]。安得昔时白马将,横行早破黑山戎[3]。书生误国空谈里[4],禄食惊心旅病中[5]。女直外连忧不细,急将兵马备辽东[6]。

〔1〕"大同"句:谓大同和宣府都有军情紧急的报告。大同,在今山西大同。宣府,见《内教场歌》注〔7〕。

〔2〕居庸:即居庸关。见《石将军战场歌》注〔16〕。

〔3〕"安得"二句:作者希望能够出现像裴行俭这样能征善战的将军,早日平定边患。白马将,本指唐代节度使李愬。他曾雪夜乘白马入蔡州擒吴元济,故名。这里代指裴行俭。黑山,在今陕西榆林市西南。有黑水流经其下。也称呼延谷。唐调露初,裴行俭大破突厥馀部于此。

见《读史方舆纪要·榆林镇》。

〔4〕"书生"句:作者担忧朝臣因无谓地争论耽误国家大事。

〔5〕"禄食"句:说自己虽然患病在外,可是依然关心国家大事。

〔6〕"女直"二句:意谓女真人在辽东一代不断滋事,更是国家莫大的忧患,希望朝廷紧急调动兵马防御辽东。后来的事实证明作者所见不差。女直,即女真。一说因避辽兴宗名(宗真)而改;一说是女真的另一译写形式。

其七

曾为转饷趋榆塞〔1〕,尚忆悲秋泪满衣〔2〕。沙白冻霜月皎皎,孤城哀笛雁飞飞〔3〕。运筹前后无功伐〔4〕,推毂分明有是非〔5〕。西国壮丁输挽尽〔6〕,近边烟火至今稀〔7〕。

〔1〕"曾为"句:李梦阳于弘治十三年(1500)奉命犒榆林军。转饷,转运粮饷。榆塞,即榆林卫,明成化年间置,为长城线上重要军事重镇。治所在今陕西榆林市。《明史·地理志》:"榆林卫,成化六年三月以榆林川置。其城,正统二年所筑也。西有奢延水,西北有黑水,经卫南,为三岔川流入焉。又北有大河,自宁夏卫东北流经此,西经旧丰州西,折而东,经三受降城南,折而南,经旧东胜卫,又东入山西平房卫界,地可二千里。大河三面环之,所谓河套也。"

〔2〕悲秋:对秋景而感伤。

〔3〕"沙白"二句:极写边塞之荒凉苦寒。孤城,指榆林。

〔4〕运筹:策划谋略。功伐:功劳,功绩。

〔5〕推毂(gū孤):比喻助人成事,或推荐人才,如助人推车毂,使之

前进。

〔6〕西国:西部地区。壮丁:旧时指可以担任劳役的青壮年男子。输挽:运输。挽,车运。《汉书·韩安国传》:"转粟挽输。"

〔7〕"近边"句:意谓战争导致边地人们大量死亡或流离失所。

其八

昆仑北极转天河〔1〕,独马年时向此过〔2〕。渥洼西望迷龙种〔3〕,突厥南侵牧橐驼〔4〕。黄花古驿风沙起,白雪阴山金鼓多〔5〕。况是固原新战斗〔6〕,居人指点说干戈〔7〕。

〔1〕"昆仑"句:谓高峻无极的昆仑山直插霄汉,天河仿佛围绕它运转。昆仑,见《画鱼歌》注〔16〕。天河,即银河。

〔2〕"独马"句:疑指李梦阳犒宁夏军事。弘治十六年(1503),李梦阳奉命犒劳宁夏军。

〔3〕渥洼:水名,在今甘肃瓜州县,党河的支流。《史记·乐书》:"又尝得神马渥洼水中,复次以为《太一之歌》。"后常以渥洼为神马的典故。龙种:谓骏马。

〔4〕突厥:古代阿尔泰山一带的游牧民族。隋唐之际,占有漠北之地,东西万里,分为东西二部,后为回纥所灭。这里指蒙古馀部。橐(tuó驼)驼:即骆驼。

〔5〕"黄花"二句:谓西北一带战事紧张。黄花古驿,即黄花驿,在今甘肃两当县境内。万斯同《明史·地理志》:"两当(县),后魏置有黄花驿,西南有开、宝废县。宋置银冶于此,南有嘉陵江。"阴山,山名,今河套以北、大漠以南诸山的统称。

〔6〕"况是"句:谓固原一带刚经历过战争。固原,明清为固原州,今属宁夏回族自治区。

〔7〕"居人"句:谓当地人指点着战场遗迹诉说当时的战况。干戈,见《得家书寄兄歌》注〔7〕。

雪后朝天宫[1]

马上城中见雪山,白云苍雾满燕关[2]。蓬莱咫尺无人到[3],松柏黄昏有鹤还。当日翠华游物外[4],百年金殿锁人间。浮尘扰扰江湖远[5],怅望岩栖不可攀[6]。

〔1〕此诗写雪后朝天宫的美景,赞美了其宏伟壮丽的气象,也流露出厌倦尘世、超然物外的情思。朝天宫,在北京市皇城西北阜成门内。原址为元之天师府,明宣德八年(1433),诏仿南京朝天宫改建而成。成化十七年(1481)重修。该年所立之《御制重修朝天宫碑》云:"洪武甲子(1384),即皇城(金陵)西北建朝天宫,规模宏敞,视他观宇特异。凡遇朝廷三大节令,百官预习礼于此。……及宣宗章皇帝践祚之八年,因仿南京之规,亦于皇城西北建朝天宫。"刘侗、于奕正《帝京景物略》引明宪宗诗曰:"禁城西北名朝天,重檐巨栋三千间。"可见其规制之宏伟壮丽。

〔2〕燕关:指山海关。元周伯琦《野狐岭》诗:"其阴控朔部,其阳接燕关。"

〔3〕蓬莱:见《纪梦》注〔17〕。

〔4〕翠华:山名,位于西安市长安区东南的终南山中太乙镇,距西安市三十公里。翠华山由山崩形成,其特殊地貌在国内罕见。主要包括

翠华峰、玉安峰、甘湫峰等。游物外：即心游物外,意谓作出世之想,不为世间俗事所牵累。唐许玫《题雁塔》："暂放尘心游物外,六街钟鼓又催还。"

〔5〕扰扰：纷乱貌。《庄子·天道》："胶胶扰扰乎。"

〔6〕岩栖：栖宿在山岩上。指隐居山野。嵇康《与山巨源绝交书》："以此观之,故尧舜之君世,许由之岩栖,子房之佐汉,接舆之行歌,其揆一也。"

晚晴郊望〔1〕

早时鸣雨晚细微,忽有返照来荆扉〔2〕。山禽水禽交止语,桃花梨花相逐飞〔3〕。村村柳条弱欲断,家家麦苗青不稀〔4〕。睡起登楼时极目〔5〕,出云归岫愿何违〔6〕。

〔1〕此诗当为李梦阳闲居大梁时所作,诗中描写了农村美丽的风景,也表现了作者喜爱田园生活的情趣。风格流丽,形象鲜明,可谓"诗中有画"。其中颔联"山禽水禽交止语,桃花梨花相逐飞",洗尽铅华,不事雕饰,传达出作者恬静闲雅的精神世界,历来为人们所称赏。

〔2〕返照：落日回照。荆扉：柴门。

〔3〕"山禽"二句：极写雨后乡村美丽的风光。

〔4〕"村村"二句：细雨过后,柳枝分外柔细；田野里面,家家的麦苗长得很旺,今年有望丰收。弱,柔软。

〔5〕极目：向远处看。

〔6〕"出云"句：意谓自己愿意过乡村恬静安闲的生活。东晋陶渊

明《归去来兮辞》："云无心以出岫,鸟倦飞而知还。"岫(xiù 秀),山洞或山谷。

时 景[1]

梁苑桃花寒复开[2],塞门霜雪雁飞回[3]。天涯涕泪秋偏堕,岁暮阴阳老更催[4]。无病过年游五岳[5],不眠终夜望三台[6]。归鸿渐木终非地[7],浊浪滔天首重回。

〔1〕此诗从反常的气候写起,表现了作者对时事的关心和对国事的担忧,岁月易逝,年华老去,本来已经让作者倍感凄凉,而气候的反常又带给人莫名的惆怅,也许这正反映了当时政治气候的反常,作者内心的焦虑和忧伤可想而知。此诗名为"时景",可谓一语双关。

〔2〕"梁苑"句:意谓天气反常,桃花本来开在春天,现在冬天却开花。古人认为天气反常为不祥之兆。梁苑,园囿名。见《忆昔行别阎侃》注〔7〕。

〔3〕"塞门"句:此句也说事物反常的现象。本来大雁在秋天就已经飞往南方过冬了,现在大雪盈门大雁却飞回来了。

〔4〕"岁暮"句:意谓年终气候反常,阴阳不合,更加年华老去,让他无比焦虑和担忧。

〔5〕五岳:五岳是远古山神崇拜、五行观念和帝王巡猎封禅相结合的产物,后为道教所继承,被视为道教名山,它们是东岳泰山、西岳华山、南岳衡山、北岳恒山、中岳嵩山。

〔6〕三台:星名,为上台、中台、下台共六星,两两相比,起文昌,列抵

紫微。也作三阶,又称泰阶。古代以星象征人事,称三公为三台。《晋书·天文志上》:"在人曰三公,在天曰三台。"

〔7〕"归鸿"句:意谓不祥的征兆。清刘绍攽《周易详说·渐卦》:"六四。鸿渐于木,或得其桷,无咎。桷,榱也。四以阴承阳,合乎女归之义,故有鸿渐于木之象。鸿之栖也,以蹼不以爪,焉能渐木,但四阴木根未高,得桷之象,可以容足,亦无咎也。"

杪夏急雨江州〔1〕

急雨吞江倒石根,吐云匡岳近城门〔2〕。惊雷不下双蛟斗〔3〕,孤电能开九叠昏〔4〕。白昼黄涛翻庾阁〔5〕,苍崖翠木溜陶村〔6〕。乘时诧有扶摇力〔7〕,六月东南见化鲲〔8〕。

〔1〕此诗写在江州遇雨的情景。诗中用铺排和夸张的手法描写了雨势的凶猛。气势雄浑,境界开阔。杪夏,时令的别称。指六月下旬。江州,州,路名。西晋元康元年(291)分荆、扬二州置州。治豫章(今江西南昌市)。历代递有变更,至朱元璋改为九江府。

〔2〕匡岳:即庐山。见《陟峤》注〔9〕。

〔3〕"惊雷"句:意谓雷声滚滚不断,像天空中蛟龙相斗一般。

〔4〕"孤电"句:意指闪电突然划破黑暗的长空。九叠,此处指高远的天空。古人认为天有九重。

〔5〕庾阁:即庾公楼,也叫庾亮楼,位于湖北鄂州市鄂城区古楼街北段。晋庾亮尝任江、荆、豫三州刺史,镇武昌。曾与部属殷浩、王胡之等人登南楼赏月,咏谈竟夕。事见《世说新语》及《晋书》本传。后江州

治移浔阳,好事者遂于此建楼名为庾公楼。《嘉靖九江府志》记载江州十景,为匡庐叠翠、溢浦龙渊、虎渡波光、齐云晚眺、清风揽秀、濂溪古树、栗里苍松、甘棠烟水、浪井涛声、庾阁霄晖(又名庾楼明月)。

〔6〕陶村:指陶渊明的故乡。陶渊明(365—427),字元亮,名潜,东晋浔阳柴桑人。世称靖节先生,自称五柳先生,著名诗人。我国第一位田园诗人。后世称他为"百世田园之主,千古隐逸之宗"。

〔7〕扶摇:又名叫飙,由地面急剧盘旋而上的暴风。《庄子·逍遥游》:"齐谐者,志怪者也。谐之言曰:'鹏之徙于南冥也,水击三千里,抟扶摇而上者九万里。'"

〔8〕化鲲:《庄子·逍遥游》:"北冥有鱼,其名为鲲。鲲之大,不知其几千里也;化而为鸟,其名为鹏。鹏之背,不知其几千里也;怒而飞,其翼若垂天之云。"

野 园〔1〕

春来无雨风常颠〔2〕,野园诸花更可怜〔3〕。轻车快马此何日,弄蕊攀条看远天〔4〕。扑酒游丝低细细〔5〕,近人闲蝶过娟娟〔6〕。真知白日绳堪系,莫使孤城入暮烟〔7〕。

〔1〕此诗对景物的观察极为细腻,诗调亦极轻快。
〔2〕颠:飘荡。
〔3〕可怜:可爱。
〔4〕弄蕊攀条:指赏花游乐。
〔5〕游丝:飘动着的蛛丝。

〔6〕娟娟:明媚美好的样子。

〔7〕"真知"二句:意谓长绳果真能系住太阳,不使之落山的话,他宁愿美好的时光永驻,天不要黑。

雪后上方寺集〔1〕

雪罢园林出碧梧〔2〕,上方楼殿静虚无。日临旷地冰先落〔3〕,云破中天塔自孤。烂漫此堂人醉散,一双何处鹤来呼〔4〕。邀留更待松门月,今夜同君坐玉壶〔5〕。

〔1〕本诗写雪后上方寺宴集,突出寺静、塔高、人醉,诗境空灵。上方寺,在北京市西南房山区之上方山上,也叫兜率寺,殿宇巍峨,风景优美,为北京远郊著名古迹。刘侗、于奕正《帝京景物略·上方山》云:"入岩嵌石,出壑凿空者,最药师殿、华严龛、珠子桥,行行半里,则上方寺矣。……寺左,起一峰,百数十丈,石质润滑,黄间五彩色,上有冠若、柱若,久当堕矣,未堕也。峰下泉,曰一斗泉。泉于峰为下,于上方寺,高踞百尺也。……寺数碑皆明,无隋唐,亦无辽金。夫幽僻,故碑应无毁者。其山自古,其寺自今兹哉。"

〔2〕碧梧:梧桐。见《秋怀》其三注〔2〕。

〔3〕"日临"句:意谓太阳最先照到空旷的地方,这里的冰雪先融。

〔4〕一双何处:"何处一双"的倒装。

〔5〕"邀留"二句:意谓酒阑人散之后,月亮初上,不能成眠,愿意对月畅饮。玉壶,比喻月亮。唐朱华《海上生明月》诗:"影开金镜满,轮抱玉壶清。"

岁暮五首[1]

其一

万木萧萧俱岁暮[2],疏梅修竹可怜风。三河晴雪飞鸿里[3],四海孤城返照中[4]。白首园林惟闃寂[5],紫尘车马自开通[6]。谁堪物序惊前事[7],况复凭高数废宫[8]。

〔1〕这组诗当写于正德八年(1513)冬。正德七年,李梦阳在江西任被诬去官。未几,宁王朱宸濠败,又有人诬告李梦阳与之有牵连,得刑部尚书林俊代为辩解,幸免于难。正德八年,李梦阳寓居广信侯宅,案情终于大白。诗中表现了作者历尽宦海沉浮,备受政治迫害的悲凉心境,慨叹岁月易逝,功业难成。另一方面,作者却是"烈士暮年,壮心不已",希望有所作为,这种百折不挠的精神,值得后人钦佩和学习。

〔2〕萧萧:摇动貌。此处指树木凋零。杜甫《登高》诗:"无边落木萧萧下,不尽长江滚滚来。"

〔3〕三河:地名。汉以河内、河南、河东三郡为三河,即今河南洛阳市黄河南北一带。

〔4〕返照:落日回照。

〔5〕闃(qù去)寂:寂静。

〔6〕紫尘:"紫陌红尘"的省称。指帝都郊外陌上之尘土。刘禹锡《元和十一年自朗州召至京,戏赠看花诸君子》诗:"紫陌红尘拂面来,无

人不道看花回。"

〔7〕"谁堪"句:意谓自然和社会的变化谁也无力阻挡,往事不堪回首。物序,事物次序变化。

〔8〕"况复"句:意谓更何况登高远望,看到的是废弃的前朝宫殿呢!世事无常的感慨,油然而生。凭高,登高。

其二

临除弦管益纷纷〔1〕,考鼓撞钟处处闻〔2〕。蜀锦越罗连夜制〔3〕,彩蛾花胜逼年分〔4〕。流传自是豪华地,怅望能堪日暮云〔5〕。泽草芊芊已新色〔6〕,雁南犹起北风群。

〔1〕弦管:弦乐器和管乐器,泛指乐器。嵇康《声无哀乐论》:"此必为至乐,不可托之于瞽史,必须圣人理其弦管,尔乃雅音得全也。"
〔2〕考鼓:敲鼓。李白《春日行》:"挝钟考鼓宫殿倾,万姓聚舞歌太平。"
〔3〕蜀锦越罗:越,指古代越国,今浙江一带;蜀,指今四川一带。罗、锦,都是精美的丝织品。越地的罗,蜀地的锦。比喻均为特产,各有所长。唐杜甫《白丝行》:"缫丝须长不须白,越罗蜀锦金粟尺。"
〔4〕彩蛾花胜:指衣服上面织绣的精美图案装饰。
〔5〕怅望:见《庚午除日》注〔5〕。
〔6〕芊(qiān 千)芊:草木茂盛貌。《列子·力命》:"美哉国乎,郁郁芊芊。"

其三

堂北融泥云气生,堂南枯树两禽鸣〔1〕。冰霜眼过风须转,岁月心悬老自惊[2]。辞腊酒怜比舍馈[3],迎春花欲上阶明[4]。壮图回首今迟暮[5],点检尘埃笑拂缨[6]。

〔1〕"堂北"二句:极写住处之简陋。
〔2〕"冰霜"二句:意谓寒冷的冬季转眼要过了,本应该高兴;可是岁月流逝,老之将至,不由地让人感伤。
〔3〕辞腊酒:告别腊月酿的酒。比舍:邻舍。馈:赠送。
〔4〕迎春花:木樨科。落叶灌木。枝条细长呈拱形,小枝有角棱。早春花先叶开放,黄色,鲜艳,故名"迎春"。
〔5〕"壮图"句:意谓早年怀有远大的理想和抱负,现在已经年老,无能为力。
〔6〕"点检"句:从尘土中检出长缨拂拭干净,意谓希望有所作为。《汉书·终军传》载,终军在汉武帝时,为谏议大夫,出使南越,请受长缨,羁南越王而致之阙下。缨,拘系人的绳索。

其四

叹往嗟来只自痴[1],未衰那即鬓如丝[2]。同朝鹓鹭云霄隔[3],故国松楸道路疑[4]。园草唤愁偏勃勃,槛梅偷腊故垂垂[5]。端居寂寞无双蒂[6],强食栖迟有一枝[7]。

〔1〕叹往嗟来:意谓慨叹时光流逝。
〔2〕鬓如丝:指头发斑白。
〔3〕"同朝"句:意谓曾和自己同朝为官的人现在和他有天壤之别。鹓鹭,鹓和鹭飞行有序,比喻班行有序的朝官。《隋书·音乐志中》:"怀

黄绾白,鹓鹭成行。文赞百揆,武镇四方。"

〔4〕松楸:即枌榆松楸的省称。谓怀念故乡,悼念亲人。枌榆,指故乡。松楸代指亡故的亲人。

〔5〕"槛梅"句:意谓园中的梅花在腊月开得更加鲜艳。垂垂,软弱无力地下垂的样子。

〔6〕端居:即闲居之意。蒂:花及瓜果与枝茎相连的部分。

〔7〕强食:强饮强食连用,指丰盛的饮食。《周礼·考工记·梓人》:"其辞曰:惟若宁侯,毋或若女不宁侯,不属于王所,故抗而射女。强饮强食,诒女曾孙,诸侯百福。"这里指勉强饮食。栖迟:游玩休憩。《诗经·陈风·衡门》:"衡门之下,可以栖迟。"有一枝:意谓过简单安宁的生活。《庄子·逍遥游》:"鹪鹩巢于深林,不过一枝;偃鼠饮河,不过满腹。归休乎君,予无所用天下为!"

其五

岁当癸酉庐山曲[1],冬尽扁舟记独栖。湖海合冰龙昼立,溪林压雪虎时啼[2]。阴阳晴晦双过鸟,南北行藏一杖藜[3]。今日中原对河岳[4],暮云回首楚江西[5]。

〔1〕癸酉:即明武宗正德八年(1513)。

〔2〕"湖海"二句:极写冬天天寒地冻的景象。湖海结冰,山林积雪,饥虎时时哀啼。

〔3〕行藏:见《庚午除日》注〔4〕。杖藜:持藜茎为杖,泛指扶杖而行。李梦阳时年四十二,即扶杖而行,可见其身心之憔悴。

〔4〕河岳:黄河和五岳。古代祭祀山河的对象,后也泛指山川大地。

〔5〕楚江:泛指古楚地的河流。

春暮丁丑年作[1]

岁岁花时出醉归,伤心今日复芳菲。善开朱杏非双蒂,懒啭黄鹂只自飞[2]。海内诗朋官罢减,城中酒伴病来稀[3]。庭枝烂漫催春暮,日午风香独倚扉。

〔1〕此诗作于明武宗正德十二年(1517),李梦阳卜宅于钧州(今河南禹县)大阳山,葬前妻左宜人。此诗写暮春时节的美景勾起他对往事的回忆,抒发物是人非的身世感慨。情思婉转,哀怨悱恻。

〔2〕"善开"二句:以红杏单开和黄鹂自飞作比,寄托了自己形单影只,孤身飘零的感伤。啭,鸟宛转地鸣叫。

〔3〕"海内"二句:以亲身经历感叹世态炎凉。

无题戏效李义山体[1]

曾倚清酣奏彩毫[2],象床冰簟玉楼高[3]。徐娘老去风情在[4],班女愁来赋兴豪[5]。秦柳日斜伤渭曲[6],楚兰春暮怨湘皋[7]。仙根寂寞昆仑远[8],浪说人间有碧桃[9]。

〔1〕李义山即李商隐,晚唐著名诗人。李商隐善写《无题》诗,辞义隐约,意象朦胧,境界优美,情意缠绵,历来为人们所称赏。元好问《论诗

绝句》云:"望帝春心托杜鹃,佳人锦瑟怨华年。诗家总爱'西昆'好,只恨无人作郑笺。"李梦阳虽云"戏效",创作态度却很严肃,可见他诗法取径很宽,并不画地为牢,固步自封。

〔2〕"曾倚"句:谓曾经乘着酒兴挥毫题诗。奏彩毫,挥笔书写华美的词章。杜甫《秋兴八首》其八:"彩笔昔曾干气象,白头吟望苦低垂。"

〔3〕"象床"句:极写居处之华美。象床,象牙装饰的床。冰簟(diàn 电),精美的席子。

〔4〕徐娘:《南史·梁元帝徐妃传》:"徐娘虽老,犹尚多情。"后因称风韵犹存的中年妇女为"徐娘"。

〔5〕班女:即班婕妤。钟嵘《诗品》:"汉婕妤班姬,《团扇》短章,辞旨清捷,怨深文绮,得匹妇之致。"

〔6〕渭曲:即《渭城曲》,王维作。其诗曰:"渭城朝雨浥轻尘,客舍青青柳色新。劝君更进一杯酒,西出阳关无故人。"

〔7〕湘皋:湘水之岸,泛指楚地。皋,岸,水旁地。

〔8〕昆仑:见《画鱼歌》注〔16〕。

〔9〕浪说:随便说。碧桃:重瓣的桃花。即千叶桃,又名碧桃花。花重瓣,不结实,白色粉红至深红,或洒金。唐郎士元《听邻家吹笙》诗:"重门深锁无寻处,疑有碧桃千树花。"

为园〔1〕

平生走马呼鹰地〔2〕,白首为园学种瓜〔3〕。碧草故邀安石屐〔4〕,青天常满邵雍车〔5〕。围阑换土心真苦〔6〕,绕菊依松径不斜〔7〕。昨遇日晴闲自步,别溪桃李又风花〔8〕。

〔1〕此诗为作者晚年闲居大梁时所作。诗中表现了对功名富贵的淡薄和对田园生活的热爱,也流露出"穷则独善其身"的士大夫情趣。为园,古址在今河南省开封市。许嵩《建康实录》卷二"青溪"注:"东有桃花园,是齐太祖旧宅,即位后修为园,亦名芳林园。王延长《曲水诗序》云:'载怀平圃,乃睠芳林。'即此园也。"

〔2〕走马呼鹰:指骑马打猎。古代打猎要放鹰。

〔3〕"白首"句:指晚年从事农业劳动。用邵平种瓜典。

〔4〕安石屐:意谓像谢安(字安石)一样过隐居生活。屐,木屐,底有二齿,以行泥地。引申为鞋的泛称,如草屐、锦屐。

〔5〕邵雍车:《宋史·邵雍传》:"(邵雍)春秋时出游城中,风雨常不出,出则乘小车,一人挽之,惟意所适。士大夫家识其车音,争相迎候,童孺厮隶皆欢相谓曰:'吾家先生至也。'不复称其姓字。或留信宿乃去。"

〔6〕阑:栅栏。

〔7〕"绕菊"句:写所处环境之幽雅。

〔8〕风花:落花。

晚秋明远楼宴集[1]

斜日层城合暮烟,新晴高阁敞秋筵[2]。衣冠四海追游地[3],霜露中原感慨年。去鸟来鸿凭槛外[4],飞云落木把杯前[5]。回身忽在星辰上,醉眼真疑到九天[6]。

〔1〕此诗写明远楼宴会时的情景。秋风送爽,天高日旷,高朋满座,把酒临风,本应让作者心情舒畅,满心欢喜,可是作者却满怀忧虑,感慨

万分,主要因为作者时刻难忘国事。最后两句"回身忽在星辰上,醉眼真疑到九天"尤为超逸不凡,作者借酒暂时忘却现实,俯身下望,觉得自己仿佛在九天之上。既写了明远楼的高峻雄伟,又表现了作者超凡脱俗的意趣。想象奇特,感受真切,足见作者非凡的艺术功力。明远楼,见《明远楼春望》注〔1〕。

〔2〕高阁:指明远楼。筵:酒席。

〔3〕衣冠:士大夫,官绅。

〔4〕去鸟来鸿:意谓时光流逝。

〔5〕落木:即落叶。

〔6〕"醉眼"句:意谓作者身在高峻的明远楼之上,由于饮酒的缘故,出现了精神上的极度超越,仿佛置身在九天之上。

新年作,次喻监察韵^{〔1〕}

新年雨雪亦太恁^{〔2〕},十日中无一日晴。岂应雷电初夜作,复尔天鼓东南鸣^{〔3〕}。诸军幸捣莲池穴^{〔4〕},大将宜坚细柳营^{〔5〕}。几欲临风抚长剑^{〔6〕},白头还自笑书生^{〔7〕}。

〔1〕此诗作于嘉靖六年(1527),为和监察御史喻希礼之作。诗中对喻监察偕王守仁安抚边疆的丰功伟绩深表赞美,也慨叹自己报国无门、白首穷经的悲凉遭遇。喻监察即喻希礼,麻城(今湖北麻城市)人。为人正直,不畏权贵。曾任监察御史,巡按广西,与姚镆不协。与王守仁共同招抚卢苏、王受之乱。回朝后,正值张璁、桂萼用事,以议"大礼"忤嘉靖帝,谪戍边,后赦免。卒后追赠光禄大夫。《明史·广西土司二》

载:"(嘉靖)六年,土目王受与田州卢苏谋煽乱,势复炽。新建伯王守仁受命至,一意招抚,而檄受等破八寨贼,因列思恩地为九土巡检司,管以头目,授王受白山司巡检,得比于世官。"

〔2〕太恁:太多,太频繁。

〔3〕天鼓:指军鼓。

〔4〕莲池穴:当指叛军所在之地。莲池,即白莲池,在广西马平县(今属柳州市)。《广西名胜志》卷五"马平县"载:"白莲池在北关外,池有九窍,泉出其中,又城北隅有井,柳子厚为之铭,沈传师书。见《金石录》。"

〔5〕细柳营:汉文帝时周亚夫为将军,屯军细柳(在陕西咸阳市西南)以备匈奴。文帝亲往劳军,至营门,因无军令不得入,乃遣使持节诏将军,亚夫传令开营门,请以军礼见。既入,按辔徐行,成礼而去。文帝曰:"真将军矣!曩者霸上棘门军,若儿戏耳。"见《史记·周勃世家》。

〔6〕临风抚剑:意谓希望手中剑有所作为。

〔7〕"白头"句:是说自己以一介书生终其一生,最终未能建功立业。杨炯《从军行》诗:"宁为百夫长,胜作一书生。"

正月大雨雪遣怀[1]

梁园春初云不开,雪花压城滚滚来。似有驱龙朝玉阙,岂无骑鹤下瑶台[2]。光牵五岳黄烟动[3],势拥三河白浪回[4]。欲向琼楼问寒暖[5],袁安今已卧蒿莱[6]。

〔1〕这首诗写正月下雪的情景,满天雪花飞舞,如玉龙舞动,又如白鹤展翅,整个世界变成了粉妆玉砌的瑶台仙界,形象逼真,引人入胜。

颈联"光牵五岳黄烟动,势拥三河白浪回"以力挽千钧之势,表现出一种廓大的境界,气势恢宏,神气飞扬,深得李白诗歌的精髓。

〔2〕"似有"二句:形容雪花之纷纷扬扬,漫天皆白。以玉龙形容飞雪,吴曾《能改斋漫录》引张元《雪》:"战死玉龙三十万,败鳞风卷满天飞。"玉阙,指仙人的宫阙。骑鹤,指神仙。白居易《酬赠李炼师见招》诗:"曾犯龙鳞容不死,欲骑鹤背觅长生。"瑶台,美玉砌成之台。神话中为神仙所居之地。

〔3〕五岳:见《时景》注〔5〕。

〔4〕三河:见《岁暮五首》其一注〔3〕。

〔5〕琼楼:即琼楼玉宇。形容瑰丽堂皇的建筑物,常用以指仙界楼台或月中宫殿。此处代指皇宫,即明廷。

〔6〕袁安:字邵公,东汉汝南汝阳人。为人严谨,州里敬重。袁安未达时,洛阳大雪,人多出乞食,安独僵卧不起,洛阳令按行至安门,见而贤之,举为孝廉。永平间,为楚郡太守。时因楚王英谋反事,株连数千人,死者甚众。安到郡理狱,平反冤案,获释者四百馀家。和帝时,外戚窦宪兄弟擅权,安守正不屈,卒于官。见《后汉书·袁安传》。作者以袁安自比,说明自己虽身处穷困,但仍坚持节操。卧蒿莱:意谓隐退乡野。蒿莱,野草,杂草。引申指草野。

雨中海棠〔1〕

怜花常欲报花安,醉眼冥冥雨自看〔2〕。朵朵胭脂深更湿〔3〕,杯杯竹叶满须干〔4〕。等闲细片休轻落〔5〕,率而春风且怎寒〔6〕。朝为行云暮仍雨〔7〕,凌波独立汝应难〔8〕。

〔1〕此诗咏雨中海棠,咏物实咏人。海棠之遭际即诗人之遭际。

〔2〕冥冥:模糊貌。

〔3〕"朵朵"句:意谓海棠花在雨中更加鲜艳光洁。胭脂,一种红色颜料,作化妆用。此处指鲜艳的花朵。

〔4〕"杯杯"句:意谓一边饮酒,一边赏花。竹叶,即"竹叶青"。酒名。

〔5〕等闲:无端,白白地。此处为谨守格律而倒装,即"细片等闲休轻落"。

〔6〕率而:轻遽貌。恁寒:如此寒冷。

〔7〕"朝为"句:宋玉《高唐赋》记楚襄王游云梦台馆,望高唐宫观,言先王(怀王)梦与巫山神女相会。神女辞别时说:"妾在巫山之阳,高丘之阻。旦为朝云,暮为行雨。朝朝暮暮,阳台之下。"此处以神女比喻海棠之美丽。

〔8〕"凌波"句:曹植《洛神赋》记载他在洛水遇见洛神,洛神体态轻盈,美丽无比,"翩若惊鸿,宛若游龙","凌波微步,罗袜生尘"。此处形容雨中海棠娇弱难支的样子。

艮岳篇[1]

宋家行殿此山头[2],千载来人水一丘。到眼黄蒿元玉砌[3],伤心锦缆有渔舟。金缯社稷和戎日[4],花石君臣弃国秋[5]。漫倚南云望南土,古今龙战是中州[6]。

〔1〕宋徽宗于东京(今河南开封)造寿山艮岳,亦称"万岁山"。崇

宁四年（1105），使朱勔置应奉局于平江，搜刮南方奇花异石。民间有一石一木可用者，使者往往直入其家，破墙拆屋，劫往东京。所费以亿万计，民怨沸腾。当时运花石的船队，不断往来于淮汴之间，号称"花石纲"。此诗讽刺宋徽宗荒淫误国，也暗指明武宗的骄奢淫逸给国家会带来祸患。借古讽今，很有鉴戒意义。

〔2〕宋家行殿：北宋的行宫。

〔3〕"到眼"句：意谓现在看到长满黄蒿的地方，原来是宋朝宫殿的台阶。玉砌，用玉石砌成或装饰之墙壁、地面或台阶等。

〔4〕"金缯"句：谓宋朝为了国家的安定，委曲求全，每年给辽和西夏"岁币"，本来就是失策。金缯，金银和缯帛。此处指给辽和西夏的货币和丝绸。《宋史·贾昌期传》："议者欲以金缯啖契丹使攻元昊，昌朝曰：'契丹许我有功，则责报无穷矣。'力止之。"社稷，土、谷之神。历代封建王朝必先立社稷坛；灭人之国，必变置被灭国的社稷。后因以社稷为国家政权的标志。和戎，与少数民族政权讲和。

〔5〕"花石"句：谓北宋君臣穷奢极欲，不管人民死活地搜刮钱财，置国家安危于不顾。花石，即"花石纲"。

〔6〕"古今"句：谓自古以来中州地区就是兵家必争之地。龙战，《易·坤》："龙战于野，其血玄黄。"本指阴阳二气的交战。后因指群雄割据争战。中州，古豫州地处九州中间，称为中州。今河南为古豫州地，故相沿亦称河南为中州。

郊斋逢人日，有怀边、何二子[1]

今日今年风日动[2]，苑边新柳弱垂垂[3]。斋居寂寞难乘兴[4]，独立苍茫有所思[5]。谷暖迁莺翻太早[6]，云长旅雁故多迟[7]。凤池仙客容台彦[8],两处伤春尔为谁[9]?

〔1〕此诗据诗题和内容来看,当作于李梦阳自江西解职,赋闲开封之后。家居寂寞,独立苍茫,思念旧友。题中"边、何二子"指边贡、何孟春。边贡,其生平见《徐于将适湖湘,余实恋恋难别,走笔长句,述一代文人之盛,兼寓祝望焉耳》注〔12〕。何孟春(1474—1536),字子元,世称燕泉先生,郴州(今湖南郴州市)人。弘治六年(1493)进士,历官兵部职方司主事、兵部员外郎、河南左参政、太仆寺卿、右副都御史、南京刑部右侍郎等。《明史》、《列朝诗集》等有传。有《何文简公集传世》。郊斋,郊外的居室。人日,农历正月初七日。

〔2〕"今日"句:是说今年的人日一直有微风吹动。

〔3〕苑:园林,花园。弱垂垂:柔弱地下垂着。

〔4〕斋居:家居。难乘兴:很难引发兴致。

〔5〕苍茫:旷远无边貌。唐李白《关山月》:"明月出天山,苍茫云海间。"

〔6〕谷暖:山谷里天气变暖。迁莺:迁移的莺。翻:飞翔。

〔7〕"云长"句:看着长长的云,想到南飞的大雁尚未北飞。

〔8〕凤池:见《忆何子》注〔7〕。容台:本指习礼之台,后亦称礼部为容台。彦:才德兼备的人。

〔9〕两处伤春:指作者与所怀之人虽不在一地,但因彼此思念,春天到来时都忧伤满怀。尔为谁:那究竟为谁。尔,指示词,那。

章氏芳园饯朱应登[1]

细雨林塘花可怜,况有美酒斗十千[2]。见日玄蝉元嗜嚖^[3],含风绿篠自娟娟^[4]。朝廷岂料更新主^[5],尘世难逢感昔年。纵倒芳尊不成醉^[6],别怀忧绪两凄然。

〔1〕朱应登(1477—1526),字升之,号凌溪子,宝应(今江苏宝应)人。弘治十三年(1500)进士,先后官南京户部主事,陕西、云南提学副使,云南左参政等职。《明史》、《列朝诗集》有传。与李梦阳交好。朱彝尊《静志居诗话·朱应登》云:"李、何并兴,李目空诸子,自三秦而外,得其门者盖寡。心慕手追,凌溪一人而已。其《口占》绝句云:'文章康李传新体,驱逐唐儒驾马迁。'盖其文亦宗北地者。"李梦阳《章园饯会诗引》云:"章园之会,宾一人:升之,主三人:(刘)元瑞,(边)廷实,其一予也。园主一人,千户伦是也……时升之报政将归,赠留之言皆不可少,予诵杜甫'千章草林消'之句,为五阄,令侍子拈送焉!予即得'千'字,右旋而成句。"

〔2〕美酒斗十千:斗十千,一斗酒值十千钱,极言酒美价昂。曹植《名都篇》:"归来宴平乐,美酒斗十千。"李白《行路难》诗:"金樽清酒斗十千,玉盘珍馐值万钱。"

〔3〕嚖(huì 会)嚖:象声词,虫鸟鸣声。

〔4〕绿篠:翠绿的竹子。

〔5〕"朝廷"句:疑指武宗皇帝驾崩,嘉靖皇帝以外藩即位事。

〔6〕芳尊:即芳樽,酒杯的美称。

访何职方孟春新居二首(选一)〔1〕

其一

昨年闻汝在郴州〔2〕,对酒时常使我忧。无客解题鹦鹉赋〔3〕,同谁出入凤凰楼〔4〕?潇湘梦泽今虚远〔5〕,易水燕山不断游〔6〕。旧雨休嗟车马伴〔7〕,卜邻先近李膺舟〔8〕。

〔1〕本组诗共二首,此选一首。廖道南《楚纪》卷二六:"何孟春,……弘治癸丑进士,大学士李文正公首加甄录,将选为庶吉士,以父忧归,服阙,授兵部职方司主事。"据此可以推知此诗当作于弘治十年(1497)。诗中表达了对何孟春的为人和才华的无比推崇,也表现了他们之间深厚的友谊。何孟春,生平见《郊斋逢人日有怀边、何二子》注〔1〕。

〔2〕郴州:春秋楚地,秦置县,属长沙郡。今属湖南郴州市。

〔3〕鹦鹉赋:后汉末,黄祖为江夏太守。祖长子射,大会宾客,有人献鹦鹉,祢衡作《鹦鹉赋》。

〔4〕凤凰楼:见《荡子从军行》注〔24〕。此处似指京城皇宫。

〔5〕潇湘:潇水和湘水。湖南二水名,合流后曰湘江。也代指湖南地区。梦泽:云梦泽,古泽薮名。古代记载各不相同。据今人考证,古籍中的"云梦"(或单称"云"或"梦")并不专指以云梦为名的泽薮,一般泛指春秋时楚王的游猎区。此区大致包括整个江汉平原及东、西、北三面一部分丘陵山峦,南则春秋时兼有郢都以南的江南地,战国时改为限于

江北。

〔6〕易水：见《送秦子》注〔5〕。燕山：见《石将军战场歌》注〔6〕。

〔7〕旧雨：典出杜甫《秋述》："秋，杜子卧病长安旅次，多雨生鱼，青苔及榻。常时车马之客，旧雨来，今雨不来。"谓过去这些宾客遇雨也来，而今遇雨却不来了。后以旧雨比喻老朋友，今雨比喻新朋友。范成大《丙午新正书怀十首》之四："人情旧雨非今雨，老境增年是减年。"

〔8〕卜邻：择邻。杜甫《奉赠韦左丞丈二十二韵》诗："李邕求识面，王翰愿卜邻。"李膺：字元礼，汉颍川襄城人。初举孝廉，桓帝时累官至司隶校尉。与太学生首领郭泰等相结交，反对宦官专权。太学生称之为"天下楷模李元礼"，以得其接见者为"登龙门"。后被宦官诬为结党诽谤朝廷，逮捕入狱，释放后禁锢终身。灵帝即位，被起用为长乐少府，又与陈蕃、窦武谋诛宦官，失败被杀。《后汉书》有传。

送殷进士病免归[1]

鲁川西流石齿齿[2]，川上茅堂千树林[3]。春行不费风雩咏[4]，日暮聊为梁父吟[5]。南瞻岱岳云峰峻[6]，东访沧溟烟雾深[7]。司马岂缘封禅病[8]，任公终有羡鳌心[9]。

〔1〕此诗当作于弘治十八年（1505），殷云霄举进士即因病辞官。过庭训《本朝分省人物考》："殷云霄，字近夫。……举弘治乙丑进士，以疾归，据石川，作畜艾堂。"殷进士，即殷云霄（1472—1509），字近夫，号石川，寿张（今山东阳谷县）人。弘治乙丑（1505）进士。与郑善夫、孙一元交好。以疾归，作畜艾堂，聚书数千卷，读书其中。授靖江知县，调青

田。升南京工科给事中。卒于官,年三十有七。钱谦益《列朝诗集小传·丙集》:"近夫修眉碧目,口可容拳。平生方峭克约,与孙太初、郑继之为友,所至登临山水,不以吏事废啸咏,亦不羁之士也。诗体逼侧,略近继之,而风调不及。王元美评其诗'如越兵纵横江淮,终不成霸'。"

〔2〕鲁川:指山东寿张(今阳谷)境内的一条河流。齿齿:排列如齿貌。

〔3〕川上茅堂:崔铣《殷近夫墓志铭》载,殷云霄中进士后,因病归里,于本县石川,作蓍艾堂,读书其中。

〔4〕"春行"句:意谓旅途中不必惆怅,可以啸咏自如。风雩咏,《论语·先进》:"子路、曾晳、冉有、公西华侍坐……子曰:'何伤乎?亦各言其志也。'(曾晳)曰:'莫春者,春服既成。冠者五六人,童子六七人,浴乎沂,风乎舞雩,咏而归。'夫子喟然叹曰:'吾与点也!'"

〔5〕"日暮"句:出自杜甫《登楼》诗:"可怜后主还祠庙,日暮聊为梁甫吟。"梁甫吟,乐府楚调曲名,也作"梁父吟"。梁甫,山名,即梁父,在泰山下。《梁甫吟》盖言人死葬此山,为挽歌,歌词悲凉慷慨。今所传古辞相传为诸葛亮作。《三国志·蜀·诸葛亮传》:"亮躬耕陇亩,好为《梁甫吟》。"

〔6〕岱岳:即泰山。

〔7〕沧溟:即"苍冥"。天地。文天祥《正气歌》:"于人曰浩然,沛乎塞苍冥。"

〔8〕"司马"句:意谓人生不如意事很多,不必太过于计较。《史记·太史公自序》:"是岁天子始建汉家之封,而太史公(司马谈)留滞周南,不得与从事,故发愤且卒。"

〔9〕"任公"句:《庄子·杂篇·外物》:"任公子为大钩巨缁,五十犗以为饵,蹲乎会稽,投竿东海,旦旦而钓,期年不得鱼。已而大鱼食之,牵巨钩,锱没而下,骛扬而奋鬐,白波若山,海水震荡,声侔鬼神,惮赫千里。

任公子得若鱼,离而腊之,自制河以东,苍梧已北,莫不厌若鱼者。已而后世辁才讽说之徒,皆惊而相告也。夫揭竿累,趣灌渎,守鲵鲋,其于得大鱼难矣!饰小说以干县令,其于大达亦远矣,是以未尝闻任氏之风俗,其不可与经于世亦远矣。"这里作者化用其义,表现自己高蹈远慕、不谐流俗的情趣。

别徐子祯卿得江字[1]

我爱南州徐孺子[2],明瑶美璧世无双[3]。新从北极看南极[4],便自吴江下楚江[5]。日落鹧鸪啼庙口[6],水清斑竹映船窗[7]。祢衡王粲俱黄土[8],千载何人复此邦?

〔1〕徐祯卿:其生平见《赠徐祯卿》注〔1〕。
〔2〕南州:泛指南方地区。屈原《远游》:"嘉南州之炎德兮,丽桂树之冬容。"
〔3〕明瑶美璧:精美的玉石。比喻优秀的人才。
〔4〕"新从"句:指徐祯卿从北方到南方。北极、南极,泛指北方、南方。
〔5〕"便自"句:意谓徐祯卿将要离开吴中去湖南。此二句化用杜甫诗:"即从巴峡穿巫峡,便下襄阳向洛阳。"(《闻官军收河南河北》)
〔6〕鹧鸪:鸟名。其鸣声凄切,如曰"行不得也哥哥"。辛弃疾《菩萨蛮·书江西造口壁》:"江晚正愁余,山深闻鹧鸪。"
〔7〕斑竹:紫竹,竹身有紫色或灰褐色斑纹。也称湘妃竹。古代神话谓舜南巡不返,葬于苍梧,舜妃娥皇、女英思帝不已,泪下沾竹,竹悉成

斑。见梁任昉《述异记》。

〔8〕祢衡:字正平,东汉平原郡般县人。少有才辨,而气刚傲物。与孔融交好,融荐于曹操。操召为鼓吏,令其改服鼓吏之装,欲辱之。衡于操前裸身更衣,后又至操营门外大骂。操不能堪,乃送衡于刘表,表又送之江夏太守黄祖处。曾作《鹦鹉赋》,声名远播。终为黄祖所杀。《后汉书》有传。王粲:字仲宣,三国魏山阳高平人。博学多识,文思敏捷。为"建安七子"之一。献帝初避地往依荆州刘表十五年,作《登楼赋》,广为传颂。后归曹操,任丞相掾,累官至侍中。《三国志·魏志》有传。

追旧寄徐子[1]

忆昔逢君雪满途,遥怜为客向江湖。看碑定忆羊开府[2],作赋先投楚大夫[3]。日黑玉龙歷梦泽[4],草青麋鹿上姑苏[5]。空挥玉轸思流水[6],不得骅骝见过都[7]。

〔1〕这首诗称赞徐祯卿的文学才能,并为他才华不得施展而鸣不平。徐子即徐祯卿。

〔2〕羊开府:即羊祜。晋南城人,字叔子。魏末任相国从事中郎,与荀勖共掌机密。晋王朝建立,封锯平侯,都督荆州诸军事,长达十年。在任开屯田,储军备,筹划灭吴;平日轻裘缓带,身不披甲,与吴将陆抗互通使节,绥怀远近,以收江汉及吴人之心。死后,南州人为之罢市巷哭。其部属于岘山祜平生游息之所建碑立庙。杜预命名为"堕泪碑"。

〔3〕楚大夫:即屈原。见《徐子将适湖湘,余实恋恋难别,走笔长句,述一代文人之盛,兼寓祝望焉耳》注〔24〕。

〔4〕豗(huī灰):水相击声。梦泽:即云梦泽。见《访何职方孟春新居二首》其一注〔5〕。

〔5〕"草青"句:意谓古代帝王的宫殿已经荒废。李白《对酒》:"棘生石虎殿,鹿走姑苏台。"麋鹿,见《奉送大司马刘公归东山草堂歌》注〔6〕。姑苏,即姑苏台。在苏州吴中区西南姑苏山上,相传为吴王阖闾或夫差所筑。又称"胥台"。

〔6〕玉轸:玉制的琴轸。轸,系弦的小柱。

〔7〕"不得"句:比喻人才没有施展才华的机会。骅骝过都,杜甫《戏为六绝句》之三:"龙文虎脊皆君驭,历块过都见尔曹。"范辇云《岁寒堂读杜》云:"君,指卢(照邻)、王(勃)。龙文虎脊,骅骝也;名马过都如历块。"

过李氏荷亭会何子〔1〕

三伏寻花到习池〔2〕,幽怀真与故人期〔3〕。出波菡萏晴相并〔4〕,度槛流萤晚故迟。他日宴游能此地,向来开落果由谁〔5〕?亦知尘世难逢醉,且把芳筒当酒卮〔6〕。

〔1〕此诗当作于李梦阳在江西罢官以后南游荆襄之时。诗中写他与何景明在习池不期而遇,表现了作者珍惜朋友情谊,感慨世事变化的情怀。何子,即何景明。其生平见《徐子将适湖湘,余实恋恋难别,走笔长句,述一代文人之盛,兼寓祝望焉耳》注〔12〕。

〔2〕三伏:一年中最热的日子。"伏"表示阴气受阳气所迫藏伏地下。"三伏"是初伏、中伏和末伏的统称,每年出现在阳历七月中旬到八

月中旬。按我国阴历(农历)气候规律,前人早有规定:"夏至后第三个庚日开始为头伏(初伏),第四个庚日为中伏(二伏),立秋后第一个庚日为末伏(三伏),每伏十天共三十天。"习池:习郁池。在湖北襄樊市南。一作习家池、高阳池。《晋书·山简传》:"简镇襄阳,每临此池,未尝不大醉而返,名之为高阳池。"

〔3〕幽怀:隐藏在内心的情感。《水经注·庐江水》引晋吴猛诗:"旷载畅幽怀,倾盖付三益。"

〔4〕菡萏:见《去妇词》注〔3〕。

〔5〕"向来"句:意谓花开花落究竟是受什么决定的呢?其实是作者对政治上荣辱沉浮的怀疑和愤慨。

〔6〕芳筒:花园。吴文英《齐天乐·会江湖诸友泛湖》:"泛酒芳筒,题名蠹壁,重集湘鸿江燕。"酒卮:酒杯。

答太仆储公见赠[1]

淮海先生海鹤姿[2],年来何事鬓成丝?安危异日须公等[3],文雅于今是我师。纵有孙阳难遇马[4],谁言安石但能棋[5]。桂枝偃蹇空山里[6],旅病逢春故国思[7]。

〔1〕此诗当作于李梦阳闲居大梁之时,为酬答朋友储巏之作。诗中对自己忠而被贬、报国无门深为悲哀,也对储巏的殷勤问候表示感谢,并祝愿他为国效力。温厚和平,怨而不怒,体现了作者的博大胸怀。太仆储公,即储巏。生平见《徐子将适湖湘,余实恋恋难别,走笔长句,述一代文人之盛,兼寓祝望焉耳》注〔19〕。

〔2〕淮海先生:即储巏。

〔3〕异日:犹来日,以后。《庄子·德充符》:"哀公异日以告闵子。"

〔4〕孙阳:古代善御马者。这里比喻善于发现和使用人才的人。《史记·司马相如列传·索隐》引张揖云:"阳子,伯乐也。孙阳字伯乐,秦穆公臣,善御者也。"

〔5〕"谁言"句:意谓谢安不仅仅能下棋,他也能安邦定国。《晋书·谢安传》:"(苻)坚后率众,号百万,次于淮肥,京师震恐……(谢)安遂命驾出山墅,亲朋毕集,方与玄围棋赌别墅。安常棋劣于玄,是日惧,便为敌手而又不胜。安顾谓其甥羊昙曰:'以墅乞汝。'安遂游涉,至夜乃还,指授将帅,各当其任。玄等既破坚,有驿书至,安方对客围棋,看书既竟,便摄放床上,了无喜色,棋如故。客问之,徐答云:'小儿辈遂已破贼。'既罢,还内,过户限,心喜甚,不觉屐齿之折,其矫情镇物如此。"

〔6〕偃蹇:高耸。

〔7〕旅病:当指行旅中的困顿。

病间闻何舍人梦故山有感[1]

我逢新岁兼新病,君梦故园登故山。木杪啼猿行问讯[2],枕边流水莫潺湲[3]。深春古庙同谁往,绝壁孤云只自盘。怅恨无家傍林谷[4],定应何处卜乡关[5]。

〔1〕本诗写思乡之情,并表达了与朋友的情谊。何舍人,即何景明。

〔2〕木杪:木末,树端。啼猿:猿猴的啼叫声极为哀切。《水经注·江水》:"巴东渔歌:'巴东三峡巫峡长,猿鸣三声泪沾裳。'"问讯:互相通

问请教。

〔3〕潺湲:水流貌。

〔4〕怅恨:惆怅恼恨。

〔5〕卜乡关:谓思念故乡。

解官,亲友携酒来看[1]

严城击鼓天欲曙[2],风起平林纤月长[3]。故人开尊且复饮,客子狂歌殊未央[4]。卧病一春违报主,啼莺千里伴还乡[5]。他时若访渔樵地[6],洛水秦山各淼茫[7]。

〔1〕李梦阳一生曾经两次解官回乡,一次为正德二年(1507),他因反对宦官刘瑾而被勒令致仕,潜归大梁;另一次是正德九年(1514),他在江西任上因与上司不睦,后来被人诬陷罢官回乡。诗中所写不知具体指哪一次。但从诗意来看,似为第二次罢官回乡之时。诗中对自己被免官不甚在意,而对渔樵生活甚为向往。流露出作者已经厌倦仕宦生涯,向往自由自在的普通人生活。

〔2〕严城:北齐天保五年(554)筑,在今河南洛阳市西南。曙:谓破晓,日出。

〔3〕平林:平原上的树林。李白《菩萨蛮》:"平林漠漠烟如织,寒山一带伤心碧。"

〔4〕未央:未尽。

〔5〕"卧病"二句:意谓由于自己有病,未能报效国家,只好在大好的春光里回乡闲居。其实此为反语,他实际被免官了。啼莺千里,谓春

光之美好。杜牧《江南春》诗:"千里莺啼绿映红,水村山郭酒旗风。"

〔6〕渔樵地:谓隐居的地方。

〔7〕洛水秦山:泛指河南、陕西一带的山水。淼茫:水广阔辽远貌。

九日寄何舍人景明[1]

九日无朋花自开,登楼独酌当登台[2]。孤城落木天边下,万里浮云江上来[3]。但遣清尊常不负,从教白发暗相催[4]。梁南楚北无消息[5],塞雁风高首重回[6]。

〔1〕此诗写在重阳佳节,古人云"每逢佳节倍思亲",当然也怀念挚友。李梦阳与何景明为至交好友,因此这首诗写得情真意切,甚为感人。诗人化用了杜甫的名句而不露痕迹,足见诗艺之高超。何舍人景明,即何景明。

〔2〕独酌:独自饮酒。

〔3〕"孤城"二句:极写秋日万木凋零、水阔天高之景色。落木,落叶。杜甫《登高》:"无边落木萧萧下,不尽长江滚滚来。"浮云,浮动在空中的云。李白《答王十二寒夜独酌有怀》:"万里浮云卷碧山,青天中道流孤月。"

〔4〕"但遣"二句:意谓只要经常能饮到美酒,就不在乎时光流逝,容颜衰老。

〔5〕梁南楚北:谓自己在河南,而何景明却在湖南,因此难通音信。

〔6〕"塞雁"句:塞上大雁秋天来了便不住回首南望。写塞雁回首是希望友人早点还乡。

冬霁,宴丘翁林亭[1]

竹亭高宴雪霜残,柏坞移尊月色宽[2]。驯鹤自知迎客舞,绝琴今拟向君弹[3]。醉来箕踞仍呼酒,老去留宾不著冠[4]。解道冥鸿能万里[5],肯输乌鹊一枝安[6]。

[1] 在一个雪停天晴的冬日,诗人于林亭宴请朋友,琴声响起,驯鹤舞蹈,觥筹交错中,体现出诗人闲雅自在的心态。霁(jì剂),雨雪停止,天放晴。丘翁,即丘琥,号松山,夷门隐士。为李梦阳好友。李梦阳《三鹤歌为丘三公寿,亦载厥实事焉》诗也写到丘翁。

[2] 坞:构筑在村落外围作为屏障的土堡,也叫庳城。引申指可以四面挡风的建筑物。尊:通"樽",酒杯。

[3] "驯鹤"二句:谓主人之好客与雅致。琴、鹤俱为古代风雅之士的爱物。

[4] "醉来"二句:极写主人之洒脱不羁,不为俗礼所拘的情态和为人。箕踞,伸足而坐。古代为傲慢不敬之容。此处为洒脱的姿态。著冠,戴好帽子,以示尊重。

[5] 解道:张相《诗词曲语词汇释》云:"解道,犹云会说也;其指前人名句而言者,则犹云会咏也。"冥鸿:高飞的鸿雁。

[6] 肯输:张相《诗词曲语词汇释》云:"肯,犹岂也。"肯输,岂输。一枝安:见《咏蝉》注[4]。

立春遇雪柬孙君二首(选一)〔1〕

其二

留滞周南春复春〔2〕,路迷何处问三秦〔3〕?竟非吾土堪垂泪,不为儒冠岂误身〔4〕?偷腊槛梅暄媚眼〔5〕,弄寒山篠晚伤神〔6〕。虚传夜雪能乘兴〔7〕,不见山阴鼓柂人〔8〕。

〔1〕此诗为赠友人之作。共二首,此选一首。诗中对友人流滞他乡、凄惨潦倒深为同情,也表达了对他的无限思念。孙君,疑即孙一元。其生平见《赠孙生》注〔1〕。

〔2〕留滞:停留。周南:地名,指成周以南,即今河南洛阳以南。

〔3〕三秦:地名,故地在今陕西省一带。项羽破秦入关,三分秦关中之地:以秦降将章邯为雍王,领咸阳以西之地;司马欣为塞王,领咸阳以东至黄河之地;董翳为翟王,领上郡之地(陕西北部),合称三秦。见《史记·项羽本纪》。后来泛称关陕一带为三秦。

〔4〕儒冠误身:谓作为知识分子不能施展抱负而贫困潦倒。杜甫《奉赠韦左丞丈二十二韵》诗:"纨绔不饿死,儒冠多误身。"

〔5〕偷腊槛梅:指栏内带着冬日寒气的梅花。

〔6〕山篠:山间小竹。

〔7〕夜雪乘兴:刘义庆《世说新语》云:"王子猷(徽之)居山阴,夜大雪,眠觉,开室命酌酒,四望皎然。因起彷徨,咏左思《招隐诗》,忽忆戴

安道（逯）。时戴在剡,即便夜乘小舟就之。经宿方至,造门不前而返。人问其故,王曰:'吾本乘兴而行,兴尽而返,何必见戴!'"

〔8〕山阴鼓柂人:指王徽之。山阴,今浙江绍兴。鼓柂,划船。柂,控制行船方向的器具,装在船尾。

送张训导弃官为母〔1〕

蜀道干戈暮角悲〔2〕,水行溪壑转春姿。辞刘徐庶心先苦〔3〕,回驭王阳愿不迟〔4〕。正月巴山犹碧树〔5〕,孤舟峡口已黄鹂〔6〕。并吞割据千年事〔7〕,愁见岷峨有战旗〔8〕。

〔1〕此为送别诗,诗中表现了对友人孝行的高度赞扬以及在干戈扰攘的环境中对其前途的忧虑和关心,也反映了作者对国事的担忧。这首诗用典贴切,格律精工,感情沉郁,融情于景,体现了作者高超的艺术技巧。张训导,从诗意可知为四川人,具体生平不详。训导,古代学官。

〔2〕蜀道:由秦入蜀的道路,地势异常险要。李白《蜀道难》云:"危乎高哉!蜀道之难,难于上青天。"干戈:见《得家书寄兄歌》注〔7〕。暮角悲:傍晚的号角声甚为悲凉。角,古乐器名。出于西北地区游牧民族。多用作军号。

〔3〕辞刘徐庶:徐庶,字元直,原名福,三国时颍川人。少好任侠,后致力于学问。东汉末客荆州,与诸葛亮友善,荐亮于刘备。徐庶母为曹操所得,刘备乃遣庶归。徐庶归曹后,仕魏至右中郎将、御史中丞。见《三国志·蜀·诸葛亮传》裴松之注引《魏略》。

〔4〕回驭王阳:《汉书·王尊传》云:"琅邪王阳为益州刺史,行部至

邛郲九折阪,叹曰:'奉先人遗体,奈何数乘此险!'后以病去。"

〔5〕巴山:山名。也叫大巴山、巴岭山。在陕西西乡县西南,支脉绵亘数百里,跨南郑、镇巴和四川的南江、通江等县。泛指四川境内的山。

〔6〕孤舟峡口:谓乘舟过三峡。

〔7〕并吞割据:谓凭借武力进行兼并侵吞或割据一方的战争。蜀地地势险要,易守难攻,因此古代经常有凭险割据或发动叛乱之事。

〔8〕"愁见"句:意谓看到蜀地发生战乱,心里很是担忧。岷峨,岷山北支。其南为峨眉山,因称峨眉为岷峨。据《明史纪事本末》记载,明武宗正德三年(1508),四川保宁人蓝廷瑞、鄢本恕率众起义,所向披靡,并且攻入四川、湖广等地。各地农民纷纷响应。明廷命四川巡抚林俊领军镇压。直到正德九年(1514),四川的所有起义才被完全扑灭。

早春酬内弟玑[1]

骑马冲泥到竹扉,孤城雪日弄晖晖[2]。将飞鸿雁春相聚,得食鱼虾暖自肥。贾谊上书翻远谪[3],桓荣稽古已多违[4]。亦知匡济诸君事[5],勿羡东皋早拂衣[6]。

〔1〕此诗为酬答左国玑而作。表现了作者对高才见弃、直道难行的黑暗现实的不满。内弟玑即李梦阳的妻弟左国玑。其生平见《秋过内弟漫赋二首》其一注〔1〕。内弟,妻弟。

〔2〕晖晖:阳光明媚的样子。

〔3〕贾谊:西汉初年著名的政治家、文学家,洛阳(今河南洛阳市东)人。年轻时由河南郡守吴公推荐,被文帝召为博士。不到一年被破

格提为太中大夫。曾上书批评时政,因遭群臣忌恨,被贬为长沙王的太傅。后被召回长安,为梁怀王太傅。梁怀王坠马而死后,贾谊深自歉疚,直至忧伤而死。其著作有《过秦论》、《论积贮疏》、《陈政事疏》、《吊屈原赋》、《鹏鸟赋》等。

〔4〕桓荣稽古:《太平御览》卷二四四引《东观汉记》曰:建武二十八年(52),以桓荣为少傅,赐以辎车乘马。荣大会诸生,陈车马印绶,曰:"今日所蒙,稽古之力也,可不勉乎。"《后汉书》桓荣列传亦载。一般以此典指因研读经书而仕途得意。桓荣,字春卿,谯国龙亢(今安徽怀远县)人。东汉经学大师。汉建武十九年(43)六十馀岁方为光武帝刘秀赏识,拜议郎,请其教授太子刘城市。永平二年(59)拜五更。不久封关内侯。

〔5〕匡济:"匡时济世"的略语。即挽救艰难时势,救助当今人世。

〔6〕东皋:即东皋子,唐代诗人王绩的号。王绩(585—644),字无功,自号东皋子、五斗先生,祖籍祁县,后迁绛州龙门(今山西河津市)。出身官宦世家,是隋末大儒王通之弟。王绩一生郁郁不得志,曾在隋代任秘书省正字,初唐时,以原官待召门下省,后弃官隐居于故乡东皋村。拂衣:振衣而去。谓归隐。李白《侠客行》:"事了拂衣去,深藏身与名。"

积雨,郑、左二子晚宴[1]

秋深众草皆垂实,雨久高墙半湿痕。百岁荣枯同逆旅[2],二仪风雾自黄昏[3]。乌鸦树滑时窥屋,泥泞人稀早闭门。便合披蓑邀郑左[4],任从烧烛倒清尊[5]。

〔1〕此诗作于李梦阳闲居大梁之时,诗中表现了作者顺从自然、超然物外的思想境界和珍惜友谊、及时行乐的人生态度,也可隐隐感受到作者内心的痛苦。郑,即郑作,其生平见《赠郑生》注〔1〕。左,即左国玑,按李梦阳《仪宾左公合葬墓志铭》,李之岳父左梦麟共有四子,长子国璿、三子国玉、四子国衡皆早卒。

〔2〕荣枯:谓草木的盛衰。喻政治上的得意与失意。逆旅:客舍。

〔3〕二仪:天地。

〔4〕便合:正好。

〔5〕倒清尊:谓尽情饮酒。尊,同"樽"。

北行,家兄与内弟玉实间行侦缓急,即如雷霆之下,魂魄并褫,矧又如饥渴〔1〕

吾兄泪眼若悬河,内弟尪羸苦更多〔2〕。昏黑同行草莽里,明星独傍邑城过〔3〕。荒山葛藟萦初蔓〔4〕,空屋荆花满故柯〔5〕。临路断肠俱哽咽〔6〕,望归携手向烟萝〔7〕。

〔1〕明武宗正德元年(1505),李梦阳因代户部尚书韩文草劾宦官疏而罢官。正德三年(1508),刘瑾罗织罪名逮捕李梦阳,从大梁押解到京师,矫诏下锦衣卫狱,情况十分危急。其兄孟和与内弟左国玉求救于康海始得转危为安。左国玉,字舜钦,河南开封人。卒年仅为二十四岁。李梦阳《左舜钦墓志铭》:"左舜钦者,我外舅第三子也,名国玉。……前余罹首祸黜还,寻被钩织械系北行。厥势雷轰山崩,人人自保,窜匿若将及之。舜钦独力疾从,酷暑无昼夜行饥渴。盖是时瑾威权炽矣,顾颇独

礼修撰康海敬之。于是舜钦为书上康子累数十百言,其大要有四:言瑾持天下衡,必不以私怨杀人,一;又为天下惜才,必不忍杀李子,二;康子必匡瑾以古大臣之业,三;又康李义交也,即为之死诤不为过,四。康子为敛容谢焉。"此诗写当时情况之危机,也感激其兄和内弟为救其性命而冒险奔波。全诗以真情结撰而成,不假雕饰,而自然感人。褫(chǐ 耻),夺去,革除。张衡《东京赋》:"夺气褫魄。"矧(shěn 审),何况,况且。

〔2〕尪羸(wāng léi 汪雷):瘦弱。

〔3〕"昏黑"二句:意谓昏黑的夜晚他们在草丛中摸索前行,即使有星星的时候也不敢进城休息。可见当时情况之危机和他们经历的磨难。

〔4〕"荒山"句:进一步写他们路途之艰难。在荒山野岭中行走。葛藟(lěi 磊),葛和藟,俱为蔓生植物。《诗经·葛藟》:"绵绵葛藟,在河之浒。"

〔5〕故柯:坏死草木的枝茎。

〔6〕临路:到歧路之处。断肠:见《送仲副使赴陕西》注〔10〕。

〔7〕"望归"句:意谓希望能够脱离虎口,回乡过隐居生活。烟萝,茂盛的女萝。指乡野之地。白居易《青龙寺早夏》:"胡为恋朝市,不去归烟萝?"

寄答内弟玑九日繁台见忆[1]

怅别登台逢九日,云间水落望长安[2]。风急愁闻木叶下[3],秋清泪满菊花团。临危始识交亲重[4],处世空嗟行路难[5]。一勺涂鳞终放掷[6],九天归翼待扶抟[7]。

〔1〕此诗颂扬亲情和友谊,并表达了诗人对前途的自信。内弟玑,即左国玑。其生平见《秋过内弟漫赋二首》其一注〔1〕。

〔2〕长安:汉唐古都,此处代指北京。

〔3〕"风急"句:出自杜甫《登高》诗:"风急天高猿啸哀,渚清沙白鸟飞回。无边落木萧萧下,不尽长江滚滚来。"

〔4〕"临危"句:意谓患难之中见真情。

〔5〕"处世"句:谓倍感世路艰难。行路难,乐府杂曲歌辞篇名。《乐府诗集·杂曲歌辞》:"《乐府解题》曰:'《行路难》,倍言世路艰难及离别悲伤之意。'"李白《行路难》之一:"欲渡黄河冰塞川,将登太行雪满山。"

〔6〕涂鳞:疑即庄子涂龟之事。见《在狱闻余师杨公诬逮获释,踊跃成咏十韵》注〔10〕。此处意谓过无拘无束的生活。

〔7〕"九天"句:意谓终有一天可以实现自己远大的理想。《庄子·逍遥游》:"北冥有鱼……谐之言曰:'鹏之徙于南冥也,水击三千里,抟扶摇而上者九万里。'"

乔太卿宇宅夜别〔1〕

竹梧池馆夜偏寒,促席行杯漏未阑〔2〕。燕地雪霜连海峤〔3〕,汉家钟鼓动长安〔4〕。吟猿见月移孤树,宿雁惊人起别滩。二十逢君同跃马,十年回首笑弹冠〔5〕。

〔1〕此诗约写于弘治十六年(1503),李梦阳奉命饷军宁夏之前夕。乔宇(1457—1524),字希大,号白严,乐平(今山西昔阳县)人。成化二

十年(1484)进士,授礼部主事。三迁至郎中,擢太常少卿、迁光禄卿,历户部左、右侍郎。官至南京礼部尚书、吏部尚书,加太子太保、少保。与山西王云凤、王琼其名,被称为"河东三凤"。著有《乔白岩集》。《明史》有传。钱谦益《列朝诗集小传·丙集》:"乔宇,……受经李长沙(东阳)、杨石淙(一清)之门,与李献吉(梦阳)、王伯安(守仁)切摩为古文。"太卿,官名,即太常少卿。

〔2〕促席:古人席地而坐,座位靠近叫促席。行杯:指喝酒。漏未阑:时辰还早。漏,刻漏,也叫更漏。古时视刻漏以报更,故称刻漏为更漏。阑,晚,残尽。

〔3〕海峤:海边的高山。峤,尖峭的高山。

〔4〕"汉家"句:意谓京城中鼓乐齐鸣。唐人以汉代唐,明人亦以汉代明。长安,指京城。

〔5〕弹冠:整洁其冠,喻出来做官。

别都主事穆奔丧归[1]

瑶池不听凤凰箫[2],银汉愁看乌鹊桥[3]。海内君亲情并苦[4],天涯书剑路俱遥[5]。阴阴朔塞鸣秋叶,滚滚寒江急暮潮。君去会应朝北斗[6],余归终拟伴渔樵[7]。

〔1〕此诗约作于弘治十七年(1504)。诗中对友人不幸丧亲深表悲哀,也感叹自己罢官回乡。感情沉痛,风格苍凉。都主事穆,即都穆(1459—1525),字敬玄,吴县(今苏州吴中区)人。弘治十二年(1499)进士。曾官工部都水司主事、虞衡司员外郎、礼部郎中。著有《西使记》、

《金薤琳琅录》、《南濠居士诗话》等。都穆在京居官时与李梦阳交好。都穆《南濠居士文跋》卷二《李户部诗》云："向余官工部时,与献吉友善,政事之暇,数相过从,觞咏流连,日夕忘去,意甚乐也。"按胡缵宗《明中宪大夫太仆寺少卿致仕都公墓志铭》："(弘治)甲子拜都工部都水司主事,……未几,丁父忧。"

〔2〕瑶池:传说中西王母所居住的地方,位于昆仑山上。传说中的西王母瑶池有多处。因为"西王母虽以昆仑为宫,亦自有离宫别窟,游息之处,不专住一山也"(《山海经校注》)。此处当指朝廷。凤凰箫:即萧史弄玉的传说。见《荡子从军行》注〔24〕。此处喻指都穆非凡的文采。

〔3〕银汉:即银河。乌鹊桥:中国传说中每年农历七月七日,即七夕时,会有飞雀在银河上架起桥梁,让牛郎和织女得以相见,称作鹊桥,后来此一名词便引申为能够连结男女之间良缘的各种事物。宋秦观《鹊桥仙》:"柔情似水,佳期如梦,忍顾鹊桥归路。两情若是久长时,又岂在、朝朝暮暮。"此处喻指作者和都穆一别万里,相见甚难。

〔4〕"海内"句:意谓都穆将要回乡为父守制,自己受打击也不得不离京远行,都穆有失亲之痛,自己有遭谗之苦,两人都是满怀悲苦。

〔5〕"天涯"句:意谓作者和都穆一样要离开京城,书剑飘零,前途渺茫。

〔6〕"君去"句:意谓都穆虽然离开京城,但守孝期满还可以回京为官。会,应当,定当。唐杜甫《望岳》:"会当凌绝顶,一览众山小。"朝北斗,指回朝为官。《论语·为政》:"为政以德,譬如北辰,居其所而众星拱之。"

〔7〕渔樵:捕鱼和打柴。指过闲散的农村生活。

夜别王检讨九思[1]

露白秋城角夜哀[2],朔云边月满燕台[3]。仙人阁在银河上[4],嬴女箫从碧落来[5]。江叶自随山叶舞,烛花偏傍菊花开。风尘荏苒年华异[6],莫怪临歧数酒杯[7]。

〔1〕据《李空同先生年表》云,李梦阳于癸亥(1503)"奉命饷宁夏军,便道归庆阳"。而此时王九思亦回乡省亲。《李开先集·唐、王、王、唐四子外传》云:"(王九思)壬戌(1502),廷试进士,充堂卷官。……甲子(1504)请告,省父母。"故此诗大概作于弘治十七年(1504)。王九思,其生平见《送王子归鄠杜》注〔1〕。

〔2〕"露白"句:写边城白露横空、角声哀鸣的凄凉景象。杜甫《月夜忆舍弟》诗:"露从今夜白,月是故乡明。"

〔3〕朔云:朔方之云。这里指边地。燕台:即黄金台。见《梁园歌》注〔2〕。

〔4〕仙人阁:神仙居住的地方。

〔5〕"嬴女"句:意谓美妙动听的箫声。嬴女箫,见《荡子从军行》注〔24〕。碧落,天空。白居易《长恨歌》:"上穷碧落下黄泉,两处茫茫皆不见。"

〔6〕风尘:谓行旅艰辛。荏苒:渐进,推移,多指时间而言。

〔7〕临歧:到歧路之处。歧,歧路,岔路。

寄孟洋谪桂林教授[1]

长沙贾谊君仍远[2],南涉三湘复九疑[3]。虎豹深山聊泽雾,蛟龙得雨固须时[4]。行藏学阁苍梧夕[5],鼓角夷城白发悲[6]。怅望适荆心岂忝[7],飘零极海翅非垂[8]。

〔1〕此诗写于正德八年(1513),为送友人孟洋被贬桂林而作。既为友人被贬而鸣不平,又勉励友人待时而起。当孟洋由桂林教授迁汶上(今山东汶山)县令时,作者又有《赠孟明府自桂林量移汶上》相酬,足见二人之情谊。孟洋(1483—1534),字望之,又字有涯,信阳(今河南信阳)人。弘治十八年(1505)进士。曾官行人司行人、陕西右参政、右佥都御史兼宁夏巡抚、总督南京粮储侍郎都御史、南京大理寺卿。著有《孟有涯集》。据严嵩《南京大理寺卿孟公墓志铭》云:"为行人时,公之内弟何子仲默方有俊名,与其群李献吉、王子衡、崔子钟、田勤甫及公,日切劘为文章,扬榷风雅以相振发。"据《国榷》卷四九云:正德八年三月"试监察御史孟洋下狱。洋论大学士梁储屡被劾,当去。礼部尚书靳贵阴求入阁,上责其排陷,谪桂林教授"。桂林即今广西桂林。

〔2〕"长沙"句:谓孟洋被贬桂林比贾谊被贬之长沙还要远。汉初贾谊学问渊博,文帝召为博士,迁太中大夫。数上疏陈政事,为大臣所忌,出为长沙王太傅。见《史记·屈原贾生列传》。

〔3〕三湘:湖南的湘潭、湘阴、湘乡合称三湘。九疑:山名,在今湖南宁远县南。也作"九嶷"。

〔4〕"虎豹"二句:是说虎豹在深山暂时被云雾所笼罩,蛟龙行雨也要等待时机。勉励友人待时而动。

〔5〕行藏:见《庚午除日》注〔4〕。学阁:即阁学。王士禛《池北偶谈》卷三:"明殿阁词林记有殿学、阁学、詹学、翰学之名。"苍梧:今广西梧州。传说舜葬于此。

〔6〕鼓角:见《送李中丞赴镇》注〔7〕。夷城:即今湖北枝城市。本巴族廪君所都。西汉置为夷道县。

〔7〕怅望:见《庚午除日》注〔5〕。适荆:到湖北。忝:有愧于。常用作谦词。

〔8〕"飘零"句:意谓即使被贬到极僻远的地方,也不要灰心丧气。

仰头遇友夜泊感赠[1]

舟夜双灯倚碧滩,江云霭霭覆春湍[2]。中年独觉沧州稳[3],直道谁非行路难[4]。坐里旌旗环汇泽[5],花时金鼓发长安[6]。时危故国思芳草,懒慢先君得挂冠[7]。

〔1〕这是一首赠友诗。诗中感慨世路险恶,直道难行,国家动乱也让诗人十分忧虑,诗末流露出自己忠心报国却屡遭打击的抑郁和悲愤。言近旨远,忠爱缠绵,深得风人之致。

〔2〕春湍:春水。

〔3〕沧州:州名。春秋战国为燕齐地。辖境历代常有变更,大体在今河北沧州市一带。

〔4〕直道:正直之道。《论语·卫灵公》:"斯民也,三代之所以直道而行也。"《淮南子·本经训》:"接径历远,直道夷险。"行路难:见《寄答内弟玑九日繁台见忆》注〔5〕。

〔5〕旌旗:旗帜的统称。此处指战旗。汇泽:疑指江西省鄱阳湖一带。《尚书·禹贡》:"东汇泽为彭蠡。"彭蠡即鄱阳湖。

〔6〕金鼓:军中用器。金指金钲,用以止众,鼓用以进众。执金鼓即可号令三军,以示讨罪。

〔7〕挂冠:《后汉书·逢萌传》:"时王莽杀其子宇,萌谓友人曰:'三纲绝矣,不去,祸将及人。'即解冠挂东都城门,归,将家属浮海,客于辽东。"后因称辞官为挂冠。

别太华君[1]

自我徘徊襄汉间[2],秋风倏忽吹襄山[3]。鹙鸧竟日乱洲渚[4],鸿雁孤鸣愁草菅[5]。秦路伤心紫芝折[6],楚岩回首桂花斑[7]。层城月出歌钟满,谁念扬雄独闭关[8]。

〔1〕此诗当作于正德九年(1514)。据《李空同先生年表》载,李梦阳在江西任被诬罢官后,于正德九年(1514)北还,"至襄阳,爱岘山、习池之胜,欲作鹿门之隐。会江水泛涨,汹汹没堤,乃归大梁"。太华君,即何宗贤,字邦宪,号西峰、太华山人,襄阳(今湖北襄阳)人。事迹见丁宿章《湖北诗征传略》。

〔2〕襄汉间:指湖北一带。

〔3〕倏忽:急速,指极短的时间。襄山:泛指湖北之山。

〔4〕鹙鸧(qiū cāng 秋仓):鸟名,即秃鹙。洲渚:水边的沙地。

〔5〕草菅:草茅。

〔6〕秦路:这里指故乡的路。紫芝:菌类,木耳的一种,可作菜食,入药,古人以为服之可长生。《古诗源》卷二有汉诗《紫芝歌》,注引《古今乐录》曰:"四皓隐于商山作歌。"晋陶渊明《赠羊长史》:"紫芝谁复采,深山久应芜。"

〔7〕楚岩:楚地的山峰。

〔8〕扬雄:字子云,西汉蜀郡成都人。少好学,长于辞赋,多仿司马相如。成帝时以大司马王音荐,拜为郎。王莽时为大夫,校书天禄阁。以事被株连,投阁自杀,几死。雄博通群籍,多识古文奇字。著有《太

255

玄》、《法言》等。《汉书》有传。闭关：闭门谢客。

赠何君迁太仆少卿[1]

省客新乘卿士车[2]，寻盟特别水云居[3]。还朝贾谊元前席[4]，去国虞生合著书[5]。贪顾休轻冀野马[6]，祖行亲钓汴河鱼[7]。虚疑厄闰春情晚[8]，驿路群花宛宛舒。

〔1〕此诗为赠何孟春之作。诗中对友人的擢升表示欣慰，也对自己被免官深为不满。何君，即何孟春。生平见《郊斋逢人日，有怀边、何二子》注〔1〕。何孟春被擢为太仆少卿在正德初年。万斯同《明史·何孟春传》："正德初，请厘正孔庙祀典，不果，行出为河南参政，廉公有威声，绩大著，擢太仆少卿。"太仆少卿，官名。太仆寺副长官。掌管宫廷御马和国家马政。

〔2〕卿士：一作卿史、卿事。源于商。甲骨文有官名卿史。西周或为卿的通称，如《尚书·洪范》："王省惟岁，卿士惟月，师尹惟日。"

〔3〕寻盟：寻找朋友。古代知心朋友经常结拜，要对天盟誓，表示忠诚。

〔4〕"还朝"句：汉代贾谊被贬之后，过了几年，汉文帝又把他招回长安，在宣室接见他。他向贾谊询问鬼神之事，贾谊详细地谈了自己的看法，两人一直谈到深夜。因为谈得投机，汉文帝不自觉地坐席上把双膝移动靠近贾谊。接见结束后，文帝说："吾久不见贾生，自以为过之，今不及也。"事见《史记·屈原贾生列传》。唐李商隐《贾生》："可怜夜半虚前席，不问苍生问鬼神。"讽刺汉文帝空自半夜前席向贾谊征询意见，但

不问治理国家大事而询问鬼神之道。前席,古人席地而坐,在坐席上向前移动而靠近对方。《史记·商君列传》:"卫鞅复见孝公。公与语,不自知膝之前于席也。"

〔5〕"去国"句:虞翻(164—233),字仲翔,三国吴余姚(今属浙江)人。初为会稽太守王朗功曹,历事孙策、孙权,屡犯颜谏争,获谴徙交州。虽处罪放,讲学不倦,门徒常数百人,为《易》、《老子》、《论语》、《国语》训注。《三国志·吴》有传。

〔6〕冀野马:喻指人才。唐韩愈《送温处士赴河阳军序》:"伯乐一过冀北之野,而马群遂空。"后以"冀野"指人才。

〔7〕祖行:饯行。

〔8〕厄闰:作者自注:是年遇闰,何有"官似黄杨厄闰年"之句。旧说谓黄杨遇闰年不长,因以"厄闰"喻指境遇艰难。宋苏轼《监洞霄宫俞康直郎中所居退圃》诗:"园中草木春无数,只有黄杨厄闰年。"

柬赵训导二首(选一)〔1〕

其一

安边坐堡近沙场〔2〕,白日胡沙惨惨黄。彀弩汝兄增品秩〔3〕,操觚吾子独文章〔4〕。双龙一命新朝阙〔5〕,三鳝诸生已报堂〔6〕。授《易》未容轻管辂〔7〕,揲蓍端合契羲皇〔8〕。

〔1〕本组诗共二首,此选一首。赵训导:作者自注云:"赵,安边营

将家子,读《易》人也。"即李梦阳的乡人赵泽,此时为开封府儒学训导。李梦阳《空同集》卷四十四《赵妻温氏墓志铭》:"温氏者,予友赵泽妻也。正德十年,赵君拜开封府儒学训导,挈其妻暨诸子来。"

〔2〕安边:即安边营。明正统二年(1437)置,即今陕西定边县东北安边镇。又,《庆阳府志》:"安边城,在(环)县西北一百二十里,地名徐家台,宋崇宁五年筑,赐名。金改为寨。元废。明置安边所。"沙场:平沙旷野。后多指战场。

〔3〕"彀弩"句:意谓赵训导之兄因军功得到擢升。彀弩,张满弓弩。代指军功。品秩,官阶和俸禄。

〔4〕操觚:执简,谓作文。觚,古人书写时所用的木简。

〔5〕"双龙"句:谓赵氏兄弟都将官运亨通。

〔6〕三鳝:东汉杨震在湖城居住时,有冠雀衔三条鳝鱼飞集在讲堂前。当时人们附会说:蛇鳝是卿大夫的服饰;其数为三,是登三公高位的吉祥征兆。参见《后汉书·杨震传》。后多用作官至三公的典故。

〔7〕管辂:见《东园翁歌》注〔6〕。

〔8〕揲蓍(shé shī 蛇诗):用蓍草卜卦。契:契合,符合。羲皇:即伏羲。古代传说中的部落酋长。即太昊,风姓。相传他始画八卦,教民捕鱼畜牧,以充庖厨。

和毛监察秋登明远楼之作[1]

院锁帘垂白日幽,为谁乘兴独登楼?地平嵩岳窗中出[2],天倒黄河槛外流。坐对炉烟云并起,醉摇霜笔树还秋[3]。可怜大厦须梁栋[4],未展那知匠氏忧[5]。

〔1〕毛监察：即毛伯温（1482—1544），字汝砺，吉水（今江西吉水）人。正德三年（1508）进士。曾官监察御史巡抚河南。嘉靖时，官兵部尚书，征安南。著有《毛襄懋集》、《东塘诗集》。据《明诗综》卷三三云："东堂（毛伯温）数与李献吉、方思道（方豪）相酬和，故其诗颇有风格。"陈鹤徵《皇明辅世篇·毛伯温传》亦云："（正德）丙子（1516）巡抚河南。"据此可知，毛在正德十一年以监察御史巡抚河南。按明制监察御史巡按地方期限为一年。故此诗当作于正德十一年。明远楼，见《明远楼春望》注〔1〕。

〔2〕"地平"句：谓明远楼地势很高，登楼远望，嵩山仿佛就在眼前。

〔3〕霜笔：谓文笔老辣。

〔4〕大厦：代指国家。

〔5〕"未展"句：意谓没有施展才能，怎么就知道没有人才呢？《庄子·徐无鬼》："庄子送葬，过惠子之墓，顾谓从者曰：'郢人垩漫其鼻端，若蝇翼，使匠石斵之。匠石运斤成风，听而斵之，尽垩而鼻不伤，郢人立不失容。宋元君闻之，召匠石曰："尝试为寡人为之。"匠石曰："臣则尝能斵之。虽然，臣之质死久矣！"自夫子之死也，吾无以为质矣，吾无与言之矣！'"

限韵赠黄子[1]

禁垣春日紫烟重[2]，子昔为云我作龙[3]。有酒每要东省月[4]，退朝曾对掖门松[5]。十年放逐同梁苑[6]，中夜悲歌泣孝宗[7]。老体幸强黄犊健[8]，柳吟花醉莫辞从。

〔1〕此诗为赠友人之作。诗中回忆了和友人在郎署时诗酒高会、谈诗论文的美好情景,还有对孝宗皇帝的知遇之恩念念不忘,隐含着对武宗荒淫昏庸的不满。限韵,用某一个韵部或某一个韵部中的某几个字作诗,这叫做"限韵"。黄子,即黄昭,字明甫,江阴人。弘治九年(1496)进士。曾任主事。正德二年(1507)因反对刘瑾落职。《明史》:"(正德)二年三月,瑾召群臣跪金水桥南,宣示奸党,大臣则大学士刘健、谢迁,尚书则韩文、杨守随、张敷华、林瀚,部曹则郎中李梦阳,主事王守仁、王纶、孙磐、黄昭,……皆海内号忠直者也。"赵怀玉《亦有生斋集·三虎引》:"黄昭,字明甫。刘瑾擅权,昭抗节自守。瑾怒,罢之。"

〔2〕禁垣:宫墙之内,指帝王居处。

〔3〕"子昔"句:用云与龙的关系形容二人的友谊。此句化用韩愈《醉留东野》"吾愿身为云,东野变为龙。四方上下逐东野,虽有离别无由逢"诗意。

〔4〕"有酒"句:谓邀请朋友在月下饮酒。东省,指门下省。唐宫内有宣政殿,殿前东厢名曰日华门,门下省在门东,故称东省,又称左省。

〔5〕掖门:宫中的旁门。

〔6〕"十年"句:意谓他们同被贬官,回到大梁已经十年了。李白《书情赠蔡舍人雄》:"一朝去京国,十载客梁园。"放逐,流放驱逐。

〔7〕"中夜"句:谓每到深夜他们便怀念孝宗皇帝的恩德,感激而悲歌。孝宗皇帝曾两次赦免、保护了李梦阳。孝宗,指明孝宗朱祐樘。

〔8〕黄犊健:如黄毛小牛一般强健。杜甫《百忧集行》:"忆年十五心尚孩,健如黄犊走复来。"

夏日繁台院阁赠孙兵部兼怀大复子[1]

独马孤城送客回,乱蝉高柳出衔杯[2]。晴天河岳今开阁,战地金元晚上台^[3]。才自筹边期献纳^[4],义犹倾盖愧徘徊^[5]。何休门客如君几^[6],北望天风万里来。

〔1〕此诗赠人兼怀人。所怀之人为老朋友何景明,所送之人又为老朋友的得意门生。高阁衔杯,孤城送客,自增无限感慨。繁台即吹台。见《送仲副使赴陕西》注〔5〕。孙兵部,不详。大复子即何景明。

〔2〕衔杯:即饮酒。

〔3〕战地金元:即金元战地。河南汴梁曾为金国首都,在金元战争中备受创伤。

〔4〕"才自"句:意谓孙兵部之才足以安抚边疆,只等国家重用。

〔5〕"义犹"句:意谓与孙兵部一见如故,情深意重。倾盖,盖,车盖。谓行道相遇,停车而语,车盖接近,因称初交相得,一见如故为倾盖。

〔6〕"何休"句:此句应指何景明,孙兵部当为何景明门人。何休(129—182),字邵公,东汉任城樊人。为董仲舒四传弟子,精研六经。曾因太傅陈蕃推荐而参政,蕃失败后受牵连罢官。著有《春秋公羊解诂》、《公羊墨守》、《左氏膏肓》等。《后汉书》有传。

逢吉生汴上^[1]

汴上相逢俱白头,秦中却忆少时游。烟化楼阁春风日,锦绣山河百二州^[2]。未论听莺穿细柳,实因走马出长楸^[3]。金尊邂逅今宵月^[4],明发仍悬两地愁^[5]。

〔1〕此诗写故人久别重逢之情。少年友人,异地相逢,昔日情景还

历历在目。经历了人事沧桑之后,青丝已经变为白发,人世感慨,意在言外,隐微曲折,于清丽中寓含沉着。可与杜甫《赠卫八处士》互读。吉生,为李梦阳在秦地的少年朋友,其生平事迹不详。汴上,指开封。

〔2〕百二州:百二,百分之二。《史记·高祖本纪》:"秦,形胜之国,带河山之险,县隔千里,持戟百万,秦得百二焉。"此处代指关中之地。

〔3〕长楸(qiū 秋):茂盛的楸木林。楸,木名。木材可造船、制棋盘等器物。曹植《名都篇》:"走马长楸间。"

〔4〕金尊:贵重的酒杯。尊,通"樽"。

〔5〕明发:黎明、平明。《诗经·小雅·小宛》:"明发不寐,有怀二人。"朱熹《诗集传》:"明发,谓将旦而光明开发也。二人,父母也。"

郊园夏集别李沔阳[1]

东门惯种召平瓜[2],彭泽新成处士家[3]。晨起忽嘶花外马,君来同泛柳边槎[4]。向人菡萏元随槛[5],哺子鸂鶒各占沙[6]。明发路岐愁把袂[7],秋风江汉有归艖[8]。

〔1〕李沔阳:即李濂,字川父,号嵩渚山人,祥符(今河南开封市)人。《明史》有传。据陈柏《嵩渚李先生墓碑》(《明文海》卷四三四)云:李濂生于弘治戊申(1488),卒于嘉靖丙寅(1566),享年七十九岁。少年时"尝与郡中豪俊,载酒上吹台,出夷门驰昔人走马地,感愤为《怀古篇》,击筑而和,闻者壮之。尝作《理情赋》,李献吉、左舜齐见之,辄叹曰:'其班马之俦乎!'缔为忘年交。"又其《墓碑》云:李濂在正德癸酉(1513)为河南乡试第一名,次年,举进士。此后,与何景明、薛君采组织

都亭社,相互酬唱。正德乙亥(1515)李濂官沔阳(湖北仙桃市)知州,在沔阳居官的六年时间,除政事外,"暇则开阁与诸生谈艺,遂令文体翕然丕变"(《墓碑》)。故《郊园夏集别李沔阳》等诗,当写于李濂为官沔阳时期(包括李回开封时间)。

〔2〕"东门"句:用邵平种瓜典,见《东园翁歌》注〔13〕。召平,即邵平。

〔3〕"彭泽"句:意谓将回乡隐居。晋陶渊明在做彭泽令的时候,他因不想"束带"去见督邮,说"我岂能为五斗米折腰向乡里小儿",然后辞官归隐。处士,原来指有德才而隐居不愿做官的人,后来泛指没有做过官的人。

〔4〕槎:竹木筏。

〔5〕菡萏:见《去妇词》注〔3〕。

〔6〕鵁鶄(jiāo jīng 交京):即池鹭。

〔7〕把袂:握住衣袖,犹言握手。有期待会晤或表示亲昵之意。梁元帝《与萧挹书》:"何时把袂,共披心腹。"

〔8〕江汉:指湖北一带。大历三年(768)秋,杜甫漂泊至湖北公安。这里地处长江、汉水之间,故有诗《江汉》,有句云:"江汉思归客,乾坤一腐儒。"艇:小船。

别熊御史出塞[1]

今夕何夕春风微,把酒长歌春兴违[2]。娇莺乳燕黯不语[3],嫩蕊柔条空自稀。都门车骑明朝发[4],关下行人三月归。北望胡沙青草尽,祁连山外断鸿飞[5]。

〔1〕送友人出塞,深情依依。娇莺、乳燕、嫩蕊、柔条俱含情。熊御史即熊卓。见《寺游别熊子》其三注〔1〕。

〔2〕"今夕"二句:意谓正逢春风拂面的大好时光,可是把酒临风,却没有一点欢喜之意。因为要送别友人,自然无限惆怅。上句化用杜甫《赠卫八处士》诗句:"人生不相见,动如参与商。今夕复何夕,共此灯烛光。"

〔3〕黯不语:伤心不语。

〔4〕车骑:出行的车马。

〔5〕祁连山:见《熊子河西使回》其二注〔3〕。断鸿:孤鸿。喻孤独的朋友。

春望柬何舍人[1]

城南春望春可怜,小苑高楼生暖烟。几家芳草断肠处,无数落花吹笛边[2]。川原萋萋入暮雨,车马骎骎矜少年[3]。欲向仙郎夸《白雪》,《阳春》久已绝人传[4]。

〔1〕此诗为赠何景明之作。何景明与李梦阳为挚友,同为"前七子"领袖。诗中除了表达春天到来之际思念友人之情外,尾联更表现了他们对文学复古的决心和信心。何舍人即何景明。

〔2〕"无数"句:谓落花缤纷,笛声哀切。笛子曲有《梅花落》。这里语带双关。唐高适《塞上听吹笛》:"借问梅花何处落,风吹一夜满关山。"

〔3〕骎骎:马行急。矜:夸耀。

〔4〕"欲向"二句:意谓前代优良的文学传统得不到人们的重视和

继承。亦谓其文学主张曲高和寡。阳春、白雪，古代楚国的歌曲名。属于较高雅的音乐。宋玉《对楚王问》："客有歌于郢中者，其始曰《下里》、《巴人》，国中属而和者数千人，……其为《阳春》《白雪》，国中属而和者不过数十人。"后用以比喻高雅的文学艺术作品。

赠张含[1]

孔门诸子接升堂[2]，杜甫交游尽老苍[3]。万里南归望秋月，一樽对别逢春阳。生儿当如李亚子[4]，有父况作尚书郎[5]。肃肃云鸿天路永[6]，樊篱斥鹖莫空翔[7]。

〔1〕此诗赠友人张含。诗写张含之家世与为人，并述别离之情。张含，见《月夜柬张含》注〔1〕。

〔2〕升堂：升堂入室的略语。古代房屋，前为堂，后为室。称赞学识或技能由浅入深，渐入佳境。《论语·先进》："由也升堂矣，未入于室也。"

〔3〕"杜甫"句：唐代大诗人杜甫早年就深受当时著名前辈文士推重，其《奉赠韦左丞丈二十二韵》云："甫昔少年日，早充观国宾。读书破万卷，下笔如有神。赋料扬雄敌，诗看子建亲。李邕求识面，王翰愿卜邻。"此处比喻张含才华出众，颇受人们推重。

〔4〕李亚子：即五代时后唐庄宗李存勖。唐代沙陀人，历史上说他勇敢善战，灭燕、梁而后称帝，国号唐，史称"后唐"。李存勖进攻大梁之前，把夫人、儿子都送往后方的宫里，诀别时说："事之成败，在此一举，若其不济，当聚吾像于魏宫而焚之。"朱温极为震惊，曾说："生儿当如李

265

亚子!"

〔5〕"有父"句:指张含出身名门,张含父张志淳曾任户部右侍郎。万斯同《明史·文苑传·杨慎传》:"同时张含字用光,永昌人。父志淳,举乡试第一,成进士,历官户部右侍郎。"

〔6〕肃肃:疾行貌。《诗经·召南·小星》:"嘒彼小星,三五在东。肃肃宵征,夙夜在公。"

〔7〕斥鹖:亦作"斥鴳"。即鹖雀。《庄子·逍遥游》:"汤之问棘也是已:'穷发之北有冥海者,天池也。有鱼焉,其广数千里,未有知其修者,其名曰鲲。有鸟焉,其名为鹏,背若太山,翼若垂天之云;抟扶摇羊角而上者九万里,绝云气,负青天,然后图南,且适南冥也。斥鹖笑之曰:"彼且奚适也?我腾跃而上,不过数仞而下,翱翔蓬蒿之间,此亦飞之至也。而彼且奚适也?"'此小大之辩也。"此处喻指那些目光短浅的人。

题环上人精舍〔1〕

前月到寺萱草香〔2〕,今月到寺葡萄长。潢潦盈盈旭日动〔3〕,楼阁洒洒高云凉。出门每恨市城隔,浮世空嗟车马忙〔4〕。圆月清秋期重访〔5〕,即扳留卧赞公房〔6〕。

〔1〕此诗为游僧寺之作。诗中描写了僧寺的闲适恬静,和城市中的喧嚣混乱形成鲜明对比。诗人对这种世外生活赞美之时,流露出对尘世混浊的厌倦。环上人,不详。

〔2〕萱草:草名。又名鹿葱、忘忧、宜男、金针花。

〔3〕潢潦:池塘之积水。潢,积水池。潦,雨水大貌。

〔4〕"出门"二句：上句谓环上人之精舍远离都市之喧嚣；下句谓尘世中有多少人在忙着追名逐利。此处化用陶渊明《饮酒》诗"结庐在人境，而无车马喧"之意。

〔5〕期：约定。

〔6〕扳（pān攀）：挽挽。赞公：唐代僧人。曾与杜甫相过从。杜甫《别赞上人》："赞公释门老，放逐来上国。"这里代指环上人。

见素林公以《咏怀六章》见寄，触事叙歌，辄成篇什，数亦如之，末首专赠林公（选四）〔1〕

其一

南伐经年驾北还〔2〕，丽云迟日蔼燕关〔3〕。花明合殿春开扇〔4〕，柳引千官晓复班〔5〕。新有越裳贡雪雉〔6〕，更闻飞将夺天山〔7〕。务农销甲从今事〔8〕，饱饭行歌兴不悭〔9〕。

〔1〕本组诗共六首，此选四首。见素林公：即林俊（1452—1527），字待用，号见素，莆田（今福建莆田市）人。成化十四年（1478）进士，曾官刑部员外郎、云南副使、湖广按察使、南京右佥都御史、四川巡抚、工部尚书、刑部尚书。著有《见素集》。《明史·李梦阳传》云："（宁王）宸濠反诛，御史周宣劾梦阳党逆，被逮。大学士杨廷和、（刑部）尚书林俊力救之，坐前作《书院记》（按：李梦阳作《阳春书院记》），削籍。"《李空同先生年表》云："后濠败，辞连公，忌者复欲挤之，独刑部尚书林公俊毅然

曰:'夫李献吉有何罪,不过人嫉其文名耳。'遂得免焉。"又云:"(嘉靖)四年乙酉,公年五十四岁。子枝授南京工部屯田司主事,便道归省,公甥御史曹君嘉以谏谪四川茂州判,过谒,逢于庙,有诗,公为属和。见素林公以《咏怀六章》寄公,和亦如之。"

〔2〕"南伐"句:指林俊讨伐四川之乱功成而返之事。《明史·林俊传》:"正德四年起抚四川。眉州人刘烈倡乱,败而逃,诸不逞假烈名剽掠。俊绘形捕,莫能得。会保宁贼蓝廷瑞、鄢本恕、廖惠等继起,势益张,转寇巴州……已,本恕、廷瑞为永顺土舍彭世麟所擒。俊论功进右都御史。"。

〔3〕燕关:指山海关。周伯琦《野狐岭》诗:"其阴控朔部,其阳接燕关。"

〔4〕"花明"句:歌咏林俊班师归来合朝庆贺的盛况。唐杜甫《紫宸殿退朝口号》:"香飘合殿春风转,花覆千宫淑景移。昼漏稀闻高阁报,天颜有喜近臣知。"

〔5〕"柳引"句:意谓林俊回朝,又在朝中任职。

〔6〕"新有"句:指南方少数民族政权向明王朝进贡珍稀物品。作者自注云:"是年始贡者三国。"雪雉,白马鸡,又名雪雉,历史上也曾经被称作藏马鸡,是中国特有鸟种。

〔7〕飞将:指汉代名将李广。李广与匈奴作战数十次,英勇善战,匈奴人称为"飞将军"。唐王昌龄《出塞》:"但使龙城飞将在,不教胡马度阴山。"此处指在西北边地英勇善战的明朝将士。天山:是亚洲中部的一条大山脉,横贯中国新疆的中部,西端伸入哈萨克斯坦。山上终年白雪皑皑,新疆的三条大河锡尔河、楚河和伊犁河都发源于此山。

〔8〕"务农"句:意谓明王朝消除了内乱和外患,国家可以休养生息了。销甲,犹解甲。

〔9〕"饱饭"句:意谓老百姓可以过上丰衣足食的生活,士大夫也可

以暂时忘记国事,及时行乐。

其三

青天万仞削芙蓉[1],忆踏匡庐第一峰[2]。哀壑暮云埋虎豹[3],大江春浪变鱼龙[4]。天池玉笔亲留偈[5],石室山僧独扣钟[6]。搔首昔曾霄汉上[7],旧题应被紫苔封[8]。

〔1〕青天万仞:形容庐山高耸入云的峻拔。削芙蓉:赞美庐山的秀丽和特出,犹如亭亭玉立的荷花。

〔2〕"忆踏"句:作者曾任江西提学副使,多次上庐山游玩。匡庐,即庐山。见《陟峤》注〔9〕。

〔3〕"哀壑"句:庐山峰峦起伏,经常有虎豹出没。这里喻指江西一带危机重重,曾有宸濠之乱。

〔4〕鱼龙:见《野风》注〔3〕。

〔5〕"天池"句:指明太祖御碑亭,《(嘉靖)九江府志》:"御碑亭,在天池寺东。我太祖高皇帝制。周颠仙碑建亭覆之,旧用砖砌。"

〔6〕石室:指石虹山之石室,为著名旅游地。《江西通志》载:"石虹山在余干县北十里,横石跨水,文彩若虹,有石室甚广,旁列石障如屏风。"

〔7〕"搔首"句:意谓回忆当时在庐山的情景,犹如曾经在天上人间。搔首,用指甲挠头发,心情焦虑的样子。《诗经·邶风·静女》:"静女其姝,俟我于城隅。爱而不见,搔首踟蹰。"霄汉,云霄和天河,指天空。

〔8〕旧题:以前题在石或墙上的诗篇。宋苏轼《和子由渑池怀旧》:"老僧已死成新塔,坏壁无由见旧题。"这里指作者在庐山的题诗。紫

苔:指干枯的苔藓。

其四

投簪万里旋舟日^[1],暂憩覃园傍岘西^[2]。潭起汉娥留佩赋^[3],井传王粲倚楼题^[4]。林猿浦雁心常往^[5],楚雨襄云路不迷^[6]。缩项一槎真欲钓^[7],几时重访鹿门栖^[8]。

〔1〕投簪:丢下固冠用的簪子。比喻弃官。晋陆机《应嘉赋》:"苟形骸之可忘,岂投簪其必谷。"

〔2〕覃园:不详。岘:即岘山。岘山在湖北襄阳市南。也叫岘首山。晋羊祜镇襄阳时,尝登岘山,置酒言咏,被后世传为佳话。

〔3〕汉娥留佩:即汉皋解珮的故事。相传周郑交甫于汉皋台下遇二女,解佩相赠。后因称男女爱慕赠答为"汉皋解珮"。唐白居易《代书诗一百韵寄微之》诗:"心摇汉皋珮,泪堕岘亭碑。"汉皋,山名。在今湖北襄阳市西北。佩,即珮,玉珮。

〔4〕王粲倚楼题:指王粲创作的《登楼赋》。王粲,见《别徐子祯卿得江字》注〔8〕。

〔5〕林猿:林中之猿。猿鸣极为悲哀。杜甫《乾元中寓居同谷县,作歌七首》:"扁舟欲往箭满眼,杳杳南国多旌旗。呜呼四歌兮歌四奏,林猿为我啼清昼。"浦雁:水滨之雁。意谓来宾。《礼记·月令》:"(季秋之月)鸿雁来宾,爵入大水为蛤。"孙希旦集解:"是月鸿雁来宾,始至中国也。曰'来宾'者,雁以北为乡,其在中国也,若来为宾客然。"杜甫《重送刘十弟判官》诗:"分源豕韦派,别浦雁宾秋。"

〔6〕楚雨襄云:指巫山云雨的传说。战国楚宋玉《高唐赋》:"昔者

楚襄王与宋玉游于云梦之台,……玉曰:'昔者先王尝游高唐,怠而昼寝,梦见一妇人曰:"妾,巫山之女也。为高唐之客。闻君游高唐,愿荐枕席。"王因幸之。去而辞曰:"妾在巫山之阳,高丘之阻,旦为朝云,暮为行雨。朝朝暮暮,阳台之下。"旦朝视之,如言。故为立庙,号曰"朝云"。'"

〔7〕缩项:鱼名。缩项鯿,亦称"缩颈鯿"、"缩头鯿"。以肥美著名。

〔8〕鹿门栖:鹿门,即鹿门山。见《戏作放歌寄别吴子》注〔24〕。

其六

西伐亲将龙虎军〔1〕,南归甘即鹭鸥群〔2〕。谢安实费登山屐〔3〕,司马虚传喻蜀文〔4〕。钓罢兰溪宵上月〔5〕,吟成壶岭昼生云〔6〕。何时勉为苍生起〔7〕,怅望东南五色氛〔8〕。

〔1〕"西伐"句:谓林俊亲领军队镇压四川农民起义军。《明史纪事本末·平蜀盗》云:"武宗正德三年(1508)冬十月,四川保宁贼兰廷瑞、鄢本恕走汉中,攻陷郡县。起右副都御史林俊巡抚四川,兼赞理军务,督兵讨之。"龙虎军,喻能征善战的军队。

〔2〕"南归"句:谓林俊被解职后,甘心过林泉生活。《明史·林俊传》载,由于林俊在军中与总督洪钟议多不合。中贵子弟欲冒从军功,辄禁止。因此招致许多大臣诽谤他,林俊多次上书请求解职回乡,正德六年(1511)十一月终致仕。俊归,士民号哭追送。

〔3〕"谢安"句:谓林俊如谢安一样,退可以逍遥林下,过悠闲的生活,进可以安邦定国。

〔4〕"司马"句:谓司马相如之《喻蜀中父老檄》能平定蜀中之乱,主

要是国家具有强大的中央政府。《史记·司马相如传》云:"相如为郎数岁,会唐蒙使略通夜郎西僰中,发巴蜀吏卒千人,郡又多为发转漕万馀人,用兴法诛其渠帅,巴蜀民大惊恐。上闻之,乃使相如责唐蒙,因喻告巴蜀民以非上意。"司马相如作《喻蜀中父老檄》。

〔5〕兰溪:以兰溪为名者有三处,但都不在福建。此处也许用了唐戴叔伦之典故。戴叔伦有《兰溪棹歌》诗描写隐居生活,其所谓之兰溪在今浙江兰溪市西南。

〔6〕壶岭:疑即壶公山。在今福建莆田市南。

〔7〕"何时"句:意谓什么时候林俊才能重新为朝廷所用,平定天下,造福黎民。《晋书·谢安传》云,谢安初为佐著作郎,因病辞官,隐东山。朝廷屡召不仕,时人因言:"安石不肯出,将如苍生何?"年四十出为桓温司马,迁中书令,官至司徒。

〔8〕"怅望"句:意谓怅然相望林俊隐居的东南方向,表示思念和祝福。怅望,怅然相望。五色氛,即五色云。五种颜色的云彩,古人以为祥瑞。

河上茅斋成呈家兄[1]

愚弟罢官兄独喜,卜筑茅斋傍竹林[2]。开窗忽见万里色,背水常留十亩阴。春来燕子休相贺,日暮幽人且自吟[3]。庭下会栽棠棣树[4],床头新制有虞琴[5]。

〔1〕据《李空同先生年表》,李梦阳因反对宦官而被迫辞官,正德二年(1507)潜归大梁,依伯兄孟和,筑河上草堂,闭门读书,聚徒讲学,怡然

自得。暇则携杖膏车,游苏门山,登啸台。李梦阳《河上草堂记》:"正德二年闰月,予自京师返河上筑草堂而居。其地古大梁之墟,今曰康王城也,濒河,……予兄故垦田数十百区,树柳以千数,环堂皆柳也。登堂见大堤及城中塔背,隐隐见河帆。堂下莳榴、竹、菊、葡萄、槿、椒、牡丹并诸杂草物,而予日弹琴咏歌其中。"

〔2〕卜筑:择地建屋。

〔3〕幽人:隐士。

〔4〕会:会当,定当,一定要。苏轼《江城子》词:"会挽雕弓如满月,西北望,射天狼。"棠棣:木名,又名"常棣",即郁李。《诗经·小雅》有《常棣》篇,《诗经·序》称召公燕兄弟所作。《汉书·杜邺传》引作"棠棣"。后常以指兄弟的情意。

〔5〕有虞琴:指虞舜的琴。《礼记·乐记》:"昔者舜作五弦之琴,以歌《南风》。"后泛指琴。有虞,指舜。舜为古代有虞氏部落首领。

送蔡子赴省[1]

君从历下游三辅[2],暂就薇花避柏乌[3]。关内久悬冯异望[4],河西早上伏羌图[5]。茶官诡谲时侵马[6],饷吏奔趋日备胡[7]。生养愿今开气象[8],山河百二本皇都[9]。

〔1〕此诗为送别诗。诗中没有客套之言,直接指出关内人民的困苦生活和官吏的腐败,希望朝廷能够清除弊政,解民倒悬。拳拳之意,忧国忧民之情,尽在其中,沉郁深挚,音调铿锵,深得杜诗之精髓。蔡子,不详。省,这里为地方最高一级行政区域名。

〔2〕历下：即历下邑，今山东省济南市。三辅：指西汉治理京畿地区的三个职官。西汉建都长安，京畿官统称内史。景帝时分置左右内史及都尉，即有三辅的名称。武帝太初元年（前104），改右内史为京兆尹，治长安以东；左内史为左冯翊，治长陵以北；都尉为右扶风，治渭城以西。又长安近畿，三辅所辖地区亦称三辅。见《汉书·地理志》等。

〔3〕薇花：即薇菜，巢菜。又名野豌豆。蔓生，茎叶似小豆，可生食或做羹。《诗经·召南·草虫》："陟彼南山，言采其薇。"《史记·伯夷列传》："武王已平殷乱，天下宗周，而伯夷、叔齐耻之，义不食周粟，隐于首阳山，采薇而食之。"柏乌：即柏台，御史台。汉御史府中列植柏树，常有野乌数千栖宿其上。后因称御史台为柏台。

〔4〕"关内"句：意谓关中一带民情动荡，只希望有像冯异这样的将才前来安抚民心。冯异，字公孙，东汉初颍川父城（今河南宝丰东）人。新莽末，任郡掾。后归刘秀，从其安定河北，为偏将军，封应侯。刘秀即位后，他被封为阳夏侯，任征西大将军，在崤底战败赤眉起义军。《后汉书·冯异传》："（建武二年）赤眉、延岑暴乱三辅，郡县大姓各拥兵众，大司徒邓禹不能定，乃遣异代禹讨之。车驾送至河南，赐以乘舆七尺具剑。敕异曰：'三辅遭王莽、更始之乱，重以赤眉、延岑之酷，元元涂炭，无所依诉。今之征伐，非必略地屠城，要在平定安集之耳。诸将非不健斗，然好虏掠。卿本能御吏士，念自修敕，无为郡县所苦。'异顿首受命，引而西，所至皆布威信。弘农群盗称将军者十馀辈，皆率众降异。"

〔5〕"河西"句：借三国张松献地图之典故指向朝廷进献安边策略。河西，黄河以西。在甘肃西部。伏羌，旧县名。唐武德三年（620）改冀城县治，治今甘肃甘谷。

〔6〕"茶官"句：揭露当时边境贸易中的官员腐败。茶官，即茶马司的官员。茶马司，官署名。宋代置有榷茶、买马司。明洪武时置洮州、秦州、河州三茶马司大使。诡谲，变化多端。此处指诡计多端。侵，侵吞。

《明史·食货志·茶法》:"永乐中,帝怀柔远人,递增茶斤。由是市马者多,而茶不足。茶禁亦稍驰,多私出境。碉门茶马司至用茶八万馀斤,仅易马七十匹,又多瘦损。乃申严茶禁,设洮州茶马司,又设甘肃茶马司于陕西行都司地。十三年特遣三御史巡督陕西茶马。"至弘治、正德年间,茶马贸易更是漏洞百出,许多大臣提出过批评意见。

〔7〕"饷吏"句:意谓朝廷耗费大量钱财时时防备胡兵侵扰。饷吏,转运粮饷的官吏。

〔8〕开气象:打开新的局面。

〔9〕山河百二:百二,百分之二。见《逢吉生汴上》注〔2〕。

寄赠司寇林公还山[1]

征书强逼上肜闱[2],退食长吟望翠微[3]。汉室本缘三策重[4],都门真见二疏归[5]。朝廷司寇元持法[6],天下苍生遽拂衣[7]。趋陛履声皇念切[8],梦魂能复五云飞[9]。

〔1〕正德六年(1511)十一月,林俊因与权贵不睦被迫致仕,李梦阳作此诗为其鸣不平。《明史·林俊传》:"俊在军,与总督洪钟议多左。中贵子弟欲冒从军功,辄禁止。御史俞缁走避贼,而金事吴景战殁。缁惭,欲委罪俊,遂劾俊累报首功,贼终不灭;加凿井毁寺,逐僧徒,迫为贼。于是俊前后被切责。比方四败,贼且尽,俊辞加秩及赏,乞以旧职归田。诏不许辞秩,听其致仕。言官交请留,不报。俊归,士民号哭追送。时正德六年十一月也。"司寇,官名。西周始置,春秋、战国时沿用,掌刑狱、纠察等事。后世以大司寇为刑部尚书的别称,侍郎则称少司寇。林公,即

林俊。见《见素林公以〈咏怀六章〉见寄,触事叙歌,辄成篇什,数亦如之,末首专赠林公》其一注〔1〕。

〔2〕征书:征召授官的诏书。彤闱:朱漆宫门。借指宫廷。南朝齐谢朓《酬王晋安德元诗》:"拂雾朝清阁,日旰坐彤闱。"

〔3〕退食:语出《诗经·召南·羔羊》:"退食自公,委蛇委蛇。"郑玄笺:"退食,谓减膳也。自,从也;从于公,谓正直顺于事也。"朱熹《诗集传》:"退食,退朝而食于家也。"此处指林俊解职还乡。翠微:即翠微峰。在江西省赣州地区东北部,是江南古今风景旅游胜地之一。翠微峰古称金精山,因传道姑张丽英为金星之精于此修炼而得名。

〔4〕"汉室"句:指汉代董仲舒为汉武帝上"天人三策"。建元六年(前135),太皇太后窦氏驾崩,汉武帝乾纲独揽。元光元年(前134),汉武帝令郡国举孝廉,策贤良,在内外政策上进行一系列变古创制、更化鼎新。他在元光元年策贤良文学诏中向董仲舒征询治道,董仲舒连上三道策论作答,因首篇专谈天人关系,故史称"天人三策"。此处比喻林俊像董仲舒一样为饱学之士、国家重臣。

〔5〕二疏归:指疏广和疏受辞职回乡的故事。二疏,见《奉送大司马刘公归东山草堂歌》注〔24〕。

〔6〕持法:即执法。

〔7〕遄:疾、速。

〔8〕"趋陛"句:意谓皇帝对林俊非常倚重。趋陛,上朝。陛,帝王宫殿的台阶。

〔9〕五云:五色云彩。古人以为祥瑞。《史记·五帝本纪》载,黄帝与蚩尤战于涿鹿,有五色云气、金枝玉叶覆于帝上。

奉寄邃庵相公之作[1]

征书北阙朝朝下,不见东山起谢安[2]。黄阁两朝心自赤〔3〕,苍生四海泪曾干〔4〕。云霄桃李犹门径〔5〕,岁月丝纶只钓竿。舟楫愿公长好在,风江日夜有波澜〔6〕。

〔1〕杨一清为李梦阳座师,李梦阳颇为爱戴其人。此诗为寄杨一清之作,表达了作者对他的崇敬和对国家前途的忧虑。邃庵相公,即杨一清,其生平见《徐子将适湖湘,余实恋恋难别,走笔长句,述一代文人之盛,兼寓祝望焉耳》注〔8〕。

〔2〕"征书"二句:意谓征召大臣的诏书经常传来,可是偏偏没有起用杨一清的消息。征书,指征召或征调的文书。北阙,古代宫殿北面的门楼。用为宫禁或朝廷的别称。东山起谢安,见《见素林公以〈咏怀六章〉见寄,触事叙歌,辄成篇什,数亦如之,末首专赠林公》其六注〔7〕。

〔3〕"黄阁"句:意谓杨一清曾为两朝宰辅,对国家和皇帝都忠心耿耿。黄阁,汉代丞相听事阁及汉以后三公官署厅门涂黄色,故称黄阁。杨一清曾为首辅,相当于宰相。两朝,这里指弘治、正德两朝。

〔4〕苍生:百姓。

〔5〕"云霄"句:谓杨一清虽然免官闲居,可是很为人们敬重。桃李,即"桃李不言,下自成蹊"的省称。

〔6〕"舟楫"二句:语带双关。表面意思是请杨一清在垂钓时注意风浪;深层意思是希望他在仕途中也要处处小心,宦海中的波浪日夜不停,充满凶险。刘禹锡《竹枝词》:"瞿塘嘈嘈十二滩,此中道路古来难。长恨人心不如水,等闲平地起波澜。"

双溪方伯夏初见过,就饮石几,留诗次韵〔1〕

孤城春气转温风,石几闲门夏树中〔2〕。遇客便移杯酒玩,题诗今得故人同。犹惊鸟动花纷落,况值日斜樽不空。晚暮苍茫万里色,赖君长剑倚崆峒[3]。

〔1〕此诗当作于杭淮任河南布政使期间(嘉靖元年至四年,1522—1525)。双溪,即杭淮。见《酬秦子,以曩与杭子并舟别诗见示,余览词悲离,怆然婴心,匪惟人事乖迕,信手二十二韵,无论工拙,并寄杭子》注〔1〕。方伯,对地方长官的泛称。次韵,古体诗词写作的一种方式。按照原诗的韵和用韵的次序来和诗。

〔2〕石几:石桌。

〔3〕长剑倚崆峒:谓凭借自身的才略保卫国家。崆峒,山名,在甘肃平凉市西。泾水发源于此山。杜甫《投赠哥舒开府翰二十韵》:"防身一长剑,将欲倚崆峒。"

东庄藩司诸公见过[1]

少年湖海老中原,万里谁期共一尊[2]?邂逅路岐须尽醉[3],向来离合敢重论[4]。桑麻事业陶公径[5],鸟雀人情翟氏门[6]。懒散废书瓜可种[7],夜来时雨足吾园。

〔1〕这首诗在赠答之中,寄寓了诗人洁身自好的情趣。诗中对世态炎凉,人情冷暖,进行了含蓄的讽刺;对归隐田园,育桑种瓜,表现了浓厚的兴致。东庄,李梦阳开封庄园名。李梦阳居开封时,曾多次在此宴请宾客。藩司,布政司。这里指杭淮。见《酬秦子,以曩与杭子并舟别诗见示,余览词悲离,怆然婴心,匪惟人事乖迕,信手二十二韵,无论工拙,

并寄杭子》注〔1〕。

〔2〕尊:即"樽",酒杯。这里代指饮酒。

〔3〕邂逅(xiè hòu谢后):偶然遇见。路岐:岔路之处。岐,同"歧"。

〔4〕向来:从来。离合:分离和聚会。

〔5〕"桑麻"句:意谓将学陶渊明归隐山林,躬耕田野。陶渊明《归园田居》之二:"相见无杂言,但道桑麻长。"

〔6〕"鸟雀"句:慨叹人情冷暖,世态炎凉。翟氏,指翟公,西汉下邽人。为廷尉,宾客盈门。及废,门外可设雀罗。后复职,宾客欲往,翟公乃大署其门曰:"一死一生,乃知交情;一贫一富,乃知交态;一贵一贱,交情乃见。"见《史记·汲郑列传》。

〔7〕"懒散"句:意谓自己不做官可以学邵平种瓜自存。

夏都给勘邺潞之战,惠见忆之作,寄答四首(选二)〔1〕

其一

廿年不入紫宸朝〔2〕,白发犹能伴野樵。敢向骅骝争道路〔3〕,固知鹏鹗自云霄〔4〕。狂歌见月时呼酒〔5〕,懒性临风欲弃瓢。寄语昔游青埂客〔6〕,岭云溪雪记同招。

〔1〕本组诗共四首,此选二首。诗当作于嘉靖七年(1528),为酬答夏言之作。夏言(1482—1548),字公谨,号桂洲,明江西贵溪人。正德十

二年(1517)进士。嘉靖初为谏官,主张废除正德年间的弊政。嘉靖十五年(1536)以礼部尚书兼武英殿大学士入阁,旋为首辅执政。嘉靖二十一年(1542)为严嵩排挤去官。二十四年(1545)重被起用,后因事被严嵩诬陷杀害。夏言在嘉靖七年曾被皇帝派往勘察镇压陈卿起义之事。《明史·潘埙传》载:"嘉靖七年,(潘埙)累官右副都御史,巡抚河南。潞州巨盗陈卿据青阳山为乱,山西巡抚江潮、常道先后讨贼无功,乃敕埙会剿。埙谋于道曰:'贼守险,难以阵。合诸路夹攻,出不意夺其险,乃可擒也。'遂分五哨三路入,募土人为导。首攻夺井脑,贼悉众争险。官军奋击,大破之,追奔至莎草岭,毁安阳诸巢。……捷闻,帝将大赉,遣给事中夏言往核,未报。"勘,调查。邺潞,地名,均在河南。

〔2〕廿年:二十年。紫宸:殿名,唐宋为皇帝接见群臣、外国使者朝见庆贺的内朝正殿。

〔3〕骅骝:见《东园翁歌》注〔11〕。

〔4〕鹏鹗云霄:谓像鹏鹗一样展翅高飞。指高举遗世。

〔5〕"狂歌"句:谓在月下举杯痛饮,放声高歌。王维《辋川闲居赠裴秀才迪》诗:"复值接舆醉,狂歌五柳前。"

〔6〕青琐客:姿容超群的人。青琐,刻镂成格的窗户。《世说新语·惑溺》:"韩寿美姿容,贾充辟以为掾。充每聚会,贾女于青琐中看见寿,悦之,恒怀存想,发于吟咏。"

其四

岩峣上党接壶关[1],杖钺东行历万山[2]。岩冻雪埋擒虎窟,堑腥云裹斫龙湾[3]。崭巉路透渔樵入[4],荟蔚林清鸟雀还[5]。为问登高能赋者[6],雪毫几扫白云间?

〔1〕岩峣（tiáo yáo 条尧）：高峻，高耸貌。上党：上党郡。战国韩置，秦汉治所在长子县（今山西长子县西南）。历代屡有变更，明洪武年间废，嘉靖年间复置，改名长治县。壶关：位于山西省长治市东南壶关县太行山口。

〔2〕杖钺：以钺为杖。

〔3〕"岩冻"二句：极写路途艰险之状，犹如赴龙潭虎穴。

〔4〕崭巉（chán 蝉）：高耸险峻貌。渔樵：打渔和砍柴之人。

〔5〕荟蔚：云雾弥漫貌或草木繁密貌。

〔6〕登高能赋：《韩诗外传七》："孔子游于景山之上，子路、子贡、颜渊从。孔子曰：'君子登高必赋，小子愿者何？'"《汉书·艺文志》："传曰：'不歌而诵谓之赋，登高能赋可以为大夫。'"

熊监察至自河西，喜而有赠[1]

当年五郡乘轺过[2]，此日千城揽辔游[3]。封事几腾天北极[4]，筹边真历地西头[5]。昆仑壮压胡尘断[6]，弱水清翻汉月流[7]。若使巡行皆汝辈[8]，远夷那系庙堂忧[9]。

〔1〕此诗高度赞扬了友人出巡河西、安定边疆的丰功伟绩，并希望朝廷能够选贤任良，使边境肃清。此诗境界雄奇，格律工整，恢宏的气度下有沉郁之致。熊监察即熊卓，见《寺游别熊子》其三注〔1〕。

〔2〕五郡：指河西五郡，为金城、武威、张掖、酒泉、敦煌。汉代窦融以河西五郡大将军名号，经营黄河以西的武威、张掖、酒泉、敦煌和金城五郡长达十四年之久，发展生产，安定边疆，为国家做出了卓越的贡献。

辂:小车。《史记·季布列传》:"朱家乃乘辂车之洛阳。"

〔3〕揽辔:上车时抓住绳索。见《送陈宪使淮上备兵》注〔3〕。

〔4〕封事:密封的奏章。古时臣下上书奏事,为防泄漏,用皂囊封缄,故称。天北极:喻指遥远的北方地区。

〔5〕筹边:筹划边境的事务。宋刘过《八声甘州·送湖北招抚吴猎》词:"共记玉堂对策,欲先明大义,次第筹边。"地西头:彭孙贻《明诗钞》作"海西头",指遥远的西北地区。此句与上文互文见义。

〔6〕"昆仑"句:意谓熊监察经营河西颇有方略,远方的少数民族不敢侵扰。昆仑,见《画鱼歌》注〔16〕。

〔7〕"弱水"句:意谓边患靖清,北方老百姓可以过上安定的生活。弱水,水名。始见于《尚书·禹贡》:"导弱水至于合黎。"孙星衍《尚书今古文注疏》:"郑康成曰:'弱水出张掖。'"

〔8〕巡行:此处指巡查。《明史·职官志》:"十三道监察御史,主察纠内外百司之官邪,或露章面劾,或封章奏劾。……师行则监军纪功,各以其事专监察。而巡按则代天子巡狩,所按藩服大臣、府州县官诸考察,举劾尤专,大事奏裁,小事立断。"

〔9〕"远夷"句:意谓朝廷如果有熊监察这样精明干练、清廉自守的官员巡视各地,自然社会安定、外夷远遁,不需要皇帝为边事忧心忡忡了。远夷,周边少数民族。庙堂,指皇帝和朝廷。

小至[1]

连年至日多暄暖[2],不似今年暖更饶[3]。脉脉水泉元自动[4],微微云物向人遥。即防腊意传梅蕊,更遣风光媚柳条。便可抽身解簪组[5],且谋春事伴渔樵[6]。

〔1〕此诗为小至日遣怀之作。诗人享受着小至日的阳光,谋划着隐逸生活。小至,冬至前一天。一说即冬至日。古代以阳为大,阴为小,冬至阴极,故称小至。

〔2〕暄暖:和暖。

〔3〕饶:富足,多。

〔4〕脉(mò 末)脉:默默地用眼神或行动表达情意。此处比喻水流柔和貌。

〔5〕解簪组:谓辞去官职。簪,古代男女绾束头发的针形首饰。组,印绶,引申为官印或做官的代称。

〔6〕伴渔樵:以渔者和樵夫为伴,谓隐居山林。

戊辰生日〔1〕

生还淹迹倚荒庐〔2〕,懒散经秋赋索居〔3〕。双泪弟兄挥酒日,寸心关陇望乡馀〔4〕。腊晴柳日辉辉动,春逼冰河滚滚虚。三十七年吾底事,弹歌不为食尤鱼〔5〕。

〔1〕此诗作于李梦阳出狱之后。回想往事,感慨系之。戊辰,即正德三年(1508),此年李梦阳三十七岁。刘瑾对李梦阳怀恨在心,罗织罪状下李梦阳锦衣卫狱。其兄孟和与内弟左国土冒着很大风险求救于康海,后得康海诉于刘瑾才得生还。

〔2〕生还:指从狱中得救归乡。

〔3〕索居:散处,独居。

〔4〕"寸心"句:是说心中一直想着故乡。寸心,犹心。心位于胸中方寸之地,故称寸心。

〔5〕"弹歌"句:谓自己上书言事是为了国家安定、政治清明,并不是为自己谋利益。战国齐孟尝君食客冯谖弹铗而歌:"长铗归来乎,食无鱼!"见《战国策·齐策》。铗,剑。

己巳守岁〔1〕

穷年岂办椒花颂〔2〕,守岁真贪竹叶杯〔3〕。天下风尘难即料,夜中星斗直须回。伤心蜀汉新戎马〔4〕,触目中原半草莱〔5〕。饮罢空庭聊独立,五更春角动城哀〔6〕。

〔1〕正德四年己巳(1509),李梦阳在家闲居,此时离他被刘瑾矫诏下狱放归不到一年时间。除夕之夜,家人团聚,经历过生离死别的他,真如杜甫所谓"夜阑更秉烛,相对如梦寐"。诗中除了对身世感慨之外,更多的是关心天下大事,忧虑国家命运,令人肃然起敬。守岁,农历除夕家人共坐,终夜不睡,送旧岁,迎新岁,叫守岁。

〔2〕椒花颂:晋刘臻妻陈氏尝在正月初一献《椒花颂》。见《晋书·列女传》。后用为新年祝词之典。戴叔伦《二灵寺守岁》诗:"无人更献椒花颂,有客同参柏子禅。"

〔3〕竹叶杯:装着竹叶青酒的酒杯。代指竹叶青酒。

〔4〕"伤心"句:谓蜀中一带战乱频起,令人担忧。《明史纪事本末·平蜀盗》载,正德三年(1508),四川保宁人蓝廷瑞、鄢本恕率众起义,并且转战四川、陕西、湖广等地,一路攻城略地,锐不可当。朝廷起右

副都御史林俊巡抚四川,兼赞理军务,督兵讨伐。

〔5〕"触目"句:谓经过连年战乱,中原一带人民流离失所,田地荒芜,让人触目惊心。草莱,草茅,杂草之类。这里指荒芜未垦的土地。

〔6〕"五更"句:意谓夜深人静之后,远处传来哀切的号角声,整个城市仿佛被悲凉的氛围所笼罩。

初度怀玉山有感[1]

年今四十身千里,生日登临寓此中[2]。忧国未收南望泪,思家犹阻北来鸿[3]。寒冬白雾峰峦隐,车马深山道路通。学海久伤青鬓改[4],振衣真愧玉岩风[5]。

〔1〕此诗作于正德六年(1511),诗人四十岁生日时。作者虽因得罪刘瑾罢官家居,但对国家命运的担忧还时时萦绕心中。怀玉山,山名,在江西玉山县北。相传夜间山上有异光,又其高势连接北斗,故又名辉山、玉斗山。当吴、楚、闽、越之交,与仙霞、黟山二山脉连接。山中之水,西出者入江,东出者入浙,为浙江、江西二省的分水岭。

〔2〕生日:李梦阳生日为十二月七日。登临:登山临水。也指游览。

〔3〕"思家"句:谓与家乡远隔千里,音书经常断绝。北来鸿,指书信。古代有"雁足传书"的传说(见《汉书·李广苏建传》附《苏武传》),故用鸿雁代指书信。

〔4〕"学海"句:意谓在学术上呕心沥血,因此过早地衰老。青鬓,黑色的鬓发,喻年轻。

〔5〕振衣:抖衣去尘。《楚辞·渔夫》:"新沐者必弹冠,新浴者必振

衣。"喻将出来做官。玉岩:指宋代隐士杨孝本。宋方勺《泊宅编》卷上:"杨孝本,字行先,居处州城西,一圃甚幽邃,学博行高。东坡谪惠州,过而爱之,为留月馀,号曰玉岩居士。"

南康元夕[1]

发春南地北同寒,旅宿张灯雪气残。三晋楼台违夜月[2],五湖鸥鹭伴风湍[3]。真防柳色侵梅色,莫道蝉冠胜鹖冠[4]。匣剑冲星愁易泄[5],倚筇还向斗牛看[6]。

〔1〕此诗当作于正德九年(1514)正月十五夜。正德八年冬至,李梦阳至南康养病,时已接朝廷勘审之命。李梦阳《井铭序》云:"正德八年冬至,予至南康府。"又,其《广信狱记》云:"李子寓南康府,卧病待罪,勘官大理卿燕忠奏……"诗中表现了作者不满现实政治、向往归隐生活的心情。南康,见《中秋南康》注〔1〕。元夕,元宵,正月十五夜。

〔2〕三晋:春秋末,晋国为韩、赵、魏三家卿大夫所分,各立为国,史称三晋。其地包括今山西、河南及河北西南部分。

〔3〕五湖:说法不一,大概有三种:以太湖为五湖;以太湖及附近四湖为五湖;谓五湖非一湖,并不在一地。传说春秋时期范蠡帮助越王打败吴王后,即辞官泛游五湖。湍:急。

〔4〕蝉冠:汉代侍从官员之冠以貂尾蝉文为饰。后因用蝉冠为显贵的通称。鹖冠:隐士之冠。春秋时楚国有鹖冠子,当齐威王、魏惠王之时,他隐居深山,以鹖羽为冠,故有此号。

〔5〕"匣剑"句:匣中宝剑闪闪发亮,剑气冲天,意谓希望用它有所

作为。匣剑冲星,指丰城宝剑的故事。晋初,牛、斗之间常有紫气照射。雷焕告诉张华说:宝剑之精,上彻于天。张华命雷焕寻觅,结果在丰城(今江西丰城)牢狱的地下,发掘到宝剑一双,一名龙泉,一名太阿。后来,这一对宝剑没入水中,化为双龙。事见《晋书·张华传》。

〔6〕"倚筇"句:谓倚杖独立,遥望斗牛,希望有雷焕这样的识器之人出现来发现宝物。亦即希望朝廷能重用贤才。倚筇,拄着竹杖。筇,杖。斗牛,二十八宿中的斗宿和牛宿。

乙亥元夕忆旧,柬边子卧病不会[1]

忆昔金钱并卜欢,称心灯火独长安。炉香欲散尚书省[2],环珮先归太乙坛[3]。十载酒杯喧五夜[4],九衢游马阅千官[5]。蓬将转合今同此,月满梁园却自看[6]。

〔1〕作者追忆与友人在京城度过的欢乐时光,表达对友人的深切思念。这一天,诗人还写有《乙亥元日柬台省何、边二使君,边卧病久》。乙亥即正德十年(1515),此时李梦阳在大梁。边子,即边贡。其生平见《徐子将适湖湘,余实恋恋难别,走笔长句,述一代文人之盛,兼寓祝望焉耳》注〔12〕。

〔2〕尚书省:官署名。秦少府属官有尚书,在内掌文书。东汉设尚书台,群臣奏章,都要经过尚书。魏晋以后,有中书省,尚书之权遂减。明初设六部尚书,分为六署,属中书省。洪武十三年(1380)撤中书省,分其政于六部,而尚书之权始重。

〔3〕"环珮"句:谓大家一齐涌向边贡之处聚会。环珮,见《秋怀》其

三注[6]。太乙坛,作者自注:"边,旧太常,故曰太乙坛。"

〔4〕"十载"句:意谓在京供职十年多,经常彻夜聚会饮酒。五夜,古人把夜晚分为五个更次,五夜即第五更。

〔5〕"九衢"句:意谓他们醉酒以后乘兴打马上街拜访众僚属。九衢,四通八达的道路。指京城的道路。

〔6〕梁园:见《忆昔行别阎侃》注〔7〕。

丙子冬至[1]

奉天门下玉阑桥[2],此日催班早侍朝。占史奏云欢万国[3],太官传宴散层霄[4]。苑梅迎律春先动[5],宫柳临风色欲摇。一出忽今惊十载,百年勋业有渔樵[6]。

〔1〕丙子:即正德十一年(1516)。李梦阳在江西任被诬免官回大梁闲居,距其在正德元年(1506)被刘瑾勒令致仕刚好十年。

〔2〕奉天门:明代皇宫正门,在午门之内,是皇帝接受朝贺的地方。《明史·舆服志》载:"洪武八年,改建大内宫殿,十年告成。阙门曰午门,翼以两观。中三门,东西为左、右掖门。午门内曰奉天门,门内奉天殿,尝御以受朝贺者也。"玉阑桥:即金水桥。

〔3〕"占史"句:谓主管占卜的官员启奏云气主吉,所以万国欢腾。占云,望云气以测吉凶。

〔4〕太官:官名。秦汉有太官令、丞,掌皇帝饮食宴会,属少府。后代多属光禄卿。金元置尚食局提点,以代太官。明代复于光禄寺置太官署署正、署丞各一人。

〔5〕"苑梅"句:谓苑中梅花在冬至到来之时,凌寒独放,是春天即将到来的征召。古代有"冬至一阳生"的说法,谓春天快到了。

〔6〕"一出"二句:意谓自从离开京城已经十年了,仕途既然不顺,立功立名已经不可能,不如藏身渔樵,过自由自在的生活。

小至,喜康状元弟河路过,赍其兄书见示[1]

侵晓书云云四生[2],向昏濛雨散孤城[3]。敲门怪尔关西使[4],匹马缘谁淮上行[5]。扳柳弄梅今日事,望乡怀友百年情[6]。传言且共阳回喜[7],天意分明欲太平。

〔1〕此诗当作于李梦阳罢官闲居开封之时,康海之弟康河过访,并带来了康海的书信,让作者分外惊喜。诗中表现了他对友人的无限思念和朋友之间的高度信任。小至,见《小至》注〔1〕。康河,康海弟,字汝修,武功人。进士。沈青峰《陕西通志》:"康河,字汝修,德涵弟,武功人。授户部主事,理钞关,通商裕赋,出守兖州,培本抑末,植善布惠,以循良称。"

〔2〕侵晓:天色渐明之时;拂晓。

〔3〕向昏:黄昏。濛雨:细雨。

〔4〕关西:今陕西、甘肃一带。指函谷关或潼关以西地区。

〔5〕淮上:淮河流域。这里指江南地区。

〔6〕"望乡"句:意谓对康海这位老朋友的无比思念。眷恋他们之间真诚的友谊。

〔7〕阳回:冬至节的别称。冬至节阴气尽而阳气始回,故称。

九月七日夜集[1]

此夜邀宾过草堂,实因佳节重壶觞[2]。时侵叵奈灯前菊[3],老去谁抛镜里霜[4]。草暗微寒催蟋蟀,云门片月下沧浪[5]。明朝好趁登高伴,木落天空望帝乡[6]。

〔1〕此诗作于正德十三年(1518)秋,诗人居开封,过着清闲的隐居生活。佳节将至,宾朋夜集,面对镜中白发,作者无限忧伤。九月七日在重阳节前两天。古人喜欢在重阳节登高饮酒。

〔2〕佳节:指重阳节。壶觞:饮酒的器具。代指饮酒。

〔3〕叵奈:张相《诗词曲语词汇释·耐》:"耐,犹奈也。……又有叵耐一辞,叵为不可之切音,耐即奈也。本为不可奈何之义,引申之而成为詈辞,一如今所云可恶。"此处当为本义。

〔4〕镜里霜:在镜里看到自己头发已经花白。谓时光流逝,容颜变老。

〔5〕沧浪:水名,即汉水。其源在今陕西境内。《尚书·禹贡》:"嶓冢导漾,东流为汉,又东为沧浪之水。"

〔6〕"木落"句:谓在秋日思念故乡。

元夕[1]

千年烂漫鳌山地[2],少小看灯忽二毛[3]。兵后忍闻新乐曲[4],月前真愧旧宫袍[5]。南州楼阁烟花起,北极风云嶂塞高[6]。怅望碧天聊独立,夜阑车马尚滔滔[7]。

〔1〕此诗为元宵节观花灯所作,大概作于正德十五年(1520)。宋朝定都汴京之后,大梁城一度非常繁华,后来的宋徽宗更是穷奢极欲,在元宵节大放花灯,纵情享乐,导致民穷财尽,国家沦亡。诗人怀古伤今,看到战乱之后官吏还在大放花灯,制造虚假的太平气象,更让作者为国家的命运忧心忡忡。这首诗于闹中取静,热中求冷,大有"众人皆醉我独醒"之意,于怀古中寄托讽谏之旨,温厚和平,意在言外,极沉郁顿挫之致。据明李濂《汴京遗迹志》载:李梦阳还有《观灯行》之作,也是讥刺宋王朝荒淫误国的作品。

〔2〕鳌山:宋时于元宵节夜,放花灯庆祝,堆叠彩灯为山形,称为鳌山。

〔3〕二毛:人老头发斑白,故以此称老人。

〔4〕"兵后"句:意谓战乱刚过,人们已经忘记痛苦,在街上传唱宪王朱有燉的新乐府曲庆祝太平。李梦阳《汴中元夕五首》其三:"中山孺子倚新妆,郑女燕姬独擅场。齐唱宪王春乐府,金梁桥外月如霜。"忍闻,不忍听到。

〔5〕"月前"句:谓自己曾经为官,可是无所作为,愧对朝廷的信任。这当然是反话,其实是朝廷不重用他。

〔6〕"南州"二句:意谓江南的人们在元宵之夜轻歌曼舞,饮酒赏烟花之时,塞北戍边的将士正在冒着严寒,保卫祖国边疆。隐隐透出边境的紧张局势。

〔7〕"怅望"二句:意谓当他满怀心事地望着天空、思考国家安危的时候,却发现直到深夜街上还是人来人往,车水马龙,一派繁华景象。

辛巳元日[1]

倏忽吾生五十春,两朝遗佚太平身[2]。望乡心逐关云起,怀国情将汴柳新。自信右军非墨客[3],谁言高适是诗人[4]?南征昨报龙旗返[5],伫想嵩呼动紫宸[6]。

〔1〕明武宗正德十六年(1521),李梦阳在大梁获悉官军打败朱宸濠叛军、明武宗得胜回朝的消息,禁不住欢呼雀跃,写下了这首诗。诗中表现自己不甘心白首为儒,只以文章著名,而是希望有所作为,在现实中施展抱负,为国家效力。所以他对明武宗还寄予了幻想,殷勤地为皇帝唱赞歌。

〔2〕"倏忽"二句:正德十六年辛巳(1521),李梦阳五十岁。他曾在弘治、正德年间两度为官,其间曾三次下狱,备受磨难。这里不无身世之感。

〔3〕"自信"句:作者自注:"王右军(王羲之)五十书始成。"王羲之以书法名满天下,他的《兰亭序》也传诵百世,但他更是关心国计民生的贤吏。作者以此表明他希望在政治上有所作为。

〔4〕"谁言"句:作者自注:"(高)适年五十始诗。"《新唐书·高适传》:"适尚节义,语王霸衮衮不厌。遭时多难,以功名自许,而言浮其术,不为搢绅所推。然政宽简,所莅,人便之。年五十始为诗,即工,以气质自高。每一篇已,好事者辄传布。"此处谓文学不是其最高志向,他的理想是能安邦定国。

〔5〕"南征"句:《明史·武宗纪》载,正德十四年(1519)六月,宁王

朱宸濠反。七月，武宗下令亲自将兵讨伐，自封威武大将军，许泰为威武副将军。未至而王守仁已平定叛乱，擒获朱宸濠。于是武宗作东南游，曾经到扬州、南京、镇江等地。正德十五年九月，武宗游于积水池，不料所乘舟覆，虽幸免于难，却因受惊而一病不起。此年十二月还京师，告捷于郊庙社稷，大祀天地于南郊。

〔6〕伫想：久立思量。嵩呼：汉元封元年（前110）春，武帝登嵩山，吏卒听到三次高呼万岁的声音。见《汉书·武帝纪》。后来诗文中祝颂帝王，高呼万岁，称嵩呼，本此。紫宸：殿名。唐宋时为皇帝接见群臣、外国使者朝见庆贺的内朝正殿。

癸未除夕[1]

连冰累雪欺年暮，除岁严风放夜晴[2]。挂斗拖星犹冻色[3]，趱钟催鼓遽春声[4]。喧城车马朝元客[5]，战野旌旃御寇兵[6]。人事物华应遂转[7]，烛堂深坐独含情。

〔1〕除夕之夜，诗人烛堂独坐，听着门外的钟鼓声，喧闹声，想着远方的战事，忧国忧民情怀，感人至深。癸未，明嘉靖二年（1523）。

〔2〕除岁：岁除，除夕。

〔3〕斗：斗宿。属水，为獬。为北方之首宿，因其星群组合状如斗而得名，古人又称"天庙"，是属于天子的星。天子之星常人是不可轻易冒犯的，故多凶。

〔4〕趱（zǎn 攒）：催促，逼使。遽：疾，速。

〔5〕朝元：道教徒礼拜神仙。宋朱淑真《二色梅》："瑶池会罢朝元

客,缟素仙裳问道装。"

〔6〕旌旐:军队的旗帜。代指军队和战争。御寇:抗击敌寇。

〔7〕"人事"句:意谓随着旧年的过去,社会生活应该有一个新的气象。表现了作者渴望国家太平的心情。

无事[1]

无事日长春但眠,水昏野暗风常颠。繁葩乱蕊眼欲尽[2],乳燕啼莺心自怜。匣中幸犹有双剑[3],杖头奈可无百钱[4]。人生几何忽已老[5],激昂泪下如流泉。

〔1〕此诗慨叹人生易老而壮志难酬,表达了诗人的无限伤怀。

〔2〕繁葩乱蕊:繁茂的花草。葩,草木的花。

〔3〕"匣中"句:以匣中之剑比喻自己有才能而不能见用。

〔4〕"杖头"句:谓自己虽有文才却贫困潦倒。东汉赵壹《疾邪诗》之一:"文籍虽满腹,不如一囊钱。"奈可,奈何。

〔5〕人生几何:谓人生短暂。曹操《短歌行》:"对酒当歌,人生几何?譬如朝露,去日苦多。"

霖雨汹涌,城市簿筏而行,我庐高垲,尚苦崩塌,何况黄子住居湫隘,诗以问之[1]

前日频雨无完墙,今番如注谁禁当[2]?田庐城屋尽漂没,骄云骛雾还飞扬[3]。恒饥乌鸦只自噪,满意蒿藋如人长[4]。辞宅颇怪晏婴子,卜居何必青泥坊[5]?

〔1〕正德四年(1509),李梦阳出狱后回家闲居,他将旧宅让与兄长孟和,自己借居于土市街。这一年秋天,秋雨连绵一月有馀,居处尽为水所坏。因此作《苦雨前后篇》等诗。此诗写了作者对阴雨连绵的无奈以及对艰难中的朋友之关心。簿筏即薄筏,简陋的木筏。高垲(kǎi 凯),高燥。黄子,不详。湫隘,地势狭小的深潭。

〔2〕禁当:禁受,承当。

〔3〕骄云骛雾:盘旋在空中的云雾,看起来还要下雨。意谓人们已经无法忍受。骛,通"傲",骄傲。

〔4〕蒿藋(diào 掉):蒿,野草名,艾类。藋,草名。即蓫藋,又称灰藋,状似藜。

〔5〕"辞宅"二句:作者自注:"晏子宅近市湫隘,景公徙之,晏子不从。杜诗:'饭煮青泥坊底芹。'"意谓黄子可以安贫乐道,但用不着像晏婴一样找个低洼的地方,被洪水淹了。卜居,选择居处。

田居喜雨[1]

有田忧水复忧干,一雨农心得暂宽。从此荷锄添野事[2],向来垂钓省风湍[3]。苔林泽草俱回态[4],急响微沾并作寒[5]。薄暮断虹收霹雳[6],旷原西日倚筇看[7]。

〔1〕此诗写作者闲居大梁之时,关心农事,关怀民生的情怀。立意

高远,格律谨严,脱胎于杜甫《春夜喜雨》而似胜之。

〔2〕荷锄:扛着锄头。指从事农业生产。陶渊明《归园田居》之三:"晨兴理荒秽,带月荷锄归。"野事:指农事。《逸周书·作雒》:"都鄙不过百室,以便野事。"孔晁注:"野事,耕桑之事。"

〔3〕向来:从来,一向。风湍:指风吹水冲。杜甫《将赴成都草堂,途中有作,先寄严郑公五首》之四:"常苦沙崩损药栏,也从江槛落风湍。"

〔4〕回态:恢复了生机。

〔5〕急响:急促的响声。此处指雷电声。微沾:微雨。《诗经·小雅·信南山》:"既沾既足。"后以"沾足"指雨水充分浸润土壤。

〔6〕断虹:一段彩虹,残虹。欧阳修《临江仙》词:"柳外轻雷池上雨,雨声滴碎荷声,小楼西角断虹明。"霹雳:见《古白杨行》注〔8〕。

〔7〕倚筇:见《南康元夕》注〔6〕。

独上[1]

独上高楼生夕烟,帝畿冬望转凄然[2]。西山雨雪留残景[3],北海风尘接暮天[4]。只为浮名伤远道[5],况逢寒日下长川[6]。江梅岸柳年年发,菊径茅堂亦可怜[7]。

〔1〕本诗写登楼望中所见。虽在京城为官,但总有被浮名所累的感受。

〔2〕帝畿:京城周围的地区。畿,古称天子所领之地。

〔3〕西山:北京西郊之西山,所谓"北京八景"之一的"西山霁雪",

指此。

〔4〕北海:古时泛指北方最远的地区。《左传·僖公四年》:"君处北海,寡人处南海,惟是风马牛不相及也。"又,北京北海公园有北海。

〔5〕"只为"句:意谓为了追求功名所以远离故乡和亲人。浮名,犹虚名。柳永《鹤冲天》词:"忍把浮名,换了浅斟低唱。"伤远道,思念远方的亲人。汉乐府古诗《饮马长城窟行》:"青青河畔草,绵绵思远道。远道不可思,宿昔梦见之。"

〔6〕寒日:寒冷的冬日。

〔7〕可怜:可爱。白居易《暮江吟》:"可怜九月初三夜,露似珍珠月似弓。"

台寺夏日〔1〕

古台高并郁岧峣〔2〕,断塔棱层锁寂廖〔3〕。积雪洞门常惨惨〔4〕,热天松柏转萧萧〔5〕。云雷画壁丹青壮〔6〕,神鬼虚堂世代遥〔7〕。惆怅宋宫偏泯灭〔8〕,二灵哀怨不堪招〔9〕。

〔1〕此诗为作者游汴梁宋台寺而作。诗中流露出对宋朝灭亡的无限惆怅,大有人世沧桑之感。台寺,即御史台。官署名。为监察机构,也叫宪台、兰台寺。

〔2〕岧峣(tiáo yáo 条尧):高峻,高耸。

〔3〕棱层:亦作"棱层",犹崚嶒。高峻突兀貌。宋辛弃疾《临江仙·戏为山园壁解嘲》词:"莫笑吾家苍壁小,棱层势欲摩空。"寂廖:见《野风》注〔7〕。

〔4〕惨惨:昏暗貌。《文选·王粲〈登楼赋〉》:"风萧瑟而并兴兮,天惨惨而无色。"《注》:"《通俗文》曰:暗色曰黲。惨与黲古字通。"

〔5〕萧萧:摇动的样子。《九歌·山鬼》:"风飒飒兮木萧萧。"

〔6〕云雷:云和雷。《易·屯卦》:"《象》曰:云雷,《屯》,君子以经纶。"《屯》之卦象是为云雷聚,云行于上,雷动于下。按《象传》以雨比恩泽,以雷比刑。谓君子观此卦象和卦名,则善于兼用恩泽与刑罚,以经纶国家。借指经纬治理国家的人。丹青:指图画。我国古代绘画常用朱红色、青色,故称画为"丹青"。《汉书·苏武传》:"竹帛所载,丹青所画。"杜甫《丹青引赠曹将军霸》:"丹青不知老将至,富贵于我如浮云。"也泛指绘画艺术。

〔7〕虚堂:空虚的庙堂。

〔8〕宋宫:宋代的宫殿。此指宋朝。泯灭:丧失,消灭。杜甫《咏怀古迹》之二:"最是楚宫俱泯灭,舟人指点到今疑。"

〔9〕"二灵"句:意谓对北宋的两位亡国皇帝宋徽宗、宋钦宗深表遗憾和悲哀。二灵,指宋徽宗、宋钦宗父子。北宋灭亡,二帝被金人俘虏到五国城,囚禁而死。

于少保庙[1]

朱仙遗庙已沾衣[2],少保新宫泪复挥[3]。金匮山河丹券在[4],玉门天地翠华归[5]。平城岂合留高祖[6],秦相何缘怨岳飞[7]?最怪白头梁父老,哭栽松柏渐成围[8]。

〔1〕此诗为作者过于谦庙时所作。于少保,即于谦(1398—1457),

字廷益,钱塘(今浙江杭州)人。永乐十九年(1421)进士。曾任监察御史、兵部右侍郎,巡抚河南、山西,后升任兵部尚书。英宗正统十四年(1449),瓦剌首领也先侵扰大同,英宗亲征,在土木堡兵败被俘。侍讲徐珵(后改名有贞)等主张放弃北京南迁,于谦坚决反对,拥立英宗弟郕王朱祁钰为景帝,主军务,击退也先军。景泰元年(1450),也先请和,送回英宗。八年(1457),徐有贞、石亨等发动"夺门之变",拥英宗复位,诬陷于谦谋逆,处死。后追谥"忠肃"。著有《于忠肃集》。少保,官名,指太子少保。辅导太子的宫官。西晋后,历代多沿置,明清时期多为赠官。

〔2〕"朱仙"句:谓看到朱仙镇岳飞的庙宇即忍不住流泪。南宋岳飞曾经在朱仙镇大败金兵,准备直捣黄龙。后来被诬冤死,后人为纪念他在朱仙镇立庙。

〔3〕"少保"句:谓于谦也是为国立了大功,可是同样被诬冤死,汴梁父老念他生前的功勋和恩德,也立庙纪念。历史的悲剧不断重演,让人不胜悲哀。新宫,指于谦庙。

〔4〕"金匮"句:谓于谦力挽狂澜,解救国家于危难之中,使明朝统治再次得到巩固。朝廷颁给于谦世代免罪的丹书铁券还保存在大内,可是于谦却被诬陷杀害。金匮,以金属制成的藏书柜。又"金匮石室",古代保存书契之所。《汉书·高祖纪下》:"又与功臣剖符作誓,丹书铁券,金匮石室,藏之宗庙。"《注》:"以金为匮,以石为室,重缄封之,保慎之义。"丹券,即"丹书铁券",见《汉京篇》注〔17〕。

〔5〕"玉门"句:谓明英宗被也先送还。《明史·于谦传》:"于时(景泰元年)八月,上皇北狩且一年矣。也先见中国无衅,滋欲乞和,使者频至,请归上皇。人臣王直等议遣使奉迎,帝不悦曰:'朕本不欲登人位,当时见推,实出卿等。'谦从容曰:'天位已定,宁复有他,顾理当速奉迎耳。万一彼果怀诈,我有辞矣。'帝顾而改容曰:'从汝,从汝。'先后遣李实、杨善往。卒奉上皇以归,谦之力也。"玉门,犹言宫阙。翠华,用翠

羽饰于旗杆上的旗,为皇帝仪仗。

〔6〕"平城"句:以汉高祖被围平城比喻明英宗被俘并不是屈辱。《史记·高祖本纪》:"七年,匈奴攻韩王信马邑,信因与谋反太原。白土曼丘臣、王黄立故赵将赵利为王以反,高祖自往击之。会天寒,士卒堕指者什二三,遂至平城,匈奴围我平城,七日而后罢去。"《正义》引《括地志》云:"朔州定襄县,本汉平城县。县东北三十里有白登山,山上有台,名曰白登台。"又引《汉书·匈奴传》云:"(冒)顿围高帝于白登七日,即此也。服虔曰'白登,台名,去平城七里。'"

〔7〕"秦相"句:意谓秦桧与岳飞本来所持政治主张不同,一个主和一个主战;另外秦桧嫉妒岳飞的战功,又挟私怨,故而设计陷害岳飞。更深层的原因是宋高宗不信任岳飞,才使得秦桧的奸计得逞。正好与当时徐有贞、石亨陷害于谦之事相仿。《明史·于谦传》:"谦性故刚,……又始终不主和议,虽上皇实以是得还,不快也。徐珵以议南迁,为谦所斥。至是改名有贞,稍稍进用,尝切齿谦。石亨本以失律削职,谦请宥而用之,总兵十营,畏谦不得逞,亦不乐谦。德胜之捷,亨功不加谦而得世侯,内愧,乃疏荐谦子冕。诏赴京师,辞,不允。……亨复大恚。"于是他们联合宦官发动"夺门之变",英宗复辟,下于谦等人于狱。

〔8〕"最怪"二句:意谓汴梁父老念及于谦生前的恩德,不怕权臣的打击报复,为于谦立庙、栽松柏来纪念他。松柏,松树与柏树,枝叶繁茂,经冬不凋。《论语·子罕》:"岁寒,然后知松柏之后凋也。"后来诗文中常以松柏作志操坚贞的象征。

朱迁镇〔1〕

水庙飞沙白日阴,古墩残树浊河深〔2〕。金牌痛哭班师地[3]，铁马驱驰报主心[4]。入夜松杉双鹭宿，有时风雨一龙吟[5]。经行墨客还词赋，南北凄凉自古今[6]。

〔1〕此诗对民族英雄岳飞表示由衷地敬仰和赞美，对昏君奸臣的误国行为深为愤慨，悲怆慷慨，深沉感人。李梦阳五律诗有《朱迁镇》、《朱迁镇庙》见前。朱迁镇，见五律《朱迁镇》注〔1〕。

〔2〕"水庙"二句：描写岳王庙周围的凄凉景象。浊河，即汴河，见《送仲副使赴陕西》注〔3〕。

〔3〕"金牌"句：指宋廷连下十二道金牌招岳飞班师，丧失了收复失地的大好形势。《宋史·岳飞传》："（岳飞）方指日渡河，而桧欲画淮以北弃之，风台臣请班师。飞奏：'金人锐气沮丧，尽弃辎重，疾走渡河，豪杰向风，士卒用命，时不再来，机难轻失。'桧知飞志锐不可回，乃先请张俊、杨沂中等归，而后言飞孤军不可久留，乞令班师。一日奉十二金字牌，飞愤惋泣下，东向再拜曰：'十年之力，废于一旦。'飞班师，民遮马恸哭。"

〔4〕"铁马"句：意谓岳飞为了报效国家，经常身先士卒，亲自冲锋陷阵。《宋史·岳飞传》："初，兀术有劲军，皆重铠，贯以韦索，三人为联，号'拐子马'，官军不能当。是役也，以万五千骑来，飞戒步卒以麻札刀入阵，勿仰视，第斫马足。拐子马相连，一马仆，二马不能行，官军奋击，遂大败之。兀术大恸曰：'自海上起兵，皆以此胜，今已矣！'兀术益兵来，部将王刚以五十骑觇敌，遇之，奋斩其将。飞时出视战地，望见黄尘蔽天，自以四十骑突战，败之。"铁马，配有铁甲的战马。

〔5〕"有时"句：谓有时候在风雨之夜可以听到似龙鸣之声。足见老百姓对岳飞之崇拜。龙吟，似龙鸣之声。

〔6〕"经行"二句：意谓从古到今所有经过此地的文人学子都要写诗作文来悼念岳飞，以表示对他的崇敬和同情。

吹台春日古怀[1]

废苑迢迢入草莱[2],百年怀古一登台。天留李杜诗篇在[3],地历金元战阵来[4]。流水浸城隋柳尽[5],行宫为寺汴花开[6]。白头吟望黄鹂暮[7],瓠子歌残无限哀[8]。

〔1〕此诗咏史,抒发吊古伤今之怀,组织史事,寄寓感慨。王廷相说诗人善于"会诠往古之典,用成一家之言。巨者日融,小者星列,长者江流,阔者海受。洋洋岩岩,冥冥燿燿,无所不极"《李空同集序》。读此诗而益信。吹台,即繁台。见《送仲副使赴陕西》注〔5〕。

〔2〕废苑:指吹台附近梁孝王的兔园,已经荒凉颓败。迢迢:遥远貌。草莱:杂草。

〔3〕"天留"句:《新唐书·杜审言传》附《杜甫传》:"(甫)尝从(李)白及高适过汴州,酒酣登吹台,慷慨怀古,人莫测也。"此用其事。

〔4〕"地历"句:北宋定都汴梁,宣和七年(1125),金兵南下,宋徽宗传位于太子赵桓(钦宗)。靖康二年(1127),金兵攻破汴京,徽、钦二帝被俘。金宣宗南迁,亦定都于汴。哀宗正大八年(1231),元兵大举攻金,未几,城破金亡。

〔5〕隋柳:隋炀帝开河凿渠,修建行宫,并于汴渠两岸,遍栽杨柳。白居易《隋堤柳》:"隋堤柳,隋堤柳,岁久年深尽衰朽。"此用其意。

〔6〕行宫:在京城以外修筑的王宫,供帝王出行时居住的宫殿。此指隋炀帝所筑的行宫。

〔7〕"白头"句:化用杜甫《秋兴八首》之八"白头吟望苦低垂"

诗句。

〔8〕瓠子歌:汉武帝时,瓠子口黄河决堤,帝发人筑塞,并亲临察看,作《瓠子之歌》。见《史记·河渠书》。瓠子口,在今河南濮阳市南。明代瓠子口一带,时常决口,给人民带来巨大的灾难,故诗及之。

灵武台[1]

环县城边灵武台[2],肃宗曾此辟蒿莱[3]。二仪高下皇舆建[4],三极西南玉玺来[5]。衣白山人经国计[6],朔方孤将出群才[7]。可怜一代风云际[8],不劝君王驾鹤回[9]。

〔1〕灵武台:在今甘肃省环县东北。《庆阳府志》:"灵武古台,在(环)县东北二里。《寰宇记》:'庆州有灵武城,在马岭北。'即此。相传唐肃宗即位处。有拜将台,下有养鱼池,形踪宛然。"

〔2〕环县:见《环县道中》注〔1〕。

〔3〕"肃宗"句:谓唐肃宗李亨曾在此地继承皇位,讨伐安史叛军。《新唐书·玄宗纪》:"(天宝十五年)八月壬午,大赦,赐文武官阶、爵,为安禄山胁从能自归者原之。癸巳,皇太子(李亨)即皇帝位于灵武,以闻。"又《资治通鉴·唐纪》卷二一八:"是日,肃宗即位于灵武城南楼,群臣舞蹈,上流涕歔欷。尊玄宗曰上皇天帝,赦天下,改元。"辟蒿莱,开辟荒地。蒿莱,草茅,杂草之类。转指荒芜未垦的土地。《资治通鉴·唐纪》卷二一八:"时塞上精兵皆选入讨贼,惟馀老弱守边,文武官不满三十人,披草莱,立朝廷,制度草创,武人骄慢。大将管崇嗣在朝堂,背阙而坐,言笑自若,监察御史李勉奏弹之,系于有司。上特原之,叹曰:'吾有

李勉,朝廷始尊!'"

〔4〕"二仪"句:谓肃宗继承皇位,建立朝廷。二仪,即天地。皇舆,国君所乘之车,借喻为国君、朝廷。

〔5〕"三极"句:谓肃宗建立朝廷,唐明皇送来玉玺承认他的法定地位。《资治通鉴·唐纪》卷二一八:"是日,肃宗即位于灵武城南楼,……庚子,上皇天帝诰遣韦见素、房琯、崔涣奉皇帝册于灵武。"三极,天、地、人。《易经·系辞上》:"六爻之动,三极之道也。"玉玺,皇帝的玉印。古代印、玺通称,以金或玉为之。自秦以后,以玉为玺,为皇帝所专用。

〔6〕"衣白"句:意谓普通士人尚思为国效力。衣白,疑为"白衣"的倒装。指普通人。另,《新唐书·薛仁贵传》载,薛仁贵在唐军征高丽之时,骁勇善战,欲立奇功,衣白衣自标显,所向披靡。唐太宗望见,遣使问"先锋白衣者谁?"乃知为薛仁贵。太宗召见后授游击将军、云泉府果毅,令北门长上。

〔7〕"朔方"句:此处当指唐朝中兴名将郭子仪,他曾任朔方节度使,在平定安史叛乱中立下赫赫功勋。《新唐书·郭子仪传》:"(天宝)十四载,安禄山反,诏子仪为卫尉卿、灵武郡太守,充朔方节度使,率本军东讨。子仪收静边军,斩贼将周万顷,击高秀岩河曲,败之,遂收云中、马邑,开东陉。加御史大夫。"

〔8〕"可怜"句:当时可谓君臣风云际会,开创了一番功业。风云际,即"风云际会",遭逢时会。

〔9〕"不㧑"句:意谓肃宗皇帝和郭子仪等大将君臣相得,建立了一番功业,可是已经随着时光的流逝而远去。驾鹤,相传仙人多骑鹤,因指仙人或得道之士。此处喻指死去的肃宗皇帝。

秋望[1]

黄河水绕汉宫墙[2],河上秋风雁几行。客子过壕追野马[3],将军韬箭射天狼[4]。黄尘古渡迷飞挽[5],白月横空冷战场。闻道朔方多勇略[6],只今谁是郭汾阳[7]?

〔1〕此诗当作于弘治十五(1502)、十六年(1503)诗人西夏之行期间。据李梦阳《封宜人亡妻左氏墓志铭》:"壬戌(1502),李子榷舟河西务,左氏从河西务。明年,李子饷军西夏,挈左氏还。"此诗描绘黄河秋景,抒发爱国情思,慨叹没有保卫边防的名将,历来为人所称道。王世贞亟称此诗"雄浑流丽",以为胜过《空同集》中的其他作品,是有见地的。此诗又作《出使云中》。

〔2〕汉宫墙:一作"汉边墙"。秦汉间所筑的长城。明大同府西北有长城,为明王朝与鞑靼族的界限。

〔3〕客子:诗人自指。过壕:越过护城河。野马:此指北风卷起的尘埃。《庄子·逍遥游》:"野马也,尘埃也,生物之以息相吹也。"《注》:"野马:游气或游尘。"

〔4〕韬箭:把箭装在箭套里。韬,弓袋。天狼:星名,主侵略。《九歌·东君》:"举长矢兮射天狼。"苏轼《江城子》:"会挽雕弓如满月,西北望,射天狼。"皆以天狼喻入侵之敌。时诗人正饷军西夏,故借以喻西北入侵之敌。

〔5〕飞挽:飞速运送粮草的船只。

〔6〕朔方:唐方镇名,治所在灵州(今宁夏灵武西南),此泛指北方。

〔7〕郭汾阳:即郭子仪。见《秋怀》其二注〔7〕。

潼关[1]

咸东天险设重关[2],闪日旌旗虎豹间[3]。隘地黄河吞渭水〔4〕,炎天白雪压秦山〔5〕。旧京想像千官入〔6〕,馀恨逡巡六国还〔7〕。满眼非无弃繻者〔8〕,寄言军吏莫嗔颜〔9〕。

〔1〕诗写潼关雄壮的气势,亦抒历史兴亡之感。潼关,关名。古称桃林之塞,秦为阳华,东汉建安中在此建关,以潼水而名。西薄华山,南临商岭,北拒黄河,东接桃林,为陕西、山西、河南三省要衢,历代皆为军事要地。

〔2〕"咸东"句:谓咸阳以东设置万夫莫开的天险潼关和函谷关。重关,咸阳以东建有函谷关和潼关两座关隘。

〔3〕"闪日"句:谓此地地势险要,历来为兵家必争之地。闪日旌旗,鲜亮的旗帜。

〔4〕"隘地"句:谓此地河道狭窄,河流湍急,渭水在此注入黄河,更增加了它的气势。

〔5〕"炎天"句:谓潼关一带巨岭摩天,终年积雪,气势压过秦地其他山脉。

〔6〕"旧京"句:意谓咸阳是秦朝的国都,楼台殿阁,文武百官,当年应该是多么繁华!

〔7〕"馀恨"句:意谓秦王朝当年无比强盛,山东六国,联合抗秦,却还是徘徊在函谷关外,不敢交战,最后被秦国一一击破。贾谊《过秦论》:"(六国)尝以十倍之地,百万之众,仰关而攻秦。秦人开关延敌,九国之师逡巡而不敢进。秦无亡矢遗镞之费,而天下诸侯已困矣。"馀恨,即遗憾。逡巡,迟疑徘徊,欲行又止。

〔8〕弃繻(rú 儒):《汉书·终军传》:"初,军从济南当诣博士,步入关,关吏予军繻。军问:'以此何为?'吏曰:'为复传,还当以合符。'军曰:'大丈夫西游,终不复传还。'弃繻而去。军为谒者,使行郡国,建节东出关,关吏识之,曰:'此使者乃前弃繻生也。'"繻,汉代出入关隘的凭

证,书帛裂而分之,出关时取以合符,乃得复出。后用为少年立志的典故。

〔9〕嗔颜:生气的样子。嗔,怒,生气。

榆林城[1]

旌干袅袅动城隅[2],十万连营只为胡[3]。不见坐销青海箭,尽言能挽绣螯弧[4]。白金兽锦非难锡[5],铁券貂珰莫浪图[6]。昨夜照天传炮火,过河新驻五单于[7]。

〔1〕李梦阳于弘治十三年(1500)奉命犒赏榆林军。弘治年间,蒙古残部小王子、火筛等部多次大举进犯宁夏、延绥、固原等地,为有效调集军队,预防和对付火筛诸部的犯边,明廷在固原设置陕西三边总制府,总督陕西三边军务。朝廷此时派李梦阳犒赏榆林军也与边境防御密切相关。榆林城,见《秋怀》其七注〔1〕。

〔2〕旌干:旗杆,代指旗帜。袅袅:轻盈柔美貌。

〔3〕"十万"句:谓国家调动人批军队的目的是为了防御胡兵。十万连营,形容军队阵容庞大。《三国志·魏·文帝纪》:"(黄初三年)闰月,孙权破刘备于夷陵。初,(魏文)帝闻备兵东下,与权交战,树栅连营七百馀里,谓群臣曰:'备不晓兵,岂有七百里营可以拒敌者乎!'"

〔4〕"不见"二句:谓边将争相言说自己武功高强,叵是没有立下任何功劳。绣螯弧,绣有螯的精美的弓。螯,昆虫名。弧,木弓。

〔5〕白金兽锦:指朝廷的赏赐。白金,即银。兽锦,织有兽形图案的锦绣。锡,通"赐"。

〔6〕铁券:即"丹书铁券",帝王颁赐功臣使其世代享有免罪特权的契券。因其以丹写于铁板之上而得名。见《汉京篇》注〔17〕。貂珰:汉代中常侍冠上的两种饰物。《后汉书·朱穆传》:"按汉故事,中常侍参选士人。建武以后,乃悉用宦者。自延平以来,浸益贵盛,假貂珰之势,处常伯之任。"《注》:"珰以金为之,当冠前,附以金蝉也。《汉官仪》曰:'中常侍,秦官也。汉兴以后,或用士人,银珰左貂。光武以后,专任宦者,右貂金珰。'常伯,侍中。"后以作宦官的别称。

〔7〕"昨夜"二句:意谓边境还没有安宁,敌人的军队已经逼近黄河北岸一带,守边将士不可松懈。单于,见《从军》其二注〔6〕。

出 塞〔1〕

黄河白草莽萧萧〔2〕,青海银州杀气遥〔3〕。关塞岂无秦日月〔4〕,将军独数汉嫖姚〔5〕。往来饮马时寻窟〔6〕,弓箭行人日在腰〔7〕。晨发灵州更西望〔8〕,贺兰千嶂果云霄〔9〕。

〔1〕出塞:乐府旧题,汉横吹曲名。见《出塞曲》注〔1〕。据《李空同先生年表》,弘治十六年(1503)七月,李梦阳奉命犒赏宁夏军。《空同集》中以"出塞"为题者尚有数首,既有古体,又有律体,其中五律《出塞》与此诗作于同一时期、同一情境中。

〔2〕白草:见《与骆子游三山陂三首》其二注〔6〕。萧萧:摇动的样子。《九歌·山鬼》:"风飒飒兮木萧萧。"

〔3〕青海:地名,以境内有青海湖而得名。银州:即银川,今宁夏首府。

〔4〕"关塞"句:此化用王昌龄《出塞二首》之一"秦时明月汉时关"的句意。

〔5〕汉骠姚:西汉的霍去病,曾任骠姚校尉,在抵抗匈奴的侵略中,卓立战功。《史记》《汉书》有传。

〔6〕饮马寻窟:古乐府有《饮马长城窟行》。说是征戍之客,至于长城而饮马,妇思念其勤劳,故作是曲。见《乐府诗集·饮马长城窟行题解》。

〔7〕"弓箭"句:此用杜甫《兵车行》"行人弓箭各在腰"的现成词句,而略改其词序。

〔8〕灵州:即灵武,今属宁夏回族自治区。

〔9〕贺兰:山名。主峰在宁夏贺兰县境内。

武昌[1]

武昌城北大江流[2],沱水夹城鹦鹉洲[3]。楚蜀帆樯风欲趁[4],蛟龙涛浪暮堪愁[5]。青烟自没汉阳郭[6],新月故悬黄鹤楼[7]。无限往来伤赤壁[8],三分轻重本荆州[9]。

〔1〕此诗当作于正德九年(1514),作者曾游历湖北一带。据《李空同先生年表》:"九年甲戌……北还,作《宣归赋》。至襄阳,爱岘山、习池之胜,欲作鹿门之隐。"武昌,今湖北省鄂州市。位于中国湖北省东南部,长江中游,市区跨大江南北两岸,西邻武汉市,东接黄石市。殷商为鄂国,秦置鄂县。三国吴改置武昌县,不久改名江夏郡。

〔2〕大江:长江。

〔3〕沱水:《尚书·禹贡》"荆州"、"梁州"下皆有"沱潜既道"语。荆州沱水,在今湖北枝江市东。《汉书·地理志》南郡枝江县:"江沱出西,东入江。"古江水至此分为南北二派,南为大江正流,北为沱水。后世南流日微,沱水转为正流,即今江口镇附近一段长江。鹦鹉洲:武昌西南长江中的一个小洲。祢衡曾作《鹦鹉赋》于此,故称。唐崔颢《黄鹤楼》:"晴川历历汉阳树,芳草萋萋鹦鹉洲。"

〔4〕帆樯:船上挂帆的杆子,借指船只。

〔5〕蛟龙:即蛟。以其形似传说中的龙,故称蛟龙。

〔6〕汉阳:即今湖北武汉市汉阳区,位于湖北省武汉市西南部,东隔长江与武昌相望,有武汉长江大桥相连;北隔汉江与汉口对峙,有江汉桥和汉江铁路桥相连。隋文帝开皇九年(589),在沔州下置汉津县。公元605年,隋炀帝把汉津县改为汉阳县,从这时开始,汉阳这一地名开始出现。唐高祖武德四年(621),沔州下辖汉阳、汉川两个县。

〔7〕黄鹤楼:在今湖北武昌蛇山上,享有"天下绝景"的美誉,与湖南岳阳楼、江西滕王阁并称为"江南三大名楼"。黄鹤楼始建于三国时期吴黄武二年(223),传说是为了军事目的而建,孙权为实现"以武治国而昌"("武昌"的名称由来于此),筑城为守,建楼以瞭望。至唐朝,成为著名的名胜景点,历代文人墨客到此游览,留下不少脍炙人口的诗篇。

〔8〕赤壁:见《浮江》注〔6〕。

〔9〕"三分"句:意谓荆州为军事要塞,是兵家必争之地。荆州,古"九州"之一,在荆山、衡山之间。汉为十三刺史部之一,辖境约相当于今湘鄂二省及豫桂黔粤的一部分,汉末以后辖境渐小。东晋定治江陵(现属湖北),为当时及南朝长江中游重镇。

南溪秋泛三首(选一)〔1〕

其一

闻说南溪径尺鱼,渔人何事网常虚？鱼行碧苇深先见,网入寒潭迥不舒〔2〕。东舍刈禾摇夕浦〔3〕,西邻决水溜秋渠〔4〕。平生肉食忧空切〔5〕,此日临渊意有馀〔6〕。

〔1〕本组诗共三首,此选一首。泛舟南溪,看着渔人、农人悠闲自在的劳作生活,作者心生羡慕之意。南溪,在今河南登封市西北少室山。唐岑参尝居于此。

〔2〕迥:远。曹植《杂诗》之一:"之子在万里,江湖迥且深。方舟安能极,离思故难任。"

〔3〕刈:割取。

〔4〕溜:流。

〔5〕"平生"句:意谓自己以前拿国家的俸禄,为国家的命运担忧,可是无济于事。肉食,指享厚禄的官员。《左传·庄公十年》:"公将战,曹刿请见。其乡人曰:'肉食者谋之,又何间焉？'刿曰:'肉食者鄙,未能远谋。'"此处指做官。

〔6〕"此日"句:意谓现在不做官却仍然为国事操心,可是苦无机会,只好眼看着别人的作为了。临渊,《汉书·董仲舒传》:"古人有言曰:'临渊羡鱼,不如退而结网。'"喻只空想而无行动。又唐孟浩然《临洞庭湖赠张丞相》诗:"欲济无舟楫,端居耻圣明。坐观垂钓者,徒有羡

鱼情。"

开先寺[1]

读书台倚鹤鸣峰[2],回合千山翠万重。白昼悬泉喧霹雳[3],清秋双剑削芙蓉[4]。撑持古寺还云阁,寂寞前朝自暮钟[5]。瑶草石坛应不死[6],兴来真欲跨飞龙。

〔1〕这首诗当作于李梦阳在江西提学副使任上被解职,游庐山时。开先寺,即今江西星子县西北庐山南麓秀峰寺。五代南唐建。宋苏轼有诗。

〔2〕读书台:即萧统读书台,在今江西庐山。李梦阳《空同集·游庐山记》:"又西至开先寺。寺有瀑布,李白诗句有龙潭、黄岩、双剑、鹤鸣、香炉诸峰。又有萧统读书台,李煜亦尝寓此。亦庐山一大观也。"鹤鸣峰:庐山峰名。《嘉庆重修一统志·江西·南康府》:"鹤鸣峰,在星子县西庐山。去县十馀里。峰下即开先寺。其西南为双剑峰。"

〔3〕霹雳:见《古白杨行》注〔8〕。

〔4〕"清秋"句:比喻山势高峻,苍翠挺拔。双剑、芙蓉,俱为庐山峰名。

〔5〕"寂寞"句:谓世事沧桑,山河改变,前朝只留下巨钟还在暮色中敲响。

〔6〕瑶草:仙草,也泛指珍异之草。

快阁登眺[1]

江上冥冥风浪生[2],阁中清眺会儒英[3]。野舟冒险只自渡,汀鸟避人时一鸣[4]。四海登临吾白发[5],万山回合此孤城[6]。剧谈转切忧时念[7],日暮浮云况北征[8]。

〔1〕此诗作于李梦阳任职江西或被解职游江西时。快阁,在今江西泰和县城赣江滨。《清一统志·吉安府二》载快阁"在太(泰)和县治东澄江(赣江)之上,以江山广远、景物清华得名"。黄庭坚曾游于此,有《登快阁》诗。
〔2〕冥冥:幽暗貌。
〔3〕儒英:儒生之杰出者。
〔4〕汀:水中或水边的小块平地。
〔5〕登临:登山临水。也指游览。
〔6〕"万山"句:谓众多的山峰环绕着泰和县城。
〔7〕"剧谈"句:意谓和朋友尽情畅谈的时候,不免议论国政,转而忧虑时事了。剧谈,流畅的谈吐。后来作为畅谈的意思。
〔8〕北征:即北行。杜甫有诗云《北征》。京城在江西省之北,疑指此。

楚望望襄中形势[1]

楚望峰头望楚云,遥怜紫盖紫阳君[2]。庐荒不断盘龙气,碑灭犹存堕泪文[3]。地转江淮浮远戍[4],木同巴峡堑雄军[5]。里名冠盖非吾事[6],愿访鹿门麋鹿群[7]。

〔1〕李梦阳在江西被免官之后,于正德九年(1514)曾游历湖北襄阳一带。楚望即楚望山。在湖北石首市西二里。一名望夫山。据说刘备入蜀,孙夫人凿石为台于此望之,名金石台。

〔2〕紫盖:即紫盖山。在湖北襄阳西北五里。紫阳君:即紫阳真人。北宋著名道士。名张祖,字平叔,号紫阳、紫阳山人,后改名用成,北宋时天台人。人称"悟真先生",传为"紫玄真人",又尊为"紫阳真人"。张祖继承钟(离汉)、吕(洞宾)、刘(海蟾)的学说,是中华内丹学集大成者。《四库全书》将其《悟真篇》与汉魏伯阳的《周易参同契》并称"丹经王"。

〔3〕"碑灭"句:用晋羊祜曾都督荆州诸军事。见《追忆寄徐子》注〔2〕。

〔4〕远戍:到边疆戍守。

〔5〕巴峡:指长江三峡,在巴蜀之东,故名。《水经注·江水》:"巴东渔歌:'巴东三峡巫峡长,猿鸣三声泪沾裳。'"

〔6〕里名:在乡里的名声。冠盖:见《奉送大司马刘公归东山草堂歌》注〔22〕。

〔7〕"愿访"句:谓自己愿意学习庞德公隐居此山,和麋鹿为伴。鹿门,即鹿门山。见《戏作放歌寄别吴子》注〔24〕。麋鹿,见《奉送大司马刘公归东山草堂歌》注〔6〕。

晚过禹庙之台[1]

暮行群过禹王宫,瑟飒松林静入风[2]。步竞石梯秋独健,眼收沙海月还空。声名北上青骢客[3]，潦倒中原白发翁[4]。杯酒重伤分手地，古今踪迹本飞鸿[5]。

〔1〕底本作《晚过禹庙》，今据万历本改。禹庙之台，即吹台。见《送仲副使赴陕西》注〔5〕。

〔2〕瑟飒：风声。

〔3〕"声名"句：谓高适北上做幕僚，后来成就了一番事业。高适少落魄，不治生业，曾与李白、杜甫游梁宋间。宋州刺史张九皋奇之，荐为封丘尉，不得志，乃去。尝游河西，河西节度使哥舒翰表为左骁卫兵曹参军，掌书记。安史乱起，召翰讨贼，即拜适左拾遗，转监察御史，佐翰守潼关。后历任谏议大夫、扬州大都督府长史、淮南节度使、四川节度使等。参看《新唐书·高适传》。

〔4〕"潦倒"句：谓杜甫流落中原，终身潦倒。《新唐书·杜甫传》："会禄山乱，天子入蜀，甫避走三川（在河南一带）。肃宗立，自鄜州羸服欲奔行在，为贼所得。至德二年，亡走凤翔上谒，拜右拾遗。"潦倒，蹉跎失意，形容衰颓。杜甫《登高》："万里悲秋常作客，百年多病独登台。艰难苦恨繁霜鬓，潦倒新停浊酒杯。"

〔5〕"杯酒"二句：谓当年李白、杜甫、高适等人曾相聚于此，建立了深厚的友谊；现在我们也将在此地分手，各奔东西，不由令人无限伤感。飞鸿，鸿雁。又谓"飞鸿踏雪"，比喻往事所遗留下的痕迹。苏轼《和子由渑池怀旧》诗："人生到处知何似？应似飞鸿踏雪泥。泥上偶然留指爪，鸿飞那复计东西！"

徐将军园亭[1]

将军别墅今停马，五月塘池莲半红。举眼江山惟赤日，快人楼阁自凉风。穿林竹翠沾衣满[2],布席葵香扑酒空。平世主人虚抱武,醉来夸挽六钧弓[3]。

〔1〕徐将军:即徐达(1332—1385),字天德,明濠州人。初为郭子兴部将,后助朱元璋起兵,与常遇春等屡建战功。朱元璋在南京即位,徐达率兵北定中原,入燕京,灭元。为明开国功臣。累官中书右丞相,封魏国公。死后追封中山王。《明史》有传。徐将军园亭,在今江苏省南京市。《明史·徐达传》:"帝(明太祖)尝从容言:'徐兄功大,未有宁居,可赐以旧邸。'旧邸者,太祖为吴王时所居也。达固辞。一日,帝与达之邸,强饮之醉,而蒙之被,舁卧正寝。达醒,惊趋下阶,俯伏呼死罪。帝觇之,大悦。乃命有司即旧邸前治甲第,表其坊曰'大功'。"《嘉庆重修一统志·江苏·江宁府》:"徐达宅,在上元县南大功坊,左带秦淮,右通古御街。……有瞻园,在赐第内,竹石卉木,为金陵园亭之冠。又南苑,在赐第南;又万竹园,在城南隅,近瓦官寺;又东园,在武定桥东城下,明武宗尝钓于此;又西园,在城西南,……又栝园,在大功坊东巷,皆魏公别业。"
〔2〕"穿林"句:谓院子里的竹林青翠欲滴,人们走过时仿佛衣服要染满绿色。
〔3〕"平世"二句:谓主人空有一身本领,可身当太平之世,没机会像祖先那样上疆场立功,只好在酒醉的时候,向朋友们夸赞自己的武艺。六钧弓,比喻极硬的弓。

东华门偶述[1]

银瓮烂生光[2],盘龙绣袱香[3]。但知从内出,不省赐何王。

〔1〕此诗为诗人在东华门看到皇上赐给王臣的银瓮,有感而作。东华门,北京故宫东门。
〔2〕银瓮:银制之酒器。
〔3〕盘龙:盘屈交结之龙。常刻绘其状以饰器物。

采莲曲[1]

白鹭青天映[2],红妆绿水遥[3]。笑语荷花里,争荡木兰桡[4]。

〔1〕此诗写江南少女采莲的情景,江南宜人的景色,少女活泼的姿态,在短短的诗句里面生动地表现了出来。语言凝炼,色调鲜艳,可谓"诗中有画"。
〔2〕"白鹭"句:此句从杜甫《绝句四首》之"一行白鹭上青天"变化而来。白鹭,又称"鹭鸶",是一种非常美丽的水鸟。
〔3〕红妆:妇女的红色装饰。泛指妇女的艳丽装束。
〔4〕木兰桡:用木兰做的船桨。木兰,木名。又名杜兰、林兰。状如楠树,枝似柏而末疏,可造船。桡,船桨。

艳曲(二首选一)[1]

其二

父母爱少女,女是聪明子[2]。生不识鸳鸯[3],绣出鸳鸯是。

〔1〕本组诗共二首,此选一首。此诗写怀春少女微妙的内心活动,韵味悠长。艳曲,艳丽的歌曲。《乐府诗集·杂曲歌辞序》:"艳曲兴于南朝,胡音生于北俗。"

〔2〕女:通"汝"。

〔3〕鸳鸯:一种亮斑冠鸭,小型游禽,雌雄经常栖息在一起。晋崔豹《古今注·鸟兽》:"鸳鸯,水鸟,凫类也。雌雄未尝相离,人得其一,则一思而死,故曰匹鸟。"鸳鸯一直是夫妻和睦相处、相亲相爱的美好象征,也是中国文艺作品中坚贞不渝的纯洁爱情的化身,历来备受赞颂。

杨白花(二首选一)〔1〕

其二

宁唱采菱曲〔2〕,休唱杨白花。菱生犹有蒂,花去落谁家〔3〕。

〔1〕本组诗共二首,此选一首。此诗以杨花和菱角为喻,歌颂真诚永恒的爱情。杨白花,即杨花。又指南朝胡太后与杨华的情事。见《杨花篇》注〔1〕。

〔2〕采菱曲:乐府曲名。属舞曲歌辞。宋郭茂倩《乐府诗集·舞曲歌辞》有《采菱曲》一首。其中有"良时时一遇,佳人难再求"。

〔3〕"花去"句:胡太后追思杨华,作《杨白花》,其中有"春风一夜入闺闼,杨花飘荡落南家"。

相和歌[1]

美人罗带长[2],风吹不到地。低头采玉簪,头上玉簪坠[3]。

〔1〕此诗写美人拾取玉簪时,头上玉簪又坠地的情景。清新灵动,自然隽永。相和歌,古歌名。《乐府诗集·相和歌辞》解题云:"《宋书·乐志》曰:'相和,汉旧歌也。丝竹更相和,执节者歌。本一部,魏明帝分为二,更递夜宿。本十七曲,朱生、宋识、列何等复合之为十三曲。'《唐书·乐志》曰:'平调、清调、瑟调。皆周房中曲之遗声,汉世谓之三调。'又有楚调,侧调。楚调者,汉房中乐也。高帝乐楚声,故房中乐皆楚声也。侧调者,生于楚调,与前三调总谓之相和调。"

〔2〕罗带:古代妇女作为装饰之带子。

〔3〕"低头"二句:前一句谓此美人低头捡取玉制饰物来簪头发,此处"簪"为动词;后一句谓她头上已经别好的玉簪却掉了下来,此处"簪"为名词。

月夜吟[1]

月出东方高,刺刺灯下语[2]。漂摇林中箨[3],浙浙如寒雨[4]。

〔1〕此诗写月夜所见所感,以风吹落叶之声衬托月夜之宁静。

〔2〕刺刺:象声词,状风声。
〔3〕箨(tuò 拓):笋壳。这里代指落叶。
〔4〕淅淅:象声词。雨声。

九月见花[1]

长安桃李树,秋晚复花枝[2]。九陌寒烟里[3],无风自落时。

〔1〕此诗写九月时京城桃李树开花的反常现象,不写花枝开放的具体情形,仅以"九陌寒烟"、"无风自落"的环境相衬托。
〔2〕"长安"二句:谓京城的桃李树在深秋开花。这可是反常的现象。长安,指京城。
〔3〕九陌:汉长安城中有八街、九陌。见《三辅黄图·汉长安故城》。后来泛指都城大路。

闻笛[1]

白日挂云间,谁家玉笛闲[2]?北风吹杨柳[3],落叶满关山[4]。

〔1〕诗人因笛声而想到关山落叶,想象丰富,诗文境界空幽。
〔2〕玉笛:即竹笛,是我国一件古老的民族吹奏乐器。李白《春夜洛城闻笛》:"谁家玉笛暗飞声,散入春风满洛城。"

〔3〕"北风"句:笛中曲有《折杨柳》,此处有双关之意。王之涣《凉州词》:"羌笛何须怨杨柳,春风不度玉门关。"

〔4〕"落叶"句:紧承上句之意,从哀怨的笛声中想象关山凄凉之状。高适《塞上听吹笛》诗:"借问梅花何处落?风吹一夜满关山!"笛中曲又有《梅花落》。

正月见雁[1]

忆昨辞京邑,相随南雁归[2]。如何早春日,独见北鸿飞[3]。

〔1〕此诗写早春时节大雁北归,而人却不能返回。雁归而人未归,可见,此时被贬官的诗人仍未被起用。

〔2〕"忆昨"二句:大雁为候鸟,秋天飞到南方过冬,春天飞回北方。据此可知,李梦阳在秋天被释放回大梁。

〔3〕"如何"二句:是说为什么在早春时节只有大雁飞回北方,而去年秋天随雁南归的人却留了下来。

南康元日[1]

此日故乡酒,应怜千里违[2]。是处萋萋草,王孙归不归[3]?

〔1〕新春佳节,作者望着萋萋芳草,想着故乡的美酒,归乡之情油然而生。南康,见《中秋南康》注[1]。元日,农历正月初一。

〔2〕违:远离。

〔3〕"是处"二句:意谓到处芳草萋萋,我为何还不回家乡去。《楚辞·招隐士》:"王孙游兮不归,春草生兮萋萋。"萋萋,盛貌。王孙,贵族。这里指诗人自己。

村夜(三首选一)[1]

其一

万物既有息[2],我亦中林卧。云开迥水白,地闪飞星过[3]。

〔1〕本组诗共三首,此选一首。写诗人悠闲自在的村居生活。
〔2〕息:停息,安。
〔3〕飞星:即流星。

晚烧吟[1]

早烧不出门[2],晚烧行千里[3]。达人贵知时[4],天道有终始[5]。

〔1〕此诗用民间谚语入诗,表现了作者达人知命,乐观豁达的胸襟。语言简洁,意味隽永。晚烧即晚霞。谚语有"早霞不出门,晚霞行千

里"来推测天气的说法。

〔2〕"早烧"句:意谓早上有霞预示当天下雨。早烧即早霞。

〔3〕"晚烧"句:意谓晚霞预示不可能下雨。

〔4〕"达人"句:意谓了解天气的人知道天时。比喻通晓世道人情的人知道自己的行藏。达人,通达知命的人。

〔5〕天道:自然的规律。终始:即"始终"。事物的开始和结局。

宿苏门[1]

朝发阳武城[2],暮宿苏门里。卧听青山钟,遥在白云里。

〔1〕此诗专写山寺钟声,引人无限遐想。苏门,山名,太行山支脉。在河南辉县西北。又名苏岭、百门山。晋孙登、宋邵雍、元姚枢皆曾栖隐于此。

〔2〕阳武城:汉置县,属河南郡。今属河南原阳县。地东南有博浪城,一名博浪沙亭,相传即秦末张良命力士刺秦始皇处。

黄州[1]

其一

浩浩长江水,黄州那个边。岸回山一转,船到堞楼前[2]。

〔1〕本组诗共二首,均咏黄州,突出长江水浩浩东逝,以及岁月的无情。黄州,地名,明代设有黄州府,治今湖北省黄冈市。宋苏轼曾被贬为黄州团练副使,作有前、后《赤壁赋》、《念奴娇·赤壁怀古》等。

〔2〕堞楼:城楼。堞,城上如齿状的矮墙。古时以土筑城,上加砖墙,为射孔以伺非常,曰睥睨,亦曰堞。

其二

日落清江远,光摇赤壁山[1]。无人说吴魏,来往钓舟闲[2]。

〔1〕赤壁山:这里指黄州之赤鼻矶。赤壁之说不一,实际上三国时周瑜击败曹操大军的赤壁在湖北省赤壁市西北、长江南岸。朱彧《萍洲可谈》卷二载黄州"州治之西,距江名赤鼻矶。俗呼鼻为弼,后人往往以此为赤壁。……东坡词有'人道是周郎赤壁'之句,指赤鼻矶也。坡非不知自有赤壁,故言'人道是',以明俗记尔"。苏轼《念奴娇·赤壁怀古》:"故垒西边,人道是、三国周郎赤壁。"

〔2〕"无人"二句:谓历史的烽烟已经散去,这里的老百姓很少能知道吴魏当年的战事,他们过着自由自在的渔樵生活。作者此处还是沿用苏轼的故事借景抒情,并不是不知道此处并非赤壁。

白塔寺[1]

遥访青莲宇[2],相将白塔原[3]。春风亦自动,争奈碧莎繁[4]。

〔1〕白塔寺：在北京西城内，建于辽寿昌二年（1096）。元始祖至元八年（1271），发现塔有舍利二十粒，青泥小塔二千座，石函铜瓶，香水盈满。元始祖非常惊异，命令加以修饰保护。刘侗、于奕正《帝京景物略·白塔寺》云："白塔寺，凡塔级级笋立，白塔巍然蹲也。三异相，二异色，下廉以栏，为莲九品相。中丘以环，为佛顶光相。上盖以琉，为尊胜幢相。其白，垩色，非石也，今垩有剥而白无减。铜盖上顶，一小铜塔也，盖铜青绿矣，顶灿然黄黄。"

〔2〕青莲宇：即佛寺。青莲，青色莲花，瓣长而广，青白分明，故佛书多以为眼目之喻。南朝梁简文帝《释迦文佛像铭》："满目为面，青莲在眸。"也借指佛、寺等。

〔3〕相将：相同，相随。

〔4〕莎：见《古白杨行》注〔10〕。

上方寺[1]

饮罢塔廊坐，塔深萝叶垂[2]。欲枕石头卧，时有清风吹。

〔1〕此诗语言简洁明快，诗意显豁，境界空灵，毫无模拟迹象。上方寺，在北京市西南房山区之上方山上，也叫兜率寺，殿宇巍峨，风景优美，为北京远郊著名古迹。刘侗、于奕正《帝京景物略·上方山》云："入岩嵌石，出壑凿空者，最药师殿、华严龛、珠子桥，行行半里，则上方寺矣。……寺左，起一峰，百数十丈，石质润滑，黄间五彩色，上有冠若、柱若，久当堕矣，未堕也。峰下泉，曰一斗泉。泉于峰为下，于上方寺，高踞百尺也。……寺数碑皆明，无隋唐，亦无辽金。夫幽僻，故碑应无毁者。其山自古，其寺自今兹哉。"

〔2〕萝叶:女萝的叶子。

钓台[1]

终日钓石坐,清波闲我钩[2]。掷竿望山月,回见众鱼游。

〔1〕钓台:古代称钓台者甚多,此处当指江西饶州之钓台。《嘉庆重修一统志·江西·饶州府》:"钓台,在江西乐平县乐安乡。一巨石可坐以钓,上有二膝迹。"李梦阳《空同集·钓台亭碑》云:"李子游于白鹿之洞,……回视五老峰垂在几榻,于是洒然而乐也,曰:'佳哉,山矣。'乃与诸生沂涧搴萝,履石而上,剔苔考刻,步自院门西北部有石,突如危如,仰而睇之,剿曰:'钓台。'俯之渟泓鱼跃。诸生曰:'此往者钓鱼处也。'……李子俯仰良久,喟然而叹曰:'夫予今乃知钓可以喻学也。'"
〔2〕"终日"二句:谓终日垂钓却一无所获。比喻愿为国效力却苦于无进身之阶。

白鹿洞[1]

白鹿昔成群,鹿去谁复来[2]?樵子暮行下[3],洞中云自开。

〔1〕白鹿洞:在江西庐山市北庐山五老峰下。唐贞元中李渤与兄涉隐居读书于此,畜一白鹿,因名。五代南唐升元中在此建学馆。宋咸平五年(1002)置书院,后废。南宋朱熹知南康军,重建修复,为讲学之

所。与石鼓(一说嵩阳)、应天、岳麓并称宋代四大书院。

〔2〕"白鹿"二句:以白鹿成群比喻当年讲学之盛,慨叹现在物是人非,盛景难再。

〔3〕樵子:打柴的人。

圣泽泉〔1〕

嘈嘈鸣山泉,日日喷悲壑。日照一匹练,空中万珠落〔2〕。

〔1〕这首诗描写山中瀑布,想象奇特,尤其是写瀑布如白练当空,万珠溅落的景象,与李白《望庐山瀑布》有异曲同工之妙。圣泽泉,在江西庐山上,独对亭下,这里崖石峻峭,涧水湍急。

〔2〕"日照"二句:谓山瀑像一匹白练挂在悬崖上,日光一照,分外美丽;溅起的水珠纷纷滚落,像珍珠一般晶莹光亮。

回流山〔1〕

登山眺四极〔2〕,一坐日每夕。行看夜来径,苔上有鹿迹。

〔1〕回流山:疑即石流山。在今江西都昌县西北。亦名石流嘴。水势至此甚急,投以石则随水而去,故名。见《嘉庆重修一统志·江西·南康府》。

〔2〕四极:四方极远之地。

开先寺(五首选一)[1]

其三

瀑布半天上,飞响落人间。莫言此潭小,摇动匡庐山[2]。

〔1〕本组诗共五首,此选一首。这首诗以凝炼的语言描画了庐山瀑布的雄奇壮丽。开先寺:即今江西庐山市西北庐山南麓秀峰寺。五代南唐建。宋苏轼有诗。

〔2〕匡庐山:即庐山。见《陟峤》注〔9〕。

吴溪[1]

三年作楚客[2],五月度吴溪。日射桃花岭[3],松阴鹧鸪啼[4]。

〔1〕吴溪:即吴溪山。在今江西乐平市西。

〔2〕"三年"句:李梦阳于正德六年(1511)被任命为江西按察司提学副使,至正德九年(1514)被诬去职离开江西,正好三年。江西古属楚地。

〔3〕桃花岭:即江西抚州东乡区南之桃花峰。

〔4〕鹈鴂(tí jué 题绝):鸟名。杜鹃鸟。一名"鹈鴂"。其鸣声哀切。唐释皎然《顾渚行寄裴方舟》诗:"鹈鴂鸣时芳草死,山家渐欲收茶子。"

江行杂诗(七首选一)〔1〕

其六

日出青萍湿〔2〕,江浑路不分。昨宵驱雨至,知是海南云〔3〕。

〔1〕本组诗共七首。写于正德八年(1513)梦阳视学赣州期间。杨慎《李空同诗选》评曰:"如此绝句,妙绝古今,世之爱空同诗者,只效其七言律,俗矣,卑矣。"此选一首。此诗用诗歌的语言讲了一个小小的科普知识,可见李梦阳学问之广博及其诗歌题材之丰富。

〔2〕青萍:即浮萍。辛弃疾《水调歌头·盟鸥》:"破青萍,排翠藻,立苍苔。"

〔3〕"昨宵"二句:谓昨天夜里下了一场雨,是因为海南那边飘来了雨云。海南,疑指旧琼州全岛,一称琼崖。在广东省西南部海中,北隔海峡,与雷州半岛相望。

新庄漫兴(四首选一)〔1〕

其一

昨来杏花红,今来楝花赤〔2〕。一花复一花,坐见岁年易〔3〕。

〔1〕本组诗共四首,此选一首。花开一年又一年,使诗人感慨年华易逝。新庄,见《东庄冬夜别程生自邑》注〔1〕。
〔2〕楝:木名。宋罗愿《尔雅翼·释木·楝》:"楝木高丈馀,叶密如槐而尖,三四月开花,红紫色,芬香满庭,其实如小铃,至熟则黄,俗谓之苦楝子,一曰金铃子。可以练,故名楝。"
〔3〕坐:因,由于。唐杜牧《山行》诗:"停车坐爱枫林晚,霜叶红于二月花。"

寄徐子(二首选一)〔1〕

其二

东省堂前树〔2〕,南阳宅里花〔3〕。春风如往日,夜月向谁家?

〔1〕本组诗共二首,此选一首。此诗赞美徐祯卿的才华和志向,寄托了作者对友人的无限关爱。徐子即徐祯卿。其生平见《赠徐祯卿》注〔1〕。

〔2〕"东省"句:称赞徐祯卿德才兼美。《世说新语·言语》:"谢太傅(谢安)问诸子侄:'子弟亦何预人事,而正欲使其佳?'诸人莫有言者。车骑(谢玄)答曰:'譬如芝兰玉树,欲使其生于庭阶耳。'"以玉树比喻佳子弟。东省,指门下省。唐宫内有宣政殿,殿前东廊名曰华门,门下省在门东,故称东省,又称左省。魏晋之时门下省为国家中枢机构,谢安为太傅,参与国家机密,故称谢安居处为东省。

〔3〕南阳宅:京城徐祯卿住处。

赠何舍人[1]

朝逢康王城[2],暮送大堤口[3]。相对无一言,含悽各分手[4]。

〔1〕此诗为作者在大梁送别何景明之作,表现了和友人的深厚情谊。何舍人即何景明。

〔2〕康王城:在今河南开封。李梦阳《空同集·河上草堂记》:"正德二年闰月,予自京师返河上,筑草堂而局。其地故大梁之墟,今日康王城是也。"

〔3〕大堤:即隋堤,一名汴堤。隋大业元年(605)筑,西通济水,南达淮泗,几千馀里,绕堤植柳。

〔4〕含悽:也作"含凄"。怀着悲伤。

寄都主事穆[1]

江草唤愁生，思君黄鸟鸣[2]。遥心将夜月，同满阖闾城[3]。

〔1〕都主事穆，即都穆。见《别都主事穆奔丧归》注〔1〕。按胡缵宗《明中宪大夫太仆寺少卿致仕都公墓志铭》："（弘治）甲子（1504）拜都工部都水司主事，……未几，丁父忧。"故此诗当写于都穆丁忧守制居吴县时期。

〔2〕黄鸟：黄莺或者黄雀。《诗经·秦风·黄鸟》："交交黄鸟，止于棘。"此处指黄雀。

〔3〕"遥心"二句：化用李白《闻王昌龄左迁龙标，遥有此寄》诗"我寄愁心与明月，随君直到夜郎西"之意。阖闾城，即苏州城，战国时吴王阖闾曾建都于此。

送人[1]

颇讶枫林赤[2]，无风叶自鸣。来人与归客[3]，同听不同情。

〔1〕此诗以送别场面衬托离别之情。前二句写秋景秋声，后二句写"来人与归客"对秋声之不同感受，语言洗练，韵味无穷。

〔2〕枫林赤：枫树在秋日叶子变红，鲜艳夺目，惹人喜爱。唐杜牧《山行》诗："停车坐爱枫林晚，霜叶红于二月花。"

〔3〕来人:送行之人。归客:被送之人。

赠客[1]

出郭江南望[2],暮天云北飞。断蓬寒更转[3],长路几人归[4]?

〔1〕此诗写离别,以急速流动之云和飘转不居之断蓬喻游客之飘零,再加"暮天"、"寒"等字眼,更营造出一种悲凉凄苦的送别场面。
〔2〕郭:外城,古代在城的外围加筑的一道城墙。
〔3〕断蓬:见《望极》其一注〔3〕。
〔4〕长路:远行。《古诗十九首·涉江采芙蓉》:"还顾望旧乡,长路漫浩浩。"

寄黄子广东[1]

昨游梅岭畔[2],翘望岭南云[3]。恰属梅黄日,何由攀赠君[4]。

〔1〕此诗为寄黄省曾之作,当时黄游历广东一带。黄省曾《上李空同书》云:"省曾伏迹南海,企怀高风,久矣。"据此可知。黄子,即黄省曾,见《己丑八月京口逢五岳山人》注〔1〕。
〔2〕梅岭:《嘉庆重修一统志·江西·南昌府》:"梅岭,在新建县西

三十里西山。汉元鼎五年,楼船将军杨仆,请击东越,屯豫章梅岭以待命,即此。上有梅仙坛,俗传梅福学仙处。"又,梅岭即大庾岭。五岭之一,在江西广东交界处。古时岭上多梅,故又称梅岭。作者此处用双关义。

〔3〕岭南:泛指五岭以南地区。

〔4〕何由:如何,怎么。攀:摘,折。

送郑生[1]

桃花浪初起[2],三月尔江南。万树垂杨色,相留照暮酣[3]。

〔1〕郑生:即郑作,其生平见《赠郑生》注[1]。

〔2〕桃花浪:桃花水。春季冰雪消融,雨水渐多,河水上涨,是谓春汛,此时正值桃花开,遂名之为桃花水。杜甫《春水》:"三月桃花浪,江流复旧痕。"这里指桃花盛开时节。

〔3〕暮酣:指暮色浓重。虞集《听雨》:"屏风围坐鬓毵毵,绛蜡摇光照暮酣。"

送王生北行(二首选一)[1]

其二

朝散午门西[2],春风起御堤。上林花半发[3],几处早莺啼[4]。

〔1〕本组诗共二首,此选一首。诗虽写送别,但只字未提送别而惜别之情自生。王生,不详。
〔2〕午门:帝王宫城的正门。
〔3〕上林:即上林苑。此处代指皇家苑林。
〔4〕"几处"句:写初春时的美好风光。白居易《钱塘湖春行》:"几处早莺争暖树,谁家新燕啄春泥?"

莺晓[1]

睍睆梦中迷[2],流莺碧树西[3]。起来红日照,已度别枝啼。

〔1〕这首诗写闺情,与金昌绪《春怨》"打起黄莺儿,莫教枝上啼。啼时惊妾梦,不得到辽西"相比,别有一番情趣。陈子龙《皇明诗选》引李雯评曰:"此老亦解作闺中语。"
〔2〕睍睆(xiàn huàn 宪唤),美好貌。《诗经·邶风·凯风》:"睍睆黄鸟,载好其音。"
〔3〕流莺:黄莺。流,谓其鸣声圆转。李白《对酒》:"流莺啼碧树,明月窥金罍。"

船板床[1]

船板胡在兹[2]?而我寝其上。情知非江湖,梦寐亦风浪[3]。

〔1〕李梦阳于正德三年(1508)被刘瑾矫诏下锦衣卫狱,作《咏狱杂物》诗八首。分别咏碳篓盆架、砂锅盆、船板床、砖枕、坏墩等,真实地记录了当时狱中环境之恶劣以及自己所受的非人待遇,可与清初方苞《狱中杂记》互证。

〔2〕胡:为什么。兹:此,这。

〔3〕"情知"二句:谓由船板联想到船行江湖之险恶,又由江湖之险恶联想到人情之险恶。梦寐之中还在担惊受怕,足见作者当时处境之凶险。白居易《竹枝词》云:"长恨人心不如水,等闲平地起波澜。"情知,明明知道。晁冲之《临江仙》:"情知春去后,管得落花无?"

砖枕[1]

卢生枕窍中[2],哀乐竟何用[3]?我枕城砖卧,无窍亦无梦[4]。

〔1〕此诗亦为李梦阳《咏狱杂物》诗八首之一,由其所枕之城砖联想到人们贪恋富贵,企慕荣华,最后转眼成空的现实,批判了黑暗的现实社会,也表现了作者高洁的情怀。语言犀利,用典贴切,意味深长。

〔2〕"卢生"句:写卢生遇仙人之枕而梦中经历荣华之事。唐沈既济《枕中记》载:吕翁经邯郸道上,邸舍中,有少年卢生自叹贫困,言讫思睡,主人方炊黄粱。翁探囊中一枕以授生,曰:"枕此即荣遇如意。"生枕之,梦自枕窍入,至一国,功名得意,身历富贵五十年,老病而卒。欠伸而寤,顾吕翁在旁,主人炊黄粱犹未熟。生谢曰:"先生以此窒吾之欲。"

〔3〕"哀乐"句:意谓人世的荣华富贵和贫贱潦倒究竟有什么意义呢?哀乐,悲哀和快乐。

〔4〕"无窍"句:意谓自己既不贪恋荣华,也不惧怕苦难,所以不用做白日梦。

渔村夕照[1]

西阳下洞庭[2],网集清潭上。一丈黄金鳞[3],可见不可网。

〔1〕明武宗正德九年(1514),李梦阳自江西解职北还,曾游历荆襄一带。《空同集》有《咏潇湘八首》,分咏潇湘之美景。这是第一首。古代传说"潇湘八景"为:烟寺晚钟、沧江夜雨、平沙落雁、远浦归帆、洞庭秋月、渔村夕照、山市晴岚、江天暮雪。

〔2〕洞庭:即洞庭湖。见《奉送大司马刘公归东山草堂歌》注〔4〕。

〔3〕黄金鳞:指夕阳照在水面上,金光粼粼,像一丈长大鱼。

平沙落雁[1]

西风万里雁[2],一叶洞庭秋[3]。群浴金沙软[4],潇湘霜气流[5]。

〔1〕此为《咏潇湘八首》之三。平沙落雁,亦为乐府琴曲名,又名"雁落平沙",是我国流传很广的古典乐曲。最早见于《古琴正宗》,描写

沙滩上群雁起落的情景。作者借用古题写潇湘之景,不着痕迹,妙合无垠。

〔2〕"西风"句:谓大雁秋天由北向南飞。传说湖南衡阳有回雁峰,雁飞至此便不再南飞。王象之《舆地纪胜》卷五五《荆湖南路·衡州》载回雁峰:"在州城南。或曰:'雁不过衡阳。'或曰:'峰势如雁之回。'"

〔3〕"一叶"句:《淮南子·说山训》:"见一叶落,而知岁之将暮;睹瓶中之冰,而知天下之寒;以近论远。"后以"一叶知秋"比喻由小见大,从部分现象,推知事物的本质、全体和发展趋势。又屈原《九歌·湘夫人》:"帝子降兮北渚;目眇眇兮愁予。袅袅兮秋风,洞庭波兮木叶下。"描绘了一幅秋风萧瑟,木叶凋零的晚秋景象。

〔4〕"群浴"句:指大雁在沙滩上沐浴阳光。

〔5〕潇湘:潇水和湘水。湖南二水名,合流后曰湘江。也代指湖南地区。霜气:寒气,秋气。

江天暮雪〔1〕

长江浪滚雪〔2〕,烟黑花争飞。可怪横流者,孤舟一笠归〔3〕。

〔1〕此为《咏潇湘八首》之四。此诗借柳宗元《江雪》之意境而反用之,描写长江浪涛飞溅的壮观景象,引人无限遐想。

〔2〕"长江"句:意谓长江的波涛汹涌、浪花飞溅,犹如漫天大雪。

〔3〕"孤舟"句:柳宗元《江雪》诗:"孤舟蓑笠翁,独钓寒江雪。"写一渔翁在漫天大雪中独自垂钓,意境极为凄寒。此处却写一归来之渔翁,恬淡自然,充满生活情趣。

柏屏[1]

堂堂千尺材,为屏忍屈曲[2]。终抱凌云情[3],不改岁寒绿[4]。

〔1〕此为《寄咏徐学士园诗》十四首之十。徐学士,即徐缙。见《秋夜徐编修宅宴别醉歌》注〔1〕。此诗以柏树所作屏风为喻,对那些怀才不遇之士深表同情,并高度赞扬他们在污浊社会中保持坚贞情操的高尚品质。虽咏物,但言近旨远,情感沉郁。联系作者的生平遭遇,真有"夫子自道"的无限酸楚。

〔2〕"堂堂"二句:意谓柏树本为建高楼大厦的栋梁之材,可惜却用作屏风,并且要把它端直的树干变为屈曲之态,让人看了真不忍心。比喻英雄志士用非所长,不得不屈己下人。

〔3〕凌云:直上云霄。比喻志趣高迈或意气昂扬。

〔4〕"不改"句:意谓虽然它们被用作屏风,可是志向不改,本性不移,还保持着岁寒时傲然不变的绿色。这里用屏风之绿代指柏树之常绿。《论语·子罕》:"岁寒,然后知松柏之后凋也。"后来诗文中常以松柏作志操坚贞的象征。

帝京篇十首(选一)〔1〕

其二

渔阳北塞古风沙〔2〕,二月春风万柳斜〔3〕。蓟门转作长安苑〔4〕,燕桃开出武陵花〔5〕。

〔1〕本组诗共十首,此选一首。描写北京春天之美景,颇为清新动人。

〔2〕"渔阳"句:谓北京旧属渔阳,古代为塞外荒寒之地,现在却为繁华的京都。渔阳,地名,秦郡。辖境相当今北京市及以东各县。治所在今北京市密云西南。秦二世元年(前209)七月,发闾左适戍渔阳,即此。参阅《史记·陈涉世家》。

〔3〕"二月"句:写春天杨柳之美。贺知章《咏柳》诗:"不知细叶谁裁出,二月春风似剪刀。"

〔4〕蓟门:地名,即蓟丘。故地在今北京市德胜门外。蒋一葵《长安客话》:"今德胜门外有土城关,相传古蓟门遗址,亦曰蓟丘。"参阅《读史方舆纪要》十一《直隶·宛平县》。长安苑:长安为汉唐古都,有著名的皇家苑囿如上林苑等。此处借指明朝皇家苑囿。

〔5〕武陵花:指桃花。陶渊明《桃花源记》:"晋太元中,武陵人捕鱼为业,缘溪行,忘路之远近。忽逢桃花林,夹岸数百步,中无杂树,芳草鲜美,落英缤纷;渔人甚异之。"后世以武陵源或世外桃源比喻美好的生活。

送人入蜀[1]

锦江风高生夕波[2],芦荻萧萧秋雁多[3]。问尔乡关何处是[4]?巴人时唱下渝歌[5]。

〔1〕这是一首送人之作。诗人展开想象,写友人所到之地的景物与民俗,以"芦荻萧萧"和"秋雁"等衬离愁,抒发离愁别绪。

〔2〕锦江:水名,在四川成都南。又名流江、汶江,俗名府河。传说蜀人织锦濯其中则锦色鲜艳,濯于他水,则锦色暗淡。故名锦江。杜甫《登楼》:"锦江春色来天地,玉垒浮云变古今。"

〔3〕"芦荻"句:写秋日衰飒之景象。刘禹锡《西塞山怀古》诗:"今逢四海为家日,故垒萧萧芦荻秋。"

〔4〕乡关:家乡。崔颢《黄鹤楼》:"日暮乡关何处是,烟波江上使人愁。"

〔5〕"巴人"句:谓蜀地人唱着当地的民歌。宋玉《对楚王问》:"客有歌于郢中者,其始曰《下里》、《巴人》,国中属而和者数千人,……其为《阳春》、《白雪》,国中属而和者不过数十人。"

夏口夜泊别友人[1]

黄鹤楼前日欲低[2],汉阳城树乱乌啼[3]。孤舟夜泊东游客,恨杀长江不向西。

〔1〕李梦阳于正德七年(1512)在江西任被诬去职,正德九年北还。曾经游览湖北一带,到过襄阳、夏口等地。此诗当写于游览湖北之时。诗中表达了对朋友的深情厚谊,格律工整,想象奇特。夏口,镇名。地当汉水入江之口,因汉水自沔阳以下兼称夏水,故称夏口。本在江北,三国吴孙权置夏口督,屯于江南。即今湖北旧汉口市地。

〔2〕黄鹤楼:见《武昌》注〔7〕。

〔3〕汉阳:见《武昌》注〔6〕。

别李生〔1〕

华也南来送我行,青丝挈酒玉壶轻〔2〕。滕王阁下江千尺〔3〕,一曲沧浪万古情〔4〕。

〔1〕从诗意来看,此诗似作于李梦阳离开江西之时。朋友前来送行,让诗人备受感动。此诗情感真挚,自然感人。可与李白《赠汪伦》相媲美。李生,从诗意来看名华,生平不详。

〔2〕青丝:青色的丝绳。挈(qiè怯):提。玉壶:玉作之酒壶。比喻真诚高尚的心灵。王昌龄《芙蓉楼送辛渐》:"洛阳亲友如相问,一片冰心在玉壶。"

〔3〕滕王阁:见《上元滕阁登宴》其一注〔1〕。

〔4〕"一曲沧浪"句:意谓作者淡泊名利,要忘情世事。《楚辞·渔父》:"渔夫莞尔而笑,鼓枻而去。乃歌曰:'沧浪之水清兮,可以濯吾缨;沧浪之水浊兮,可以濯吾足。'遂去,不复与言。"

赠李沔阳(二首选一)〔1〕

其一

云梦茫茫绕一州〔2〕,滔滔江汉古今流〔3〕。问俗不须乘五马〔4〕,画船箫鼓水乡游〔5〕。

〔1〕本组诗共二首,此选一首。此诗为赠友人之作,赞美了他春风得意、风流儒雅的官宦生活。李沔阳,即李濂。见《郊园夏集别李沔阳》注〔1〕。

〔2〕云梦:即云梦泽。见《访何职方孟春新居二首》其一注〔5〕。

〔3〕江汉:长江和汉水。

〔4〕五马:汉制太守驷马,加秩二千石乘五马。后来五马成为太守的代称。

〔5〕箫鼓:箫和鼓皆为乐器,泛指乐奏。汉武帝《秋风辞》:"箫鼓鸣兮发棹歌。"

送王韬〔1〕

王郎口谈金虎文〔2〕,自称师是紫阳君〔3〕。挂帆明日忽南去,影落龙江五色云〔4〕。

〔1〕这是一首送别诗。诗人的朋友是一位酷爱道教的高人,超尘绝俗,飘然出世。而此诗最后两句"挂帆明日忽南去,影落龙江五色云"更能传达出友人的绝世之姿。语言含蓄,不落言筌,颇有李太白之风。王韬,不详,待考。

〔2〕金虎文:道教符箓咒语。据《上清琼宫灵飞六甲箓》说符书成后,临服符,当先呼直日玉女名单,毕,微咒曰:"天玄地黄,太虚六气。朝服灵精,神金虎文。当令我真,又令我神。分散形影,对山召灵。役使万精,坐亡立存。高游上清,北朝玉晨。"这里指道教思想。

〔3〕紫阳君:见《楚望望襄中形势》注〔2〕。

〔4〕龙江:水名。位于广东潮汕西南部,流经普宁、陆河、惠来三市县。其河源与榕江近在咫尺,即普宁南阳山区南水凹村附近。上游称龙潭河,流经陆河县境在葵潭西部进入惠来。五色云:见《寄赠司寇林公还山》注〔9〕。

赠罗氏〔1〕

罗隐北下黄金台〔2〕,牡丹芍药次第开〔3〕。极目长江渺天际〔4〕,八闽秋尽一帆回〔5〕。

〔1〕这是一首赠别诗。诗中以罗隐怀才不遇来安慰友人不要以一时之得失荣辱为念,尽量放宽自己的胸怀。开导之中寄托了殷切期望。此诗联想巧妙,融情于景,境界阔大,有乐观向上之情思。罗氏,不详。

〔2〕罗隐:原名横,举进士六上不第,改名隐,字昭谏,自号江东生,余杭(今浙江杭州)人。有诗名,尤长于咏史,然多所讽,为众所憎。唐

广明中还乡,节度使钱镠辟为从事,掌书记。著有《谗书》、《甲乙集》、《淮海寓言》等。黄金台:见《梁园歌》注〔2〕。

〔3〕次第:一个挨一个地。

〔4〕极目:用尽目力(远望)。

〔5〕八闽:福建省在元代分福州、兴化、建宁、延平、汀州、邵武、泉州、漳州八路,明改为八府,所以有"八闽"之称。

柬郑生(二首选一)〔1〕

其一

东园红杏日纷纷〔2〕,东望无烟蝶满云。少出违期因怯马〔3〕,独吟停盏为思君〔4〕。

〔1〕此诗共二首,此选一首。为思念好友郑作而作。郑生,即郑作,其生平见《赠郑生》注〔1〕。

〔2〕东园:见《赠孙生》注〔4〕。

〔3〕违期:失期。怯马:怕骑马劳累。

〔4〕盏:小酒杯。

云中曲送人十首(选五)[1]

其一

壮士驱车出汉关[2],马头丝络紫金环[3]。莽莽黄云迷代北,凄凄白雾满燕山[4]。

〔1〕这组诗效法唐人边塞诗,描写军中将士不畏艰险、奋勇杀敌、为国立功的豪情壮志,也批判了军中存在的苦乐不均、有功不赏的黑暗现实。境界雄奇,语言犀利,讽刺大胆,置之盛唐人集中毫不逊色。本组诗共十首,此选五首。第一首写壮士出行。第三首写黑帽健儿的胆识和豪气。第六首写战场环境,并追述历代中原和西北少数民族战争中的著名战事和英雄人物。第八首突出战事之紧急。第九首描写一位曾经立过战功的老兵被权贵剥夺军功后沉沦抑郁的身世之感,揭露了当时贤愚混淆、黑暗腐败的社会现实。云中,见《出塞曲》注〔8〕。

〔2〕"壮士"句:谓英勇的军士驾着战车长驱出关迎敌。汉关,汉朝边境的关隘。泛指边关。《旧唐书·薛仁贵传》有"将军三箭定天山,战士长歌入汉关"之句。

〔3〕"马头"句:谓战马配有精致的笼头和嚼环。紫金环,名贵的马嚼环。

〔4〕"莽莽"二句:此处用"互文"手法。极写河北一带战云密布、凄凉惨淡的景象。莽莽,长远无际貌。凄凄,悲伤,凄怆。代北、燕山,俱指

现在河北一带。

其三

黑帽健儿黄貂裘[1]，匹马追奔紫塞头[2]。相逢不肯通名姓，但称家住古云州[3]。

[1] 貂裘：用貂皮所制皮裘。貂，哺乳动物。似狸，锐头尖鼻，昼伏夜出。皮毛为珍贵裘料。
[2] 紫塞头：即长城边。泛指北方边塞。崔豹《古今注·都邑》："秦筑长城，土色皆紫，汉塞亦然，故称紫塞焉。"
[3] 古云州：即云中，在今山西大同。唐贞观十四年（640）置州，天宝初改云中郡，乾元初复号云州。

其六

白登山寒低朔云[1]，野马黄羊各一群[2]。冒顿曾围汉天子[3]，胡儿惟说李将军[4]。

[1] 白登山：也称小白登山，今名马铺山，位于山西大同城东。西临御河，东接采凉山，南傍张同公路，北靠方山。历史上白登之战正在此处。朔云：朔方、云中二郡的并称。《文选·颜延之〈赭白马赋〉》："昔西极而骧首，望朔云而踤足。"也可理解为北方的云气。严武《军城早秋》："昨夜秋风入汉关，朔云边月满西山。"
[2] 野马：哺乳动物，体形似家马，毛浅棕色，腹部毛色较浅，尾毛长

而多。群栖于沙漠、草原地带。产于我国西北及蒙古,数量很少。黄羊:亦称蒙古羚。哺乳纲,偶蹄目,牛科。形细长,尾端,肢细。角短,上有轮嵴。体毛以棕黄色为主,栖息草原、平原、丘陵、荒漠地带,主要以草类和灌木为食。分布于我国内蒙古、甘肃、新疆、河北、吉林等地。

〔3〕"冒顿"句:指汉初的"白登之围"。西汉高祖六年(前201),刘邦亲自率领三十二万大军出征匈奴,先在铜辊(今山西沁县)告捷,后来又乘胜追击,直至大同白登山,结果中了匈奴诱兵之计。冒顿单于率领四十万铁骑伏兵将汉军团团围住。匈奴围困白登山七天七夜,汉军断粮断水,十分危困。多亏谋士陈平为刘邦出谋划策,送重金和美女图像给冒顿单于之妻,匈奴始解围离去。见《史记·高祖本纪》。冒顿(mò dú 莫独)(前?—前174),姓挛鞮,于秦二世元年(前209),杀父头曼单于而自立。他是中国少数民族中第一个具雄才大略的军事家、统帅。公元前209年至公元前174年在位。

〔4〕李将军:即"飞将军"李广。见《送李中丞赴镇》注〔10〕。

其八

黄毛爱子出打围[1],昏宿李陵古台下[2]。忽传风火入边城[3],城中将军夜秣马[4]。

〔1〕黄毛:黄发,借指年幼的人。打围:打猎。猎时合围,故曰打围。
〔2〕李陵古台:即李陵台。在今内蒙古正蓝旗南黑城。唐胡曾有《李陵台》诗。李陵(前?—前74)字少卿,汉陇西成纪人,名将李广之孙。武帝时任骑都尉。天汉二年(前99),率步兵五千人击匈奴,战败投降。《史记》、《汉书》有传。
〔3〕风火:即"烽火"。古代边防报警的信号。代指战争、战乱。

〔4〕秣马:喂饱马匹。谓准备战斗。

其九

战士黄须立道傍[1],自言曾射左贤王[2]。可怜孤绩无人论,赠与青裘白马郎[3]。

〔1〕黄须:曹操次子曹彰,字子文。性刚猛,胡须色黄。征代郡乌桓,建立大功。曹操喜曰:"我黄须儿竟大奇也。"见《三国志·魏志·任城王传》。此处指刚猛的将军。
〔2〕左贤王:见《荡子从军行》注〔5〕。
〔3〕"可怜"二句:谓战士在疆场的战功却被不学无术的权贵佞幸掠夺了。孤绩,特出的战绩。鲍照《代东武吟》:"时事一朝异,孤绩谁复论。"青裘白马郎,指不学无术坐享荣华的权贵。明武宗时期,宦官专权,横行无忌,朝中权贵和宦官经常冒领前方将士的军功。此二句似写林俊。林俊为人耿直,因为不给宦官佞幸冒列战功而倍受排挤。《明史·林俊传》:"俊在军,……中贵子弟欲冒从军功,辄禁止。……比方四败,贼且尽,俊辞加秩及赏,乞以旧职归田。诏不许辞秩,听其致仕。言官交请留,不报。"

柬双溪方伯[1]

十旬不见双溪子[2],白昼看松只自眠。君对紫薇谁是伴[3]?相逢还似未逢前。

〔1〕 此诗当写于嘉靖元年(1522)至四年(1525),杭淮任河南布政使期间。双溪,即杭淮。其生平见《酬秦子,以橐与杭子并舟别诗见示,余览词悲离,怆然婴心,匪惟人事乖迕,信手二十二韵,无论工拙,并寄杭子》注〔1〕。方伯,泛指地方长官。

〔2〕 十旬:一百天。《尚书·五子之歌》:"田于有洛之表,十旬弗返。"《注》:"十日曰旬。"

〔3〕 紫薇:唐代称中书省为紫薇省。明改行中书省为承宣布政使司,亦沿称为薇省或薇垣。

送人之南郡三首(选二)〔1〕

其一

梁园千古见风流〔2〕,醉上任楼复谢楼〔3〕。相遇片言心便倒,腰间含笑解吴钩〔4〕。

〔1〕 此诗为赠别诗,共三首,此选二首。前一首描写朋友之间意气相投、一见倾心、高楼纵饮的豪放气概,用这种特定的场合揭示诗人的侠义情怀,确是作者真实的人生写照。气骨劲健,风格流丽,可与王维《少年行》"相逢意气为君饮,系马高楼垂柳边"互读。后一首赞美朱亥、侯嬴出身虽然微贱,但不畏强暴,勇于抗争、轻身重义的高尚品格。南郡,地名。秦昭襄王二十九年(前278),白起攻楚取郢,置为南郡。在今湖

北江陵县北。汉移治江陵,即今治。汉郡有江陵等十八县。见《史记·秦本纪》、《汉书·地理志》等。

〔2〕梁园:见《忆昔行别阆侃》注〔7〕。

〔3〕任楼、谢楼:任,当指任昉;谢,当指谢朓。二人均为南朝著名文人。唐诗中关于谢楼的诗句较多,如许浑《寄阳陵处士》:"谢公楼上晚花盛,扬子宅前春草深。"这里泛指当地著名酒楼。

〔4〕"相遇"二句:意谓与人一见倾心,解下腰间宝刀相赠,足见朋友义气之重。杜甫《后出塞五首》其一:"男儿生世间,及壮当封侯。……少年别有赠,含笑看吴钩。"李贺《南园》诗:"男儿何不带吴钩,收取关山五十州。"吴钩,一种弯形的刀。

其二

鼓刀朱亥本微寒[1],白首侯嬴是抱关[2]。不为千金增意气[3],只缘一诺重丘山[4]。

〔1〕朱亥:本是一位屠夫,因勇武过人,被信陵君聘为食客,以后曾在退秦、救赵、存魏的战役中立下了汗马功劳。《史记·魏公子列传》:"侯生(嬴)又谓公子曰:'臣有客在市屠中,原枉车骑过之。'公子引车入市,侯生下见其客朱亥,俾倪,故久立与其客语,微察公子。公子颜色愈和。"后来朱亥也被信陵君尊为座上客,当晋鄙不发兵救赵之时,信陵君用侯嬴之谋让朱亥杀了晋鄙,夺得兵权,发兵救赵,也保全了魏国。

〔2〕侯嬴:人名。战国时魏国人。家贫。年老时始为大梁(今河南开封)监门小吏。信陵君慕名往访,亲自执辔御车,迎为上客。公元前257年,秦急攻赵,围邯郸(今河北邯郸),赵请救于魏。魏王命将军晋鄙领兵十万救赵,中途停兵不进。他献计窃得兵符,夺权代将,救赵却秦。

因自感对魏君不忠,自刭而死。参看《史记·魏公子列传》。

〔3〕"不为"句:意谓侯嬴为信陵君出谋划策,并不是因为待遇丰厚,希望享受荣华富贵。《史记·魏公子列传》:"魏有隐士曰侯嬴,年七十,家贫,为大梁夷门监者。公子闻之,往请,欲厚遗之。不肯受,曰:'臣修身洁行数十年,终不以监门困故而受公子财。'"

〔4〕"只缘"句:意谓侯嬴为信陵君所用只是因为一个真诚的承诺,赞美了侯嬴的高尚品格。

春游曲(二首选一)〔1〕

其一

骝马银鞍金市头〔2〕,都门掣电落花流〔3〕。扬鞭笑指胡姬肆〔4〕,转拂垂杨向玉楼〔5〕。

〔1〕本组诗共二首,此选一首。此诗写少年游侠遨游街市,纵饮玉楼的豪放生活,寥寥数笔,一个英武豪迈、不拘礼法的少年游侠形象便跃然纸上。风格飘逸,富有浪漫气息。

〔2〕骝马:即骅骝,赤色骏马,亦名枣骝。

〔3〕掣电:形容马驰极快,如闪电一般。

〔4〕胡姬肆:指酒家、酒楼。汉辛延年《羽林郎》:"胡姬年十五,春日独当垆。长裾连理带,广袖合欢襦。"又,李白《少年行》之二:"落花踏尽游何处,笑入胡姬酒肆中。"

〔5〕玉楼：装饰华丽的楼房。

夷门十月歌[1]

小麦青青水半陂[2]，半落不落杨柳枝。回风忽送天南雁[3]，恰似春江二月时。

〔1〕本诗写作者住地开封夷门秋景。青青冬麦，潋滟水光，落叶近半的杨柳，南飞的大雁，使诗境清新明快。夷门，山名。亦称夷山。因山势平夷而名。在河南开封东北隅。战国魏大梁旧有夷门，因山为名。《史记·魏公子列传》："吾过大梁之墟，求问其所谓夷门。夷门者，城之东门也。"这里代指河南开封一带。

〔2〕陂：池塘。

〔3〕回风：旋风。屈原《九章·悲回风》："悲回风之摇蕙兮，心冤结而内伤。"

异景[1]

异乡异景客中身，秋雨秋烟无那春。梁园八月如三月[2]，笑杀桃花更笑人。

〔1〕诗题"异景"，写做客异乡时所见之景，清新明丽。

〔2〕梁园：见《忆昔行别阎侃》注〔7〕。

浔阳歌[1]

百尺高楼横映江[2],江花朵朵照成双。风波隔浦遥相唤[3],肠断南来北去舣[4]。

〔1〕本诗写浔阳江景,突出"百尺高楼"和"朵朵江花",又由江上风波引出江中南来北往小船上船客的悲怨,诗调虽清新明快,但蕴涵颇深。浔阳,见《浮江》注〔9〕。
〔2〕百尺高楼:指浔阳城楼。
〔3〕浦:水滨。
〔4〕舣(shuāng双):小船。

汴中元夕五首(选三)[1]

其二

玉馆朱城柳陌斜,宋京灯月散烟花[2]。门外香车若流水[3],不知青鸟向谁家[4]。

〔1〕本组诗共五首,此选三首。诗写当时汴梁城元宵节欢乐的景象,历历在目,真实如画。第三首不但描写了汴京的民俗风情,也为宪王

(朱有燉)乐府的流行汴京,提供了历史的见证。蒋一葵《尧山堂外纪》卷九二"李梦阳":"周宪王者,定王子也,好临摹古书帖,晓音律,所作杂剧凡三十馀种,散曲百馀。虽才未至而音调颇谐,至今中原弦索多用之,李献吉《汴中元夕》绝句云:'齐唱宪王春乐府,金梁桥外月如霜。'盖实录也。"陈子龙《皇明诗选》评云:"汴城风月,遂不可问,读此作转觉凄然。"汴中,一作"汴京"。北宋都城,明为开封府。元夕,元宵,正月十五夜。

〔2〕宋京:北宋以汴梁为都城,故称。烟花:指春天艳丽的景物。这里指元宵节热闹繁华的景象。

〔3〕香车流水:豪华的车辆往来不绝,形容极其繁华热闹。香车,即"香车宝马"的省略,装饰华美的车马。李清照《永遇乐》词:"来相召,香车宝马,谢他酒朋诗侣。"

〔4〕青鸟:神话中的鸟,西王母的使者(见《汉武故事》)。此处借指传递消息的人。李商隐《无题》诗:"蓬山此去无多路,青鸟殷勤为探看。"

其三

中山孺子倚新妆〔1〕,郑女燕姬独擅场〔2〕。齐唱宪王春乐府〔3〕,金梁桥外月如霜〔4〕。

〔1〕中山孺子:《汉书·艺文志》:"中山靖王哙及孺子(王妾之有品号者曰'孺子')妾冰,景帝以未央才人诗赐之。"这里泛指王府的姬妾。倚新妆:穿着时新的装束。用李白《清平乐》"可怜飞燕倚新妆"句意。

〔2〕郑女燕姬:泛指北方少女。燕、郑,皆古国名。燕的辖境在今河北省北部,郑的辖境在今河南省郑州一带。擅场:压倒全场,胜过众人。

指下文的歌唱。

〔3〕宪王：即朱有燉（1379—1439）谥号，周定王朱橚之子，朱元璋之孙。号诚斋，自称全阳子、老狂生、锦窠道人，所作杂剧《曲江池》、《义勇辞金》等三十一种，今俱存。又有诗文集《诚斋录》，散曲《诚斋乐府》等行世。见《明史·诸王传》。梦阳之父李正，曾任周王府教授。春乐府：亦作"新乐府"。钱谦益《列朝诗集小传·乾集下》"周宪王有燉"引李梦阳《汴中元夕》，"春"作"新"。朱彝尊《明诗综》卷一上"周宪王朱有燉"亦作"新"。此处指朱有燉创作的散曲作品。

〔4〕金梁桥：在大梁门外白眉神庙之南，桥西为孟元老故宅。见邓之诚《东京梦华录注》。月如霜：形容元宵之夜月色皎洁。

其五

细雨春灯夜色新，酒楼花市不胜春〔1〕。和风欲动千门月，醉杀东西南北人〔2〕。

〔1〕不胜：不尽。李白《苏台览古》诗："旧苑荒台杨柳新，菱歌清唱不胜春。"
〔2〕醉杀：惹人沉醉其中。杀，形容极甚之词。《古诗十九首》之十四："白杨多悲风，萧萧愁杀人。"

诸将八首(选三)[1]

其一

穆张亦是枭雄将[2],胶柱谈兵实可怜[3]。力屈杀身同一地,丧师辱国在今年[4]。

[1] 安史之乱平定后,边患依然未尽,杜甫痛感朝廷将帅平庸无能,作《诸将五首》以讽。李梦阳在正德年间,亦激愤于边将庸禄无为、安享太平,以致丧师失地,身死国辱,故拟杜作《诸将八首》以刺。此选三首。第一首主要以穆荣、张雄等在虞台岭兵败身死之事为题,揭露了边将纸上谈兵、指挥失当以致丧师辱国的惨痛事件,谴责了他们的平庸无能。第五首揭露了朝中只重门第、不重才能的弊政。微有不同的是,杜甫措辞深委婉曲,而李梦阳则斩截痛快,尤见作者悲愤之情。

[2] 穆张:即明武宗时的边将穆荣和张雄,为宣府都督佥事张俊部将。枭雄:雄杰,含有凶狠专横的意思。《三国志·吴·周瑜传》:"刘备以枭雄之姿,而有关羽、张飞熊虎之将,必非久屈为人用者。"

[3] 胶柱谈兵:意谓纸上谈兵,不知变通。胶柱,即胶柱鼓瑟。鼓瑟者转动弦柱,以节制音之高低,如胶其柱,则音无从调节。比喻拘泥而不知变通。《史记·赵奢传》:"赵王因以(赵)括为将代廉颇。蔺相如曰:'王以名使括,若胶柱而鼓瑟耳。括徒能读父书传,不知合变也。'"

[4] "力屈"二句:指张雄、穆荣等战败身死事。《明史·张俊传》:

"武宗初立,寇(蒙古火筛部)乘丧大入,连营二十馀里。(张)俊遣诸将李稽、白玉、张雄、王镇、穆荣各帅三千人,分扼要害。俄,寇由新开口毁垣入,稽邀前迎敌;玉、雄、镇、荣各帅所部拒于虞台岭。俊急帅三千人赴援,道伤足,以兵属都指挥曹泰。泰至鹿角山,被围。俊力疾,益调兵五千人,持三日粮,驰解泰围,复援出镇。又分兵救稽、玉,稽、玉亦溃围出。独雄、荣阻山涧,援绝死。诸军已大困,收兵还。寇追之,行且战,仅得入万全右卫城,士马死亡无算。"

其五

国公承袭惟纨绔[1],侯伯虽多大抵同[2]。旧典此中抡大将[3],平江英保是元戎[4]。

〔1〕"国公"句:意谓身居高位的人大多是世袭的显贵子弟,并无真才实学。国公,爵位名。晋代始有开国郡公、县公之称。隋称国公,位次郡王,在郡公之上。自唐讫明皆有之。《隋书·百官志下》:"国王、郡王、国公、郡公、县公、侯、伯、子、男,凡九等。"唐元稹《赠太保严公行状》:"阶崇金紫,爵极国公。"纨绔,用细绢做的裤子,泛指富家子弟穿的华美衣着,这里指不学无术的富家子弟。唐杜甫《奉赠韦左丞丈二十二韵》:"纨绔不饿死,儒冠多误身。"

〔2〕侯伯:爵位名,次于公。见上注。

〔3〕抡:选择。《国语·晋语八》:"君抡贤人之后,有常位于国者,而立之。"

〔4〕平江:即明初平江伯陈瑄,合肥人,谥恭襄,累立战功。永乐初年,董北京海漕百万,建仓尹儿湾城天津卫,籍兵万人戍守,筑淮杨海堤八百里。寻罢海运,浚会通河,通南北饷道。参看《明史》本传及明唐枢

《国琛集》。英保:即李英保,封安平伯。洪熙朝任交阯参将,天顺朝任都督佥事、都督同知、总兵。明王世贞《弇山堂别集·宣宗即位之赏》:"平江伯陈瑄、荣昌伯陈智、安平伯李英保、定伯梁铭各八十两。"元戎:主将。《周书·齐炀王宪传》:"吾以不武,任总元戎,受命安边,路指幽冀。"

其八

黄河青海入狼烟[1],汉将胡兵杀气连[2]。安得即时寻魏绛[3],务农休甲报皇天[4]。

〔1〕狼烟:烽火。古代边疆烧狼粪以报警,故名。
〔2〕胡兵:入侵的少数民族敌军。
〔3〕魏绛:即魏庄子,春秋时晋国卿。魏绛生卒年不详,他的活动主要在晋悼公时期(前572年至前559年)。据《春秋左氏传》,晋悼公元年(前573年)魏绛为司马,执掌军法。魏绛在晋国历史上的重要贡献,是他提出并实施的和戎之策。魏绛从国家大局出发,冲破传统偏见的束缚,积极主张和戎,开创了我国历史上汉族争取团结少数民族的先例。
〔4〕休甲:卸甲。指平息战争。

忆昔六首(选一)[1]

其二

北望黄云想翠华[2],千官徒跣哭清笳[3]。安危社稷惟司马〔4〕，天下车书又一家〔5〕。

〔1〕《忆昔六首》为评价土木之变、于谦退敌和英宗复辟而作。诗人以史家的笔法，不虚美，不隐恶，赞扬了于谦等人忠心为国的高尚人格，也谴责了那些贪生怕死、投机钻营的奸佞小人。此选一首。诗中描写了土木之变让英宗蒙尘，于谦在危难之际挺身而出，担当重任，击退敌人，使国家转危为安的一段历史。

〔2〕翠华：用翠羽饰于旗杆上的旗，为皇帝仪仗。此处代指朝廷。

〔3〕"千官"句：意谓英宗被瓦剌军俘虏之后，朝廷一片混乱和悲凉之气。徒跣，赤足步行。《战国策·齐策六》："田单免冠、徒跣、肉袒而进，退而请死罪。"清筎，凄清的胡筎声。

〔4〕"安危"句：意谓于谦挺身而出，力排众议，积极备战，打退了瓦剌军的进攻，使国家转危为安。《明史·于谦传》："也先挟上皇破紫荆关直入，窥京师。石亨议敛兵坚壁老之。谦不可，曰：'奈何示弱，使敌益轻我。'亟分遣诸将，率师二十二万，列阵九门外……而谦自与石亨率副总兵范广、武兴陈德胜门外，当也先。"司马，指汉霍光。光为骠骑将军霍去病之异母弟，为人沉静详审。武帝时为奉车都尉，出入宫廷二十馀年，未尝有过。昭帝八岁即位，光以大司马、大将军受遗诏辅政，封博陆侯，政事一决于光。昭帝崩，迎立昌邑王刘贺，因其淫乱废之，立宣帝。参阅《汉书·霍光传》。于谦此时以兵部尚书提督各营兵马，又拥立景泰帝，因此拟比霍光。

〔5〕"天下"句：此处指景泰帝即位。瓦剌俘获英宗后，挟持英宗要挟明廷，朝中一片混乱。于谦率先主张拥立英宗弟朱祁钰，以绝瓦剌人之妄想。经过太后的批准，朱祁钰即位，改年号景泰。英宗复辟后被囚禁，史称景泰帝。庙号代宗。车书，《史记·秦始皇本纪》：始皇统一六国后"分天下为三十六郡，……一法度衡石丈尺。车同轨。书同文

字"。此处指新皇即位。

京师春日漫兴五首(选一)[1]

其一

十日不出花尽开,城南城北锦成堆[2]。即教闭户从花尽,莫遣看花不醉回[3]。

〔1〕本组诗共五首,此选一首。诗写京城春日之美景,刻画细致,用笔工巧,令人无限遐想。
〔2〕锦:指像锦绣一样鲜艳美丽的花朵。
〔3〕莫遣:不要使,不要令。遣,使,令。唐李益《塞下曲》:"莫遣只轮归海窟,仍留一箭定天山。"

牡丹(五首选一)[1]

其一

乱絮繁华春更烟,一枝袅袅独风前[2]。玉园忽漫无颜色,徐步看君却自怜[3]。

〔1〕本组诗共五首,此选一首。此诗描写牡丹之轻盈可爱,与他人描写牡丹富贵华丽形成鲜明对比,言为心声,确是不谬。

〔2〕袅袅:见《榆林城》注〔2〕。

〔3〕徐步:漫步。自怜:自觉可爱。

夷门曲(二首选一)[1]

其二

南堤二月杏花红,北堤高楼红映空。珊瑚宝玦谁家子[2]?系马门前青树中。

〔1〕本组诗共二首,此选一首。诗写少年游侠,但是纯用虚笔。通过高楼的灯火通明联想到里面一定是纵酒高会,从服饰佩物的名贵猜想一定是豪门少年,最后从系马青树才交待了何以见得。确如作者所说"一实者必一虚",有"倒插顿挫"之妙。夷门,见《夷门十月歌》注〔1〕。

〔2〕珊瑚宝玦:镶嵌有珊瑚的佩玉。珊瑚,热带海中的腔肠动物,骨骼相连,形如树枝,故又名珊瑚树。玦,有缺口的玉环。

张池春日即事[1]

东门野塘花树红,昨日不风今日风。倒着接䍦习池上[2],狂调生马竹林中[3]。

〔1〕本诗写春日气象,突出红花、微风,再加调马竹林,更觉生气盎然。张池,即习池。见《过李氏荷亭会何子》注〔2〕。
〔2〕接䍦:帽名。《世说新语·任诞》:"山季伦(简)为荆州,时出酣畅,人为之歌曰:'山公时一醉,径造高阳池。日莫倒载归,茗芋无所知。复能乘骏马,倒箸白接䍦。'"
〔3〕调:调教。生马:未经驯服的马。

漫兴(二首选一)[1]

其一

白水苍山万里身,咏花吟鸟百年人[2]。城门此路怜芳草,杯酒他乡不是春。

〔1〕本组诗共二首,此选一首。此诗充满了诗人对人世间沧桑的感慨。
〔2〕咏花吟鸟:指进行诗歌创作。百年:指人的一生。汉无名氏《古诗十九首》:"生年不满百,常怀千岁忧。昼短苦夜长,何不秉烛游!"

春日豫章杂诗十首(选二)〔1〕

其三

每爱高楼畏独来,非关筋力怕徘徊〔2〕。江头无限桃花树,恰到来时满眼开。

〔1〕本组诗共十首,此选二首。诗写于江西,从诗意来看,当为作者被诬陷解职之后。诗人面对满眼春光,本该心旷神怡,可是由于备受诬陷打击,心情抑郁,并没有感到春光之美好,相反却让他更为烦恼压抑。含蓄凄恻,读之不胜悲慨。豫章,见《土兵行》注〔2〕。

〔2〕"每爱"二句:辛弃疾《鹧鸪天·鹅湖归病起作》:"不知筋力衰多少,但觉新来懒上楼。"此处反其意用之。

其七

江南春事殊懊恼〔1〕,五雨十风常不晴。今日天开聊一望,却憎花柳太分明〔2〕。

〔1〕春事:指春天的景象。懊恼:烦恼,令人不快。

〔2〕分明:明瞭。此处指景色格外艳丽。

漫兴(二首选一)[1]

其一

城外清江城内湖,水门通贯古名都[2]。鱼跳浪阔终难网,鸟立沙长岂得呼!

〔1〕本组诗共二首,此选一首。诗写汴梁水景,虽题"漫兴",却是精心结撰。鱼跃水中,鸟立沙上,一幅迷人图画。
〔2〕古名都:当指汴梁(今河南开封)。汴梁古称大梁,为战国魏国国都。后来宋朝又定为国都,改名汴京。

渔父[1]

应手扁舟去若飞[2],回流撒网倏成围。金鳞翠鬣心俱切[3],得意谁先荡桨归[4]?

〔1〕渔父扁舟若飞,回流撒网,捕鱼技巧娴熟高超。"得意谁先荡桨归",蕴意深刻。
〔2〕应手:随手。《三国志·魏·典韦传》:"韦手持十馀戟,大呼起,所抵无不应手倒者。"傅玄《笔赋》:"动应手而从心,焕光流而星布。"

〔3〕金鳞翠鬣(liè列):俱指鱼。鬣,鱼颔旁小鬐。

〔4〕得意:此为双关意。《庄子·外物》:"荃者所以在鱼,得鱼而忘荃;蹄者所以在兔,得兔而忘蹄;言者所以在意,得意而忘言。吾安得夫忘言之人而与之言哉!"

东园遣兴再赋十绝句(选二)〔1〕

其一

经宿隔城花尽开,园扉深闭蝶应猜〔2〕。小车即病行能稳,一日来看须一回。

〔1〕本组诗共十首,此选二首。东园,即东庄,见《东庄冬夜别程生自邑》注〔1〕。遣兴,抒写悠闲的心情。

〔2〕园扉:园门。扉,门扇。

其三

万蕊千葩枉自奇〔1〕,海棠临牖独专姿〔2〕。今人尽仗繁枝叶,国色纷纷却未知〔3〕。

〔1〕葩:草木的花。

〔2〕牖:窗户。

〔3〕国色:牡丹因色极艳丽,有国色之称。唐刘禹锡《赏牡丹》诗:"唯有牡丹真国色,花开时节动京城。"此处指海棠之美。

东园漫兴之作〔1〕

大麦初黄小麦齐,樱桃半熟压枝低。先生皂帽何为者〔2〕?白首看花日每西。

〔1〕此诗写东园之景,突出赏景人心态之悠闲。东园,即东庄,见《东庄冬夜别程生自邑》注〔1〕。

〔2〕皂帽:即皂巾,黑色头巾。唐段成式《酉阳杂俎》前集八《黥》引《尚书·大传》:"虞舜象刑,犯墨者皂巾。"

经行塞上二首(选一)〔1〕

其二

天设居庸百二关〔2〕,祈年更隔万重山〔3〕。不知谁放呼延入〔4〕?昨日杨河大战还〔5〕。

〔1〕本组诗共二首,此选一首。这首诗写边事的紧张,才气沉雄,笔致遒劲,足以气吞曹刘,方驾高岑。俞右吉说李梦阳"七言近体,少陵以

后一人;七言绝句,太白以后一人"(《静志居诗话》卷十附)。观此知非溢美之辞。

〔2〕居庸:即居庸关。见《石将军战场歌》注〔16〕。百二关:形容极其险要的关隘。《史记·高祖本纪》:"秦,形胜之国,带河山之险,县隔千里,持戟百万,秦得百二焉。"《集解》引苏林曰:"秦地险固,二万人足当诸侯百万人也。"

〔3〕祁年:殿名,在北京天坛。然许多选本作"祁连",根据上下文似更贴切。祁连,见《熊子河西使回》其二注〔3〕。

〔4〕呼延:一作"呼衍"。汉时匈奴的贵族。《汉书·匈奴传》:"其大臣皆世官,呼衍氏、兰氏,其后有须卜氏。此三姓,其贵种也。"《注》:"呼衍,即今鲜卑姓呼延者也。"

〔5〕杨河:地名,当即阳和。明武宗正德十二年(1517)冬十月,癸卯,驻跸顺圣川,甲辰,小王子犯阳和,掠应州。丁未,武宗亲督诸军御之,战五日。见《明史·武宗纪》。诗人另有《送毛监察还朝,是时皇帝狩于杨河》,可证。

归途览咏古迹,并追忆百泉游事(八首选二)〔1〕

其一

太行王屋是天关〔2〕,吐出风云天地间。河内休夸盘谷胜〔3〕,共城亦有石门山〔4〕。

〔1〕本组诗共八首,此选二首。诗以诗人沿途所经为线索,描写各地的名胜古迹,歌颂祖国的大好河山和悠久的历史文化传统,风格豪迈,气势磅礴,具有李白诗的飘逸之气。百泉,在今北京市昌平区。《嘉庆重修一统志·顺天府》:"百泉,在昌平州西南四里许。平地涌出,不可胜数,大者有三:一曰原泉,清深澈底;一曰黄泉,流沙浑漫;一曰响泉,其声似闸,然广宽俱不过丈许。"

〔2〕太行:见《从军》其二注〔3〕。王屋:山名。在山西阳城、垣曲两县间。一名天坛山。其山三重,其状如屋,故名。天关:即天然险阻。

〔3〕河内:黄河以北的地方,约相当于今河南省北部。盘谷:地名。在今河南济源县北。唐李愿曾隐居读书于此。韩愈有《送李愿归盘谷序》。

〔4〕共城:一作"龚城"。在今北京市密云区东北。相传为舜流共工之地。石门山:以石门命名之山极多,此处似指河北省昌黎县西北之石门山。

其二

华山中断浊河开〔1〕,浪打雷门势莫回〔2〕。已铲潼关为汉垒〔3〕,更分仙掌作秦台〔4〕。

〔1〕华山:见《送人还关中》注〔3〕。浊河:即黄河。黄河水流浑浊,故称。

〔2〕雷门:会稽城门名。《汉书·王尊传》:"尊曰:'毋持布鼓过雷门。'"《注》:"雷门,会稽城门也,有大鼓。越击此鼓,声闻洛阳。故尊引之也。布鼓,谓以布为鼓,故无声。"

〔3〕潼关:见《潼关》注〔1〕。

〔4〕仙掌：即仙人掌。华岳峰名。在今陕西华阴市。峰侧石上有痕，自下望之，很像手掌，五指俱全。

登啸台（三首选一）〔1〕

其三

白日红云拂地流，醉乡吾亦步兵游〔2〕。登台左盼黄河转〔3〕，绿水洪波不尽愁。

〔1〕本组诗共三首，此选一首。诗人登高临远，触景生情。啸台是古代高士孙登隐居之地，名士阮籍曾经拜访孙登，留下千古佳话。诗人明白阮籍借酒佯狂的内心痛苦，联系自身的遭遇，有感同身受之悲。身世之感，家国之忧，尽寓其中。啸台，在今河南辉县，亦名孙登台。李梦阳《啸台重修碑》："御史许君按县还也，则谓予曰：'吾比游于苏门，盖登孙登台，云恍若见其人。徘徊焉若聆厥啸焉。'"孙登，字公和，汉汲郡共（今河南辉县）人。无家属，于郡北山为土窟居之，夏则编草为裳，冬则披发自覆。好读《易》，抚一弦琴，见者皆亲乐之。性无恚怒，人或投诸水中，欲观其怒，登既出，便大笑。时时游人间，所经家或设衣食者，一无所辞，去皆舍弃。阮籍曾于苏门山遇孙登，与商略终古及栖神导气之术，登皆不应，籍因长啸而退。至半岭，闻有声若鸾凤之音，响乎岩谷，乃登之啸也。遂归著《大人先生传》。见《晋书》之《孙登传》、《阮籍传》。又，《嘉庆重修一统志·江西·南昌府》："啸台，在进贤县北龙歧山。元

辛好礼建。"

〔2〕"醉乡"句:谓学习阮籍借酒遁世。阮籍曾为步兵校尉,后世称为阮步兵。《晋书·阮籍传》:"籍本有济世志,属魏、晋之际,天下多故,名士少有全者,籍由是不与世事,遂酣饮为常。文帝初欲为武帝求婚于籍,籍醉六十日,不得言而止。锺会数以时事问之,欲因其可否而致之罪,皆以酣醉获免。……籍闻步兵厨营人善酿,有贮酒三百斛,乃求为步兵校尉。"

〔3〕眄(xì 戏):顾,盼。

夏日阁宴[1]

地旷楼雄夏日宜,碧梯芳树绕花迟。清歌不用邀明月[2],一笑山河入酒卮[3]。

〔1〕此诗写夏日的一次欢宴,清幽的环境使诗人豪兴大发。
〔2〕邀明月:李白《月下独酌》诗:"举杯邀明月,对影成三人。"
〔3〕酒卮:酒杯。

春暮过洪园(二首选一)[1]

其二

出林春笋故当门,榆荚杨花乱扑樽[2]。客到剪蔬聊作馔[3],近城栽柳自成村。

〔1〕本组诗共二首,此选一首。此诗写暮春天气农村的优美风景和主人的热情好客,大有恬静闲适的田园气息。洪园,不详。

〔2〕"榆荚"句:形容春天美好的风光。韩愈《晚春》诗:"杨花榆荚无才思,惟解漫天作雪飞。"榆荚,榆树结的果实。

〔3〕馔:食物。

翠华岩[1]

晓行不厌湖上山,别有天地非人间[2]。安得移家此中老,白云常在水潺潺[3]。

〔1〕翠华岩独特的地理环境,优美的景色使诗人产生终老此地的想法。翠华岩,在北京玉泉山华严寺。于敏中《日下旧闻考》卷八五:"原玉泉在京城西三十里西山之麓,有石洞,泉自中而出,洞门刻'玉泉'二字。……上有亭,宣宗驻跸处也。又一里为华严寺,有洞三。……原华严寺有洞曰翠华,中有石林,可憩息,题咏颇多。……洞中石壁镌元耶律丞相一词。……原李梦阳《翠华岩》诗:'洞镌耶律词,其名翠华岩。俯视耸观阁,仰面撼松杉。……'"王樵《方麓集》卷十《游西山记》:"予官京师前后十年,西山凡四至。一自大同出使回,经华严寺,上翠华岩,憩七真阁。……洞深广可二、三丈,中有石床,东有耶律楚材诗,锲于石。"

〔2〕"别有"句:形容景色奇美,疑非人间之境。李白《山中问答》

诗:"问余何意栖碧山,笑而不答心自闲。桃花流水窅然去,别有天地非人间。"

〔3〕潺潺:流水声。

道逢黑豹鹰狗进贡十韵[1]

赤豹黄罴贡上方[2],虞罗致尔自何乡[3]?微躯亦被雕笼缚[4],远视犹闻宝络香[5]。晶晦山林齐感激[6],喧呼道路有辉光[7]。名鹰侧目思翻掣[8],细犬搔毛欲奋扬[9]。随侍近收擎鹞校[10],上林新起戏卢坊[11]。攫兔定蒙天一笑[12],磔狐应使地难藏[13]。贡官驰马尘埋面[14],驿吏遭棰泪满眶[15]。南海亦曾收翡翠[16],西戎先已效羚羊[17]。白狼也产从遐域[18],白雉犹劳献越裳[19]。圣德从来及禽兽[20],欲将恩渥示要荒[21]。

〔1〕这是一首讽谕诗。当时作者被系牢笼,在押解路上看到朝廷进贡的黑豹等物,愤而有作。明武宗即位后,宠信宦官,建豹房,向全国征讨珍禽异兽,恣意淫乐。这首诗矛头直接指向明武宗,体现出诗人刚直不阿的品性和过人的胆识与勇气。

〔2〕赤豹:毛赤而有黑色斑纹的豹。《诗·大雅·韩奕》:"献其貔皮,赤豹黄罴。"毛传:"毛赤而文黑谓之赤豹。"《楚辞·九歌·山鬼》:"乘赤豹兮从文狸,辛夷车兮结桂旗。"黄罴(pí 皮):黄色熊罴。上方:北方。这里指京城皇宫。

〔3〕虞:古代掌管山泽苑囿、田猎的官。亦称虞人。罗致:搜罗。

尔:指罴豹等禽兽。

〔4〕"微躯"句:作者当时被系牢笼,正在押解途中。微躯,谦词。雕笼,押解犯人的牢笼。因其上雕有花纹,故称。缚,拘束,限制。

〔5〕宝络:用珍珠装饰的丝绳。

〔6〕显晦:明暗。

〔7〕喧呼:喧闹呼喊。

〔8〕翻挈:翻身撕咬。

〔9〕细犬:良犬。奋扬:振奋精神,准备出击。

〔10〕随侍:随从侍者。近收:最近接受,被任命为。擎鹘校:掌管珍禽异兽的官职名。鹘,隼。校,古代军职级别。

〔11〕上林:上林苑。见《杨花篇》注〔2〕。戏卢坊:玩猎犬的地方。卢,猎犬。

〔12〕攫(jué觉)兔:抓取兔子。

〔13〕磔(zhé折)狐:张网抓狐狸。

〔14〕贡官:负责贡奉的官员。

〔15〕驿吏:驿站的官员。遭箠:被打。

〔16〕南海:泛指南方。翡翠:美玉。

〔17〕西戎:古称西部少数民族。效:呈献。

〔18〕遐域:边远的地方。

〔19〕白雉:白色的野鸡。越裳:古南海国名。相传周公辅成王,制礼作乐,越裳氏以三象重译而献白雉。见《后汉书·南蛮传》。

〔20〕圣德:帝王的恩德。及:惠及,给予。

〔21〕恩渥:恩惠。要荒:古称离王城外极远的地方。扬雄《剧秦美新》:"侯卫厉揭,要荒濯沐。"

七夕，边、马二宪使许过繁台别业不成，辄用七字句述我志怀二十韵[1]

懒游因病困蒙茸[2]，不独炎天万事慵[3]。七夕邀行齐踊跃[4]，两人羁绊阻迎逢[5]。大河平地涛长涌[6]，乔岳清秋雾不封[7]。次第荣途俱獬豸[8]，迂疏故国且芙蓉[9]。壮夫激烈悲迟暮[10]，执友团圞喜夫冬[11]。久避鸢肩优谏诤[12]，亟推经笥贯中庸[13]。繁台禹庙梁王榭[14]，古寺残碑宋代松。吾企杜高名不及[15]，汝追枚马涕何从[16]。虚疑豪侠轻朱亥[17]，实被文章误蔡邕[18]。愤起铁椎心枉费[19]，曲终焦尾意还浓[20]。不争期约惭牛女[21]，恐使流传笑驵蛩[22]。末俗但知张市虎[23]，异时谁切辨衣蜂[24]。云吁世路聊三径[25]，敢说天门尚九重[26]。宠岂尽轩卫国鹤[27]，画宜偏骇叶公龙[28]。菟园卜筑邻猿岛[29]，茅屋昏晨接梵钟[30]。修竹雁池虽惨惨[31]，水花云叶固溶溶[32]。悔将朱绂抛渔艇[33]，誓住丹丘学老农[34]。为底回骢孤蟋蟀[35]，徒思临沼共鲲鳙[36]。踟蹰莫畏风沙眯[37]，吊唁应愁辇路冲[38]。许过只须图酩酊[39]，有谈毋遽及徽宗[40]。

〔1〕此诗虽因友人七夕聚会不至而作，但诗中却回顾了自己的人生道路，并介绍了现实处境。当时，李梦阳已从江西提学副使任上罢官家居多年，并在开封名胜繁台旁修建了别业。尽管如此，当看到朋友们

"次第荣途俱獬豸"时,饱经仕宦风波的他仍不免心中酸楚。对世风的抨击和对国事的担忧亦不时流露。边、马:指边贡、马卿。边贡,其生平见《徐子将适湖湘,余实恋恋难别,走笔长句,述一代文人之盛,兼寓祝望焉耳》注〔12〕。马卿(1479—1540),字敬臣,号柳泉,林县(今河南林州市)人。弘治十八年(1505)进士。曾官户科给事中、云南左参政、南京太仆寺卿、右副都御史总督漕运兼巡抚。有《马氏家藏集》。宪使,古称御史或巡察使。繁台别业,见《繁台归集》注〔1〕、注〔3〕。

〔2〕蒙茸:即"蒙戎",蓬松。这里是困乏的样子。

〔3〕炎天:热天。万事慵:任何事都懒得料理。慵,懒。

〔4〕齐踊跃:大家情绪高涨,都来参加。

〔5〕两人:指边、马二人。羁绊:被事缠住不能脱身。阻逢迎:被迎来送往的应酬阻挡了。

〔6〕涌:涌动。

〔7〕乔岳:高山。《诗经·周颂·时迈》:"怀柔百神,及河乔岳。"封:弥漫,覆盖。

〔8〕"次第"句:是说你们在仕途上一步步荣升高位。獬豸(xiè zhì 泄志),传说中的神兽名。这里代指御史或按察使官位。

〔9〕迂疏:迟滞疏远。故国:家乡。芙蓉:荷花的别名。

〔10〕壮夫:壮年的人,壮士。这里为作者自指。悲迟暮:悲叹老之将至。

〔11〕执友:至交,老朋友。团圞(luán峦):团聚,团圆。

〔12〕鸢肩:双肩上耸如鸢。《国语·晋语八》:"叔鱼生,其母视之,曰:'是虎目而豕喙,鸢肩而牛腹,溪壑可盈,是不可餍也,必以贿死。'"优:同"犹",仍然。谏诤:直言敢谏。

〔13〕亟推:急忙推求。经笥:装经书的箱子。比喻通经博学之人。贯中庸:贯通中庸之道。儒家以中庸为最高道德标准。

〔14〕禹庙:禹王庙,在繁台旁。梁王榭:指梁孝王所筑明台,在繁台近旁。榭,建筑在高台上的房屋。

〔15〕企:仰慕。杜高:杜甫、高适。唐代著名诗人。名不及:名声赶不上。

〔16〕枚马:枚乘、司马相如。汉代著名赋作家。

〔17〕虚疑:白白地怀疑。朱亥:见《送人之南郡三首》其二注〔1〕。

〔18〕蔡邕:字伯喈,东汉人。少博学,有才名,好辞章,精音律,善鼓琴,又工书画。灵帝时拜郎中。董卓征召为祭酒,累迁中郎将。后以卓党死狱中。

〔19〕愤起铁椎:指朱亥以铁椎击杀晋鄙事。心枉费:意谓后来秦仍灭了赵,朱亥的心思白费了。

〔20〕"曲终"句:是说蔡邕弹奏焦尾琴,曲子结束了,但馀意尚浓。焦尾,指焦尾琴。见《荡子从军行》注〔7〕。

〔21〕不争:不在乎。期约:约定的时间。惭牛女:使牛郎、织女羞惭。

〔22〕笑蛆蛩(jù qióng 巨穷):让蛆蛩耻笑。蛆,即蛆虚,传说中的怪兽。蛩,传说中的怪兽。

〔23〕末俗:末世的衰败习俗。张市虎:散布流言蜚语。市虎,市中的老虎。市中本无虎,流言传得多了人们便当真了。比喻以无为有,无中生有。见《战国策·魏策二》。

〔24〕异时:以后。切辨:准确地辨认。衣蜂:茧中的蜂。

〔25〕"云吁"句:意为归隐者的家园或院子里的小路。赵岐《三辅决录·逃名》:"蒋诩归乡里,荆棘塞门,舍中有三径,不出,惟求仲,羊仲从之游。"

〔26〕天门尚九重:天门还有九重。古代传说天有九重。

〔27〕轩:大夫以上所乘的车。卫国鹤:《左传·闵公元年》:"冬十

二月,狄人伐卫。卫懿公好鹤,鹤有乘轩者。将战,国人受甲者皆曰:'使鹤,鹤实有禄位,余焉能战!'"后因以"卫鹤"为滥叨封爵之典。

〔28〕骇:惊骇,惊吓。叶公龙:刘向《新序·杂事》:"叶公子高好龙,钩以写龙,凿以写龙,屋室雕文以写龙。于是天龙闻而下之,窥头于牖,施尾于堂。叶公见之,弃而还走,失其魂魄,五色无主。是叶公非好龙也,好夫似龙而非龙者也。"后喻表面上爱好而不是真的爱好。

〔29〕菟园:也称梁园。汉文帝儿子刘武(梁孝王)的园囿。这里借指自己的繁台别业。

〔30〕昏晨:早晚。梵钟:寺院的钟声。

〔31〕惨惨:昏暗貌。

〔32〕溶溶:明朗貌。

〔33〕朱绂:红色的朝服。渔艇:打渔用的小船。

〔34〕丹丘:神话传说中的神仙之地,昼夜长明。

〔35〕为底:为何,为什么。回骢(cōng匆):折回骏马。孤:怜恤。

〔36〕临沼:靠近池塘。鳙鳙(yú yōng鱼庸):传说中的鱼名。

〔37〕眯:因灰尘入眼而视物不清。

〔38〕吊唁:追悼死者。辇路:天子车驾常经之路。冲:朝、向。

〔39〕许过:答应拜访。酩酊:大醉。

〔40〕"有谈"句:谈话时不要立刻说到徽宗。徽宗,宋徽宗赵佶。即位后穷奢极侈,荒废朝政。靖康二年(1127)他和钦宗被金兵所俘,北宋灭亡。后死于五国城。这里似以宋徽宗比明武宗。